# Ma vie en double

FIONA HARPER

# Ma vie en double

Roman

*Titre original :*
MAKE MY WISH COME TRUE

*Traduction de l'américain par* EMMANUELLE DEBON

&H® est une marque déposée par Harlequin



HARLEQUIN
83-85, boulevard Vincent-Auriol, 75646 PARIS CEDEX 13.
Service Lectrices — Tél. : 01 45 82 47 47

www.harlequin.fr

ISBN 978-2-2802-7907-9 – ISSN 2271-0256

*A mes meilleures amies, Donna et Barbara, ainsi que Heidi et Daisy*

# *Prologue*

*Noël 1981*

Juliet était assise, bras croisés, sur le canapé de velours brun. Elle regardait sa sœur jouer au milieu des emballages froissés et des serpentins de bolduc qui jonchaient le sol. Les boucles blondes de Gemma voletaient autour d'elle tandis qu'elle discutait avec sa nouvelle poupée et la coiffait. Juliet jeta un coup d'œil à sa calculatrice, encore dans son emballage, posée à côté d'elle sur le canapé ; son cœur se serra.

Cette poupée se trouvait sur sa liste de cadeaux de Noël, et non sur celle de Gemma. Maman avait encore dû s'emmêler les pinceaux. Mais papa avait dit que maman était un peu triste, ces derniers temps, et que cela lui faisait parfois faire de drôles de choses.

Gemma cessa soudain de brosser les cheveux de sa poupée et leva la tête :

— On mange à quelle heure ? demanda-t-elle. J'ai faim.

Juliet consulta la pendule posée sur le manteau de la cheminée. 16 h 10. Elle aussi était affamée. Le déjeuner de Noël aurait dû commencer des heures plus tôt. Elle avait envie d'en parler à son père mais, la dernière fois qu'elle s'était aventurée dans la cuisine, elle l'avait trouvé assis à la table, effondré, sanglotant sans bruit.

— Bientôt, dit-elle à Gemma avec un sourire forcé.

Sa sœur hocha la tête et se remit à dorloter sa poupée. Juliet resta là à la regarder, de plus en plus mal à l'aise.

Enfin, Gemma se leva, la poupée sous le bras.

— Je vais aller montrer à maman la jolie coiffure que j'ai faite à Georgina, annonça-t-elle.

Juliet bondit du canapé et lui barra le passage.

— Pas tout de suite, lui dit-elle avec douceur. Maman n'est pas là, elle est allée faire des courses.

Gemma fronça les sourcils, un peu étonnée. Pourtant, elle ne remit pas en question ce que venait de lui dire sa sœur aînée. Sans doute parce qu'elle avait cinq ans. Juliet en avait neuf, et elle était assez grande pour savoir la vérité. C'était en tout cas ce que lui avait dit papa. Elle ne devrait pas en parler à Gemma, en revanche. Celle-ci était trop jeune, elle ne comprendrait pas.

Juliet fut soudain assaillie par l'image de sa mère sortant en courant de la maison, de la farce crue plein les mains, puis sautant dans sa voiture pour s'enfuir à toute allure. La fillette frémit et sa respiration s'accéléra. Mais, comme Gemma la regardait de ses grands yeux confiants, elle se reprit et masqua son malaise derrière un sourire.

— Elle revient bientôt ? demanda Gemma.

Sans attendre la réponse de Juliet, elle se replongea dans ses jeux, tordant maladroitement la chevelure de sa poupée pour tenter d'en faire une tresse.

Juliet continua de sourire malgré la nausée qui lui tordait le ventre ; elle avait l'impression d'être aspirée par un trou noir.

— Oui, dit-elle en clignant des yeux pour chasser les larmes qui y affluaient soudain.

Elle se pencha un peu pour se mettre à la hauteur de Gemma.

— Si tu veux, je vais te montrer comment faire des nattes à Georgina, et ensuite tu pourras la montrer à maman quand elle rentrera.

A ces mots, Gemma se pendit au cou de Juliet et la serra très fort dans ses bras.

— Tu es une super-grande sœur, Juliet ! Je t'aime.

Les gens avaient un faible pour Gemma parce qu'elle était mignonne et « pétillante », comme ils disaient. Juliet ignorait ce qu'ils entendaient exactement par là, mais elle sentait bien que cela ne ressemblait en rien à la timidité et à la nervosité qu'on lui reprochait souvent à elle. Parfois, elle aurait aimé que Gemma lui ressemble davantage, mais à ce moment précis, alors que sa petite sœur déversait toute sa tendresse sur elle, elle comprenait pourquoi les gens l'appréciaient tant.

Elle était vraiment une super-grande sœur, n'est-ce pas ? Et elle comptait bien continuer à l'être, autant que possible.

Elle s'assit en tailleur sur le tapis et Gemma prit place à côté d'elle. Juliet saisit la poupée puis, avec une grimace de concentration, commença à tresser ses cheveux.

— Regarde, dit-elle, c'est comme ça qu'on fait…

Une fois qu'elle eut montré la marche à suivre à Gemma, elle la laissa essayer elle-même. Et, tandis que sa petite sœur bavardait en coiffant Georgina, emmêlant ses petits doigts potelés aux cheveux de la poupée, Juliet se mit à jeter des regards furtifs en direction de la porte du salon.

Elle aurait peut-être dû profiter du fait que Gemma soit occupée pour aller voir si papa avait besoin d'aide pour préparer le repas. Il fallait bien que quelqu'un s'en occupe. Et puis, surtout, elle ignorait si sa mère allait rentrer à la maison.

# Chapitre 1

Juliet laissa le flot d'acheteurs la dépasser tandis qu'elle fouillait son sac à la recherche de son carnet de Noël. Chaque fois qu'elle le touchait, elle se sentait réconfortée. Elle sourit en regardant les poinsettias — cette plante qu'on appelait aussi « étoile de Noël » —imprimés sur la couverture.

En général, les gens dressaient une liste de souhaits pour Noël, mais ces temps-ci les souhaits n'étaient pas la tasse de thé de Juliet. « Souhaiter » ne menait nulle part ; pour obtenir ce que l'on désirait, il fallait établir des plans, faire des inventaires et des recherches. Juliet tenait à ce que Noël soit parfait, et ce carnet constituait sa feuille de route, le phare qui la guidait au milieu du chaos des fêtes. C'était à la fois un journal, un agenda et une liste des tâches à effectuer — le tout-en-un de l'organisation. Dès que novembre arrivait, elle l'avait toujours à portée de main. Elle l'ouvrit et le feuilleta rapidement, jusqu'à la liste de courses du jour, qu'elle avait marquée d'un petit adhésif de couleur.

Ah, voilà.

Des cerises confites pour les *cupcakes* qu'elle avait promis d'apporter à la kermesse de Noël, des bâtons de cannelle et des clous de girofle pour épicer le jus de pomme qu'on servirait après le spectacle de la chorale, deux rouleaux de scotch et un mètre de ruban de velours rouge.

Elle rangea soigneusement le carnet dans son sac et se faufila avec aisance entre les piétons circulant sur le trottoir, repérant les ouvertures dans la foule, anticipant les mouvements des badauds mais aussi leurs arrêts abrupts, lorsqu'ils s'immobilisaient un instant pour contempler les illuminations de Noël.

Ils avaient toutes les raisons d'être admiratifs : Juliet était très fière de la ville où elle habitait et, à cette époque de l'année, Tunbridge Wells avait revêtu ses plus beaux atours. Pas étonnant que de nombreuses chaînes de supermarchés et de grands magasins viennent y filmer leurs publicités de Noël — des spots à gros budget —, parfois dès le mois d'octobre. Pantiles était leur emplacement de prédilection ; c'était l'une des plus anciennes rues de la ville, bordée de bâtiments victoriens et géorgiens qui abritaient de petites boutiques aux colonnades vieilles de deux siècles. Des guirlandes lumineuses étaient tendues entre les piliers blancs et ornaient les branches des arbres au centre de la rue pavée, toutes les vitrines étaient superbement décorées de houx et d'alléchantes friandises de Noël. Les odeurs de vin épicé et de marrons grillés flottaient au-dessus des étals du marché.

Mais Juliet n'avait pas le temps de s'arrêter pour admirer le spectacle ou se délecter des effluves caractéristiques de la saison. Du fond de son sac, le carnet de Noël la rappelait à ses devoirs, et il lui restait encore beaucoup de petites cases à cocher sur sa liste de choses à faire.

Elle consulta l'ancienne pendule qui surplombait les colonnades. Il était 14 h 10, et il fallait qu'elle aille chercher les garçons à l'école à 15 h 20. Une fois qu'elle aurait fini ses courses, elle devrait aller poster un colis pour sa voisine, une vieille dame, après quoi il lui resterait juste assez de temps pour foncer chez le boucher et commander la dinde.

Cette bonne grosse volaille constituait l'élément central du repas de Noël. Le fait de cocher la case qui lui correspondait entraînerait une réaction en chaîne sur sa liste, qui s'ornerait rapidement d'une multitude de petites croix bien nettes. A cette pensée, la tête lui tourna légèrement. Cette image réjouissante lui sortit de l'esprit lorsque se mit à retentir, du fond de sa besace, l'air de Mariah Carey, *All I want for Christmas is you.*

Gemma ?

Juliet s'arrêta et glissa la main dans son sac.

Ce n'était pas Gemma.

Simplement l'école primaire Saint-Martin qui envoyait aux parents d'élèves une alerte généralisée : les poux étaient de retour. Génial. Avec ses quatre têtes blondes, elle allait passer toute la soirée avec un peigne fin à la main. C'était une pure perte de temps, et elle n'avait pas besoin de ça en ce moment.

Elle effaça le message et consulta l'écran, en quête d'une autre communication qu'elle aurait pu manquer, mais rien n'indiquait qu'on avait tenté de la joindre. Rien de nouveau, donc. Avec un soupir agacé, elle rangea le téléphone dans son sac. Sa colère envers sa sœur s'était accrue. Mais elle aurait dû s'y attendre.

Oui, elle savait bien que Gemma avait des journées de travail chargées, qu'il lui était difficile de passer ou de prendre des appels personnels, qu'elle ne disposait la plupart du temps que de quelques minutes pour répondre à ses textos tard le soir. Elle s'en vantait assez souvent lors de ses rares visites éclair à la maison.

*Je suis injuste*, pensa Juliet.

En réalité, Gemma ne se vantait pas. C'était juste cette façon qu'elle avait de raconter des anecdotes concernant les tournages auxquels elle participait, les gens fantastiques qu'elle rencontrait ou les endroits exotiques qu'elle visitait… Juliet supposait que, quelle que soit la façon de parler de ce genre de vie, il serait difficile de ne pas la trouver plus passionnante que celle d'une simple femme au foyer de banlieue.

La dernière fois qu'elle avait vu Gemma, c'était lors d'un barbecue pendant les vacances, en août dernier. Juliet avait enfin réussi à la coincer pour lui demander de faire sa part du travail au Noël suivant. A sa grande surprise, Gemma avait accepté, mais, depuis, Juliet n'en avait plus entendu parler. Chaque fois qu'il s'agissait de la famille, Gemma prenait la poudre d'escampette.

Cette situation commençait à mettre Juliet dans l'embarras. Certaine qu'elle allait pouvoir, cette année, bénéficier d'un coup de main supplémentaire, elle s'était un peu emballée sur les préparatifs de Noël. A présent, il n'était plus seulement question de vouloir que Gemma fasse preuve d'un peu de loyauté envers sa sœur aînée ; il était désormais fort possible qu'elle ait besoin d'elle, et cette pensée la terrifiait.

Mais l'heure n'était pas encore à la panique. C'était seulement le premier vendredi de décembre, et Gemma devait rentrer en Angleterre dans un peu plus d'une semaine. D'ici là, Juliet se débrouillerait. Cela dit, elle allait peut-être faire une petite piqûre de rappel à sa sœur, juste pour s'assurer qu'elles discuteraient d'un certain nombre de choses…

Hésitante, elle consulta de nouveau l'écran de son téléphone. En réalité, elle aurait surtout voulu demander à Gemma pourquoi elle se démenait tant pour éviter sa famille, même à Noël, mais elle soupçonnait que cette question ne contribuerait qu'à faire fuir Gemma — encore plus vite, et encore plus loin. Juliet poussa un long soupir. Ce n'était pas le moment de s'appesantir sur ce problème. Elle se contenta donc d'envoyer un bref texto enjoué, où elle n'exigeait rien et ne lui mettait aucune pression, puis elle rangea le téléphone dans son sac avant de se remettre en marche vers le bureau de poste.

Elle avait à peine fait quelques mètres quand son téléphone sonna de nouveau. Cette fois, c'était probablement Gemma. Quand on la cherchait, elle était introuvable, et, une fois qu'on avait renoncé à lui mettre la main dessus et décidé de se débrouiller sans elle, elle apparaissait comme par magie pour semer le chaos dans vos plans. C'était sa sœur tout craché.

— Oui ? dit-elle, agressive malgré elle.

— Madame Taylor ?

La voix était grave et chaude, avec un accent d'autorité. Ce n'était clairement pas celle de Gemma.

— Oui ? répéta Juliet en s'efforçant d'adopter un ton plus courtois.

Autant ne pas passer pour une poissonnière.

— Agent Graham à l'appareil, du poste de police de Tunbridge Wells.

Seigneur, était-il arrivé quelque chose à quelqu'un ? Les

enfants ! Les jumeaux avaient-ils eu un accident ? Violet avait-elle fugué avec l'une des nouvelles amies qu'elle s'était faites récemment ? Sans compter les innombrables frasques dont son intrépide petite Polly était sans doute capable…

Pendant quelques secondes, Juliet fut incapable d'émettre un son. Elle finit par produire un petit coassement que son correspondant dut prendre pour une invitation à poursuivre.

— C'est au sujet de Sylvia Wade… C'est votre grand-tante, il me semble ?

Juliet s'éclaircit la voix et s'efforça de recouvrer son sang-froid. Quelqu'un avait besoin d'aide, ce n'était pas le moment de faire une crise d'hystérie.

— Pouvez-vous me dire ce qui se passe ? Elle est blessée ?

— Ne vous inquiétez pas, elle est… elle va bien.

Elle entendit l'officier prendre une grande inspiration.

— Elle est en pleine forme, à vrai dire, reprit-il avec un soupçon d'ironie. J'aimerais juste que vous veniez au centre de loisirs aussi vite que possible.

Gemma frappa à la porte de la caravane — assez fort pour qu'on l'entende, mais pas suffisamment pour paraître autoritaire. Pendant qu'elle attendait qu'on lui réponde, le vent glacé vint gifler ses joues et glacer ses doigts, la forçant à serrer les poings. *Tu parles d'un boulot de rêve !* se dit-elle. Elle resserra la capuche de son blouson autour de son visage et se prépara à afficher un sourire radieux.

Il n'allait pas ouvrir lui-même la porte, évidemment. Il était trop habitué à ce qu'un quelconque sous-fifre le fasse à sa place.

Alors qu'elle frappait une deuxième fois, son téléphone se mit à vibrer au fond de sa poche. Elle n'en tint pas compte. Même si c'était le réalisateur qui l'appelait, dans tous ses états, pour s'enquérir des allées et venues de la star de son film, elle ne ferait que perdre du temps en décrochant.

Au terme de ce qui lui parut une éternité, elle perçut le « ouais ? » étouffé de la star en question derrière la porte de la caravane. Au ton de sa voix, elle aurait pu croire qu'il était en train de prendre le soleil sur une plage des Caraïbes, et non de se geler aux confins de l'Irlande en plein mois de décembre.

Quand elle entra, une chaleur étouffante l'assaillit. Pas étonnant qu'il paraisse aussi détendu. La température à l'intérieur avoisinait celle d'un pays tropical. Il faisait en tout cas assez chaud pour que le beau gosse blond d'un mètre quatre-vingts qu'elle était venue chercher ne soit vêtu que d'un T-shirt délavé et d'un caleçon tandis qu'il se prélassait sur un canapé au fond de la caravane. Elle referma la porte derrière elle et, aussitôt, se mit à transpirer abondamment sous ses couches de tricots de laine et de vêtements Thermolactyl.

— Salut, Gemma, dit-il avec un sourire révélant des dents exagérément blanches.

Pour une raison qu'elle ignorait, Gemma trouvait que cette dentition parfaitement symétrique avait quelque chose d'agaçant. La tenue légère qu'il portait l'irrita encore plus. Il était censé avoir revêtu le costume sombre que la costumière avait soigneusement sélectionné pour incarner un héros torturé sur le point de sauver le monde. Ne laissant rien paraître de sa contrariété, Gemma lui dit avec détachement :

— Tout le monde est prêt sur le plateau ; on n'attend plus que vous, Toby.

Malgré le calme qu'elle affichait, elle se passait et repassait en esprit les horaires à tenir et le programme à respecter.

Si elle parvenait à le presser un peu, ils pourraient encore tourner la scène avant que la lumière décroisse. Elle avait déjà dû modifier trois fois les feuilles de service prévues pour la journée suivante. La dernière pile de feuillets A4 était préparée, rangée dans son bureau de fortune, et elle n'avait aucune envie d'avoir à la jeter à la corbeille et de tout recommencer à zéro.

Elle balaya la pièce du regard. Où était l'assistante costumière ? Elle l'avait vue entrer dans la caravane moins d'une heure plus tôt, et elle aurait juré qu'elle n'en était pas ressortie depuis.

— Caitlin est sortie chercher quelque chose dans le camion ? demanda-t-elle innocemment.

Toby répondit par un sourire gêné et se mit à loucher vers le fond de la caravane, à l'endroit où se trouvait la chambre.

— Quelque chose comme ça, dit-il.

Gemma se sentit faiblir. Elle se voyait déjà froisser une à une toutes ses feuilles de service en donnant à Toby Thornton, star du cinéma d'action et dieu du sexe, les pires noms d'oiseaux.

Son boulot était certes passionnant, mais il lui arrivait de regretter de travailler dans l'industrie du cinéma. Toute la magie en était gâchée. Quand ce film sortirait, ses amies exigeraient qu'elle vienne le voir avec elles pour leur dévoiler tous les ragots et secrets de tournage, mais, pendant qu'elles seraient assises dans la salle obscure à soupirer devant le sourire à tomber et les abdos d'acier de Toby, Gemma ne penserait qu'à une chose : le nombre de fois où elle s'était retenue d'effacer ce sourire à grands coups de porte-bloc.

Elle aurait tout donné pour se retrouver un jour face à un véritable héros, le genre d'hommes qu'étaient censés incarner tous ces acteurs mais qui n'étaient jamais dans la réalité. L'ennui, c'était qu'elle choisissait toujours des hommes a priori intéressants et dynamiques, mais qui pour finir se révélaient franchement décevants.

Elle entendit un bruit sourd en provenance de la chambre, puis l'assistante costumière émergea de la pièce, un pantalon noir à la main.

— Oh ! salut, dit-elle avec une légèreté que démentait le rouge qui empourprait ses joues. J'étais juste en train de… enfin, vous savez, de faire quelques ajustements de dernière minute sur le cuir de Toby.

Elle lui lança un regard nerveux et pouffa.

Gemma n'était pas dupe. Les cheveux de Caitlin étaient en désordre, et son pull était à l'envers.

Pourtant, elle ne dit rien. Elle se fichait de ce que trafiquaient ces deux-là — mais elle aurait cru Caitlin dotée d'un peu plus de jugeote. Tout ce qui lui importait, c'était de faire entrer l'acteur dans son pantalon, puis de l'asseoir sur une moto lancée à toute allure.

— Tout est en ordre, maintenant ? demanda-t-elle en consultant ostensiblement sa montre.

Caitlin acquiesça.

— Parfait. Dans ce cas, vous pourriez peut-être *habiller* Toby pour que nous y allions ?

Elle n'avait pu s'empêcher de mettre l'accent sur ce verbe.

C'était trop tentant. Toutefois, elle atténua sa pique en affichant son plus beau sourire de seconde assistante-réalisatrice. Son arme secrète.

Toby et Caitlin échangèrent des regards coupables, et l'acteur se passa la main dans les cheveux, l'air légèrement penaud.

Mission accomplie. Gemma s'était montrée à la fois claire et diplomate, leur laissant entendre qu'elle n'était pas du genre à se laisser faire, mais aussi qu'elle ne ferait pas toute une histoire de leurs ébats — tant que Toby était dehors dans cinq minutes habillé de pied en cap, bien entendu.

Il lui adressa un sourire embarrassé qui signifiait : « message reçu ».

Elle lui retourna son sourire, cette fois avec sincérité, puis ramena sa capuche sur sa tête. Elle découvrit alors qu'avec la chaleur ses cheveux bouclés avaient doublé de volume. Fabuleux. D'un geste exaspéré, elle rabattit le tissu sur le désastre qui lui tenait lieu de coiffure puis se dirigea vers la porte, prête à affronter le froid. Serrant son blouson contre elle, elle traversa à grands pas le parking du pavillon de chasse victorien servant de quartier général à l'équipe de tournage. Elle ne prit même pas le temps d'admirer le paysage fascinant qui l'entourait — le lac gris aux eaux agitées et la montagne aux sommets déchiquetés qui le surplombait. En revanche, elle profita de l'instant pour marmonner aux quatre vents quelques phrases bien senties, des paroles qui avaient trait aux acteurs puérils, au temps qui semblait en avoir spécialement après elle, et à tout ce qui lui venait à l'esprit à cet instant précis.

Par contraste avec la chaleur qui régnait dans la caravane de Toby, le froid du dehors semblait encore plus intense, ce qui ne contribua guère à améliorer l'humeur de Gemma. Et lui donna soudain envie d'autre chose.

Elle aurait tant aimé paresser sur une plage bordée de palmiers. Elle était de plus en plus impatiente que ce film soit achevé pour qu'elle puisse sauter dans un avion à destination des tropiques.

Ce tournage avait été long, voilà tout. Quand il serait fini, elle mériterait amplement de s'offrir un Noël de détente, dans le calme, avant de repartir à l'autre bout du monde pour recommencer ce manège. Elle soupira. Elle sentait, de plus en plus fort, l'appel de la chaise longue et des plages caribéennes.

Si seulement elle n'avait pas cédé aux exhortations de Juliet et accepté de venir passer Noël chez elle ! La dernière fois qu'elles s'étaient vues, Juliet lui avait rebattu les oreilles de son fichu Noël, et Gemma avait fini par répondre n'importe quoi pour la faire taire.

Tout cela, c'était la faute du voisin de Juliet. S'il ne lui avait pas cherché des poux dans la tête, elle n'aurait jamais bu trois gin-tonics et ne se serait pas mise dans un tel pétrin. Du moins, elle se serait peut-être rappelé les paroles exactes de Juliet quant à ce fichu repas de Noël. A présent, elle n'avait d'autre choix que de jouer le jeu et de reconstruire le puzzle pièce par pièce d'ici là. De toute façon, Juliet ne manquerait pas de tout lui réexpliquer par le menu, à un moment ou un autre. Sans doute à l'aide de fiches plastifiées contenant des instructions adaptées aux nuls.

Mais Gemma n'avait pas l'intention de se soucier de tout cela maintenant. Pour l'heure, elle avait une star à faire entrer sur le plateau. Elle adressa un signe au luxueux 4x4 qui attendait, moteur en marche, en crachant des nuages de fumée. Toby émergea enfin de sa caravane et, dix secondes plus tard, le véhicule s'engageait rapidement sur le chemin, l'acteur à son bord. Quand il fut hors de vue, Gemma sourit pour elle-même. Voilà, c'était pour cela qu'elle était grassement payée à la fin du mois.

Elle sortit son téléphone de sa poche et appela l'assistant-réalisateur, plus stressé que jamais, pour lui annoncer que leur star était en route. Parfait. Il était temps d'aller récupérer ces feuilles de service…

A peine avait-elle rangé son téléphone dans sa poche qu'il se remit à vibrer.

Quoi, encore ? Elle espéra de toutes ses forces qu'on n'allait pas lui annoncer qu'il s'était remis à pleuvoir et que, d'ici dix minutes, elle allait encore devoir jouer les baby-sitters avec Toby. Mais, à l'auteur du texto, elle comprit qu'il n'en était rien.

> Je sais que tu dois être très occupée à frayer avec Brad Pitt ou un autre, mais il faut vraiment qu'on discute de Noël ;-) Appelle-moi.
> J.

Malgré l'émoticône souriante qui ponctuait les deux phrases, Gemma ne fut pas dupe un instant. Elle percevait le cri silencieux qui avait dû retentir dans la tête de Juliet pendant qu'elle composait son texto. Elle y jeta un nouveau coup d'œil jusqu'à ce que l'écran s'obscurcisse pour se mettre en veille. Elle savait qu'il lui faudrait parler de Noël avec Juliet. Il y avait deux semaines qu'elle y pensait. Mais…

L'image d'un palmier se balançant doucement dans la

brise au-dessus d'une plage dorée et d'un cocktail assez grand pour contenir un poisson rouge lui traversa l'esprit.

Gemma soupira.

Elle n'était pas d'humeur à discuter recettes de pain d'épices, ni à débattre des avantages de la dinde sur l'oie pour le grand soir. Elle n'était pas non plus d'humeur à encaisser des reproches à peine voilés sur la façon dont elle menait sa vie, sur ses appels téléphoniques trop rares, ou encore sur le fait qu'elle ne s'inquiétait jamais des résultats scolaires des enfants. Si elle appelait Juliet maintenant, elle ne réussirait qu'à paraître tendue et sur la défensive. Ce qui était d'ailleurs le cas.

Plus tard. Elle parlerait à Juliet plus tard. Quand elle aurait fini sa journée de travail. Quand elle aurait plus de temps.

Quand elle aurait bu un ou deux gin-tonics, peut-être.

# Chapitre 2

Vingt minutes plus tard, Juliet se tenait devant la piscine à balles du centre de loisirs local. Elle ferma les yeux un instant puis les rouvrit, stupéfaite du spectacle qui s'offrait à elle. Sa grand-tante Sylvia était là, assise au milieu des milliers de boules en plastique colorées, l'air renfrogné. Mis à part elle, Juliet et les deux policiers en uniforme, l'aire de jeux était presque déserte. Quelques mères au regard indigné enfilaient en toute hâte manteaux et chaussures à leurs enfants, mécontentes de cette interruption de leurs activités de l'après-midi.

— Elle refuse de sortir quoi qu'on lui dise, expliqua l'un des agents de police, une femme de petite taille. Elle ne cesse de réclamer une certaine Mary.

*Ce n'est pas gagné*, songea Juliet en hochant la tête. Mary était sa mère, et elle était morte depuis près de cinq ans. Elle entra dans la piscine à balles et se fraya un chemin vers sa tante.

— Bonjour, tante Sylvia. Ces gentils officiers de police se demandaient si tu voudrais bien sortir de là, maintenant.

Tante Sylvia lança un regard dédaigneux aux deux agents qui l'observaient.

— La tête de cette fille ne me revient pas. Elle a les yeux

trop rapprochés. Elle mijote un sale coup, et ça ne va pas s'arranger quand elle sera grande, crois-moi !

Juliet dévisagea sa grand-tante avec désespoir. Elle avait envie de pleurer — pleurer sur la dignité perdue de la vieille dame, sur la femme qu'elle était devenue et sur celle qu'elle oubliait avoir été. Mais Juliet ne pleurait jamais. Pas en public, du moins. Et surtout pas quand tout le monde comptait sur elle pour résoudre un problème.

Elle tendit la main :

— Il est temps de rentrer à la maison, maintenant, tante Sylvia. Allez, viens…

Quittant la policière des yeux, sa grand-tante tourna vivement la tête vers Juliet.

— Mary ! s'exclama-t-elle en la dévisageant.

Juliet lui adressa un sourire pâle. Sa tante se trouvait dans un état de démence sénile avancé et, dans son esprit, la différence entre mère et fille était sans doute devenue très floue. D'autant plus que, les années passant, Juliet commençait à reconnaître les traits de sa mère dans le reflet du miroir. Elle avait les mêmes yeux marron, le même nez allongé, les mêmes pommettes saillantes. Elle n'était pas jolie à proprement parler mais, grâce à l'ossature de son visage, elle était loin d'être quelconque. Pourtant, au cours des derniers mois, elle avait remarqué que les ridules qui sillonnaient son front s'étaient accentuées et que la peau autour de ses yeux se relâchait un peu. Elle commençait à faire son âge, et son divorce n'avait rien arrangé.

Sylvia croisa les bras.

— Ces gens m'ont mise là-dedans et ne veulent plus me laisser sortir, dit-elle. C'est pour ça que je leur ai dit d'aller te chercher. Je savais que tu viendrais et que tu arrangerais tout ! Tu as toujours été une si brave fille…

— Je ne suis pas Mary, dit Juliet sur un ton apaisant. Je suis Juliet, la fille de Mary.

Un instant, la vieille femme parut confuse. Juliet se rapprocha prudemment d'elle, mais sa tante, soudain méfiante et doutant de l'identité de la nouvelle venue, battit en retraite.

Juliet soupira. « Si tu ne peux vaincre ton adversaire, rallie-toi à lui », affirmait le dicton. Elle se baissa en remuant un peu les hanches pour écarter les balles, jusqu'à s'asseoir sur le tapis de plastique qui recouvrait le sol.

Tout à coup, tante Sylvia lança :

— Oh ! oui ! Je me rappelle…

Pendant un instant, son regard se perdit dans le vague. Un petit sourire sur les lèvres, elle semblait perdue dans un souvenir qui, selon Juliet, allait sans doute se dissiper avant que la vieille dame parvienne à le formuler.

Pourtant, elle murmura :

— La fille de Mary, oui, une gamine pleine de vie. Elle ressemblait à un ange avec ses grands yeux bleus et ses boucles blondes comme les blés.

Juliet sentit le désespoir l'envahir de nouveau. Après toutes les heures qu'elle avait passées auprès de sa tante ces deux derniers mois…

Elle était plus blonde étant petite, mais elle avait toujours eu les cheveux raides et difficiles à coiffer. Ce n'est pas elle qui avait eu la chance d'être dotée des épaisses boucles claires qu'évoquait sa tante. Tante Sylvia l'avait confondue avec Gemma.

La vieille femme battit des paupières avant de se tourner de nouveau vers Juliet :

— Tu dis que tu la connais ? La petite fille de Mary ?

Juliet ouvrit la bouche pour tenter d'expliquer calmement les choses à sa tante, puis se ravisa. A quoi bon ?

— Oui, je la connais, répondit-elle avec lassitude.

Sylvia lui décocha un sourire.

— C'est elle qui t'a envoyée ? Il y a tellement longtemps qu'elle est partie.

Gemma n'avait pas vu tante Sylvia depuis Pâques l'année précédente. Cela aurait pourtant fait du bien à la vieille femme de recevoir la visite régulière des personnes qu'elle aimait et se rappelait. Même si les visites bihebdomadaires de Juliet ne semblaient pas être d'une grande aide. Au cours de l'été précédent, Sylvia l'avait presque toujours appelée par son prénom. Certains jours, cependant, elle se contentait de sourire et de lui adresser des regards vides avant d'évoquer Juliet comme « cette gentille jeune fille ». Puis, à mesure que les jours raccourcissaient et que la grisaille s'installait, sa grand-tante avait sombré dans la confusion, comme si sa mémoire décroissait en même temps que la lumière du soleil. A présent, elle ne reconnaissait plus Juliet qu'une fois sur quatre et, même alors, ses souvenirs étaient défaillants : les images semblaient resurgir çà et là puis disparaître d'un coup telle une radio mal réglée.

— Non, ce n'est pas Gemma qui m'a envoyée, dit-elle à sa tante. Mais elle sera à la maison pour Noël, cette année, et tu la verras à ce moment-là.

— Oh ! très bien ! Tu crois qu'elle voudra un bonbon quand elle viendra ? Les petites filles adorent les bonbons.

Tante Sylvia plongea la main dans les boules de plastique devant elle, sans paraître entendre le bruyant cliquetis que son geste faisait résonner dans le vaste bâtiment aux allures de hangar. Elle en fit émerger son sac à main et le déposa sur ses genoux pour fouiller dedans. Après quelques instants, elle en extirpa fièrement un petit objet qu'elle tenait délicatement entre le pouce et l'index. Juliet retint une grimace : à une époque, il s'était sans doute agi d'un berlingot aux fruits, mais les poussières et toutes les saletés qui jonchaient le fond de son sac de vieille dame l'avaient rendu presque méconnaissable.

— Le voilà ! Tu crois qu'elle va l'aimer ?

Juliet pensa à Gemma, pour qui tout semblait si facile, à sa façon de débarquer la fleur au fusil dans la vie des gens et d'en ressortir aussi sec. Sans réfléchir, elle répondit :

— Oui. Je crois qu'elle va l'adorer. Pourquoi ne le mets-tu pas de côté pour le lui donner plus tard ?

Jusqu'alors, Juliet n'avait jamais pensé qu'elle pouvait avoir un côté mesquin, mais elle se sentit étrangement satisfaite à l'idée que Gemma allait non seulement devoir sucer, mais aussi avaler la petite boule de sucre pleine de saletés lorsqu'elle la traînerait à la maison de retraite pour rendre visite à leur grand-tante. Gemma n'y échapperait pas.

Sylvia enveloppa le bonbon dans un mouchoir en tissu propre et rangea soigneusement le tout dans un coin de son sac. Juliet se demanda si le berlingot aurait grossi la prochaine fois qu'elle le verrait, un peu à la façon d'une boule de neige.

— Il est temps de rentrer à la maison, maintenant, répéta-t-elle quand sa tante referma son sac.

Tante Sylvia leva la tête, considéra Juliet d'un air absent, puis lui tendit la main. Celle-ci la soutint pendant qu'elle se remettait sur ses jambes, la guida à travers la piscine à balles et l'aida à monter les marches matelassées menant sur le plateau principal de l'aire de jeux.

Les deux officiers de police poussèrent un soupir de soulagement et proposèrent de les ramener à Greenacres, la maison de retraite dont tante Sylvia n'aurait jamais dû sortir. Juliet était furieuse contre le personnel qui était censé la surveiller. Quand elle pensait aux tarifs qu'ils pratiquaient !

Elle fut tentée d'accepter la proposition des policiers, puis se ravisa. Sylvia était en effet habituée à la voiture de Juliet, et il y avait moins de risques qu'elle recommence à perdre la tête si elle connaissait — ou presque — la personne qui lui servait de chauffeur.

Juliet consulta sa montre et se tendit. Il était 15 h 10. Elle avait tout juste le temps de conduire sa tante à Greenacres, dire le fond de sa pensée au personnel, puis foncer à Saint-Martin pour aller chercher ses trois plus jeunes enfants.

Elles arrivaient à peine devant sa voiture, garée légèrement de travers devant le centre de loisirs, quand une pensée frappa Juliet.

La dinde !

Eh bien, tant pis, c'était fichu pour aujourd'hui. Juliet allait devoir insérer cela dans son emploi du temps du lendemain, déjà passablement chargé.

*Ça ne fait rien*, se dit-elle. *Tout va bien. Tu vas t'en sortir. Tu es douée pour l'organisation, tu sais faire plusieurs choses à la fois, et tu fais ça très bien.*

Pourtant, lorsque sa tante fut correctement attachée et qu'elle eut démarré la voiture en direction de la maison de retraite, la rangée de cases non cochées dans son carnet de Noël commença à la hanter.

Juliet vérifia l'heure sur le tableau de bord pour la énième fois en tapotant le volant des doigts.

— Aïe ! s'exclama une petite voix derrière elle.

Elle jeta un coup d'œil dans le rétroviseur pour vérifier ce que tramaient ses trois cadets.

— Polly, laisse ton frère tranquille.

Polly lui rendit son regard et poussa ses lunettes sur le bord de son nez, vivante image de l'innocence.

— Je n'ai rien fait qu'il n'ait pas mérité, dit-elle avec hauteur.

Elle avait dix ans et, à entendre certaines de ses réflexions, allait sur ses quarante.

Juliet détacha sa ceinture et se retourna pour faire face à sa fille, coincée entre ses deux frères hissés sur leur rehausseur.

— Polly, ce n'est pas parce que tu es plus âgée que tes frères que tu as le droit de les faire marcher à la baguette, je te l'ai déjà dit.

Polly ne sembla pas se formaliser de ce reproche.

— Il faut bien que quelqu'un le fasse, répliqua-t-elle en adressant un regard hautain à Josh, qui tenait apparemment le rôle de l'accusé dans leur altercation. Ces enfants sont de véritables sauvages, mère.

Juliet n'avait pas le temps de discuter de ses compétences parentales avec une gamine de dix ans. Elle se tourna donc vers Josh :

— Qu'est-ce que tu as fait ?

— Rien !

Elle regarda Polly, certaine que sa fille se ferait une joie de témoigner contre lui.

— Il n'arrête pas de mettre sa jambe sur ma partie du siège, et je suis déjà assez serrée comme ça. Je l'avais averti que j'allais le remettre à sa place s'il recommençait.

L'argumentation de Polly était certes logique et recevable, mais Juliet ne pouvait pas laisser à sa fille le soin de régenter le comportement du reste de la famille — si elle la laissait faire, ils finiraient tous enfermés et condamnés à la torture en l'espace d'une semaine. Elle y compris.

— Si les garçons t'embêtent, tu es censée venir m'en parler, dit-elle à Polly. Entendu ?

Polly leva les yeux au ciel mais finit par lui adresser un hochement de tête réticent.

Quand Juliet se retourna, la pendule affichait 15 h 40. Où diable était Violet ? Elle sortit son portable de sa poche pour envoyer à sa fille un nouveau texto où, sans y aller par quatre chemins, elle lui expliquait que son taxi partait dans exactement trois minutes et que, si elle n'était pas au rendez-vous d'ici là, elle allait devoir prendre deux bus pour rentrer à la maison.

Au moment où elle allait mettre le contact, la portière avant s'ouvrit et Violet se laissa tomber sur le siège avec un soupir. Elle était souriante, et se fichait manifestement d'avoir fait attendre tout le monde.

Elle se mit à rire en secouant la tête :

— Tu ne devineras jamais ce qu'Abby vient de me dire…

Juliet démarra la voiture.

— Ça fait des heures qu'on est assis dans le froid à

t'attendre ! Tu sais pourtant bien que les garçons ont piscine, ce soir !

A ces mots, toute gaieté s'effaça des traits de Violet et son visage se ferma. Elle adressa une grimace à sa mère en protestant :

— Je ne suis pas aussi en retard que ça ! Bon sang, maman ! En plus, j'aidais Kiera à retrouver son écharpe, alors ce n'est pas ma faute, de toute façon.

Juliet secoua la tête, boucla sa ceinture et passa la marche arrière en malmenant la boîte de vitesses, lui arrachant un gémissement qui la fit tressaillir.

« Ce n'est pas ma faute »... Cette horripilante expression lui était familière. Violet était en train de se transformer en une version miniature de Gemma.

Tout en conduisant, elle surveillait sa fille aînée du coin de l'œil. La tête enfoncée dans les épaules et les bras croisés, celle-ci boudait. Une nouvelle chamaillerie éclata soudain à l'arrière de la voiture, ce qui ne fit rien pour alléger l'atmosphère : Polly accusait Josh de poser son bras deux millimètres au-delà de l'espace qui lui était imparti. Jake, aussitôt, intervint pour défendre son frère, attisant délibérément la colère de Polly en envahissant son territoire depuis le siège opposé.

— Arrêtez ! cria Juliet. Jake, tu viens de me donner un coup de pied dans le dos. Maintenant, tous les trois, vous allez vous calmer et vous tenir correctement !

Elle se tourna ensuite vers Violet. Il fallait qu'elles aient une petite conversation concernant son attitude, sinon elle allait devenir exactement comme sa tante et semer la zizanie partout autour d'elle en refusant d'en assumer la responsabilité. Juliet allait commencer sa tirade quand elle s'aperçut qu'ils approchaient d'un petit rond-point, toujours encombré à cette heure de la journée.

— Nous reparlerons de tout cela plus tard, Violet, dit-elle en jetant un coup d'œil rapide à droite et à gauche. Mais il va falloir que tu apprennes à exprimer tes opinions en restant polie, parce que je ne tolérerai pas que tu me parles sur ce ton…

Comme par un fait exprès, la dispute à l'arrière reprit à cet instant, et un nouveau coup de pied de Jake dans le dossier de son siège, plus violent cette fois, la propulsa en avant. Son pied glissa de l'embrayage alors qu'elle s'engageait sur le rond-point. Le moteur hurla puis cala au beau milieu du flot de véhicules.

La voiture sur sa droite freina brusquement, et son conducteur klaxonna avec véhémence. Le cœur de Juliet battait la chamade et ses mains tremblaient. Le type dans la voiture d'à côté se mit à utiliser ses mains de façon très imagée, et elle parvint à lire sur ses lèvres l'essentiel d'une harangue où il était question d'une sale petite bourgeoise qui n'aurait jamais dû obtenir son permis de conduire.

Il suffisait d'un véhicule immobilisé au milieu d'un carrefour pour que la circulation soit interrompue dans les quatre directions. Un concert d'avertisseurs se déclencha, et les invectives des conducteurs immobilisés se mirent à retentir de toute part. Les quatre enfants de Juliet commencèrent à crier et à se disputer, se rejetant la faute en recourant aux insultes les plus triviales.

Juliet était incapable de bouger. Ses doigts étranglant le volant, elle n'arrivait même plus à se rappeler sur quelle pédale appuyer, ou la marche à suivre pour redémarrer la voiture. Le vacarme ambiant — les moteurs, les Klaxon, les enfants qui se chamaillaient — vrillait son crâne d'une façon insupportable.

— Vous allez la fermer ! hurla-t-elle soudain à s'en briser les cordes vocales.

Elle fut la première surprise de s'entendre crier aussi fort — assez fort pour que sa voix se casse en atteignant son volume maximal.

Dehors, le tintamarre ne cessa pas, mais à l'intérieur de la voiture le silence se fit d'un coup. Violet, Polly, Josh et Jake regardaient leur mère bouche bée.

Elle entendait encore son hurlement résonner dans sa tête, et cela l'effraya. Ce n'était pas son genre de crier ainsi. Jamais. Et elle n'était pas non plus de ces mères qui perdent patience avec leurs enfants — pas à ce point, en tout cas. Certes, il lui arrivait de les punir — elle avait lu un nombre incalculable de livres sur la meilleure manière de le faire correctement —, mais elle ne leur hurlait jamais dessus. Depuis qu'ils étaient tout bébés, elle avait toujours pensé que les femmes qui criaient sur leurs gamins étaient aussi celles qui les traînaient à bout de bras dans la rue au risque de leur luxer l'épaule, ou qui les giflaient au beau milieu du supermarché.

Il y avait quelques semaines qu'elle sentait qu'elle n'était pas tout à fait elle-même, mais elle avait mis cela sur le compte du stress provoqué par les préparatifs de Noël. Elle avait beau adorer cette époque de l'année, c'était aussi une période qu'elle associerait désormais au départ de l'homme avec lequel elle avait prévu de passer sa vie. Son mari avait choisi le lendemain de Noël pour lui annoncer qu'il la quittait. C'était une annonce propre à entacher n'importe quelle fête à vie.

Pourtant, Juliet était douée pour faire disparaître les taches, elle connaissait toutes les astuces, tous les trucs pour les effacer. Il suffisait qu'elle y mette toute sa détermination et un peu d'huile de coude et, une fois qu'elle s'y était attaquée, on en discernait à peine la trace. Cette tache-là ne ferait pas exception. Il fallait juste qu'elle y mette un peu plus d'acharnement.

Elle prit alors conscience des respirations à peine audibles dans la voiture, à sa droite et à l'arrière. Il régnait un silence qui tenait du miracle. Pour la première fois depuis des années, tous les enfants s'étaient tus en même temps. Cela méritait une récompense, n'est-ce pas ? C'était ce que ses livres appelaient du « renforcement positif ».

— Merci, dit-elle d'une voix calme.

Si elle n'avait pas été aussi abasourdie par les retombées de son explosion de colère, elle se serait félicitée de son ton posé et rationnel.

— Maman… ? demanda une voix tremblante à côté d'elle. Ça va ?

Juliet inspira une grande bouffée d'air et la contint quelques instants. Tout allait bien, à présent. Elle ne percevait plus rien de cette frustration étourdissante, de ce sentiment de se précipiter sur un objectif qui ne cessait de se dérober. Même la crainte que Violet risque de devenir le portrait craché de Gemma, et que ça ne l'écarte de sa vie à jamais, avait disparu. Elle ne sentait plus rien. C'était merveilleux.

— Oui, dit-elle en expirant à fond. Tout va bien.

Elle avait recouvré ses facultés de réflexion, mais aussi

ses compétences de conductrice. Elle remit donc le moteur en marche, passa en première puis, évitant le regard furieux des conducteurs autour d'elle, reprit son périple en mettant le cap sur la piscine.

# Chapitre 3

Au moment du repas, ce soir-là, les enfants étaient encore un peu circonspects. Mais, une fois qu'ils eurent tous rangé leur assiette dans le lave-vaisselle et qu'ils furent partis vaquer chacun à leurs occupations, les choses semblaient avoir repris leur cours normal. Dans la maison résonnèrent de nouveau les rumeurs habituelles — le bruit des pas de Violet montant l'escalier quatre à quatre, les échos d'une dispute éclatant sur le palier, la cacophonie discrète d'un dessin animé à la télévision…

— Votre père sera là à 19 h 30 ! cria Juliet dans la cage d'escalier. Vérifiez bien que toutes vos affaires soient prêtes quand il arrivera.

Par miracle, ce fut le cas. Quand Greg sonna à la porte, les quatre sacs étaient alignés dans l'entrée, et leurs propriétaires étaient en train d'enfiler leur manteau, à des stades d'avancement divers.

Greg semblait tendu.

— Ils sont prêts ? demanda-t-il.

Juliet lui fit signe que oui. C'était bizarre qu'ils soient là tous les deux, lui d'un côté de la porte, elle de l'autre. Chaque fois qu'il venait chercher les enfants lors de ses week-ends de garde, cela continuait de lui faire un choc. Elle n'était toujours pas sûre de comprendre ce qui s'était passé entre eux pour qu'ils en arrivent là. Ils s'étaient longtemps considérés comme un couple parfait vivant dans une maison parfaite, puis leurs quatre enfants — parfaits — étaient arrivés, complétant leur bonheur… A présent, elle devinait combien, au milieu de toute cette perfection, ils s'étaient montrés présomptueux et complaisants.

Pourtant, elle n'avait rien vu venir. Pas le moindre indice.

C'était comme si, sur sa liste de choses à faire, cette liste qu'elle tenait si bien à jour, elle avait oublié la case « prépare-toi à la désintégration de ta vie et à un douloureux divorce ». C'était stupide de sa part. Ce n'était pas son genre de manquer à tel point d'organisation.

— Je peux aller ouvrir la voiture, papa ? demanda Josh en se précipitant devant Juliet pour aller prendre les clés des mains de son père.

— Non, c'est moi ! cria Jake en essayant de pousser son frère pour l'en empêcher.

Greg tendit les clés à Josh.

— Josh peut ouvrir la voiture maintenant, et toi tu pourras la refermer en arrivant à la maison.

Les deux garçons partirent en courant vers l'allée. Violet et Polly prirent tout juste la peine de s'arrêter pour faire une bise à leur mère avant de sortir de la maison. Juliet leur courut après pour en prendre une sous chaque bras et les embrasser correctement.

— Je vous aime, dit-elle en les serrant fort. Et je suis désolée pour tout à l'heure.

Polly la regarda fixement.

— Tu sais, comme stratégie de choc, c'était plutôt réussi.

Juliet ne put s'empêcher de sourire. Elle se précipita sur les talons des garçons pour les embrasser, puis les aida à s'installer à l'arrière de la voiture de Greg.

Quand les portières se furent refermées, Greg la dévisagea longuement par-dessus le toit de la voiture.

— Tu as l'air fatigué, Juliet, lui dit-il en frappant à la fenêtre pour faire signe à Josh de lui rendre ses clés. Tu devrais peut-être essayer de décompresser un peu au lieu de faire tout ton cirque habituel pour Noël.

Aussitôt, le sourire de Juliet s'effaça. Oh ! Greg paraissait si poli, si raisonnable. Au point qu'elle avait envie de le gifler. Alors, comme ça, il croyait encore pouvoir faire des commentaires sur son allure ou avoir son mot à dire sur la manière dont elle se comportait ? Sérieusement ? N'avait-il pas compris qu'en la quittant il avait tourné la page et renoncé à ce droit ?

En outre, quel mal y avait-il à vouloir faire de Noël un moment de fête, un moment où tout allait bien, où tout était parfait ? La désertion inattendue de Greg avait endeuillé les festivités deux ans plus tôt et, l'année précédente, ils avaient fêté leur premier Noël sans lui. Les pauvres enfants étaient déstabilisés, ils avaient perdu tous leurs repères. Juliet était donc déterminée, cette année, à ce que Noël soit une réussite, et ce d'autant plus que leur père semblait décidé à se montrer égoïste sur le sujet.

— Au revoir, Greg, dit-elle.

Elle serrait si fort les dents que sa mâchoire commençait à lui faire mal. Se reprenant, elle se pencha pour agiter la main à l'intention des enfants dans la voiture, un grand sourire aux lèvres. Inutile qu'ils s'aperçoivent que leur mère et leur père se disputaient encore.

Elle garda son sourire plaqué, même quand Greg secoua la tête, l'air désabusé, avant de monter dans la voiture. Conserver ce sourire tandis que le véhicule démarrait et sortait de l'allée requérait pourtant un effort qui lui donnait mal à la tête. Une fois que la Mercedes eut disparu derrière la haie et rejoint la circulation dans la rue, Juliet relâcha la pression sous la forme d'un bon gros juron aux antipodes de la distinction — le genre de mots qu'elle s'était forcée à oublier depuis que les enfants étaient tout petits. Puis elle serra les bras autour d'elle pour se protéger du froid et, ses pantoufles aux pieds, s'en retourna dans la maison vide.

Sans doute trouverait-elle la situation moins exaspérante si Greg n'avait pas si facilement tourné la page, de son côté. Ils s'étaient séparés, il avait fait son deuil de leur mariage et, à présent, avait une nouvelle compagne. C'était aussi simple que ça. Parfois, Juliet aurait aimé pouvoir se trouver quelqu'un, juste pour prouver à son ex qu'elle n'était pas à la traîne et qu'il n'avait aucune raison d'avoir pitié d'elle.

Elle entra d'un pas nerveux dans la cuisine et s'approcha du réfrigérateur pour en sortir une bouteille de pinot gris. C'est alors qu'elle aperçut du coin de l'œil son téléphone sur le comptoir, innocent et silencieux. Ses pensées délaissèrent Greg pour se tourner vers un autre membre de la famille, tout aussi égocentrique.

Sans quitter son portable des yeux, elle se versa une quantité généreuse de vin dans un verre à pied puis en avala une belle gorgée. Elle était prête à lancer l'opération textos.

*
* *

Quand Gemma s'effondra enfin sur son lit, cette nuit-là, elle ne prit même pas la peine de se mettre en pyjama. Elle se contenta de se déshabiller en ne gardant que son T-shirt, et rampa sous les couvertures. Les yeux lourds de sommeil, elle consulta l'écran de son téléphone posé sur la table de chevet. 2 h 25. Il fallait qu'elle se lève dans… combien ? Trois heures ? C'était complètement inhumain.

Elle se laissa retomber sur les moelleux oreillers de duvet et regarda le plafond, accablée de fatigue ; mais, au lieu d'être emportée par les vagues de torpeur qui tentaient de la submerger, elle se sentait ballottée en tous sens. Ses paupières avaient beau se fermer toutes seules, Gemma ne parvenait pas à s'abandonner au sommeil.

Avec un grognement contrarié, elle tendit de nouveau la main vers son téléphone et fit glisser son pouce sur l'écran. Comme d'habitude, c'était le seul moment de la journée qui lui laissait le temps de consulter ses textos. Une petite icône lui indiqua qu'elle en avait reçu cinq. Pas besoin d'être un génie pour deviner la provenance d'un d'entre eux au moins. Tandis qu'elle regardait l'écran, ses yeux lui offrirent un heureux sursis en se refermant, mais presque aussitôt se focalisèrent de nouveau sur l'écran.

Elle avait passé une journée infernale. Toby Thornton avait souffert d'un de ses célèbres trous de mémoire, et Gemma n'avait pas eu le temps de manger, et encore moins de s'asseoir, au cours des dernières vingt-quatre heures. C'était son travail de remédier à toutes les situations, de déployer des trésors de charme et d'ingéniosité pour convaincre la star mortifiée de remettre les pieds sur le plateau, et ce travail était tout bonnement épuisant. Il y avait des millions de dollars en jeu. Elle n'avait pas le temps d'écouter les plaintes ineptes de Juliet, qui se demandait sans doute si elle avait choisi la meilleure qualité de houx, ou hésitait entre un décor de table rouge et un doré pour le repas de Noël.

Elle se sentait incapable d'affronter sa sœur maintenant. Elle avait besoin d'un peu de temps avant cela ; au lieu de lire son message, elle préféra aller sur Facebook.

D'adorables chatons dysorthographiques… Des chaînes à vomir expliquant combien les femmes étaient des amies merveilleuses… Le chien de sa cousine Shelley coiffé d'un chapeau de fête… Et ainsi de suite.

Soudain, Gemma cessa de faire défiler la page. Elle battit des paupières puis, retenant son souffle, revint un peu en arrière pour jeter un coup d'œil plus attentif à une photo de son fil d'actualités.

C'était Michael. Bon sang, qu'il était beau. Sept mois s'étaient écoulés depuis leur séparation et elle avait encore un pincement au cœur en pensant à lui.

Il aurait été encore plus beau s'il n'avait pas été enroulé autour d'une bimbo brune souriant de toutes ses dents. Bon, pas vraiment enroulé, à vrai dire. Il était derrière elle, les bras passés autour de ses épaules, tel un petit pull bien sage. Joue contre joue, ils souriaient à l'objectif.

Quelle grosse vache.

Ce n'était pas raisonnable, elle le savait bien, mais Gemma cliqua sur la photo de profil de Michael pour aller sur son mur. C'était une erreur. En se mettant au lit, elle n'avait guère le moral, mais à présent elle se sentait complètement déprimée : « en couple avec Allie Cameron » était devenu

« fiancé à Allie Cameron ». Telle était la nouvelle situation amoureuse de Michael.

Elle en avait la nausée. D'un pouce tremblant, elle masqua la photo et referma l'application sans la regarder. Elle n'avait plus du tout sommeil, à présent. Michael avait été différent des autres. Elle le croyait parfait et, selon elle, il aurait pu être le bon.

Quelle idiote elle faisait ! Bon, quitte à se sentir mal, autant s'attaquer au reste des mauvaises nouvelles… Elle consulta donc ses messages avant de changer d'avis, et comme prévu en trouva un de Juliet :

> Gemma ! Veux-tu bien répondre à mes textos S'IL TE PLAÎT ! Je sais que ça te dépasse, mais tu es égoïste. Il faut que je te parle. VITE. Appelle-moi ! J.

Bouche bée, Gemma fixait son téléphone. Pour qui Juliet se prenait-elle ? Franchement ! A croire qu'elle passait ses journées à ne rien faire. Si elle ne répondait pas aux messages de sa sœur, c'était parce qu'elle avait un travail et une vie. Ce n'était pas parce que Juliet n'avait ni l'un ni l'autre, et qu'elle avait décidé de farcir ses journées de petits travaux manuels de précision et de cuisine gastronomique, qu'elle devait reprocher aux autres d'agir différemment.

C'était typique de Juliet. Si on ne faisait pas les choses à sa façon, c'était qu'on les faisait mal. Gemma avait eu beau essayer, jamais elle n'avait été à la hauteur des attentes de sa sœur aînée.

Pas étonnant qu'elle se sente plus proche de ses collègues de travail que de sa propre sœur. De ses collègues mais pas des acteurs, bien entendu — c'était une catégorie à part. Le reste de l'équipe, en revanche, lui donnait cette impression d'intimité : pendant plusieurs mois d'affilée, ils vivaient tous ensemble, mangeaient ensemble, partageaient tout. Elle était à l'aise avec eux, tandis qu'avec Juliet il fallait constamment veiller à ne pas laisser tomber de miettes de biscuit sur le canapé immaculé. Dans le milieu du cinéma, au moins, les gens savaient travailler en équipe. Et puis ils avaient besoin de Gemma ; ils la respectaient.

Elle s'allongea, immobile, et contempla le plafond. Pourquoi s'imposait-elle cette épreuve ? Plus elle y pensait, plus elle se demandait si passer Noël avec sa sœur était vraiment une bonne idée. « Paix sur la terre aux hommes de bonne volonté » ? Tu parles ! A ce moment précis, elle avait surtout envie d'envoyer paître Juliet, et sa soirée de Noël avec.

# Chapitre 4

La maison était si calme que Juliet fut tentée de s'effondrer dans un fauteuil avec un verre de vin et d'y passer le reste de la journée. La seule chose qui l'en dissuada fut la pendule de la cuisine. Elle la regarda fixement. Il était seulement 15 h 10 en ce dimanche après-midi. Après que Greg l'avait quittée, elle avait résisté à l'envie de se laisser aller de cette façon, et ce n'était certainement pas maintenant qu'elle allait y céder. De toute façon, elle avait trop à faire. Les caramels à la crème que les enfants devaient offrir à leurs professeurs pour les fêtes n'allaient pas se faire tout seuls.

Elle était en train de doser le sirop de glucose quand elle perçut le ronronnement d'une tondeuse dans un jardin voisin. C'était un murmure familier et réconfortant. Elle porta son mélange à ébullition et le battit au fouet jusqu'à ce qu'il commence à cristalliser, puis le versa dans un plat pour qu'il refroidisse.

Elle fronça soudain les sourcils. Le bruit de la tondeuse, d'abord étouffé, s'était amplifié, comme si l'engin s'était rapproché — à vrai dire, elle avait l'impression qu'il se trouvait juste sous la fenêtre de sa cuisine. Elle posa sa cuillère de bois et traversa la pièce pour jeter un coup d'œil dans le jardin situé derrière la maison.

L'instant d'après, elle était dehors, s'essuyant les mains sur son tablier.

— Will ! Tu veux bien m'expliquer ce que tu es en train de faire ?

Son voisin leva les yeux vers elle, sans cesser de manœuvrer sa tondeuse.

— Je crois que je suis en train de tondre ta pelouse, dit-il d'un air pince-sans-rire.

Juliet ouvrit la bouche, puis la referma. Les mains sur les hanches, elle lui adressa un regard perplexe.

— J'allais le faire moi-même, tu sais.

— Tu veux que j'arrête ? cria-t-il par-dessus le grondement de l'engin.

Juliet fit la moue. Elle savait qu'il arrêterait si elle le lui demandait, mais l'idée d'ajouter une corvée à sa liste déjà longue l'en dissuada. Will avait déjà fait les deux tiers du travail, de toute façon ; il aurait été stupide de l'interrompre maintenant. Comme elle n'aimait pas l'idée qu'il fasse cela pour rien, elle rentra dans la maison et en ressortit quelques minutes plus tard avec deux grandes tasses de porcelaine colorée et en tendit une dans la direction de son voisin. Il hocha la tête mais ne s'interrompit qu'après avoir tondu la parcelle d'herbe drue qui entourait l'unique pommier du jardin.

Juliet sirota son thé, le regardant par-dessus sa tasse tandis qu'il éteignait la tondeuse et la rejoignait d'un pas rapide. Quand il fut près d'elle, elle se sentit rougir.

Elle l'avait toujours trouvé bel homme. Will était grand, d'allure sportive, les cheveux châtains ; quant à ses yeux, elle ne se souvenait jamais de leur couleur précise. Son regard était chaleureux, c'était tout ce qu'elle savait. Il avait deux ans de moins qu'elle, mais elle n'avait jamais eu le sentiment qu'il éprouvait de la pitié pour sa voisine d'âge mûr. Sans compter que, pour une femme qui venait d'avoir quarante ans, elle était loin d'être défraîchie. Elle prenait soin d'elle et s'habillait avec élégance.

— Merci, dit-il en lui prenant la tasse des mains.

Il lui adressa l'un de ses rares mais charmants sourires. Puis ils contemplèrent ensemble la pelouse fraîchement tondue du jardin.

— C'est à moi de te remercier. Il y a des semaines que je voulais m'en charger.

Il haussa les épaules.

— J'étais en train de tondre chez moi, alors…

— Oui, je t'ai entendu. J'étais dans la cuisine, en train de faire des caramels pour les professeurs des enfants. Il m'a fallu un moment pour me rendre compte que le bruit se rapprochait et que c'était ma pelouse que tu tondais au lieu de la tienne !

— Des caramels ? lança Will, étonné. Ce doit être un sacré travail.

Elle secoua la tête.

— J'ai toujours offert des cadeaux faits maison. Ça a commencé quand Violet était petite et que Greg commençait tout juste à monter son entreprise. A l'époque, cela revenait moins cher, et maintenant c'est juste devenu une tradition.

Will plissa légèrement les yeux, comme s'il l'étudiait. Gênée, Juliet réprima l'envie de s'agiter sous son regard scrutateur. Elle avait toujours du mal à savoir ce que Will pensait.

— Ce genre de tradition n'est pas gravé dans le marbre,

tu sais. Ce ne serait pas plus rapide de filer au supermarché et d'acheter une bouteille ?

— Je suppose, si… Mais les professeurs reçoivent tellement de vin et de chocolats à cette époque de l'année que j'ai toujours envie de leur offrir quelque chose de spécial.

L'expression de Will s'adoucit, et Juliet esquissa un sourire avant d'ajouter :

— En plus, je ne voudrais pas qu'on m'accuse de contribuer à l'alcoolisme des enseignants de primaire…

— Alors que ça ne te dérange pas de contribuer à leur obésité ?

— Arrête, dit-elle avec un petit rire.

Will but une gorgée de thé et se tourna vers le jardin. La première fois qu'elle avait vu son voisin, elle s'était dit qu'il y avait peut-être un petit quelque chose entre eux, une sorte d'étincelle. Bien entendu, elle avait aussitôt chassé cette pensée ; à l'époque, elle était encore mariée, et Will était lui-même en couple. Ensuite, après le départ de Greg, elle n'avait plus été en état de penser aux hommes — sauf pour leur vouer une haine farouche. Elle le regarda, pensive. Il était en train d'examiner une parcelle d'herbe agglutinée près de la serre, et elle se demanda si elle n'allait pas devoir lui interdire de sortir le coupe-bordure, mais il se retourna et parla avant qu'elle ait pu intervenir :

— J'espère que tu ne m'en voudras pas de te dire ça, Juliet, mais vu ta tête tu n'as pas dû passer une semaine facile.

— Merci du compliment ! s'exclama-t-elle sur un ton faussement outré.

Will parlait peu, mais il ne mâchait pas ses mots. Cela dit, il n'avait pas tort. Elle soupira et tendit la main pour qu'il lui donne sa tasse vide.

— Reviens boire un thé quand tu auras fini, je te raconterai tout. J'ai même du caramel en train de refroidir…

A ces mots, Will dressa l'oreille. Juliet savait qu'il était gourmand ; et elle pourrait toujours refaire du caramel pour les profs.

— Marché conclu, dit-il.

Il sourit de nouveau, avec plus de douceur cette fois, et Juliet sentit quelque chose remuer au creux de son ventre.

Retenant sa respiration, elle hocha la tête. Puis, emportant les tasses, elle entra dans la maison sans se retourner.

Elle ne savait pas si c'était une bonne chose qu'il lui fasse cet effet-là.

Vingt minutes plus tard, Will toqua à la porte de sa cuisine. Il s'assit sur l'une des chaises dépareillées que Juliet avait payées une fortune chez un brocanteur en bas de la rue principale. Les six chaises qui entouraient maintenant la lourde table de chêne témoignaient d'un goût *original, éclectique et insoumis*… C'était exactement l'effet qu'elle recherchait. Même s'il lui arrivait parfois, en s'asseyant sur ces chaises, de se trouver un peu superficielle.

Le grand air et l'exercice avaient donné des couleurs à Will, et le vent avait ébouriffé ses cheveux. De nouveau, Juliet eut cette étrange sensation au creux de l'estomac. Elle était restée si longtemps avec Greg qu'elle avait presque oublié les premiers symptômes de l'attirance physique. Etait-ce de cela qu'il s'agissait ? Ou était-ce encore sa colopathie qui lui jouait des tours ?

— S'il te plaît, dis-moi qu'il y a vraiment du caramel, dit-il en se tournant vers le comptoir.

Elle s'empara du plat qui y refroidissait toujours et le posa au milieu de la table pour découper le caramel en petits carrés bien nets. Elle perçut le regard de Will sur elle tandis qu'il la contemplait sans rien dire. Le silence lui parut soudain lourd, et elle en fut gênée.

— Encore un peu de thé ? demanda-t-elle d'une voix un peu forte tout en déposant une bonne quantité de caramels sur une assiette.

Will secoua la tête.

— Je crois que j'ai déjà dû en boire un litre cet après-midi.

Juliet fronça les sourcils en divisant en deux l'un des petits caramels qu'elle posa sur sa propre assiette.

— C'est un peu riche pour être mangé comme ça, sans rafraîchissement.

Elle balaya la cuisine du regard en cherchant quelque chose à proposer à Will, et ses yeux se posèrent sur une bouteille de vin rouge, près de la table de cuisson, qu'elle avait ouverte pour parfumer un ragoût la veille. Attrapant la bouteille, elle la posa d'un air décidé sur la table.

Will lui adressa un regard étonné.

— Tu as raison, dit-elle avec un soupir. J'ai passé une semaine affreuse.

Elle jeta un coup d'œil par la fenêtre. Il était à peine 16 heures, mais le soleil allait bientôt se coucher. C'était presque le soir ; il n'était pas trop tôt pour partager un verre de vin avec un ami.

Will ne sourit pas à proprement parler, mais son regard se réchauffa. Elle alla donc chercher deux verres à pied dans le placard et leur versa une dose raisonnable de vin. Il ne fallut pas longtemps à Juliet pour lui raconter par le menu la grande évasion de tante Sylvia, la veille. Sans qu'elle s'en aperçoive, son verre s'était vidé, et elle se surprit à le remplir de nouveau — plus généreusement, cette fois. Elle n'allait quand même pas en laisser si peu au fond de la bouteille !

Quand elle eut vidé la moitié de son verre, elle commença à se demander s'il était bien judicieux de boire tant de merlot sur un estomac vide, ou presque — elle n'avait avalé qu'une demi-portion de caramel. Sans compter que Will l'avait écoutée déballer ses misères avec compassion, et qu'elle continuait de parler.

— Ça me semble tellement calme, les week-ends où Greg prend les enfants, dit-elle en sentant ses épaules s'affaisser légèrement. Ils ont beau me rendre folle quand ils sont là, c'est encore pire quand ils partent.

Elle soupira avant de reprendre :

— Mais bon, au moins, je les ai pour moi toute seule à Noël. C'est déjà pas mal.

Will, qui s'était fort peu discrètement resservi en caramels, leva les yeux vers elle.

— Tu ne m'avais pas dit que Greg et sa nouvelle amie étaient censés venir pour faire un vrai repas de Noël en famille ?

Elle fit signe que non. Puis, se ravisant, hocha la tête.

— En fait, si : je le leur ai proposé. Mais apparemment Anoushka avait déjà prévu quelque chose de mieux. Une proposition unique qu'elle a eue par son boulot, d'après ce que Greg m'a dit.

Juliet détestait l'amertume qu'elle entendait soudain dans sa voix.

— Ils vont à Bali, ou quelque chose comme ça, expliqua-t-elle. Pour échapper à la folie de Noël.

Will parut déconcerté.

— Ça ne ressemble pas au Greg que je connais.

Juliet haussa les épaules. Cela ne ressemblait pas non plus au Greg qu'elle connaissait. Il ne se comportait pas de cette façon à l'époque où ils étaient mariés. Elle aurait adoré qu'il laisse tout tomber juste pour être avec elle, ou qu'il l'embarque sans façon vers une destination exotique. Mais avec Greg le travail et les engagements passaient toujours avant le reste. Et elle le comprenait. Elle le soutenait, même. Pourtant, il avait changé à l'instant où il avait rencontré cette fichue Anoushka et, pour une raison qu'elle ignorait, cela énervait Juliet au plus haut point.

Elle secoua la tête et avala une grande gorgée de vin.

— Manifestement, cette fille est l'amour de sa vie. Du moins, c'est l'explication qu'il m'a donnée quand je lui ai demandé pourquoi il se défilait à Noël.

D'un seul coup, ses yeux s'étaient remplis de larmes. Elle baissa vivement le regard et battit fort des cils — peut-être allaient-elles s'évaporer ? L'instant d'après, elle sentit une main chaude se poser sur la sienne. Respirant de manière saccadée, elle regarda Will à la dérobée, derrière la longue mèche de cheveux qui lui était tombée devant le visage.

Pour qui ne le connaissait pas, son expression semblait

impassible. Mais Juliet reconnut la lueur d'empathie dans son regard.

— Je sais que c'est dur…

Elle acquiesça. Au bout de quelques secondes, elle fit glisser sa main pour la libérer de celle de Will et referma les doigts sur le pied de son verre. Elle savait qu'il savait.

— C'est juste que, dès lors qu'on a la bague au doigt, on croit être l'amour de la vie de quelqu'un, c'est légitime, non ? soupira-t-elle. Je veux dire, si ce n'est pas ce qu'il ressentait, pourquoi m'avoir épousée, alors ?

C'est une question qu'elle s'était posée un millier de fois depuis la désertion abrupte de Greg, et mille fois de plus depuis qu'il connaissait cette satanée Anoushka.

— Ce n'est pas que ça me dérange, mais…

A présent qu'elle avait commencé à s'épancher, elle n'arrivait plus à s'arrêter de parler.

— Tout de même, ce n'est pas la femme idéale, tu ne crois pas ? Je crois que j'aurais mieux encaissé le choc si ç'avait été le cas, parce que pour Greg le physique a toujours beaucoup compté, et je sais que je commence à entrer dans l'âge mûr…

Will lui jeta un regard qui signifiait sans doute qu'il valait mieux qu'elle s'arrête là, mais elle n'en tint pas compte.

— Elle a deux mois de plus que moi. Elle est plus petite, et elle fait au moins une taille de vêtement de plus que moi. Ce n'est pas une Juliet version 2.0, un modèle plus élancé et plus rapide. Elle est juste… différente.

*Pas comme moi.*

C'était peut-être pour cela que Greg ne lui avait jamais dit qu'elle était l'amour de sa vie. Sauf qu'elle s'était aperçue de cette omission trop tard — bien trop tard.

— Tant pis pour lui, alors, dit Will avec fermeté.

Juliet ne parvint pas à déchiffrer l'expression qu'affichait son voisin. Cela n'avait rien de possessif, du genre : « Je prends la défense de mon amie. » Pourquoi lui avait-il pris la main tout à l'heure, dans ce cas ? Eprouvait-il quelque chose pour elle ? Et elle, de son côté ? Dieu du ciel, elle était complètement perdue !

Elle n'avait pas envie de se « remettre sur le marché », c'était trop épuisant émotionnellement. La Juliet qui sortait avec des garçons, allait danser et savait parler à d'autres hommes que son mari était devenue une créature évoluant dans un monde parallèle.

— Tu as ressenti la même chose quand Samantha est partie ? demanda-t-elle à Will.

— Tu veux dire, est-ce que je comprends ce qu'on ressent quand sa moitié prend la poudre d'escampette avant de se remettre en couple avec une femme plus âgée et plus grosse ? Non.

Juliet ne put s'empêcher de rire. C'était ce qui lui plaisait chez Will. Il arrivait toujours à lui remonter le moral. Sa présence était… réconfortante.

Il lui décocha un sourire ironique.

— Mais si tu te demandes si je me suis remis en question pendant des mois après le départ de Samantha, alors la réponse est « oui ». Je sais que Sam et moi n'étions pas ensemble depuis aussi longtemps que Greg et toi, loin de là, mais je t'assure qu'on finit par s'en remettre. Il faut juste que tu te laisses un peu de temps, Juliet.

Du temps. Quel dommage qu'elle en ait si peu dans sa vie, en ce moment. Même avec un autre adulte à ses côtés, jongler entre les enfants et la maison n'avait pas été une sinécure. A présent, elle était seule pour s'en occuper et, avec une grand-tante à moitié sénile pour compléter le tableau, la tâche était presque impossible. Mais Will avait raison. Elle avait besoin de temps.

Pas seulement pour se remettre de sa rupture avec Greg — à vrai dire, elle n'avait même plus envie qu'il revienne. En revanche, elle détestait être jalouse de la vie qu'il menait à présent. S'il y avait eu une justice, ç'aurait été elle qui aurait vécu une histoire d'amour passionnée pendant que son ex se serait morfondu dans une maison vide, regrettant ce qu'il avait gâché avec tant d'insouciance.

Elle faillit éclater de rire. Une histoire d'amour passionnée ? N'importe quoi. Qui aurait voulu en vivre une avec elle ?

— Tout devient vraiment compliqué, tu ne trouves pas ? demanda-t-elle, pensive.

Puis, juste pour voir la réaction de Will, elle lança :

— Et toi, tu as eu assez de temps ? Tu as réussi à tourner la page ?

Will réfléchit un instant avant de hocher la tête :

— Je crois, oui.

— Alors pourquoi je ne vois jamais de jolies jeunes femmes défiler devant ta porte ?

— Eh bien, il n'y a pas eu de défilé à proprement parler, mais j'ai eu quelques rendez-vous.

Ah. Juliet ne s'était pas attendue à cela.

— Et tu as trouvé quelqu'un de bien ? demanda-t-elle nonchalamment en faisant pivoter son verre entre ses doigts.

Il soupira.

— Ce n'est pas le problème.

Elle leva les yeux vers lui.

— Alors c'est quoi, le problème ?

Il secoua lentement la tête.

— J'ai l'impression de ne jamais choisir la bonne personne pour moi.

— Qu'est-ce que tu entends par là ?

— Certaines des filles avec lesquelles je suis sorti m'ont plu, mais j'ai laissé tomber après quelques rendez-vous. Celles que j'ai envie de revoir finissent toujours par me rappeler Samantha.

— C'est vrai ?

— Pas sur le plan physique, mais dans la personnalité…

Il haussa une épaule, puis la laissa retomber avec fatalisme.

— J'ai beau faire attention, je sors toujours avec des femmes qui lui ressemblent — du genre très libres d'esprit, imprévisibles…

— Piquantes, tu veux dire, fit Juliet, l'interrompant.

Elle sentit son estomac se nouer. « Libres d'esprit ». Manifestement, c'était ce que recherchaient les hommes, même s'ils affirmaient le contraire.

Will soutint son regard.

— Des femmes auxquelles on ne peut pas se fier, ajouta-t-il.

Incapable de détacher ses yeux de lui, Juliet demanda :

— Et ce n'est pas ce que tu veux ?

— Non, dit-il à mi-voix. Je suis prêt à poser mes valises, à m'installer. C'est d'ailleurs pour ça que j'ai acheté cette grande baraque juste à côté, au départ. Je n'aurais sans doute pas dû faire ma demande en mariage avant de savoir si Samantha était dans le même état d'esprit que moi.

C'était en effet juste après la proposition de Will que Samantha avait détalé comme un lapin. En outre, contrairement à Greg, qui avait au moins eu la décence de discuter avec Juliet avant son départ, Sam s'était contentée de faire ses bagages et de disparaître, ne laissant en guise d'explication qu'un message aussi bref que frustrant.

Une expression de tristesse passa de manière fugace sur les traits de Will. Juliet s'apprêtait à dire qu'elle était désolée d'avoir abordé le sujet, mais il balaya ses excuses d'un geste, avant même qu'elles aient franchi ses lèvres. Voilà pourquoi elle buvait peu, surtout le ventre vide : elle finissait toujours par dire des choses qu'elle regrettait ensuite.

— Tu as raison, reprit-il. C'est pour ça que je ne tiens pas vraiment à reprendre ce genre de relation et à retrouver ce type de femme. Je cherche quelqu'un de réfléchi, quelqu'un qui ait les pieds sur terre. Qui comprenne les concepts de foyer et de famille.

Elle aurait pu oublier ces mots sur-le-champ s'il ne l'avait pas regardée avec une telle intensité en les prononçant. Marron. Ses yeux étaient marron. Le cœur de Juliet se mit à battre plus fort.

Une expression nouvelle s'était peinte sur le visage de Will. Quelque chose qui ressemblait étrangement à une question.

Aussitôt, Juliet bondit de sa chaise et se mit à débarrasser les verres et à remuer les plats de caramel. *Pourquoi fais-tu ça ?* se demanda-t-elle en rangeant la bouteille vide dans le bac à verre. *Pourquoi n'es-tu pas restée tranquillement assise sur ta chaise, en tête à tête avec ce bel homme qui semble t'apprécier ? Pourquoi te sens-tu obligée de courir dans tous les sens, comme le hamster de Polly quand il a peur ?*

Même à présent qu'elle se posait la question, elle ne pouvait cesser de s'activer. Apparemment, c'était sa tactique quand quelque chose la mettait mal à l'aise. Au bout de quelques minutes, elle réussit à se reprendre suffisamment pour résister à l'impulsion d'enfiler ses gants de ménage et de faire la vaisselle. Elle se retourna pour regarder Will. Il avait repoussé sa chaise et se penchait pour ramasser sa veste, qui traînait à moitié par terre.

— Désolée, murmura-t-elle.

La bouche de Will resta pincée, et pourtant elle eut l'impression qu'il lui souriait imperceptiblement.

— De quoi ? demanda-t-il.

*De ne pas être prête*, aurait-elle voulu dire. Mais elle ravala sa réponse.

Will inclina légèrement la tête.

— Ton caramel était fabuleux, au fait…

— Merci, dit-elle d'une voix faible tandis qu'il sortait par la porte de derrière.

Elle l'entendit récupérer sa tondeuse et la ramener dans son propre jardin, puis le silence se fit de nouveau, dehors et dans la maison. Alors, elle se rassit à table et acheva le plat de caramel à elle seule.

# *Chapitre 5*

Gemma arrêta sa voiture devant la maison de Juliet sans couper le moteur, ni entrer dans l'allée. Elle resta là quelques instants, assise derrière le volant, à contempler les haies de buis soigneusement taillées.

C'était idiot. Elle avait trente-cinq ans passés, elle était adulte, mais chaque fois qu'elle approchait de la maison de sa sœur le même phénomène se produisait : les années écoulées disparaissaient, et tout à coup elle avait l'impression d'être redevenue une gamine dont on tolérait tout juste la présence ; de représenter un problème de plus à gérer.

Elle prit une profonde inspiration puis souffla longuement. Il n'y avait pas de quoi en faire une montagne. Il s'agissait seulement de Juliet. Elle affrontait des situations autrement plus complexes jour après jour dans son travail.

*Je m'en fiche. Peu importe ce qu'elle pense de moi.*

Elle rabattit le pare-soleil de sa voiture de sport et jeta un coup d'œil à son reflet dans le miroir de courtoisie. En dehors de quelques bouclettes blondes, seuls ses yeux y étaient visibles. Ils étaient ronds et effrayés comme ceux de Bambi. Elle se concentra et, l'instant d'après, son regard était devenu voilé et nonchalant — tel celui de Garbo.

Elle était prête.

Le fait de venir voir sa famille n'aurait pas dû exiger qu'elle se lance dans de grandes manœuvres stratégiques, mais Gemma avait appris à ses dépens qu'affronter Juliet sans plan de bataille revenait à faire la guerre munie d'un pistolet à eau. Son plan du jour tenait en deux mots : « visite éclair ». Elle allait passer en coup de vent, le temps de donner leurs cadeaux de Noël aux enfants, de bavarder un peu — le strict minimum — puis de se replier vers sa voiture à 14 heures dernier carat. Ce serait du gâteau.

De nouveau, elle inspira puis expira lentement avant d'engager sa voiture sur le gravier crissant de l'allée. Elle était sûre que, si Juliet n'avait pas voulu la paver, ce n'était pas seulement parce qu'elle aimait le côté démodé des petits cailloux, mais parce qu'elle ne voulait pas qu'on puisse s'approcher de son domaine sans qu'elle l'entende.

Comme toujours à l'époque de Noël, la maison était magnifique. Avec ses pignons élancés et ses briques rouges, la demeure victorienne de Juliet représentait parfaitement la saison. Des guirlandes toutes simples de lumière blanche étaient enroulées autour d'un arbre devant la maison, et d'autres décoraient la balustrade de la terrasse couverte. Une couronne de branches de sapin ornée de pommes de pin, de clochettes d'argent et d'un gros ruban de velours rouge mettait en valeur la porte d'entrée, d'un noir lustré et pourvue de panneaux de verre teinté ; les lumières d'un arbre de Noël clignotaient de façon engageante à travers les doubles vitrages du salon. Il ne faisait aucun doute que Gemma allait trouver de la verdure en surabondance à l'intérieur — l'équivalent d'une demi-forêt —, le tout distribué avec goût au-dessus de la cheminée et autour de la rampe d'escalier.

Gemma coupa le moteur et sortit de la voiture. Elle retira du coffre deux grands sacs de cadeaux achetés pour ses neveux et nièces. En faisant ces emplettes, elle s'était sentie pleine d'amour et de générosité, mais à présent la profusion de paquets lui semblait un peu exagérée, comme si elle essayait de se racheter.

C'était le cas, en effet. Ce que Juliet, bien sûr, ignorait encore.

Juliet ouvrit la porte d'entrée au moment où Gemma refermait le coffre. Elle resta sur le seuil pour l'attendre, souriant — d'un air un peu pincé, il est vrai — en serrant ses bras autour d'elle pour se protéger de la fraîcheur de cet après-midi de décembre. Gemma avait espéré que ces retrouvailles lui procureraient un peu de joie, mais elle sentit soudain le cœur lui manquer.

— Salut ! lança-t-elle en avançant vers Juliet.

Elle affichait un sourire aussi fragile que celui de sa sœur, évita une véritable embrassade au prétexte qu'elle avait les bras chargés, posant un simple baiser sur la joue de Juliet.

A peine avait-elle pénétré dans l'entrée qu'un bruit de cavalcade retentit. Trois petites silhouettes se ruèrent sur elle pour venir enserrer ses jambes, ses hanches et sa taille en poussant des cris perçants.

— Tatie Gemma !

— Attends, je vais te débarrasser, dit Juliet en prenant les sacs des mains de sa sœur.

— Salut, Josh, dit Gemma, le souffle court. Tu me serres un peu fort, bonhomme.

Il leva la tête vers elle sans relâcher son étreinte. Pour un gosse aussi petit, il était étonnamment fort.

— Je suis Jake. C'est lui, Josh, dit-il.

Son jumeau éclata de rire et commença à la serrer aussi fort que son frère.

— Qui que vous soyez, arrêtez ! s'écria-t-elle. Sinon, je remets tous ces cadeaux de Noël dans la voiture et je les remporte chez moi.

La menace fit son petit effet. Les deux garçons la lâchèrent aussitôt et reculèrent un peu en la dévisageant avec une expression angélique et pleine d'espoir.

Juliet secoua la tête.

— Vous connaissez la règle, les garçons : pas de cadeaux avant le matin de Noël.

Sur ces mots, elle disparut à l'étage en emportant les paquets, ce qui souleva un tollé de protestations de la part des jumeaux. Sans l'attraction des emballages colorés, ils finirent par lâcher leur tante et détaler, laissant la place à leur grande sœur.

Polly la dévisageait d'une façon un peu déstabilisante. Gemma lui sourit.

— Tu m'as envoyé une carte qui disait : « Joyeux anniversaire à ma super nièce de huit ans », lança Polly d'un ton accusateur. J'en ai dix.

Zut. En réalité, Polly avait déjà eu de la chance de recevoir une carte. Gemma n'était pas douée pour tenir le compte des anniversaires.

— Pardon, dit celle-ci avec un large sourire, mais tu grandis si vite que je n'arrive plus à suivre. Regarde-moi ça !

Par bonheur, cette explication sembla apaiser le ressentiment de Polly.

— Tu pourras te rattraper l'année prochaine, lui dit-elle d'un ton indulgent.

— Je te promets que je t'en enverrai une avec un gros « onze » dessus, répondit Gemma en l'embrassant.

Polly battit innocemment des cils.

— J'imaginais plutôt ça sous forme d'argent. Et je préfère les billets aux pièces.

Gemma réprima un petit rire. En voilà une qui avait hérité des talents de marchand de tapis de son père. Pour autant, elle se rappelait combien il était vexant d'être jugé plus jeune que son âge quand on était enfant, et en particulier lorsqu'on se démenait vainement pour rattraper ses aînés. Gemma sortit un billet de dix livres de sa poche.

— Je peux me rattraper tout de suite, dit-elle en baissant la voix. Mais ne dis rien aux autres.

— Dire quoi aux autres ? lança une voix depuis le palier.

Gemma se retourna d'un bond.

— Violet !

Elle attendit que la plus grande de ses nièces ait descendu les marches pour la prendre dans ses bras. Gemma avait parfois du mal à comprendre les petits, mais Violet et elle s'entendaient comme larrons en foire. S'écartant de l'adolescente, elle la contempla des pieds à la tête.

— J'adore ta tenue, et qu'est-ce que je ne donnerais pas pour avoir ces jambes !

Violet portait un T-shirt des Fearless Vampire Killers et un jean tellement serré qu'on l'aurait dit peint directement sur elle.

— Et moi, qu'est-ce que je ne donnerais pas pour une paire de chaussures comme les tiennes, répondit-elle en désignant les escarpins de daim rouge vif de sa tante. Mais maman refuse que je porte des talons.

— Il ne faut pas lui en vouloir, dit Gemma en regardant sa nièce dans les yeux. Elle est trop vieille, elle ne se rappelle plus ce que c'est de s'amuser.

— Mais toi aussi, tu es vieille, protesta Violet. Et pourtant tu sais t'amuser.

— Merci… peut-être, dit Gemma avec un petit rire avant de se rapprocher de Violet. Et ce garçon trop mignon dont tu m'as parlé dans ton dernier e-mail, il t'a enfin demandé de sortir avec lui ou pas ?

Violet rougit et secoua la tête. Elle était sur le point de répondre quand Juliet apparut sur le palier ; elle se contenta alors d'adresser à sa tante un sourire complice.

Juliet descendit l'escalier en fronçant les sourcils, vivante image d'une désapprobation qui semblait croître à mesure qu'elle se rapprochait de sa sœur. Gemma savait que, depuis quelque temps, Violet en faisait voir de toutes les couleurs à sa mère — mais quoi de plus normal de la part d'une adolescente de quinze ans ? Cela dit, ce n'était quand même pas la faute de Gemma si Violet la considérait davantage comme une amie à laquelle se confier que comme une tante, non ?

En arrivant dans l'entrée, Juliet se radoucit et dit à sa sœur :

— C'est vraiment bon de te voir, ça faisait si longtemps.

Pourtant, Gemma en perçut le reproche sous-jacent — elle connaissait Juliet par cœur. C'était toujours ainsi qu'elle procédait : rien ne transparaissait en surface, mais tout ce qu'elle ressentait de négatif prenait insidieusement de l'ampleur à force d'accumulation. Toute cette agressivité contenue exaspérait Gemma.

— Ça me fait plaisir, à moi aussi, répondit-elle en lui retournant son sourire.

Au fond d'elle, elle songea qu'elle aurait bien aimé, une fois dans sa vie, voir exploser la carapace de perfection dont Juliet était revêtue, juste pour voir si sa sœur était vraiment humaine.

— Tu veux du thé ? proposa Juliet en l'invitant à la suivre dans la cuisine.

Gemma acquiesça, se préparant mentalement à ce qui allait suivre tandis que Juliet remplissait la bouilloire. Elle savait que sa sœur choisissait toujours le moment où elle effectuait les gestes les plus banals pour assener ses questions les plus meurtrières.

*C'est parti…*, se dit-elle.

— Il n'est pas un peu tôt pour apporter aux enfants leurs cadeaux de Noël ? demanda Juliet en rabattant le couvercle de la bouilloire avant de la placer sur son socle.

Traduction : *Comment t'es-tu débrouillée pour venir déposer de véritables cadeaux avec une semaine d'avance, alors que d'habitude tu envoies en janvier des cartes-cadeaux qui sentent la culpabilité à plein nez ?*

Gemma tenta d'ignorer la petite voix dans sa tête. Elle n'était pas aussi égoïste que Juliet le laissait entendre. Presque chaque année, elle travaillait jusqu'à la veille de Noël avant d'enchaîner sur ses vacances — les seuls véritables congés dont elle disposait dans l'année car elle travaillait généralement tout l'été. Quant aux enfants, ils ne s'étaient jamais plaints d'avoir de l'argent à dépenser sur iTunes ou dans les magasins de jouets, pour autant qu'elle sache.

Gemma répondit avec un haussement d'épaules évasif :

— J'essayais juste d'être un peu plus organisée, cette année. Comment va tante Sylvia ? ajouta-t-elle, essayant de changer de sujet.

Elle lui dévoilerait plus tard les véritables raisons de cette livraison de cadeaux anticipée. Une fois qu'elle serait parvenue à lui faire baisser un peu la garde.

Juliet esquissa un petit sourire qui ne lui ressemblait pas. Un sourire presque cruel, pensa Gemma. Mais non, ce n'était pas possible — si sa sœur et elle étaient nées le même jour, Gemma savait très bien que le rôle de la jumelle maléfique lui serait revenu à elle, et non à Juliet.

Elle décida de la sonder un peu pour en avoir le cœur net.

— Que se passe-t-il ? Il y a un problème avec tante Sylvia ?

Juliet saisit la bouilloire et versa l'eau frémissante dans la théière.

— Oh ! Son état n'a pas beaucoup évolué, ces derniers mois. D'ailleurs, je pensais que nous pourrions aller lui rendre une petite visite cet après-midi. Violet peut s'occuper des petits pendant deux heures.

Désarçonnée, Gemma jeta un coup d'œil à la pendule. Deux heures ?

*Tu parles d'une visite éclair…*

Juliet entra la première dans la salle commune de Greenacres. Elle avança l'un des fauteuils à haut dossier pour que Gemma puisse s'asseoir en face de leur grand-tante. La pensée de ce berlingot pelucheux attendant sagement Gemma au fond du sac à main de tante Sylvia la réjouissait, mais elle avait des raisons plus sérieuses d'avoir insisté pour que sa sœur l'accompagne cet après-midi à la maison de retraite.

Elle tenait à ce que Gemma constate par elle-même combien l'état de leur grand-tante s'était dégradé depuis l'été. Elle espérait — sans doute en vain — l'inciter à passer plus de temps avec sa famille. D'ici peu, Sylvia les aurait probablement oubliées toutes les deux.

— Bonjour, tante Sylvia, dit Juliet en observant attentivement Gemma tandis que celle-ci s'asseyait.

Elle avança un fauteuil pour elle puis s'exclama :

— Regarde qui est venue te voir !

Sylvia battit des paupières puis regarda fixement la nouvelle venue.

— Gemma ! dit-elle après un instant.

Elle pressa ses doigts ridés sur sa bouche, le regard soudain pétillant.

— Bonjour, tatie Sylvia. Ça faisait longtemps.

— Trop longtemps, dit Sylvia d'un ton sec avant de lui adresser un grand sourire. Peu importe. Tu es là, maintenant, et c'est tout ce qui compte.

Puis, se tournant vers Juliet :

— Bonjour.

— Bonjour.

Le front de Sylvia se plissa légèrement, et elle dévisagea longuement l'aînée de ses petites-nièces avant de reporter son attention sur Gemma.

— Au fait, dit-elle, je viens juste de me rappeler ! J'ai quelque chose pour toi, ça fait un moment que je le garde pour te l'offrir.

C'était l'instant que Juliet attendait depuis plus d'une

semaine, et pourtant elle n'avait plus tellement envie de rire, à présent.

Elle aurait dû se douter que tante Sylvia allait se souvenir de Gemma : tout le monde se rappelait sa sœur. C'était Juliet qui s'effaçait des mémoires, qui se fondait lentement au décor à force de mener sa petite vie routinière.

Perplexe, Gemma observait l'objet que sa tante lui avait placé sur la paume. Juliet tendit aussitôt le bras pour le lui prendre des mains. Contrairement à Gemma, elle savait où se trouvait la poubelle.

— Donne, je vais le…

Juliet allait se lever quand Gemma lâcha l'objet dans la main ouverte de sa sœur. Celle-ci découvrit alors qu'il n'était ni collant, ni pelucheux. En réalité, il était assez lourd et un peu froid. Délicat. Elle baissa les yeux pour découvrir, au creux de sa paume, une bague en or rose sertie de trois petits diamants brillant de tous leurs feux.

— Non, ce n'est quand même pas…, dit Gemma.

D'un geste vif, Juliet lui remit la bague dans la main avant de se lever et de s'éloigner.

C'était la bague de fiançailles de sa grand-mère — celle qu'elle avait laissée à Sylvia en exigeant qu'elle soit remise à l'aînée de ses petites-filles une fois qu'elles seraient toutes deux décédées.

Malgré les protestations de Gemma, tante Sylvia lui referma les doigts autour de l'anneau.

— Non, je veux que tu la gardes. Elle fera beaucoup plus d'effet sur une jolie fille comme toi que sur ma vieille main osseuse.

Gemma fronça légèrement les sourcils. Pourtant, constata

Juliet, elle ne semblait ni choquée ni coupable. N'était-elle pas au courant que cette bague aurait dû lui revenir, à elle ?

Evidemment, qu'elle ne le savait pas. Pour cela, il aurait fallu qu'elle soit présente aux réunions de famille et qu'elle entende ce qui s'y disait — et ce n'était pas le fort de Gemma. Juliet grimaça en la voyant embrasser leur grand-tante avant de glisser la bague dans sa poche.

— Merci, tatie Sylvia. Ça me fait vraiment plaisir.

Elle avait prononcé ces mots avec une telle sincérité que Juliet eut envie de crier. De fait, elle dut laisser échapper un son étouffé, car Sylvia se tourna pour la dévisager de nouveau.

— Vous n'aviez pas dit que vous apporteriez le thé, ma petite ?

— Euh…

Juliet avait du mal à articuler. Elle déglutit et tenta de nouveau de parler :

— Mais c'est que…

Il fallait qu'elle s'en aille, qu'elle fuie cet endroit avant de faire une scène. Et Juliet ne faisait jamais de scène. Même quand Greg était parti, elle s'était contentée, discrète, de verser des larmes silencieuses tandis qu'il montait dans sa voiture puis s'éloignait de la maison.

Elle posa les yeux sur la porte de la salle commune. Sans réfléchir, elle quitta la pièce, emprunta le couloir et se dirigea vers la petite cuisine où les aides-soignantes avaient coutume de préparer leur thé. Juliet venait si souvent qu'elles la laissaient l'utiliser lors de chacune de ses visites. Elle s'arrêta, le regard rivé sur le placard d'un blanc terne qui lui faisait face. Elle savait que c'était là que les sachets de thé étaient rangés, mais elle n'arrivait plus à faire le moindre geste.

Elle sentait quelque chose lui envahir la poitrine, quelque chose de sombre et d'amer. Rien à voir avec l'accès d'hilarité provoqué par la vue d'un vieux bonbon sale. C'était une sensation glaçante qui avait le goût du vide. Cela l'effraya tant qu'elle la repoussa de toutes ses forces au plus profond d'elle-même, fermant les yeux et se concentrant pour en effacer toute trace.

Quand elle pensa avoir recouvré son sang-froid, elle ouvrit le placard, s'empara de la boîte en fer puis prépara du thé pour trois personnes.

Que pouvait-elle faire d'autre ?

Aider les autres, c'était la raison de vivre de Juliet. Et, si les gens se souvenaient à peine d'elle quand elle les aidait, ne prendrait-elle pas le risque, en cessant d'agir ainsi, de disparaître complètement ?

Sur le trajet du retour, Gemma jeta un coup d'œil inquisiteur à sa sœur :

— Qu'est-ce que tu as ?

Le visage de Juliet affichait un calme parfait, mais elle avait les mains tellement crispées autour du volant que Gemma voyait ses phalanges blanchir. Juliet mit son clignotant et bifurqua avec aisance dans une rue perpendiculaire.

— Rien.

Gemma aurait pu laisser tomber. C'était manifestement ce que sa sœur attendait d'elle. Et c'était en général l'option qu'elle choisissait en pareille situation. Il existait suffisamment de tensions entre elles sans en rajouter, mais aujourd'hui — peut-être parce qu'elle se sentait un peu coupable — elle décida d'insister :

— Je ne pense pas qu'il n'y ait rien, non. Tu as une tête de déterrée.

*Bravo, Gemma, c'était délicatement formulé. Tu as vraiment des talents de diplomate.*

Pourtant, elle poursuivit :

— Tu voulais cette bague, n'est-ce pas ?

A peine la question avait-elle franchi ses lèvres qu'elle regretta de l'avoir posée. Pourquoi avait-elle dit cela ? Elle avait eu l'intention de tourner prudemment autour du pot pour donner à Juliet la possibilité de s'exprimer elle-même sur le sujet. Elle avait deviné que l'humeur de sa sœur n'était pas sans rapport avec l'anneau de leur grand-mère, car, jusqu'au moment où tante Sylvia la lui avait donnée, elle s'était comportée presque normalement.

— Non, répondit Juliet.

Mais son masque de sérénité était en train de se fissurer. Elle avait les mâchoires serrées et observait la circulation d'un regard furieux en attendant que le feu passe au vert.

— Si, tu la voulais. C'est tout à fait le genre de vieilleries qui te font baver d'envie.

Soudain, Juliet donna un coup de volant et arrêta la voiture au bord du trottoir. D'un geste vif, elle serra le frein à main puis se tourna vers Gemma :

— Ça n'a rien à voir avec la bague ! Ce n'est pas une question d'or ou de diamants, en tout cas…

Elle secoua la tête et laissa échapper un soupir exaspéré.

— C'est parce que… Oh ! laisse tomber. Tu ne peux pas comprendre.

— Je ne suis plus une enfant, Juliet. Tu pourrais me laisser une chance de comprendre, mais tu ne le fais jamais. Alors dis-moi… C'est quoi, ce truc si incroyablement complexe que mon pauvre petit cerveau serait incapable d'appréhender ?

Juliet garda le regard fixé sur la rue devant elle. Quand elle parla, sa voix était tendue.

— Je voulais juste que, pour une fois, quelqu'un pense à moi en premier, c'est tout. J'en ai marre de jouer toujours les seconds rôles.

Elle s'interrompit un instant, parut réfléchir, puis ajouta :

— Non, ce n'est pas tout à fait ça. J'en ai marre de jouer les chauffeurs de salle.

Gemma se tourna vers sa sœur en plissant le nez.

— Hein ? dit-elle.

— C'est l'histoire de ma vie, dit Juliet avec amertume. Prends Greg, par exemple. J'ai l'impression qu'il ne s'est contenté de moi que parce qu'il n'avait pas encore rencontré le grand amour. Je n'étais là que pour chauffer le siège de cette fichue Anoushka, en fait.

A entendre Juliet, on aurait pu croire que « Fichue Anoushka » était le nom complet de sa remplaçante auprès de Greg, car elle ne l'évoquait qu'en ces termes, ces derniers temps.

Quand Juliet reprit la parole, elle paraissait plus sombre que jamais :

— Et puis il y a toi…

— Qu'est-ce que j'ai fait ? lança aussitôt Gemma.

Juliet jeta un coup d'œil dans le rétroviseur, mit son clignotant, relâcha le frein à main et reprit le chemin de la maison.

— Ne fais pas semblant de ne pas savoir que tu as toujours été la préférée. Quand tu es née, papa et maman sont devenus fous de toi, et moi je suis passée à l'arrière-plan, comme si j'avais juste été un galop d'essai en attendant qu'ils soient prêts pour toi.

Gemma en resta bouche bée. Comment Juliet pouvait-elle penser ça ? Ignorait-elle que, lorsque Gemma rendait visite à leur mère, elle ne lui parlait jamais que de Juliet ? Le mariage de Juliet, tellement réussi ; la cuisine de Juliet, un délice ; les enfants de Juliet, des anges… et pourquoi Gemma ne se dénichait-elle pas un gentil garçon comme Greg au lieu de perdre son temps avec ses aventures sans lendemain ?

Elle en avait le ventre noué. Si c'était ce que Juliet pensait, pas étonnant que l'ambiance soit toujours chargée de ressentiment quand elles se retrouvaient. Malheureusement, il allait sans doute leur falloir une bonne dizaine d'années avant de clarifier la situation, et Gemma avait d'autres choses en tête. En premier lieu, empêcher que Juliet s'effondre complètement quand sa sœur aborderait le sujet qu'elle évitait soigneusement depuis le début de l'après-midi.

Mais chaque chose en son temps… Gemma se creusa la cervelle pour tenter de ramener un peu de gaieté dans la conversation. Il fallait vraiment que Juliet se sente heureuse et bienveillante au moment où elle apprendrait la nouvelle.

— Je crois que tu devrais avoir cette bague, dit-elle avec un hochement de tête. Après tout, c'est toi l'aînée, ce serait logique.

Juliet continuait de conduire, tendue. Elle semblait tellement figée que Gemma prit conscience, un peu tardivement, que cette bague avait été destinée à sa sœur depuis le début.

— Quand je disais que cette bague représentait plus que quelques diamants, je le pensais vraiment, dit Juliet. De toute façon, elle appartient à tante Sylvia, maintenant. Elle peut la donner à qui elle veut.

Gemma grimaça.

— Elle m'a paru un peu confuse, aujourd'hui…

Juliet poussa un soupir las.

— C'est bien pire que ça, Gemma ! Tu le saurais si tu étais là plus souvent. Je vais la voir deux fois par semaine, et depuis le mois d'octobre elle ne s'est souvenue de qui j'étais que trois ou quatre fois.

— Arrête tes bêtises !

L'état de tante Sylvia n'était pourtant pas si alarmant, Gemma ne voulait pas croire qu'il puisse s'être dégradé à ce point. Cela ne pouvait pas arriver à cette vieille dame pleine de charme qui lui avait toujours semblé si vive, et qu'elle n'avait jamais pu battre au rami malgré tous ses efforts…

— Bien sûr, qu'elle se souvient de toi, Juliet, dit-elle. C'est juste qu'il lui arrive de mélanger les prénoms de temps à autre.

— Arrête de te raconter des histoires, répliqua Juliet, qui avait repris un peu de sa condescendance ordinaire. Tu vois les choses de ton petit point de vue égoïste, comme d'habitude. Que tu le veuilles ou non, tante Sylvia perd de plus en plus la mémoire, et c'est l'une des raisons pour lesquelles j'ai vraiment, vraiment besoin de ton aide à Noël.

Gemma ouvrit de grands yeux. En toute autre occasion, elle aurait été bêtement ravie que Juliet prononce cette phrase, mais aujourd'hui c'était la dernière chose qu'elle voulait entendre. Il ne lui restait plus qu'à confirmer à Juliet qu'elle avait raison de la juger égoïste.

Elle déglutit avec peine. Au diable les précautions. Elle

ne pouvait pas différer son annonce plus longtemps, elle lui devait au moins ça.

Et, tandis que Juliet engageait la voiture dans l'allée et se garait devant la maison, elle lui déballa le secret qu'elle avait gardé tout l'après-midi.

# Chapitre 6

— Je n'arrive pas à le croire ! s'écria Juliet en ouvrant la porte d'entrée à la volée.

Elle s'engouffra d'un pas furieux dans le couloir, guidée par la nervosité, ne sachant pas très bien où elle allait. En arrivant devant le bureau, elle fit volte-face et marcha vers Gemma :

— Tu pars dans les Caraïbes pour Noël et tu me laisses ici toute seule ? Une fois de plus ?

Sa sœur ouvrit la bouche et la referma sans avoir prononcé un mot.

— Et à Sainte-Lucie, en plus ! hurla Juliet. Bon sang, enfonce le clou, vas-y, ne te gêne pas !

Elle prit soudain conscience que quatre paires d'yeux l'observaient depuis la porte du salon. Laissant échapper un gémissement contrarié, elle se dirigea vers la cuisine à grands pas. Ce n'était sans doute pas une bonne idée. Il y avait des objets lourds, là-bas. Et des couteaux.

Gemma fut assez stupide — ou téméraire — pour l'y suivre.

— Je suis désolée, dit celle-ci en ouvrant de grands yeux pleins de larmes.

Juliet sentit un élan de compassion l'envahir, qu'elle réprima aussitôt. Sa sœur n'allait pas s'en tirer à si bon compte, pas cette fois.

Les dents serrées, elle inspira profondément, retint son souffle quelques secondes puis expira d'un coup.

— Tu m'avais promis ! Je suis en retard dans mes préparatifs parce que, chaque fois que j'essaie de cocher une case sur ma liste, il m'arrive un imprévu. Dans l'état actuel des choses, je vais à peine avoir le temps de fermer l'œil d'ici Noël — et encore, ça, c'était quand je pensais que tu serais là pour me donner un coup de main !

— Juliet, tu te donnes tellement de mal pour que tout soit parfait… Ce n'est pas ça, l'esprit de Noël. Et ce n'est pas pour rien qu'on parle de vacances de Noël, tu sais. Pourquoi tu n'organiserais pas quelque chose de tout simple, juste avec les enfants ? Tu sortiras le grand jeu une autre année.

Gemma ne comprenait vraiment rien, n'est-ce pas ? Elle ne comprenait pas qu'il était trop tard pour revenir en arrière.

— En dehors des enfants — qui se comportent comme de vrais monstres en ce moment, soit dit en passant —, je me suis arrangée avec la maison de retraite pour que tante Sylvia passe la journée avec nous ; Doris Waterman sera là aussi parce que tous ses enfants vivent à présent en Amérique ; il y aura également deux jeunes filles au pair qui fréquentent notre église, sans compter oncle Tony, qui s'est imposé au dernier moment avec sa nouvelle conquête.

Gemma fronça les sourcils :

— Oncle Tony ? C'est qui, déjà ?

— Gemma ! Ce n'est pas la question ! Je n'aurais jamais invité tant de monde si j'avais su que tu ne serais pas là pour m'aider.

Juliet se laissa tomber sur une chaise et posa la tête sur le comptoir de la cuisine. Une veine dans sa tempe droite s'était mise à battre frénétiquement à l'instant où Gemma lui avait annoncé qu'elle avait réservé un vol qui partait pour Sainte-Lucie le 18, et elle craignait de faire une rupture d'anévrisme si elle ne se calmait pas un peu.

Elle avait envie de pleurer. De pleurer pour de vrai. Pas avec de petites larmes discrètes à écraser délicatement à l'aide d'un mouchoir, mais avec de gros sanglots bruyants tels ceux d'un babouin enragé.

Gemma étouffa un juron, et Juliet entendit le grincement d'une chaise avant qu'un froissement de tissu lui confirme que sa sœur l'avait rejointe à la table de la cuisine.

— Je ne m'étais pas rendu compte…

Juliet leva les yeux sur sa sœur :

— Tu ne te rends jamais compte, c'est bien le problème.

Il était grand temps que Gemma assume les conséquences de ses actes. Juliet n'allait pas la lâcher, ses vagues excuses et son regard de chien battu ne la sauveraient pas, cette fois-ci.

— Pourquoi tu as fait ça ? lui demanda-t-elle.

— Mais je ne sais pas ! gémit Gemma. J'ai agi sur un coup de tête. Tu m'as envoyé ce texto agressif qui m'a énervée, ensuite j'ai eu tous ces problèmes au travail, et…

— Epargne-moi les détails, dit sèchement Juliet. Nous savons tous combien ton travail est merveilleux, et autrement plus important que celui des autres. Ce doit être terrible de faire de la lèche à des stars de cinéma toute la journée. Je te plains, vraiment.

Gemma la fusilla du regard :

— Ça va bien au-delà de ça ! Je ne me contente pas de

leur tourner autour en battant des cils, figure-toi. Je suis l'une des secondes assistantes-réalisatrices les plus recherchées du milieu.

— Oh ! oui, pardon. J'ai oublié de m'incliner devant la sublime Gemma et de déposer des offrandes dans son temple. Je la prie humblement de m'excuser.

A ces mots, le visage de Gemma se durcit, affichant une expression que Juliet ne lui avait jamais vue.

— Je crois que je préférais quand tu gardais tes ressentiments pourris pour toi, bien calés avec le manche à balai que tu as dans le fondement, déclara-t-elle.

Juliet se leva et alla à la fenêtre.

— Eh bien, c'est toi qui me l'as enlevé, dit-elle d'un ton hautain. Ne viens pas te plaindre si l'odeur t'incommode.

— Pourquoi m'as-tu promis une chose pareille si c'est pour te dédire après ? soupira Juliet.

Le gin avait effacé de la mémoire de Gemma l'essentiel de la conversation à laquelle sa sœur faisait allusion. Elle ne se souvenait réellement pas avoir promis quoi que ce soit. Mais cet aveu ne lui serait d'aucun secours.

— Je dis toujours que je viendrai à Noël, marmonna-t-elle, et je ne le fais jamais.

Juliet retint un éclat de rire.

— Et c'est censé tout arranger ? demanda-t-elle.

Gemma secoua la tête. Elle avait à peine prononcé sa phrase qu'elle avait compris combien son excuse était ridicule. Cela dit, avant de déclencher une catastrophe en cliquant de façon impulsive sur une publicité de voyage dans son navigateur, elle avait réellement eu l'intention de passer Noël à Tunbridge Wells avec Juliet. Evidemment, celle-ci ne la croirait plus, maintenant.

— Je suis désolée, dit Gemma avec sincérité. Je te promets que je viendrai l'année prochaine. Je resterai même un mois si j'y suis obligée.

*Mais pourquoi je dis ça ?* s'exclama Gemma intérieurement. Elle savait très bien qu'elle se défilerait, le moment venu. Il fallait absolument qu'elle réfléchisse avant de parler, surtout quand Juliet était concernée.

Celle-ci croisa les bras en la dévisageant :

— Si tu y es obligée ? répéta-t-elle.

D'accord, ce n'était pas sorti comme elle le voulait.

— Je veux dire, si tu as besoin de moi.

Juliet afficha une expression méprisante lui signifiant clairement qu'elle avait autant besoin d'elle que d'une balle dans le pied. Cela fit à Gemma l'effet d'une gifle. Pas étonnant qu'elle rechigne à venir ici. Juliet n'avait aucune envie de rétablir un quelconque équilibre dans leurs relations. Ce qui se passait en ce moment était encore une façon pour elle de compter les points, et Gemma avait été désignée d'office comme perdante.

Pourtant, cette fois, elle avait apporté ses propres munitions :

— Tu veux savoir pourquoi je viens si rarement ? Tu veux vraiment le savoir ?

— Eclaire-moi, ô toi, déesse de la sagesse…

Juliet avait parlé sur ce ton sarcastique et dédaigneux auquel elle avait trop souvent recours avec elle. Gemma sentit la moutarde lui monter au nez.

— Parce que, même si je fais ce que tu me demandes,

je le fais toujours de la mauvaise façon. Même si je fais des efforts, je n'en fais jamais assez. C'est épuisant d'être ta sœur ! Je ne peux pas être la personne que tu veux que je sois, parce que cette personne, c'est toi ! Je ne suis pas toi, Juliet, et figure-toi que je n'ai aucune envie de l'être !

*Zut.* Sans doute était-elle allée un peu trop loin, car Juliet devint très rouge tout à coup et semblait avoir du mal à former une phrase cohérente. Les yeux ronds, Gemma la regarda s'avancer jusqu'à elle pour lui donner de petits coups d'ongle parfaitement manucuré sur la gorge.

— Eh bien, figure-toi que j'aimerais bien être aussi égoïste que toi. Peut-être que moi aussi, ça me ferait plaisir de décamper pour les Caraïbes et de laisser tout le monde préparer Noël à ma place. Si quelqu'un mérite des vacances, c'est bien moi !

Incapable de répondre, Gemma dévisageait sa sœur. Alors seulement, elle réalisa combien Juliet semblait avoir vieilli ces derniers temps. Elle paraissait épuisée. Le contour de ses yeux était plus ridé qu'avant, et elle n'avait manifestement pas retouché à ses mèches depuis des mois. Gemma n'avait rien remarqué jusque-là parce que Juliet était toujours tirée à quatre épingles. Elle ne s'était pas attendue à ce qu'elle ait changé d'un iota ; pourtant, en l'observant à présent, elle avait l'impression d'être face à l'une de ces toiles pointillistes — de loin, tout paraissait joli et bien en place, mais de près c'était un peu le bazar.

Elle comprit qu'elle n'avait pas affaire à l'un des habituels sermons de Juliet concernant les responsabilités familiales. Cette fois, il y avait vraiment un problème. Et, de toute évidence, ce problème existait depuis des mois et n'allait pas en s'arrangeant. Personne — pas même Juliet — ne l'avait décelé.

Gemma n'avait jamais cru aux révélations divines. A ce moment-là, pourtant, elle se sentit brusquement inspirée.

— Tu devrais peut-être le faire.

— Faire quoi ?

Elle regarda Juliet droit dans les yeux :

— Décamper et laisser les autres se débrouiller avec les préparatifs de Noël.

Juliet lui retourna un regard incrédule :

— Bon sang, mais de quoi parles-tu ?

— Tu as raison, dit Gemma en se levant pour se mettre à la hauteur de sa sœur. C'est toujours toi qui t'en occupes. Il est peut-être temps que quelqu'un d'autre s'en charge.

Les lèvres de Juliet frémirent, et Gemma se demanda si sa sœur allait éclater de rire ou se mettre à pleurer.

— Et en dehors d'une intervention céleste, dit Juliet d'un ton presque désespéré, explique-moi comment ce serait possible.

— Prends mon billet d'avion et pars à Sainte-Lucie pendant quinze jours.

Juliet contempla sa sœur, éberluée.

— Tu es devenue folle, ou quoi ? Je ne peux pas tout laisser tomber, abandonner mes enfants et partir dans les Caraïbes pendant quinze jours !

Gemma soutint son regard sans ciller :

— Si, tu peux.

Juliet secoua la tête.

— Non.

Puis, la hochant de nouveau, elle ajouta :

— C'est le genre de choses que tu fais, toi, Gemma. Pas moi. Je ne peux pas. Et, pour ce repas de Noël, je ferais quoi ? Je ne peux pas décommander tous mes invités à moins de deux semaines du grand jour ! Qui s'occuperait de faire la cuisine, sans parler de tout le reste ?

— Moi, dit Gemma avec le plus grand sérieux. On échange. Tu prends mon Noël, je prends le tien.

Juliet s'esclaffa sans retenue. La tête rejetée en arrière, elle lança des éclats de rire tonitruants, manifestant son hilarité à pleins poumons au point d'en avoir mal dans la poitrine et le visage baigné de larmes. C'était si drôle ! Les enfants, qui jusque-là s'étaient prudemment tenus à l'écart dans le salon, rappliquèrent en courant. Quand Juliet ouvrit les yeux, elle les trouva tous les quatre plantés dans la cuisine, la regardant avec étonnement. Violet, en particulier, semblait un peu inquiète. Elle serrait Polly contre elle — laquelle, en revanche, ne paraissait pas perturbée, seulement curieuse. Les garçons étaient encore assez petits pour simplement se joindre à son hilarité, quelle qu'en soit la raison.

Juliet inspira profondément, puis leur sourit.

— Qu'est-ce qui se passe, maman ? demanda prudemment Violet.

Juliet soupira.

— Rien. Tatie Gemma vient de dire quelque chose de très drôle, c'est tout.

— Je ne plaisantais pas, marmonna Gemma.

Un petit hoquet s'échappa des lèvres de Juliet.

— Je sais.

Les mains sur les hanches, Gemma la défia :

— Je suis tout à fait capable de cuisiner pour Noël !

Elle avait sur le visage une expression qui rappela à Juliet l'époque où sa petite sœur avait deux ans, et elle, sept. Gemma avait refusé de continuer à porter des couches, arguant que sa grande sœur n'en avait plus depuis longtemps. Comme toujours, elle avait obtenu gain de cause, et, pendant les semaines qui avaient suivi, tout le monde avait dû nettoyer derrière elle.

— Ce n'est pas seulement une question de talents culinaires, rétorqua Juliet, mais aussi d'organisation et de planification stratégique. Il ne suffit pas de se lever le matin et d'improviser, tu sais.

Sa sœur la fusilla du regard :

— Tu n'as absolument aucune idée de ce que je fais toute la journée au travail, n'est-ce pas ? La logistique, c'est mon rayon. C'est ce que je fais de mieux.

Juliet se mordit la lèvre pour ne pas éclater de rire de nouveau, mais échoua lamentablement.

Pressentant qu'une nouvelle dispute se profilait, les trois plus jeunes enfants prirent leurs jambes à leur cou. Seule Violet resta dans la cuisine pour savoir de quoi il retournait.

— Pourquoi tante Gemma dit-elle qu'elle pourrait cuisiner pour Noël ? demanda-t-elle à sa mère. Tu ne t'en vas pas, n'est-ce pas ?

A ces mots, Juliet reprit brusquement tout son sérieux.

— Non, ma chérie. Je ne pars pas.

Quand elle avait dû annoncer aux enfants qu'ils ne verraient pas leur père pendant les vacances de Noël, elle avait cru que Violet avait mieux pris la nouvelle que ses frères et sœur, mais sans doute s'était-elle laissé berner par ses fanfaronnades d'adolescente. Elle fit un pas vers Violet et la serra dans ses bras. A sa grande surprise, sa fille se laissa faire.

— Gemma vient de faire une excellente blague. Elle a dit que je pourrais aller à sa place dans les Caraïbes, et qu'elle pourrait rester ici pour s'occuper de vous tous. C'était une plaisanterie, ne t'inquiète pas.

Gemma poussa un soupir exaspéré :

— Je t'ai dit que je ne plaisantais pas ! J'essayais d'être gentille.

— Mais tu es gentille, tatie Gemma, dit Violet en ouvrant un bras vers sa tante pour l'inviter dans leur étreinte.

Gemma leva les yeux au ciel mais répondit à son geste. Reliées par une gamine de quinze ans, les deux sœurs demeurèrent pendant quelques secondes dans ce contact forcé. Dès que Violet les libéra, cependant, elles battirent en retraite pour aller se réfugier chacune dans un coin de la cuisine, se dévisageant comme des boxeurs sur un ring.

Sans quitter Gemma des yeux, Juliet s'adressa à sa fille d'une voix apaisante :

— Tu peux aller voir ce que font les garçons, Violet ? C'est très calme, tout à coup. En général, c'est mauvais signe.

Violet observa tour à tour sa mère et sa tante — visiblement très nerveuse —, puis quitta la pièce.

Gemma leva le menton d'un air grave.

— Je pensais ce que j'ai dit. Mon offre tient toujours.

Sentant poindre un début de migraine, Juliet secoua la tête.

— Je sais que tu le pensais, dit-elle avec lassitude, et c'est ça le plus triste. Parce que si tu me connaissais vraiment, si tu comprenais un tout petit peu la façon dont je fonctionne, tu saurais que je n'abandonnerais jamais mes enfants pour Noël.

# *Chapitre 7*

Quand Juliet se réveilla, son visage était collé sur une surface lisse et plate. Et humide. Elle passa le doigt sur le bord de sa bouche : elle avait bavé. Elle battit des paupières. Où se trouvait-elle ? Reprenant peu à peu ses esprits, elle comprit que la surface dure sous sa joue était la table de la cuisine. Le plafonnier était allumé, et la lumière crue qu'il projetait lui donna envie de refermer les yeux. Elle s'astreignit pourtant à les garder ouverts, et poussa sur ses mains pour se redresser sur sa chaise avant de balayer la pièce du regard. Elle avisa une boule de tissu satiné et une guirlande de Noël posés devant elle, sur la table.

Ah, oui. Le costume d'ange de Polly.

La dernière chose dont Juliet se souvenait, c'était de s'être frotté les yeux en se disant qu'elle allait travailler encore dix minutes avant de monter se coucher, et qu'elle réglerait son réveil à 5 h 30 pour finir le costume.

Elle tourna la tête pour consulter la pendule. 2 h 10 du matin. Elle remua la mâchoire pour la décrisper. Elle était épuisée, mais cela n'avait rien de surprenant. Elle s'était toujours réjouie que ses enfants veuillent étudier la musique, mais à présent elle commençait à se demander si c'était vraiment une bonne idée. Non seulement il lui fallait organiser le transport de sa troupe aux divers cours mais, à la période des fêtes de Noël, il fallait en outre gérer les diverses répétitions — y compris en costume — puis subir les spectacles dont elle ressortait chaque fois plus ou moins sourde.

Sans compter le temps passé à pâtisser, faire le pied de grue derrière des tréteaux et proposer des verres de vin — un rôle qui semblait systématiquement lui échoir. Elle appartenait à l'association de parents d'élèves des deux écoles que fréquentaient ses enfants et, depuis quelques années, personne ne se donnait plus la peine de lui demander si elle allait s'occuper des rafraîchissements ou non. Tout le monde partait du principe qu'elle allait s'en charger, organiser un roulement de volontaires — qui ne l'étaient pas toujours — pour l'aider, agiter sa baguette magique et… abracadabra ! Vin, tartelettes, jus d'orange et gâteaux en forme de Père Noël surgiraient de nulle part.

Les mains jointes et les bras tendus au-dessus de sa tête, Juliet s'étira et poussa un long bâillement, puis reporta son attention sur le costume d'ange à moitié fini.

Il lui restait juste à coudre la guirlande sur l'ourlet de la robe, à fabriquer une auréole avec un cintre déformé et un quelconque matériau brillant, et elle en aurait fini. Bien sûr, ce costume aurait dû être achevé des semaines plus tôt, et cela aurait été le cas si elle avait su auparavant qu'il fallait un costume à Polly. Tout à l'heure, pendant le dîner, tandis qu'elle se goinfrait de pâtes à la sauce tomate maison, l'intéressée s'était plainte de n'avoir toujours pas vu son costume d'ange.

— Quel costume d'ange ? avait demandé Juliet en sentant un froid soudain l'envahir.

— Celui du concert de la chorale, avait répondu Polly

avant d'avaler les tagliatelles enroulées autour de sa fourchette. Mlle Barker nous a donné un papier à rapporter à la maison. C'est écrit dessus.

Juliet s'était arrêtée net de faire la vaisselle et précipitée sur le cartable de Polly, dans l'entrée. Après une fouille rapide, elle avait trouvé deux livres, une pile de dessins, un paquet de chips vide et une paire de chaussettes sales. Pas de papier de Mlle Barker.

— Il n'y a rien dans ton cartable, Polly ! avait crié Juliet avant de retourner dans la cuisine, le sac à la main.

Polly avait haussé les épaules puis aspiré bruyamment ses pâtes.

— Oh ! avait-elle dit sans se démonter. Il doit être resté dans le tiroir de mon bureau, à l'école. Désolée. Mais il faut que je sois habillée en ange quand je chanterai mon solo au concert, demain.

Juliet avait fermé les yeux et compté jusqu'à dix. Puis jusqu'à vingt. Nom d'un chien, quand les professeurs comprendraient-ils qu'il ne fallait pas donner ces bouts de papier aux enfants, mais directement à leurs parents ? Chaque fois, c'était un désastre. Elle avait réprimé une envie de crier sur sa fille, avait serré les dents puis ravalé sa colère.

— Ce n'est pas grave, avait-elle dit d'un ton un peu sec. Tout va bien. Je suis sûre que je pourrai te fabriquer quelque chose avec une taie d'oreiller et un bout de guirlande.

C'est alors que Polly, généralement imperturbable, avait craqué.

— Une taie d'oreiller ? s'était-elle exclamée en regardant sa mère avec des yeux horrifiés.

Juliet avait acquiescé :

— Je n'ai pas le temps de trouver mieux. Les magasins sont fermés et, ce soir, Violet doit faire sa répétition en costume pour le spectacle de danse.

Les yeux de Polly s'étaient remplis de larmes, et sa lèvre inférieure avait frémi tandis que les coins de sa bouche s'étiraient vers le bas. Elle formait toujours cet étrange rectangle avec sa bouche quand elle pleurait, depuis qu'elle était tout bébé. Greg en plaisantait souvent, affirmant que cela lui donnait une tête de boîte aux lettres. Ce soir, pourtant, Juliet n'avait pas trouvé très drôle de voir les larmes de Polly s'écraser dans son assiette.

— M… mais Tegan a une robe Disney, et la grand-mère d'Arabella lui en a fabriqué une, avec des vraies plumes sur les ailes et tout ! avait bégayé Polly.

Juliet s'était accroupie près de la chaise de sa fille et avait passé un bras autour de ses épaules, ignorant les jumeaux, qui imitaient les pleurs de leur sœur avec un enthousiasme bruyant.

— Je vais te faire un très beau costume, c'est promis. On prendra les jolies taies d'oreiller de la chambre d'amis, celles avec les volants.

Polly avait croisé les bras et secoué la tête.

— Non ! Ça ne marchera pas. Ce n'est pas ce que je voulais. Il faut que ce soit parfait !

C'est alors que Juliet avait perdu son calme — qui n'était jusque-là que relatif. Résultat ? Une mère aux épaules tendues penchée au-dessus d'une machine à coudre, et une gamine larmoyante qui avait réclamé une dose de câlins supplémentaire au moment du coucher. Pour finir, Juliet s'était souvenue de la robe de demoiselle d'honneur que Violet avait portée lors du mariage de la sœur de Greg. Elle avait des manches ballon, une large ceinture et une grande jupe de soie blanc cassé. En ajoutant quelques fioritures ici et là, elle ferait un superbe costume d'ange.

Juliet s'appuya au dossier de sa chaise et comprima un énorme bâillement de la main, puis, sortant de la cuisine d'un pas traînant, grimpa les marches pour aller se mettre au lit.

Le réveil sonna beaucoup trop tôt le lendemain matin. Hélas, Juliet n'eut ni le temps ni l'énergie d'en discuter avec lui. Après avoir déposé les enfants à l'école, elle se rendit dans un centre commercial en bordure de la ville. Cette année, les garçons avaient réclamé le jouet le plus en vogue de la saison — une figurine articulée qui faisait des tas de choses dont Juliet ne se souvenait plus, et dont elle se fichait un peu, à vrai dire. Malheureusement, la société de jouets en ligne à laquelle elle avait commandé deux de ces figurines l'avait informée qu'elle n'en avait plus qu'une en stock.

Aucun des autres sites internet ne pouvait lui promettre de livrer le jouet avant Noël — pour autant qu'il leur en reste également — et, quant aux sociétés qui livraient en magasin, elles étaient toutes en rupture de l'objet tant convoité. Comment Juliet pourrait-elle offrir à un jumeau et pas à l'autre le cadeau de ses rêves ? Or elle savait que beaucoup de ces grossistes ne permettaient pas aux internautes de réserver sur leur site s'il ne restait qu'un ou deux exemplaires d'un article en magasin. Son seul espoir était donc de se rendre dans les magasins en question en croisant les doigts pour qu'il leur reste une figurine en rayon, même si celle-ci n'apparaissait pas sur le site.

Elle arriva assez tôt chez Toy World, découvrit qu'ils n'en avaient pas mais qu'il en restait peut-être dans leur magasin de Maidstone, et bondit de nouveau dans sa voiture — tout cela en l'espace de quinze minutes. Malheureusement, à Maidstone, ce fut une autre histoire. Elle écuma toutes les étagères en vain, puis alla faire la queue au service client. Bien entendu, il n'y avait qu'un employé derrière le comptoir, un jeune homme incroyablement boutonneux et lent, incapable de faire les choses par lui-même et appelant son responsable chaque fois qu'on lui posait une question.

Il n'y avait plus qu'une personne devant elle, qui adressa au jeune homme exactement la même requête que celle que Juliette avait préparée. Comme l'employé lui répondait par la négative, quand ce fut son tour, Juliet ne put que lancer un regard désemparé.

— Laissez tomber, murmura-t-elle avant de sortir du magasin.

Arrivée à Bluewater, elle eut envie de mourir. Ce centre commercial était pour Juliet l'archétype de l'enfer. Les larges allées étaient pleines à craquer de gens qui se bousculaient, la queue aux caisses des boutiques semblait s'étendre sur des kilomètres, et la musique joyeuse diffusée par les haut-parleurs était une véritable agression. Sérieusement, si elle entendait encore une fois *Happy Holidays*, elle allait se mettre à hurler !

Elle parvint à grand-peine à se frayer un chemin jusqu'aux magasins de jouets. Tous deux avaient affiché sur leur vitrine une note avertissant qu'ils n'avaient plus de Robotron Xtreme.

Au comble de la déception, Juliet entra chez John Lewis, cherchant à trouver un peu de réconfort dans les objets de décoration qu'elle affectionnait tant. Cela fonctionna suffisamment pour que ses idées s'éclaircissent et lui apportent un nouvel espoir : il y avait un autre magasin de jouets au dernier étage.

Elle gravit quatre à quatre les marches de deux escalators avant d'y entrer. Tandis qu'elle en traversait au pas de charge le rayon de jouets pour filles, elle s'arrêta abruptement. Là, entre les poupées Barbie et Hello Kitty, se trouvait le Saint-Graal — Robotron Xtreme ! Elle se jeta dessus. Manifestement, un client s'était ravisé et l'avait abandonné dans le mauvais rayon. Elle bénit intérieurement cette inconstance et serra fort son trésor sur sa poitrine. Même si on devait la plaquer au sol, elle ne le lâcherait pas.

Dans sa voiture, l'euphorie de son achat commença à faiblir. Dans un état presque second, elle se remit en route pour Tunbridge Wells. Elle n'avait plus le temps de repasser par la maison, aussi laissa-t-elle le cadeau dans le coffre avant de foncer récupérer les garçons et Polly à l'école, puis de repartir chercher Violet.

Les jumeaux se montrèrent plus dynamiques et bruyants qu'à l'accoutumée, et Juliet se souvint que la fête de la classe avait eu lieu ce jour-là. Pour l'occasion, les parents avaient été invités à fournir un goûter à la fois sain et festif, mais elle soupçonnait les garçons de n'avoir consommé que des sucreries bourrées de colorants. Les pauvres enseignants allaient maintenant devoir se débarrasser de kilos de tomates cerises et de sandwichs au pain complet, probablement déjà racornis.

— J'ai faim, pleurnicha Josh.

— Moi aussi, ajouta son frère.

— Je vais préparer le repas dès que nous arriverons à la maison, dit Juliet. D'ici là, il va falloir que vous attendiez.

Elle leur demanda secrètement pardon en pensant au ragoût douteux qu'elle allait sortir du fond de son congélateur.

Vingt minutes après leur arrivée, Juliet, fidèle à sa parole, avait mis à cuire une viande à l'air coriace. Elle coupa ensuite quelques tranches de pain maison pour accompagner le ragoût et appela les enfants à table. Violet, Polly et Josh apparurent presque aussitôt, mais Jake n'était pas avec eux.

— Où est votre frère ?

Cette question s'adressait à tous les enfants, mais en réalité Juliet la posait surtout à Violet — elle essayait de faire de son aînée son commandant en second.

Violet leva les yeux au ciel et croisa les bras :

— Et comment je le saurais ? J'essaie d'éviter ces nains autant que possible.

Juliet n'avait pas le temps de lui faire la morale concernant son attitude envers ses frères : Polly devait être à l'église de la paroisse à 18 h 30 en vue du concert de sa chorale qui commencerait à 19 h 15. Et puis Juliet avait également l'intention de passer à la soirée « vin chaud et tartelettes » d'une de ses voisines quand les plus jeunes seraient couchés. Ce n'était pas loin, et elle avait demandé à Violet de les surveiller à sa place — moyennant rétribution. Elle ne regrettait pas le billet de 10 livres qu'elle lui avait donné pour la convaincre de jouer les baby-sitters. Après tout, à quand remontait la dernière fois où elle avait eu l'occasion d'enfiler une jolie robe et d'avoir une conversation d'adulte avec des adultes ?

Et Will serait là aussi. Elle éprouvait une vague envie de voir si ce sentiment confus, qu'elle n'osait pas encore nommer, allait de nouveau l'envahir en sa présence. Si cela arrivait, cependant, elle ne saurait pas quoi en faire.

Elle découvrit Jake derrière le canapé du salon au milieu d'une pile de petits emballages dorés. Il lui fallut deux secondes pour comprendre que son petit garçon affamé avait pillé les chocolats belges qu'elle avait accrochés dans le sapin de Noël, et qu'il le regrettait maintenant amèrement. Il la regarda avec de grands yeux, le teint verdâtre.

Oh ! non !

Juliet aurait reconnu cette expression entre mille. Elle prit le garçonnet sous les bras au moment où il plaquait une main sur sa bouche en marmonnant :

— Je me sens pas très bien.

Heureusement, il y avait des toilettes en bas, mais — malheureusement — l'inévitable se produisit avant d'y arriver. Le bruit du goûter à demi digéré et des chocolats liquéfiés cascadant sur le carrelage de l'entrée était peu ragoûtant. Juliet réprima une nausée et continua de courir en direction des toilettes, devant lesquelles Jake s'agenouilla.

Quand le pire fut derrière eux, elle demanda à Violet de garder un œil sur son frère puis revint dans l'entrée armée d'une serpillière, d'un seau et de désinfectant. Ce n'est qu'à ce moment qu'elle s'aperçut que le carrelage n'était pas le seul à avoir fait les frais de la gourmandise de Jake. Elle avait en effet déployé le costume d'ange de Polly dans le fauteuil de l'entrée et, bien qu'elle l'ait emballé dans une housse de pressing en plastique, le bas de la robe n'était pas protégé.

La guirlande cousue sur l'ourlet était maintenant constellée de traînées de vomi d'un rose brun.

Oubliant le sol, Juliet attrapa la robe et se précipita dans la buanderie. Elle n'avait pas le choix : il fallait qu'elle arrache la guirlande qu'elle avait eu tant de mal à fixer la nuit précédente sur la soie fine du jupon. Peut-être une ceinture faite de la même guirlande — mais propre — donnerait-elle au costume un nouvel éclat ?

Juliet se retourna en entendant un gémissement derrière elle. Polly se tenait à l'entrée de la buanderie, les joues baignées de larmes. Juliet posa la robe et prit fermement sa fille dans ses bras.

— Ça va aller, dit-elle calmement.

Intérieurement, elle sentait la température monter. Des voix lui hurlaient que le temps était compté, que le sol de l'entrée était couvert de vomi et qu'un gosse de six ans au teint grisâtre était toujours penché sur les toilettes à quelques mètres de là.

— Je vais arranger ton costume, et il sera aussi beau qu'avant, tu vas voir. Maintenant, va finir ton repas.

Polly hocha tristement la tête et obéit. Prise d'un léger vertige, Juliet contempla la robe. Qu'avait-elle pensé faire pour sauver ce costume, déjà ? Il était question de guirlande, mais elle ne se rappelait plus exactement quoi. Cela importait peu, de toute façon. Elle n'avait plus le temps de s'en occuper.

Elle se précipita vers la porte voisine : Jake avait l'air piteux, mais il avait cessé de vomir. Avec un peu de chance, maintenant qu'il avait évacué le poids de son estomac, il se sentirait rapidement mieux. Elle était presque certaine que ce malaise était dû à son orgie de chocolat, et non au redoutable virus qui circulait à l'école.

— Comment te sens-tu ? demanda-t-elle en s'accroupissant à côté de lui pour lui frotter le dos.

— Un peu mieux, dit-il d'un ton plaintif.

Elle lui essuya le visage, le conduisit doucement à l'étage pour qu'il se brosse les dents, puis le ramena en bas et l'installa confortablement sur le canapé, une bassine près de lui. Certes, c'était risqué pour ses coussins, mais, si Jake avait besoin d'elle, elle serait là plus rapidement.

— Appelle-moi, si tu te sens mal, lui dit-elle. Je reviens tout de suite. Il faut juste que je m'occupe de la robe de Polly.

Elle passa le quart d'heure suivant à aller et venir entre le salon où se trouvait Jake, la cuisine où dînaient les autres enfants, et la buanderie, pour voir si les taches de vomi étaient visibles sur la robe à présent qu'elle en avait retiré les ornements. Lors d'un de ses passages dans le salon, elle arracha au sapin une nouvelle guirlande pour le costume de Polly, puis courut à l'étage. Elle n'aurait plus le temps d'enfiler sa petite robe noire ce soir, mais peut-être pouvait-elle arranger un peu sa tenue pour le concert de la chorale. Avec une paire de talons et son gilet argenté, ce serait parfait.

Quand elle redescendit, Juliet alla trouver Violet.

— Tu surveilles tout le monde pendant que je file amener Polly à l'église, lui dit-elle.

Violet croisa les bras d'un air irrité :

— S'il est malade, ce n'est pas moi qui nettoie.

— D'accord, répondit Juliet tout en retirant à Polly son imperméable d'été pour lui faire enfiler son manteau d'hiver.

Franchement, quand cette enfant allait-elle apprendre à s'habiller en fonction de la saison ?

— Alors arrange-toi pour qu'il reste sur le canapé et qu'il vomisse dans la bassine, ajouta-t-elle à l'intention de Violet.

Celle-ci fit une grimace et s'éloigna d'un pas furieux. Attrapant le costume d'ange d'une main et sa fille chaudement emmitouflée de l'autre, Juliet courut vers sa voiture. Elle calcula qu'elle avait tout juste le temps de déposer Polly, de rentrer rapidement à la maison pour finir de se préparer — il fallait qu'elle se brosse les cheveux, qu'elle trouve une paire d'escarpins —, puis elle pourrait foncer de nouveau à l'église pour le concert. Elle emmènerait Josh avec elle pour que Violet puisse surveiller Jake tranquillement. Et si, en rentrant de l'église, Juliet constatait qu'il avait repris du poil de la bête, peut-être ferait-elle une apparition chez Mike et Sarah, juste le temps de leur souhaiter joyeux Noël et de leur offrir la bouteille de bon vin qu'elle leur avait achetée. Un verre de vin chaud et vingt minutes de discussion entre adultes, ce n'était pas trop demander, si ?

Lors du concert, tandis que les enfants chantaient, déclamaient des poèmes et ânonnaient des passages de la Bible, Juliet se récita mentalement sa liste de choses à faire, n'interrompant sa réflexion qu'au moment où Polly chanta son solo, puis se remettant aussitôt à penser au gâteau de Noël et aux petits cadeaux à mettre dans les chaussettes des enfants. Pendant tout ce temps, les notes métalliques des chants de Noël qu'elle entendait depuis un mois dans les boutiques de la ville résonnaient dans sa tête, si fort qu'ils menaçaient de couvrir la voix de l'ange Gabriel qui se tenait sur la scène pour annoncer la naissance du Messie — dans une mangeoire de carton ondulé garnie de litière à hamster.

Quand Juliet quitta l'église, elle se sentait légèrement — très légèrement — moins tendue à l'idée d'affronter le reste de la soirée. Elle aspirait, rien qu'un tout petit moment, à n'être que Juliet au lieu de cette mère de quatre enfants débordée ; sinon, elle aurait cédé à la tentation de se mettre au lit avec un bon livre. Mais c'était la seule invitation, cette année, au cours de laquelle on ne s'attendait pas à ce qu'elle donne un coup de main ou fasse le service — en partie parce que son planning était surchargé mais aussi parce que, ces derniers temps, les occasions se faisaient rares. Ses plus vieux amis hésitaient sur la conduite à tenir à présent que Greg et elle étaient séparés.

De retour à la maison, elle s'assura que Polly et Josh se brossent bien les dents avant d'aller au lit, vérifia si Jake allait mieux, prit quelques minutes pour amadouer Violet, puis courut dans sa chambre ajouter un peu de rouge sur ses lèvres et se remettre un peu de mascara. Elle allait mettre ses petites boucles d'oreilles en diamant quand Violet frappa à la porte.

— Qu'y a-t-il ? demanda Juliet en plissant les yeux devant le miroir de sa coiffeuse.

Etait-ce la lumière qui était mauvaise, ou sa vue commençait-elle à baisser ?

— Abby m'a invitée à une fête et je voudrais savoir si je peux y aller.

Juliet pinça les lèvres en enfonçant la boucle d'oreille dans la chair tendre de son lobe. Elle n'aimait guère cette fille.

Abby avait été prise une fois à faire l'école buissonnière, et elle semblait perpétuellement entourée d'une foule de garçons.

— Ses parents seront là ?

— Je crois.

Juliet se tourna pour faire face à sa fille :

— Ce n'est pas suffisant. Je veux en être certaine. Trouve-moi le numéro de portable de sa mère, et je le lui demanderai moi-même.

Violet se sentit infantilisée, comme si sa mère lui avait demandé de lui donner la main dans la rue.

— Mais, maman, c'est super-gênant ! s'exclama-t-elle. Les parents des autres ne font jamais ça !

Juliet décida de laisser de côté ce point précis.

— C'est quand, cette fête ?

Violet tripota la poignée de la porte, les yeux baissés sur ses chaussettes.

— La veille de Noël, dit-elle à mi-voix.

Juliet fit brusquement volte-face. Dans le mouvement, elle laissa tomber son autre boucle d'oreille sur la moquette.

— La veille de Noël ! Mais tu sais que nous passons cette soirée en famille !

Violet haussa les épaules.

Juliet se retourna, s'accroupit et passa la main sur la moquette, à la recherche de sa boucle d'oreille disparue.

— Nous en parlerons plus tard, Violet. Là, je n'ai vraiment pas le temps.

Elle entendit sa fille soupirer bruyamment à l'autre bout de la pièce.

— Ça veut dire que c'est non… Tu dis toujours qu'on en parlera plus tard quand tu vas dire non ! Punaise, maman, je ne suis plus un bébé ! Je peux sortir avec mes amies si j'en ai envie. Et j'en ai envie…

Elle fit une pause pour ajouter à l'effet dramatique de ses propos, puis reprit :

— J'en ai bien plus envie que de jouer à des jeux idiots avec Mlle Je-sais-tout et les nains !

— Violet ! Je t'ai dit que je n'avais pas le temps !

Juliet avait parlé d'un ton sévère, pas crié, mais elle sentait la rage monter lentement en elle, brûlante. Elle en avait l'estomac retourné et le bout des doigts qui la démangeait.

Violet sortit en trombe de la chambre. Telle une Cocotte-Minute sur le point d'exploser, Juliet chercha brièvement sa boucle d'oreille avant d'abandonner et de jeter l'autre, orpheline, sur la coiffeuse. Enfilant la première paire de chaussures à talons qu'elle trouva dans son armoire, elle descendit les marches quatre à quatre pour aller dire bonne nuit aux enfants.

Jake l'accueillit au pied de l'escalier, traînant derrière lui la couverture qu'elle lui avait donnée. Les joues gonflées, il faisait un pénible effort pour garder la bouche fermée et les yeux lui sortaient de la tête de façon un peu inquiétante.

D'une voix calme et apaisante, Juliet lui demanda :

— Jake… Où est la bassine, mon chéri ?

Il secoua la tête, paniqué.

— Jake, s'écria-t-elle sur un ton qui n'avait plus rien de réconfortant, où est la bassine ?

Une fraction de seconde plus tard, elle avait oublié la bassine et s'efforçait de ne pas regarder ses chaussures.

# *Chapitre 8*

Que faire ? Consoler Jake et nettoyer l'entrée pour la seconde fois de la soirée, ou pousser un grand cri de dégoût en sentant le vomi tiède s'infiltrer doucement dans sa chaussure gauche ? Elle opta pour la première solution et serra contre elle son petit garçon sanglotant, sans se préoccuper de salir son plus joli pantalon noir.

Elle le conduisit à l'étage et lui fit prendre une bonne douche ; elle le bordait dans son lit quand le téléphone sonna, qu'elle décida d'ignorer.

— Maman ! C'est pour toi ! cria Violet depuis le rez-de-chaussée.

Juliet passa la tête par la porte de la chambre :

— Dis-leur de rappeler plus tard ! Je suis occupée avec ton frère !

Elle entendit les pas de Violet, puis son visage apparut dans le tournant de l'escalier. Au lieu d'afficher l'expression torturée qu'elle avait chaque fois qu'on lui demandait de répondre au téléphone, elle paraissait stupéfaite.

— C'est un policier, dit-elle à mi-voix, une main sur l'émetteur. Il dit qu'il a besoin de te parler.

Juliet lui fit signe de venir surveiller son petit frère et prit le combiné.

— Allô ? dit-elle en contemplant depuis la rambarde l'affreuse mare brunâtre dans son entrée par ailleurs impeccable.

Deux fois dans la journée… Un record.

— Madame Taylor ?

Juliet sentit son estomac se nouer. Elle connaissait cette voix et éprouvait une terrible sensation de déjà-vu.

— Qu'est-ce qu'elle a fait, cette fois ?

Elle entendit un long soupir, puis l'agent Graham lui demanda si elle pouvait venir parler à sa grand-tante. Apparemment, tante Sylvia s'était installée à l'arrière d'un autobus et ne semblait guère décidée à en descendre. Elle y était montée plus tôt dans l'après-midi, et depuis avait parcouru plusieurs fois le trajet complet de la ligne 281. A présent, elle se plaignait à grands cris que la visite ne soit pas commentée.

Juliet ferma les yeux et secoua la tête. La sensation d'être au bord de l'implosion était revenue, si forte qu'elle craignit que ses tympans ne cèdent sous la pression.

— Je ne peux pas…, murmura-t-elle faiblement. Non… je ne peux pas…

C'était au-dessus de ses forces. Elle n'en pouvait plus. C'était trop — les allers-retours en voiture, la chasse aux cadeaux, les costumes, le vomi… Il fallait toujours qu'elle s'occupe des autres, et jamais elle n'avait un instant pour elle.

— Cela nous arrangerait vraiment si vous pouviez…

— Je ne peux pas ! dit Juliet plus fort.

Cet homme ne comprenait pas le français, ou quoi ?

— Je suis toute seule, reprit-elle. J'ai un enfant malade et je ne peux pas, c'est tout…

D'une pression du pouce, elle coupa la communication.

Pendant quelques secondes, elle regarda le combiné, puis alla dans sa chambre pour l'enfouir sous la pile de coussins et d'oreillers joliment disposés à la tête de son lit. Elle entendit une sonnerie étouffée, mais elle fut incapable de dire si elle provenait du téléphone, ou si c'étaient ses oreilles qui sifflaient.

Elle se sentait comme sur un canot emporté par le courant d'un fleuve tumultueux, essayant désespérément de résister tandis que la barque fonçait vers les rapides. Tout ce qu'elle pouvait faire, c'était s'accrocher en espérant survivre. Mais, au lieu du grondement de l'eau, tout ce qu'elle entendait dans sa tête était *Happy Holidays*.

Ça venait.

Elle le sentait venir.

Juliet attrapa le premier coussin qui lui tomba sous la main, y enfouit son visage et hurla de toutes ses forces.

Violet se tenait sur le seuil de la chambre de sa mère et se mordait les lèvres.

Juliet se mit à trembler. Le frémissement partit du plus profond d'elle-même avant de se répandre dans tous ses membres. Sans s'en apercevoir, elle s'était effondrée par terre, et à présent le haut de son corps était affaissé sur le lit, et ses jambes, repliées sous elle. Elle prit appui sur le matelas pour se remettre debout.

Jusqu'alors, il ne lui avait pas été facile de réprimer son ras-le-bol, mais elle y était parvenue. Pourtant, depuis cette discussion — cette dispute — avec Gemma quelques jours plus tôt, elle commençait à se dire qu'elle perdait la tête. Et, à en croire l'expression qu'affichait à présent Violet, sa fille aînée pensait la même chose.

*Reprends-toi, Juliet. Tu ne peux pas faire ça. Pas question que tu deviennes comme ta mère. Pas question que tu fasses subir tes crises de nerfs à cette pauvre Violet, comme ta mère l'a fait avec toi.*

Juliet s'efforça d'inspirer profondément. Ses côtes lui semblaient prises dans un étau.

— Jake va bien ? Il n'a pas recommencé à vomir, dis-moi ?

Elle avait parlé d'une voix à la fois basse et haut perchée, un peu comme celle de Violet, à vrai dire. Un peu comme la sienne quand elle était adolescente.

Violet secoua la tête.

— Il dit qu'il se sent mieux, maintenant que c'est sorti. Il veut regarder la télé.

Juliet haussa les épaules.

— D'accord.

— Mais tu dis toujours qu'on ne doit pas regarder la télé avant d'aller au lit, répliqua Violet en fronçant les sourcils.

Juliet dévisagea sa fille d'un air las. Ce soir, elle se fichait bien de cette règle.

Violet avança d'un pas.

— Ça va, maman ?

Juliet posa sa main sur son front et le massa du bout des doigts. Si elle allait bien ? Elle n'en avait aucune idée. Elle déglutit avant de répondre :

— Euh… Je crois que je suis juste un peu tendue, à vrai dire. Je me sens… je ne me sens pas très bien. Je crois que je vais laisser tomber cette soirée chez les voisins et me coucher tôt.

Elle regarda son lit avec envie. Elle aurait adoré s'y allonger dans l'instant, mais elle avait encore des enfants à rassurer — ainsi qu'une mare de vomi à nettoyer. Même depuis sa chambre, elle avait l'impression d'en percevoir les relents.

Elle inspira par le nez et expira par la bouche, comme elle l'avait appris à ses cours de Pilates, puis se tourna vers Violet :

— Et si on s'installait bien au chaud sur le canapé pour regarder un film tous ensemble ? Il y a des siècles qu'on ne l'a pas fait.

La crainte dans les yeux de Violet se dissipa un peu. Elle hocha la tête et sourit gentiment :

— Je vais aller rassembler les autres.

Puis elle avança vers Juliet et la prit dans ses bras.

— Je vais même nettoyer les saletés de Jake, si tu veux.

Une larme glissa le long de la joue de Juliet, et elle serra sa fille contre elle.

— Non, ça ira, murmura-t-elle. Je vais le faire. Va demander aux autres ce qu'ils veulent regarder… Et essaie de faire en sorte que ça ne se transforme pas en troisième guerre mondiale, d'accord ?

Violet acquiesça et se dirigea vers la porte, se retournant plusieurs fois vers sa mère tandis que celle-ci essuyait sa joue du revers de la manche. Arrivée sur le seuil, Violet se retourna une dernière fois, puis disparut dans l'escalier.

Juliet ramassa l'oreiller, légèrement taché de rouge à lèvres ocre, et en retira la taie.

En voyant Violet, pendant un bref instant, elle s'était vue elle-même enfant — dépassée, mais s'efforçant d'endosser des responsabilités d'adulte pour décharger sa mère — et cela l'avait encore plus effrayée que lorsqu'elle avait hurlé.

*
* *

Juliet fut réveillée par le bruit des jumeaux se bagarrant sur le palier. Sortant du lit d'un pas vacillant, les cheveux dressés d'un côté de la tête, elle leur ordonna de la mettre en veilleuse. Les deux garçons se figèrent et lui décochèrent un sourire innocent. A voir la façon dont Jake avait immobilisé son frère sur le sol, elle jugea qu'il était remis d'aplomb.

Ce matin-là, elle se sentait curieusement légère et, en même temps, étrangement vide — comme si une lourde pression s'était soudain relâchée. Malgré cela, elle ne parvenait pas à se mettre en action. Elle ne cessait d'aller d'une pièce à l'autre en se demandant ce qu'elle était venue y faire, et ne consulta pas une seule fois son carnet de Noël. Pour finir, fixant son attention sur la taie d'oreiller dépareillée qu'elle avait sortie la veille, elle décida de changer tous les draps de son lit. Quelque chose dans l'odeur et le contact du linge propre lui donnait l'impression que tout irait bien.

Alors qu'elle retirait la housse de couette, elle sentit une présence dans son dos et se retourna. Violet était sur le seuil de sa chambre. Sa fille la surveillait-elle ? Leurs rôles s'étaient-ils inversés sans qu'elle s'en aperçoive ? Il n'était pas question qu'il en soit ainsi, ce n'était pas bien. Elle le savait d'expérience.

Elle adressa à Violet un sourire radieux et un peu contrefait destiné à lui faire comprendre que tout était rentré dans l'ordre. Il n'y aurait plus de crise comme celle de la veille. Plus de hurlements. De toute façon, ce matin, elle n'avait plus suffisamment d'énergie pour cela.

Violet la dévisagea attentivement.

— Maman… Ce que disait tatie Gemma, au sujet des vacances, ce n'était pas une plaisanterie, n'est-ce pas ?

Juliet se creusa la tête pour trouver une repartie désinvolte, mais rien ne lui vint — elle avait la tête vide.

— Non, ce n'était pas une plaisanterie, se résigna-t-elle à répondre.

Violet hocha la tête, pensive.

— C'est bien ce qu'on s'était dit.

*Comment ça, « on » ?*

Juliet chassa cette question de son esprit. Il fallait qu'elle rassure sa fille :

— Tatie Gemma ne voyait pas ça comme une plaisanterie, mais c'est tout comme.

Ouvrant les bras, elle avança vers sa fille.

— Je ne vous ferais pas une chose pareille, ma chérie. Jamais je ne vous abandonnerais à Noël, évidemment. Je ne pourrais pas.

Juliet étreignit sa fille et respira son odeur.

— Ne le prends pas mal, maman, marmonna Violet dans son cou, mais tu devrais peut-être accepter.

Effarée, Juliet s'écarta brusquement pour la regarder :

— Qu'est-ce que ça veut dire ?

Violet contempla le plafond, se balançant maladroitement d'un pied sur l'autre.

— Tu n'es pas heureuse, dit-elle enfin.

Juliet sentit les larmes lui monter aux yeux.

— Mais bien sûr que si, je suis heureuse ! Je t'ai, toi… et Polly… et les jumeaux. Que pourrais-je souhaiter de plus ?

Violet soutint le regard de sa mère, un petit sourire triste sur les lèvres.

— Si tu me ressembles un tant soit peu, tu pourrais vouloir un petit copain.

Juliet secoua la tête. Il y avait deux ans que Greg était parti et, en effet, elle aurait pu avoir envie de rencontrer quelqu'un d'autre, mais elle n'était pas sûre que ce soit le cas. Même la relation floue qu'elle entretenait avec son voisin lui flanquait la frousse.

— Il n'y a pas que les petits copains, dans la vie, répondit-elle.

Pour toute réponse, Violet haussa une épaule. Apparemment, la réponse de sa mère ne l'avait pas convaincue, et cela fit sourire Juliet. Elle aurait tant aimé être de nouveau jeune, l'esprit libre, avec pour seul souci de savoir si le garçon qu'elle aimait partageait ses sentiments. Elle avait oublié que la vie pouvait être aussi simple.

— Mais papa te manque, non ? demanda Violet.

Juliet s'assit au bord du lit et tapota la place à ses côtés pour inviter Violet à l'y rejoindre. Celle-ci s'exécuta docilement.

— Au début, il me manquait, oui, dit-elle. Mais maintenant je crois que ce qui me manque vraiment, c'est d'avoir quelqu'un avec qui partager certaines choses.

Cet aveu parut surprendre Violet.

— Mais tu es tellement malheureuse depuis qu'il est parti. Je pensais qu'au bout d'un moment cela passerait. Parfois, j'ai l'impression que tu vas bien, et l'instant d'après tu es complètement stressée et tu nous cries dessus.

Juliet en resta bouche bée.

— Je fais ça, moi ?

Violet hocha la tête.

— Et c'est encore pire depuis qu'ils ont mis les décorations de Noël en ville.

Juliet posa la main sur son front, comme pour apaiser la tension croissante qui l'envahissait. Certes, depuis que les préparatifs de Noël étaient venus alourdir son emploi du temps déjà chargé, elle s'était sentie plus tendue qu'à l'accoutumée, mais elle ne s'était pas aperçue qu'elle en faisait subir les conséquences aux enfants.

— Je suis désolée, murmura-t-elle en luttant pour ne pas pleurer.

Etre mère était la seule chose pour laquelle elle pensait être douée, et même cela elle le ratait.

— Maman ?

— Oui ?

Violet prit une profonde inspiration, puis déclara :

— Je crois que tu es fatiguée. C'est pour ça que tu es tout le temps en colère. Moi, quand je suis de mauvaise humeur, tu me dis toujours de prendre un moment pour me détendre et faire quelque chose que j'aime, comme écouter mes disques préférés ou lire un livre. Je sais que je râle quand tu me dis ça, mais… ça marche.

Juliet hocha la tête et adressa un sourire larmoyant à sa fille. Elle savait bien que cela marchait.

— Qu'essaies-tu de me dire, ma chérie ?

Violet afficha une expression inhabituellement déterminée.

— J'essaie de te dire que tu devrais accepter cet échange.

*Cet échange ? Accepter l'idée ridicule de Gemma ?*

— Je crois, poursuivit Violet, que tu devrais prendre les vacances de tatie Gemma.

Juliet secoua doucement la tête.

— Je ne peux pas vous laisser tous pour Noël, protesta-t-elle. Quel genre de mère ferait ça ?

Violet s'éclaircit la voix :

— Le genre de mère stressée et malheureuse qui n'a jamais une seconde pour s'asseoir et regarder un film avec ses enfants, parce qu'elle est trop occupée à coudre des ailes d'ange sur une taie d'oreiller ou à faire des caramels pour engraisser les profs.

Ces mots firent à Juliet l'effet d'une gifle.

Mais ce n'était pas une méchante gifle. C'était une gifle qui réveillait. Elle se vit soudain à travers les yeux de ses enfants, et ce qu'elle voyait ne lui plaisait guère. Pendant tout ce temps, alors qu'elle croyait éviter les erreurs qu'avait faites sa propre mère, elle en commettait d'autres, affreuses et bien à elle.

Tout cela, elle le faisait pour les enfants. Mais cela en valait-il la peine si, en retour, elle se transformait en mégère acariâtre n'ayant plus aucun temps à leur consacrer ? Juliet prit la main de sa fille.

— Je sais que si je partais pour Noël tu le comprendrais, toi, parce que tu es assez grande. Mais Polly… et les garçons…

— Oh ! ils comprennent très bien, affirma Violet d'un ton posé. Nous avons eu une petite réunion de famille, et ils m'ont envoyée en mission pour t'annoncer notre décision.

Juliet se passa la langue sur la lèvre et ferma les yeux, puis les rouvrit pour regarder sa fille.

— Vous avez eu une réunion de famille ? fit-elle, éberluée.

Violet opina. Elle tira doucement sur la main de sa mère :

— Viens… Tu t'en rendras compte par toi-même.

Juliet avait l'impression d'être entrée dans un univers parallèle. S'attendant presque à voir bondir dans l'escalier un lapin blanc équipé d'une montre, elle suivit sa fille jusque dans le salon où les trois autres enfants l'attendaient sagement sur le canapé, leurs jambes, trop courtes pour toucher le sol, tendues droit devant eux.

— C'est vrai ? leur demanda-t-elle en avisant leur mine sérieuse. Vous croyez que je devrais échanger mon Noël avec celui de tatie Gemma ?

Les jumeaux hochèrent la tête frénétiquement, et Polly, croisant les bras, lui adressa l'un de ses regards de gamine de dix ans allant sur ses quarante :

— Regarde les choses en face, mère. Nous t'aimons, mais en ce moment c'est un cauchemar de vivre avec toi. Il va falloir que tu apprennes à te détendre un peu.

Violet tendit le téléphone à Juliet d'un air décidé :

— Il faut que tu appelles tatie Gemma.

# Chapitre 9

L'expression qu'affichait Will était presque comique :

— Attends, répète un peu ça ! demanda-t-il, sourcils froncés.

Pas étonnant qu'il ne l'ait pas comprise : Juliet lui avait tout déballé d'un ton saccadé. S'éclaircissant la voix, elle reprit :

— Je me demandais si tu pouvais garder un œil sur la maison et les enfants pendant les deux prochaines semaines. Comme je te l'ai dit, je m'en vais pour Noël. A Sainte-Lucie. Et je pars demain.

Will battit des paupières.

— C'est cela, oui.

— Tu ne me crois pas ?

Will ouvrit sa porte en grand et lui fit signe d'entrer. Elle raffermit sa prise sur la boîte de brownies qu'elle avait apportée pour l'enjôler et pénétra dans l'entrée. La maison de Will n'était pas aussi parfaitement conçue que la sienne, mais elle l'appréciait malgré tout. Comparée à la sienne, elle manquait de coussins, de décorations et de tentures, mais il y avait ce qu'il fallait de cuir et de couleurs chaudes. En dépit de l'atmosphère masculine qui y régnait, elle était accueillante.

Il la précéda dans la cuisine, alluma la bouilloire, puis s'appuya contre le bar.

— Tout va bien ? demanda-t-il d'une voix circonspecte.

Juliet hocha la tête. Oui, tout allait bien, si ce n'étaient ses hurlements de la veille.

— J'ai juste besoin de faire une pause.

La bienveillance qu'elle discerna dans les yeux de Will atténua sa nervosité.

— Oui, c'est vrai, déclara-t-il.

Il se retourna pour préparer du café.

— Et donc tu veux que je garde un œil sur la maison ?

Un peu embarrassée, Juliet prit la tasse qu'il lui tendait :

— En fait, je pensais que ce serait surtout sur les enfants… J'aimerais que tu les surveilles un peu, pour voir si tout va bien…

Will écarquilla les yeux et reposa son café sur le comptoir.

— Tu veux dire que tu les laisses tout seuls ?

— Non, bien sûr que non ! Jamais je ne les laisserais seuls !

— Mais alors, qui…

— Ma sœur va venir s'occuper d'eux.

Aussitôt, Will esquissa un sourire cynique.

— Ah.

— Exactement, dit Juliet. Et je préférerais qu'ils soient encore vivants après Noël.

Will hocha la tête d'un air compréhensif.

— L'ennui, c'est que je ne suis pas sûr que ta sœur accepte de m'écouter si j'ai quelque chose à lui dire. Elle pense que je suis un imbécile prétentieux avec un manche à balai dans le fondement. Je ne fais que répéter mot pour mot ce qu'elle m'a dit un jour.

Juliet soupira. C'était en effet l'une des insultes favorites de Gemma. Elle semblait coller cette étiquette à quiconque envisageait la vie autrement qu'à sa façon brouillonne.

— Et c'est bien pour cela que j'ai besoin de ta rigueur, dit-elle.

C'était le bon moment pour ouvrir la boîte en fer-blanc décorée de pois qu'elle avait apportée, et dont il s'échappa une délicieuse odeur de chocolat chaud.

— Je t'en prie, sers-toi…

*C'est gagné*, songea-t-elle en voyant Will déglutir, le regard figé sur les gâteaux. Juliet réprima un sourire. Un proverbe affirmait que pour gagner le cœur d'un homme il fallait passer par son estomac. Will en était l'illustration parfaite.

— Par ton silence, tu viens de reconnaître que je suis un pauvre type coincé, selon les termes de ta sœur. Tu t'en rends compte ? demanda Will en tendant la main vers les brownies.

— Elle dit la même chose de moi, rétorqua Juliet avec un haussement d'épaules. Tu es en bonne compagnie.

Une lueur d'amusement traversa le visage de Will.

— Tu sais que je ferais n'importe quoi pour t'aider, mais…

Il mordit dans son gâteau, puis secoua légèrement la tête tandis qu'il mâchait.

— Je ne sais pas… Ça ne te ressemble pas de partir je ne sais où, et aussi précipitamment.

Il s'interrompit un moment pour dévisager Juliet, l'air pensif.

— Je sais qu'après ce qui s'est passé avec Greg tu as besoin de tourner la page, mais… ne change pas trop, Juliet.

Elle acquiesça, bien qu'elle ne sache pas trop à quoi. Il y avait quelque chose dans sa vie qui devait changer, c'était certain. Et il fallait que ça change avant que ses enfants exigent qu'elle parte en voyage six mois dans l'année à cause de son mauvais caractère. Pendant les deux semaines à venir, elle allait changer d'adresse et de décor. Mais, ensuite, qu'adviendrait-il ?

Gemma inspira profondément puis frappa à la porte. Quand Juliet lui ouvrit, elles se saluèrent normalement — de façon artificielle et maladroite, ce qui n'avait rien de surprenant après leur dernière dispute.

Quand Juliet l'avait appelée, Gemma avait compris que sa sœur ne consentait pas à l'échange proposé de gaieté de cœur, et cela l'agaçait. Pourquoi Juliet avait-elle tant de difficulté à accepter quoi que ce soit venant d'elle ? La considérait-elle à ce point comme une ratée ?

Elles se rendirent dans la cuisine où Juliet leur prépara une tasse de thé. Les enfants étaient encore à l'école, et le silence semblait résonner dans la grande pièce, où les aiguilles de la pendule égrenaient les secondes les unes après les autres. Juliet but une gorgée de thé et regarda Gemma par-dessus sa tasse.

— Merci de faire ça, dit-elle d'une voix que sa sœur trouva forcée.

Gemma lui répondit d'un signe de tête. Elles n'avaient pas réellement fait la paix, mais avaient manifestement décidé d'enterrer la hache de guerre — du moins pour le moment. Elle songea que cela pourrait peut-être jouer en sa faveur. Pendant des années, elle avait été à la traîne derrière Juliet. Elle était toujours le maillon faible, la fauteuse de trouble, plutôt que la médiatrice, et aujourd'hui elle avait l'occasion de faire pencher la balance. Cette idée lui plaisait, et elle avait hâte de la mettre en œuvre.

Pourtant, il fallait d'abord qu'elle aplanisse quelque chose avant que Juliet s'envole vers des cieux plus cléments et ne la chasse de son esprit.

— Tu avais tort, l'autre jour, dit Gemma. Je n'ai jamais été la préférée de papa et maman. Ce n'est absolument pas vrai.

Les sourcils de Juliet se froncèrent instantanément, comme pour dire : « Tu tiens vraiment à t'aventurer sur ce terrain ? »

Oui, Gemma y tenait beaucoup. Il était temps que Juliet commence à écouter ce qu'elle avait à dire et cesse de considérer d'emblée que tous ses arguments étaient futiles et sans intérêt. De nouveau, elle hocha la tête.

La regardant droit dans les yeux, Juliet objecta :

— D'accord. Qui est allée à la fac, et qui a dû rester à la maison ?

Gemma battit des paupières, surprise. Tout cela remontait à… combien ? Vingt ans, au moins, et Juliet lui en tenait encore rigueur ? Elle n'avait pas prévu que la conversation prendrait ce tour.

— Ce n'était pas ma faute, répondit-elle, et tu le sais. Si papa n'était pas mort…

Elle tourna la tête vers la fenêtre, les yeux brûlants de larmes contenues.

A cette époque, Juliet venait d'avoir son bac, et leur père était décédé d'une crise cardiaque. Leur mère avait été dévastée. Des mois après les obsèques, elle n'était toujours pas capable de se lever le matin et passait l'essentiel de ses journées à pleurer. Juliet avait tout pris en charge — la cuisine, les courses, les lessives. C'est elle qui s'était assurée que sa petite sœur ait toujours un uniforme scolaire propre.

Gemma ne l'avait jamais dit à personne, mais elle avait

terriblement appréhendé le week-end d'octobre où Juliet était censée quitter la maison pour intégrer l'université de Leicester afin d'y suivre des cours de design textile. Le week-end en question était arrivé, mais Juliet n'était pas partie. Le week-end suivant, elle était encore là, comme celui d'après. Aucune d'elles n'avait jamais abordé ce sujet. A l'époque, Gemma avait trop peur. Elle venait juste d'avoir quatorze ans, et à l'idée de rester seule avec sa mère, sans Juliet, elle se sentait perdue.

Des mois plus tard, elle avait surpris une conversation entre Juliet et leur mère. « L'année prochaine », avait affirmé sa sœur. Leur mère s'était contentée d'acquiescer mollement.

Mais il avait fallu plus d'un an aux deux adolescentes un peu paumées qu'elles étaient alors pour comprendre que le seul parent qui leur restait n'était pas seulement inconsolable, mais souffrait d'un mal autrement plus sérieux, et plus durable. Elles avaient fini par forcer leur mère à consulter le médecin de famille qui lui avait prescrit des antidépresseurs et suggéré de suivre une thérapie — pour laquelle elle était restée en liste d'attente durant neuf mois. Une autre année s'était écoulée sans que Juliet fasse ses bagages pour partir dans le Nord. Le plus terrible, c'est que Gemma ne se rappelait même plus si elle avait remarqué, sur le moment, que Juliet n'était jamais partie, et si elle avait fini par considérer comme acquise la présence réconfortante de sa sœur à la maison.

Juliet tendit à Gemma un carnet imprimé de fleurs, avec autant de solennité que s'il s'était agi des Saintes Ecritures.

— Tout est là, dit-elle. La liste des choses à faire, les numéros de téléphone et les adresses du boucher et de l'épicerie bio, la recette de la célèbre farce de maman…

Gemma lui prit vivement le carnet des mains et le serra contre sa poitrine, espérant qu'en brisant le contact physique entre Juliet et son objet fétiche elle éviterait l'assaut verbal qu'elle redoutait.

— J'ai compris. Tout est là. Il faudra me passer sur le corps pour me le prendre.

Elle avait surtout l'intention de le fourrer dans le tiroir de la cuisine pour ne plus jamais l'ouvrir. Quand on pensait que son travail consistait, jour après jour, à organiser des millions de choses et à ménager des dizaines d'egos plus fragiles les uns que les autres… Elle ne doutait pas de pouvoir s'occuper de quatre enfants, un oncle perdu de vue, deux vieilles dames et une dinde.

Juliet fronça des sourcils impeccablement épilés, fixant toujours le carnet avec une intensité religieuse.

— Et n'oublie pas qu'il y a encore des petits cadeaux à acheter pour garnir les chaussettes des jumeaux et de Polly, et que Violet a organisé un après-midi shopping avec ses amies à Bluewater le 22. Il faut revenir sur la M25 et prendre la deuxième sortie vers…

Gemma brandit le carnet, réduisant ainsi sa sœur au silence. Il était entre ses mains, maintenant, et elle bénéficiait de ses pouvoirs magiques. Peut-être cela permettrait-il à Juliet de se détendre suffisamment pour que sa sœur lui fasse prendre le chemin de l'aéroport.

— Je n'oublierai pas, dit Gemma en tapotant de l'ongle le carnet fétiche. Tout est là, n'est-ce pas ?

Juliet acquiesça. Puis elle ouvrit la bouche et la referma aussitôt, l'air soucieux. Gemma devina que Juliet avait failli l'assommer de nouvelles recommandations, mais qu'elle pouvait difficilement contredire ce que Gemma venait d'avancer.

— Je n'ai pas entendu sonner ? demanda celle-ci en souriant avant de se diriger vers l'entrée.

En réalité, le seul son qu'elle avait perçu au cours des dernières secondes était le hurlement silencieux de sa sœur quand elle lui avait arraché les commandes.

— Ce doit être ton chauffeur pour l'aéroport.

Elle alla au bout de son manège, ouvrant largement la porte, prête à balayer l'allée d'un regard étonné et à plaisanter sur le fait qu'à son âge elle commençait à être dure d'oreille. Elle se retrouva nez à nez avec M. Coincé, le voisin d'à côté.

— Oh ! c'est toi.

Ses sourcils se soulevèrent imperceptiblement.

— Moi aussi, je suis content de te revoir, Gemma.

Ils se dévisagèrent un instant, puis Gemma s'effaça pour lui céder le passage. Juliet lui avait dit que Will avait proposé de la conduire à Gatwick. Elle aurait dû se douter qu'il arriverait en avance. Sa sœur et lui étaient faits du même bois.

Juliet sourit à son voisin et cessa de tripoter ses valises assorties, alignées dans l'entrée par ordre de taille. Gemma s'aperçut qu'il y avait bien longtemps qu'elle ne l'avait pas vue sourire de cette façon.

— Merci beaucoup de faire ça pour moi, dit Juliet précipitamment. Tu n'étais pas obligé, j'aurais pu prendre un taxi.

Will écarta ses protestations d'un geste :

— C'est à cela que servent les amis.

Gemma émit un petit souffle dédaigneux. Autant qu'elle sache, Juliet et Will étaient devenus « amis » peu après le départ de Greg. Avec un peu de chance, l'un ou l'autre allait se décider à passer à l'étape suivante avant la fin du siècle.

Ce n'était pas du tout sa façon d'appréhender les relations amoureuses. Elle aimait les hommes qui savaient ce qu'ils voulaient et n'avaient pas peur de le dire. Et si un homme la voulait, elle, tant mieux. Au diable ces simagrées ! Pourquoi faire semblant d'être amis quand il s'agissait d'autre chose ? Cela dit, si Will et sa sœur y trouvaient leur compte, ce n'était pas ses affaires.

Pendant que Will emportait la grande valise dans sa voiture, Juliet s'approcha de Gemma, la prit dans ses bras et lui dit à voix basse :

— Je lui ai demandé de… Tu sais… De te donner un coup de main si tu en as besoin.

Gemma rendit son étreinte à sa sœur mais, quand elles s'écartèrent, elle la regarda bien en face et répondit :

— Je ne suis plus une adolescente qu'on laisse seule à la maison pour la première fois, Juliet. Et je n'ai pas besoin d'un comptable pour me surveiller…

— Il est architecte.

— Peu importe, marmonna-t-elle.

Elle se fichait royalement de ce que Will Truman faisait dans la vie, et cela ne changeait rien à ce qu'elle tentait d'expliquer à Juliet. Celle-ci la relâcha, une expression chagrine sur le visage. Elle avait repris l'air supérieur qui était sa marque de fabrique.

— C'est juste que s'occuper du repas de Noël représente beaucoup de travail. C'est une grande responsabilité.

Gemma hocha la tête, s'efforçant de garder son sérieux. Ce n'était pas le moment de déclencher une nouvelle dispute.

Juliet la dévisagea.

— Je sais que tu trouves que j'en fais une montagne…

*En plein dans le mille.*

— … mais les enfants adorent notre petite tradition et, cette année, c'est d'autant plus important que ni Greg ni moi ne serons là.

Elle jeta un coup d'œil vers la voiture de Will, puis regarda à l'intérieur de la maison d'un air d'envie. Gemma redouta un instant que sa sœur n'aille arracher ses bagages des mains de son chauffeur pour tout remettre dans l'entrée. Elle aurait eu le plus grand mal à faire sortir Juliet de la maison si elle n'avait pas fait ses adieux aux enfants avant qu'ils partent à l'école, Gemma en était certaine. Voilà ce que c'était de s'enliser dans sa routine.

Il n'était pas question que ces vacances à Sainte-Lucie soient gâchées. Gemma les avaient payées au prix fort, et il était trop tard pour annuler ou modifier la réservation. En outre, les enfants avaient raison : Juliet avait besoin de faire une pause. Et Gemma tenait à faire cela pour elle.

— Il faut y aller, dit fermement Gemma en poussant sa sœur hors de la maison.

Juliet la prit par le bras, empoignant la manche de son cardigan dans un geste un peu dramatique qui ne lui ressemblait pas.

— Promets-moi que tu en feras autant que possible, dit-elle avec une lueur de désespoir dans les yeux. Pas pour moi. Pour eux. Ces petites traditions sont importantes, Gemma. Elles leur donneront peut-être l'impression que je ne les ai pas abandonnés.

Gemma sentit sa gorge se serrer.

— D'accord. C'est promis.

Alors, seulement, Juliet sembla se décrisper. Elle embrassa Gemma sur la joue puis rejoignit Will, qui avait ouvert la portière côté passager. Elle lui tendit son bagage à main, fit un signe à l'intention de Gemma, puis entra dans la voiture.

M. Coincé adressa à son tour un petit signe ironique à Gemma, qui plaqua un sourire mielleux sur ses lèvres, juste pour lui faire comprendre qu'il n'allait pas gagner à ce petit jeu. Elle agita la main et ne s'arrêta que quand la voiture fut hors de vue, puis rentra dans la maison.

# Chapitre 10

Juliet descendit les marches menant sur le tarmac de l'aéroport international d'Hewanorra. Malgré le siège en classe affaires que sa sœur avait réservé, elle avait les jambes raides et les yeux irrités. Pendant l'approche, ils avaient survolé la côte est de l'île, et elle avait gardé le nez collé contre le hublot, découvrant avec émerveillement l'île couverte de montagnes et de volcans à travers les gros nuages blancs qui l'entouraient.

Durant tout le voyage, elle avait eu l'estomac un peu tendu. Elle ignorait si elle le devait à l'excitation ou à la nervosité mais, maintenant qu'elle avait retrouvé le plancher des vaches, elle se sentait déconnectée de la réalité, comme dans un rêve dont elle allait bientôt s'éveiller pour s'apercevoir qu'elle était chez elle, à Tunbridge Wells, en train d'arbitrer une dispute entre ses enfants.

Elle suivit les autres passagers d'un pas mal assuré, prenant à peine conscience du temps qu'elle passa à faire la queue au bureau de l'immigration ou à attendre ses valises dans la salle des bagages. Sortant du petit terminal climatisé, elle chercha dans la foule son nom sur un rectangle de carton, le repérant enfin entre les mains d'un homme d'une cinquantaine d'années vêtu d'un bermuda de sport et d'une chemise à manches courtes. Il arborait un large sourire.

— Bienvenue au paradis, dit-il avec un accent chantant avant de lui prendre ses valises.

Elle le laissa faire, oubliant les questions qu'elle posait généralement dans ce genre de situation pour s'assurer qu'elle n'avait pas affaire à un escroc s'apprêtant à s'enfuir avec ses bagages.

— Je suis Bradford, et je serai votre chauffeur pour l'après-midi.

Juliet monta à l'arrière de l'élégant 4x4. A son grand soulagement, l'air conditionné se déclencha dès que la portière se referma. Bradford l'informa qu'il leur faudrait un peu plus d'une heure pour atteindre le site de l'hôtel, qui se trouvait à la pointe nord de Sainte-Lucie. Il se mit à rouler, lui offrant de temps à autre un commentaire sur tous les aspects de l'île susceptibles de l'intéresser, lui nommant les différents fruits poussant sur les arbres le long de la route, ou encore les villes et villages de pêcheurs qui bordaient la côte.

Juliet écoutait avec intérêt, les yeux rivés sur le paysage défilant derrière la vitre teintée de la voiture. Elle réalisa soudain combien elle s'était retranchée dans sa petite vie, presque convaincue qu'il n'existait rien en dehors de sa zone pavillonnaire bourgeoise et glacée d'Angleterre. Ces derniers temps, elle avait oublié que le monde, vaste et ouvert, s'étendait autour d'elle — un monde que sa sœur écumait avec une régularité qu'elle commençait à lui envier.

Il n'y avait plus aucune plaine autour d'eux. Plus ils s'enfonçaient dans l'île et plus ils grimpaient, empruntant une route qui sinuait entre deux montagnes jusqu'au versant opposé de l'île. Ils traversèrent de profondes vallées et contournèrent de hautes collines. L'abondante végétation semblait déterminée à envahir le moindre espace disponible, même ceux que le genre humain avait conquis et occupés. Jusqu'alors, Juliet avait trouvé le Kent verdoyant et agréable, mais ça… c'était carrément autre chose.

Le luxuriant feuillage des arbres était omniprésent. Des milliers de mangues pendaient au bord des routes, ainsi que des noix de cajou, des fruits à pain et des dattes. Il y avait des palmiers de toutes les tailles et de toutes les formes — certains étaient larges et trapus, d'autres, longs et minces. D'autres, encore, étaient chargés de noix jaunes rassemblées à l'ombre de grandes feuilles frangées formant comme des parasols. Et des bananes… il y avait des bananes partout.

Les habitations étaient tout aussi fascinantes. La plupart étaient peintes de couleurs vives, du bleu cobalt au jaune canari en passant par le vert menthe ou le rose pastèque. Presque toutes étaient dotées d'étroits toits de tuiles et de balcons, dans le style caribéen. Perchées sur les flancs escarpés des collines, elles étaient rattachées au sol d'un côté et montées sur pilotis de l'autre.

Juliet aperçut quelques grandes demeures aux balustrades de pierre et agrémentées de vastes jardins, mais la plupart des maisons étaient assez trapues et construites pêle-mêle, les unes à côté des autres. Il y avait beaucoup de baraques de béton, dont certaines étaient couvertes de tôle ondulée. Elle fut surprise de constater que très peu étaient en ruine, alors même que Bradford venait de lui parler du dernier ouragan qui avait touché l'île, provoquant d'importantes coulées de boue et abîmant de larges portions de la route qu'ils empruntaient aujourd'hui.

Elle regarda nerveusement le ciel bleu parsemé de nuages.

— Il n'y a pas d'ouragan prévu pour Noël, n'est-ce pas ?

Bradford éclata de rire.

— Non, madame, vous êtes en sécurité. La saison des pluies a lieu de juin à novembre.

Juliet poussa un soupir de soulagement en se laissant aller contre le dossier. En règle générale, elle ne posait pas ce genre de question. Pour ne pas se sentir stupide et un peu simplette, elle faisait normalement des recherches exhaustives avant de sélectionner une destination de vacances, allant jusqu'à enquêter sur chaque type de chambres proposées par les hôtels, afin de choisir celle qui offrait la meilleure vue, avec balcon, climatisation et wi-fi…

Elle ignorait tout de la chambre que Gemma avait réservée, hormis le fait qu'elle se trouvait dans un endroit appelé Pelican's Reach. Un frisson glacé lui parcourut l'échine quand elle songea que sa sœur, qui avait souvent voyagé sac au dos, lui avait peut-être offert quinze jours de vacances dans une cabane de tôle sur la plage.

Bradford quitta la route principale pour s'engager sur une piste étroite entre deux rangées de collines basses — du moins comparées aux sommets volcaniques qu'elle avait aperçus au centre de l'île. Il s'arrêta peu après devant une loge blanchie à la chaux, où il échangea avec le gardien des nouvelles de leurs familles respectives avant que ce dernier leur fît signe de passer.

Ils franchirent le sommet d'une colline et se retrouvèrent dans une sorte de petit village très huppé — parfait. Juliet n'aperçut nulle part les imposantes structures hôtelières auxquelles elle aurait pu s'attendre, mais seulement des bâtiments de proportions modestes. Les plus grands d'entre eux ressemblaient à des maisons de plantation, et des villas de différentes tailles étaient rassemblées en groupes sur le flanc d'une colline escarpée qui surplombait une baie isolée.

Bradford se gara devant une grande bâtisse et vint ouvrir la porte à Juliet. Des chasseurs se précipitèrent pour chercher ses bagages, et un employé de l'hôtel en uniforme lui souhaita la bienvenue à Pelican's Reach avant de la conduire à la réception, dans une vaste pièce carrelée de terre cuite et pourvue de hauts plafonds où ronronnaient des ventilateurs. On la mena vers l'un des nombreux groupes de canapés de bois sombre et d'osier recouverts de coussins blancs immaculés.

Une femme apparut auprès d'elle.

— Bonjour, madame Taylor, je m'appelle Cordelia et je suis votre ambassadrice personnelle. Si vous avez besoin de quoi que ce soit au cours de votre séjour, n'hésitez pas à vous adresser à moi.

Elle marqua une pause et sourit :

— Commençons par vous enregistrer, ensuite, la navette apportera vos bagages dans votre villa. Souhaitez-vous un punch pour patienter ?

Juliet accepta d'un signe de tête puis s'assit au bord d'un des canapés sans cesser de regarder autour d'elle.

Incontestablement, il ne s'agissait pas d'une cabane de tôle.

Juliet se demanda si elle devait être soulagée que Gemma ait adopté des goûts de luxe avec l'âge, ou vexée qu'elle se soit réservé un hôtel pareil dans l'intention d'abandonner sa sœur pour Noël dans le purgatoire de sa maison familiale.

Un employé s'approcha et lui tendit un grand verre rempli d'un cocktail rose sombre où flottaient des glaçons. Juliet remercia, puis but une gorgée avec circonspection. Elle n'était guère amatrice de rhum, mais la douceur du jus de fruits et la pointe d'épices qu'elle décelait dans la boisson glacée l'aidèrent à faire passer l'alcool facilement. Un peu trop facilement, peut-être. Quand Cordelia revint avec la clé de sa chambre, Juliet avait pratiquement vidé son verre.

— Vous êtes logée dans l'une de nos villas haut de gamme, lui annonça la femme. Elles sont situées un peu à l'écart du site principal, sur une baie privative.

Juliet jeta un coup d'œil à ses valises, qui étaient toujours devant le comptoir de la réception.

— J'espère que ce n'est pas trop loin.

La pendule de la salle indiquait qu'il était 17 h 40 à Pelican's Reach, ce qui signifiait qu'il était près de 22 heures en Angleterre, et Juliet n'était pas certaine d'avoir suffisamment d'énergie pour quitter le bâtiment, et encore moins pour crapahuter jusqu'à sa villa.

Cordelia lui adressa un large sourire :

— Ne vous inquiétez pas, madame Taylor, vous n'aurez pas à marcher. Peter va vous conduire jusqu'à votre chambre.

Le garçon, qui semblait à peine plus âgé que Violet, surgit devant elle puis la précéda à l'extérieur. Le 4x4 de Bradford avait disparu, remplacé par un véhicule aux allures de voiturette de golf, en un peu plus gros et plus sophistiqué. Son chauffeur lui fit signe de prendre place à ses côtés, et ils traversèrent le complexe hôtelier en empruntant d'étroits chemins pavés de briques.

Laissant derrière eux les bâtiments principaux de l'hôtel

qui occupaient la partie la plus plate du site, près de la plage, ils se dirigèrent vers la colline. La navette grimpa une pente qui les mena au-delà de la plage principale, sur une route serpentant au-dessus d'une petite crique dans la même baie. Là, il n'y avait que quelques villas dispersées au bord d'une falaise.

Peter arrêta la voiture devant l'avant-dernière villa. Juliet posa les pieds au sol et la contempla. Lui était-elle entièrement destinée ? Elle ne s'était pas attendue à davantage qu'une chambre d'hôtel. Sans doute avait-elle largement sous-estimé le salaire que percevait Gemma pour ce travail dont elle ignorait presque tout.

Le jeune homme insista pour traverser avec elle le petit jardin menant à l'entrée de la villa. Elle franchit derrière lui un chemin bordé de superbes arbustes et, en arrivant devant la porte, Peter lui fit signe d'entrer d'un geste cérémonieux.

Elle ne remarqua même pas le départ de son chauffeur tant le décor de la villa la saisit. Dehors, tout n'était que couleurs vives, encore intensifiées par le soleil radieux, mais ici, à l'intérieur, c'était une oasis de blancheur.

La chambre était voûtée, et les poutres apparentes étaient peintes de couleur claire. Un carrelage pâle couvrait le sol, des voilages flottaient légèrement autour des fenêtres, soulevés par le souffle du climatiseur. L'ameublement, tout de bois et osier, était simple et élégant. Elle découvrit, trônant au milieu de la pièce, un imposant lit à baldaquin drapé d'une moustiquaire et pourvu — seule concession à la couleur — de coussins gris alignés contre les oreillers épais ainsi que d'un couvre-lit assorti plié au pied de la couverture.

La chambre était assez grande pour accueillir également

un canapé blanc d'aspect confortable, une table basse et, contre le mur, un bureau. Derrière Juliet se trouvaient un dressing et une porte vitrée à travers laquelle elle devinait une spacieuse salle de bains. Mais c'étaient les fenêtres qui la fascinaient. En forme d'arcades, elles s'étendaient du sol au plafond, et celle du milieu n'était autre qu'une porte-fenêtre menant à un balcon.

Elle l'ouvrit sans réfléchir et sortit. Le soleil était plus bas dans le ciel, à présent, mais toujours aussi chaud. Il se coucherait d'ici à une heure ou deux, estima Juliet. Elle posa les mains sur la rambarde ouvragée de croisillons et contempla la vue au-dessous d'elle. Sous son balcon se trouvait une terrasse bordée de plantes tropicales et, plus loin, on devinait le sable jaune pâle de la petite crique.

Sur sa droite — vers le nord, devina-t-elle —, le petit promontoire qu'elle avait passé en arrivant lui bloquait partiellement la vue sur le site principal, mais au-delà elle distinguait les terres qui descendaient en pente douce vers la côte, semblant former une pointe acérée à l'endroit où la courbe de la plage se confondait avec l'océan. Un arbre solitaire tremblait dans la brise au bout de la longue bande de sable.

Juliet s'aperçut qu'elle contraignait sa respiration depuis un bon moment. Pas seulement depuis qu'elle avait commencé à explorer sa villa, mais depuis des mois. Peut-être même des années. Elle avait le sentiment de l'avoir retenue parce qu'elle n'avait jamais le temps ou la place de souffler. Et c'est alors qu'elle soupira, longuement, jusqu'à éprouver un profond soulagement.

Elle resta là, complètement immobile, respirant calmement,

profitant des caresses délicates de la brise salée sur sa peau en écoutant le chant harmonieux des oiseaux et des insectes.

Juliet n'était plus sûre de croire en l'amour, étant donné la façon dont sa relation avait tourné avec Greg. Mais, si elle devait retomber amoureuse, elle se dit qu'il faudrait que cela arrive à Pelican's Reach.

Quand Juliet quitta le balcon, elle découvrit que ses valises avaient été livrées. Elle entreprit de les défaire, fourrant ses T-shirts dans les tiroirs et jetant ses sandales dans le dressing. Ce faisant, elle contempla plus d'une fois avec envie le lit à baldaquin paré de sa moustiquaire vaporeuse. Elle aurait adoré plonger la tête la première dans ce merveilleux lit blanc, mais elle savait qu'il lui faudrait absolument rester éveillée le plus longtemps possible pour faire passer le décalage horaire.

Dans un bâillement, elle fouilla dans la poche avant de sa valise. Ses mains se refermèrent sur des objets qui ne lui étaient pas familiers. Elle les en extirpa pour mieux les regarder.

Deux Bikini ! L'un était d'un rouge vif uni, le second, imprimé de pois turquoise. En fouillant davantage, elle trouva un mot et une petite boîte plate emballée dans du papier cadeau. Elle déplia le bout de papier qui semblait avoir été arraché à la hâte d'un carnet à spirale.

« J, comme je ne vais pas avoir besoin de ces maillots, je me suis dit qu'ils seraient mieux dans ta valise. Et n'ouvre pas le cadeau avant le jour de Noël. C'est un ordre !

G. »

Juliet attrapa le haut du Bikini rouge par les bretelles — le peu qu'il y en avait — en ouvrant de grands yeux. Sérieusement ? A son âge ! Pas question qu'elle mette ça.

Bon, d'accord, il n'était pas franchement provocant, mais elle n'aurait jamais le courage de porter ce genre de chose. Le maillot à pois était heureusement un peu plus couvrant. Elle pensa à son une-pièce noir, tout simple, qu'elle venait de ranger dans la commode, et fourra les deux Bikini de Gemma dans la poche de sa valise, qu'elle referma soigneusement. Quant au cadeau, elle le rangea dans le tiroir de sa table de chevet.

Tout était en ordre. Il ne lui restait plus qu'à cacher ses valises vides au fond du dressing. Quand elle revint dans la chambre, elle osait à peine regarder dans la direction du lit. Vite, sortir avant de céder à la tentation de se jeter dessus !

Juliet se changea, optant pour une robe de plage fleurie et des tongs. Elle prit chapeau et lunettes et partit explorer le reste de sa villa.

Au rez-de-chaussée, le salon était décoré dans le même style que la chambre, et à l'avant de la villa s'étendait une terrasse pourvue d'un Jacuzzi. Au bout de la barrière de bois entourant la terrasse se trouvait un petit portail blanc. Derrière, elle découvrit des marches de bois qui menaient à la petite plage privée. Aucune trace de pas n'était venue abîmer ce sable. Elle ôta ses sandales et enfonça ses orteils dans les grains soyeux avec un soupir ravi.

A quand remontait la dernière fois qu'elle avait pris le temps, sur une plage, de sentir couler le sable autour de ses orteils ? En général, elle passait ses journées à courir après ses enfants pour les empêcher de ravager les châteaux de sable des autres ou de traverser la Manche à la nage.

Son soupir se mua bientôt en un petit cri de douleur. Le sable était beaucoup trop chaud pour y marcher pieds nus sans y perdre la moitié de son épiderme. Elle traversa la plage en courant, jusqu'à la rive où des vagues écumantes léchaient le sable scintillant, et laissa l'eau fraîche apaiser ses plantes de pieds.

L'eau était délicieuse et paraissait chaude après seulement quelques secondes. Juliet se mit à marcher le long du sable mouillé en direction de la pointe de terre qui séparait son petit domaine du site principal de Pelican's Reach. Parvenue au niveau des rochers à l'autre bout de la plage, elle s'aperçut qu'elle pouvait contourner le cap presque sans quitter le sable. Comme elle n'avait rien prévu d'autre que de rester active pour tromper le sommeil, elle traversa la totalité de la plage principale jusqu'à atteindre un brise-lames de pierres. Il s'étendait en arc de cercle face à la plage, tel un bras protecteur empêchant les vagues les plus hautes d'emporter le sable dans l'océan.

Elle resta quelques instants à contempler les vagues qui s'écrasaient de l'autre côté des rochers, puis fit demi-tour vers la partie centrale de la plage, plus animée. C'était la fin de la journée ; il ne restait plus beaucoup de baigneurs, que ce soit dans l'eau ou sur les chaises longues de bois disposées sur le sable à intervalles réguliers. Certains avaient les yeux fermés, d'autres lisaient. Juliet passa devant un petit bar couvert d'un toit de chaume sans s'y arrêter, se dirigeant droit sur le Pelican Joe, un grand bar doté de terrasses en escalier qui empiétaient sur la plage, et où se trouvaient de nombreuses tables et chaises.

Il y avait encore peu de monde, mais des couples et des familles commençaient à arriver, s'attribuant les meilleures tables tandis qu'une multitude d'employés préparaient en souriant des cocktails aux couleurs de l'arc-en-ciel. Juliet avança jusqu'au comptoir de granit poli et attrapa une carte. Le choix était étourdissant ; il y avait des cocktails pour tous les goûts et toutes les occasions. La dernière page affichait la liste des cocktails sans alcool pour les enfants, et elle sourit en songeant que Violet aurait adoré en commander un : elle se serait assise bien sagement sur l'un des hauts tabourets de bar et aurait siroté sa boisson en prenant des airs de grande personne.

Juliet prit une profonde inspiration.

Non. Elle ne voulait pas penser aux enfants, pas encore. Il était trop tôt, elle venait à peine d'arriver, et la blessure de la séparation était encore à vif. Si elle laissait Violet, Polly, Josh et Jake s'installer dans ses pensées, elle allait s'effondrer et sangloter, ici, au beau milieu du bar.

Mais Juliet était très douée pour gérer les assauts de panique ou les accès de dépression, et elle se redressa en expirant à fond. Quand le barman lui demanda ce qu'elle souhaitait boire, elle n'avait pas réussi à faire son choix pour l'un des nombreux cocktails et commanda finalement un verre de vin blanc sec, comme elle l'aurait fait en Angleterre, ainsi qu'un en-cas à grignoter pour l'accompagner. Elle trouva ensuite une petite table déserte, à l'extrémité d'une des immenses terrasses, où elle s'installa pour siroter son vin et déguster son poulet aux mangues face au soleil couchant.

Tandis qu'elle restait là, recrue de fatigue, le bar s'était rempli. Certains clients s'étaient installés pour commander le menu du jour, d'autres n'étaient là que pour boire un verre avant de rejoindre l'un des autres restaurants du site. En dépit de l'activité qui régnait au Pelican Joe, le bar était tranquille. Personne ne parlait fort ou ne criait, et on n'entendait pas d'enfants pleurnicher. Comme si l'atmosphère paisible de cette petite île retirée avait le pouvoir de contaminer quiconque y posait le pied.

Juliet tenta de se laisser gagner par l'ambiance. Le coucher de soleil était fabuleux ; le ciel et les nuages avaient des nuances d'orange et de rose, de jaune et de gris. C'était magnifique. Pourtant, elle se sentait en décalage avec les autres, comme un métronome battant trop vite la mesure tandis que son entourage évoluait à un rythme lent.

Les clients étaient tous sur leur trente et un, remarqua Juliet. A Tunbridge Wells, elle faisait partie des mères de famille les mieux habillées, mais ici c'était le niveau au-dessus. Tous évoluaient dans cet hôtel cinq étoiles sans paraître remarquer son luxe discret, comme s'ils étaient habitués à ce genre de milieu, et cela dissuadait Juliet d'engager la conversation avec qui que ce soit. De toute façon, elle était trop somnolente pour aligner deux phrases cohérentes.

Ce n'étaient pourtant pas les seules raisons de son manque de sociabilité : ici, elle était la seule à être assise seule. La soirée avançant, les familles avaient disparu pour être remplacées, presque d'un seul coup, par des nuées de couples. Partout où ses yeux se posaient, Juliet voyait des gens se tenir la main par-dessus leur table et échanger des regards langoureux.

Le paradis lui parut soudain un peu déprimant.

Elle se leva sans achever son verre de vin, puis se rendit à la réception du site où elle commanda une navette pour la ramener à sa villa. Pendant le trajet, elle lutta pour faire taire ses pensées. C'étaient les vacances de sa vie, et elle allait faire en sorte d'en profiter et de s'amuser. C'est ce que Gemma aurait fait. Juliet ne voulait pas avoir abandonné provisoirement sa vie maussade et solitaire pour découvrir combien elle était triste et seule ici aussi.

Même son élégante villa lui sembla vide quand elle y entra. C'était pourtant ce qui lui avait tant manqué, non ? Du temps et de l'espace pour respirer. C'était rare et précieux. Or, à présent qu'elle en disposait effectivement, elle avait l'impression d'être une pauvresse devenue millionnaire et ne sachant pas comment dépenser ses richesses.

Sans prendre la peine d'allumer la lumière, elle se dirigea vers la porte-fenêtre et sortit sur la terrasse. Ici, au moins, le chant râpeux des criquets et des autres animaux nocturnes lui tiendrait compagnie.

S'était-elle jamais sentie aussi esseulée à Tunbridge Wells ? Sans doute.

Mais peut-être sa vie trépidante n'était-elle pas destinée qu'à l'épuiser et à la rendre folle et que, pour une raison ou pour une autre, elle avait recherché cet épuisement. En tout cas, elle n'était pas sûre d'apprécier les sentiments qui affleuraient quand le rythme infernal de son existence s'interrompait.

L'air de la nuit était encore assez tiède pour qu'elle n'ait pas besoin d'un gilet. Une douce brise en provenance de la mer soufflait dans ses cheveux et caressait son visage. Rejetant la tête en arrière, Juliet admira les étoiles. A Tunbridge Wells, la pollution lumineuse lui avait fait accroire qu'il existait un nombre fini d'étoiles, et qu'elle aurait pu les compter — si elle en avait eu le temps ou la patience. Mais ici il y en avait tellement qu'elle avait du mal à isoler les constellations les unes des autres.

*L'univers est infini*, songea-t-elle, *et je n'en suis qu'une infime partie. Alors pourquoi ai-je l'impression que tout va s'effondrer si je m'arrête, même une seconde ?*

Lentement, ses yeux s'étaient accoutumés à l'obscurité, et elle commença à distinguer, au milieu de la végétation obscure, les arbustes qui bordaient sa terrasse. Puis elle porta son attention sur son voisinage immédiat, à gauche de son balcon. Sa villa était la quatrième d'une rangée de cinq. Dans la première, la plus proche du site, quelques lumières étaient allumées, mais les deux suivantes étaient plongées dans l'ombre — peut-être étaient-elles inoccupées. Elle se tourna pour regarder la cinquième villa, à sa droite. Une lumière provenant du salon de celle-ci se répandait sur le balcon. Elle n'était pas la seule à profiter de la brise nocturne et des étoiles.

Cette villa se trouvait probablement à moins de dix mètres de là, mais Juliet se savait masquée par l'obscurité et n'éprouva aucune gêne à observer son voisin.

Grand et mince, il était accoudé à la balustrade, un verre de whisky ou de rhum brun à la main. Vêtu d'un pantalon kaki clair et d'une chemise de lin, il semblait parfaitement à l'aise, comme s'il avait passé toute sa vie ici — bien que ses traits européens et ses courts cheveux bruns indiquent qu'il n'était sans doute pas natif de Sainte-Lucie.

Il but une gorgée de son verre, puis se remit à contempler la mer.

Juliet lui donnait un peu plus de trente ans. Il avait un visage aux traits réguliers, avec des pommettes à rendre n'importe quelle fille verte de jalousie. Sa seule imperfection, et elle était minime, résidait dans son nez, peut-être un peu trop long et droit.

Elle le contempla pendant une bonne dizaine de minutes, en partie parce qu'une chaleur qu'elle n'avait pas éprouvée depuis longtemps l'avait envahie — mais aussi parce que, bien que l'homme ne se doute pas de sa présence, le simple fait de savoir qu'un autre être humain se trouvait là, tout près, la faisait se sentir moins seule.

Certes, la superbe fiancée de son voisin n'allait sans doute pas tarder à le rejoindre pour voler une gorgée de son verre et l'embrasser dans le cou. Juliet attendait plus ou moins consciemment qu'elle apparaisse : cela lui permettrait de cesser de regarder cet homme, et elle pourrait alors rentrer dans sa chambre, s'effondrer sur son immense lit à baldaquin et dormir pendant une semaine.

Mais la déesse appartenant à ce dieu ne se montra pas.

Peut-être était-elle déjà endormie, étendue dans leur lit après qu'ils avaient fait l'amour. Peut-être encore l'attendait-elle dans une baignoire remplie de mousse. Juliet espéra que la déesse ne lui en voudrait pas de lui emprunter la vue de son dieu durant quelques minutes. Tout ce qu'elle voulait, c'était cette proximité ; elle n'était pas assez stupide pour en demander davantage.

Elle détourna le regard en poussant un soupir. Elle était ridicule. C'était sans doute le genre de chose que faisait Violet quand elle repérait un garçon qui lui plaisait.

Elle s'appuya à la rambarde et laissa le contact du bois

rugueux contre sa peau la ramener à la réalité. Résistant pendant aussi longtemps qu'elle le put à l'envie de le regarder de nouveau, elle finit malgré tout par tourner la tête pour lui jeter un dernier coup d'œil.

L'homme la regardait depuis son balcon, une expression légèrement amusée sur le visage. De profil, elle l'avait trouvé sublime ; de face, il était encore plus beau.

Juliet retint son souffle et se demanda s'il pouvait vraiment la voir, ou s'il profitait juste de la vue. Et, dans le premier cas, que devait-elle faire ? S'était-il rendu compte qu'elle l'observait depuis un long moment ? Etait-il trop tard pour sauver la face en lui adressant un signe poli de la main ?

Comme s'il avait lu dans ses pensées, il inclina la tête puis leva son verre dans sa direction.

Juliet rougit et s'enfuit à l'intérieur de sa villa plongée dans l'ombre.

# Chapitre 11

*Alors c'est à cela que ça ressemble, d'être Juliet*, songea Gemma en ouvrant les yeux le lendemain matin. Elle se trouvait dans la maison de Juliet, dormait dans son lit, mangeait ses provisions, et gardait ses enfants. Elle avait l'impression d'être sur une autre planète — mais une planète design aux tons neutres qui n'aurait pas semblé déplacée dans les pages d'un magazine de décoration intérieure. Tout autour d'elle était élégant, organisé et peut-être un peu trop parfait.

Elle roula sur le côté et alluma la lumière pour regarder l'heure, mais son attention fut attirée par la photo posée sur la table de chevet de Juliet. C'était une photo de leur famille — maman, papa et les deux sœurs — prise au cours de vacances dans le Devon. A l'époque, Gemma devait avoir dix ans.

Elle avait toujours adoré cette photo. Ils étaient tous les quatre ensemble, souriant à l'objectif, enlacés les uns aux autres. Elle retourna un sourire somnolent au cadre et bâilla. Pourtant, tandis que l'esprit encore embrumé elle continuait d'observer la photo, elle remarqua quelque chose qui lui avait échappé jusqu'alors. Derrière le sourire radieux de Juliet, il y avait une tristesse dans son regard qui l'isolait des trois autres, alors même qu'elle était au centre du portrait, entre sa mère et son père, appuyée sur eux.

Etrange. Gemma avait toujours pensé que c'était son mariage avec Greg qui avait fait de sa sœur cette femme tendue et collet monté, mais à présent elle en décelait les traces dans cette photo, prise des années avant que Juliet rencontre son futur mari. Cela n'était pas logique. Elles avaient eu une enfance tellement heureuse, pourtant. Presque idyllique.

Elle ferma les yeux et bâilla de nouveau, trop fatiguée pour analyser ce phénomène, puis reporta son attention sur le réveil.

Horreur. Il marquait 6 h 30. Elle était habituée à se lever à l'aube, mais ne s'était pas préparée à devoir faire preuve d'autant de volonté pour se tirer du lit ce matin. Sans le flot d'adrénaline qui accompagnait habituellement son travail sur les plateaux de cinéma, faire glisser ses pieds de la couette chaude au sol lui semblait au-dessus de ses forces. Pour ne rien arranger, Juliet s'était offert le lit le plus confortable du monde.

Mais sans doute s'inquiétait-elle pour rien : les jumeaux choisirent ce moment pour l'aider à se réveiller en entrant comme des furies dans la chambre. Ils se jetèrent sur elle et se mirent à sauter sur le lit en criant. Tandis que l'un d'entre eux posait son genou sur une partie très sensible de son corps, Gemma crut reconnaître dans leurs clameurs le mot « petit déjeuner ».

Repoussant les cheveux qui lui tombaient devant les yeux, elle essaya de se concentrer sur l'un des jumeaux. N'importe lequel, elle s'en fichait.

— Vous avez faim ?

Les garçons sautèrent de plus belle. Merveilleux.

— D'accord, d'accord…

Elle essaya de se lever et fut récompensée par un coup de coude en plein visage.

— Les garçons !

Les bonds cessèrent aussitôt.

*Mon Dieu, voilà que je leur parle comme Juliet !* songea Gemma en s'asseyant.

— Allez enfiler vos uniformes, et je serai en bas dans cinq minutes pour vous préparer le petit déjeuner, d'accord ?

Josh et Jake se contentèrent de la dévisager.

— Et vous feriez mieux de vous dépêcher, sinon ce sera porridge pour tout le monde.

Les garçons échangèrent un regard et, sans doute, quelques réflexions télépathiques, puis disparurent de la chambre en étouffant de petits rires. Gemma se laissa retomber sur le matelas et regarda le plafond. Si c'était ainsi que commençaient les journées de Juliet, pas étonnant qu'elle soit tout le temps de si mauvaise humeur. Et puis zut, c'était sûrement plus facile que de cajoler des stars de cinéma agressives. Après tout, elle n'avait jamais rien tiré de Tobias Thornton en le menaçant de lui servir du porridge. De toute façon, elle ne savait même pas comment on préparait le porridge — mais cela, les jumeaux n'avaient pas besoin de l'apprendre, n'est-ce pas ?

Ce lit était vraiment, vraiment confortable…

Gemma fut soudainement tirée de son sommeil par un visage d'enfant collé contre le sien. Elle poussa un grand cri qui ne sembla pas le moins du monde déstabiliser Polly. La gamine pencha la tête et dévisagea attentivement sa tante.

— Tu as la gueule de bois ? demanda-t-elle de cette voix légèrement zézayante que Gemma trouvait habituellement si attachante. Si tu as la gueule de bois, je peux te préparer une tasse de thé.

Gemma remonta les couvertures sur son visage.

— Non, je n'ai pas la gueule de bois, répondit-elle à travers la housse de couette Laura Ashley.

— D'accord, fit Polly d'une voix peu convaincue.

Gemma rabattit la couette :

— Tout ce que j'ai bu hier soir, c'est deux litres de Coca Light, comme vous.

Polly la regarda sans ciller.

— Tu veux quand même que je te fasse cette tasse de thé ou pas ?

— Non. Je crois que je ferais mieux de la préparer moi-même, vu que tu es à peine assez grande pour atteindre le plan de travail de la cuisine.

Polly haussa les épaules.

— Comme tu veux… Et, pour ta gouverne, tu devrais te brosser les dents. Ton haleine est un peu… tu sais.

Elle agita une main devant son nez avant de sortir de la chambre en fredonnant la chanson de *Rudolph, le petit renne au nez rouge*.

Gemma hésitait entre le rire et la terreur.

*Oh ! mon Dieu ! Une petite Juliet en herbe. Sauve qui peut !*

Heureusement, elle avait déjà reçu pire insulte, et de la part de personnes bien moins intelligentes que Polly. Elle concentra donc ses efforts sur la suite : sortir du lit, enfiler une robe de chambre et descendre voir ce que faisaient les jumeaux.

Elle les trouva assis dans la cuisine, fourchette et couteau en main, le regard plein d'espoir.

— Maman nous fait des pancakes tous les matins, dit Jake.

— Avec du sirop d'érable et des fraises, ajouta son frère.

Gemma était sur le point de leur répondre que tout ce qu'elle savait faire, c'était commander des pancakes, quand Violet entra dans la cuisine en croquant dans une tranche de pain grillé.

— Ne crois pas un mot de ce que te disent ces nains. Les pancakes sont réservés aux grandes occasions. En semaine, les petits déjeuners sont exclusivement constitués de céréales et de fruits en morceaux.

— Bien essayé, les garçons, leur dit Gemma en souriant.

Elle se mit à fourrager dans le garde-manger dans l'espoir de dénicher quelque chose à leur verser dans un bol. Ça, au moins, c'était dans ses cordes.

Après une bonne minute de recherches, elle passa la tête par la porte et se tourna vers Violet, qui lisait un magazine, appuyée au comptoir.

— Où sont les céréales des enfants ? Tout ce que j'ai trouvé ici, ce sont les machins aux fibres de Juliet.

Violet abaissa légèrement son magazine et la considéra d'un air de pitié.

Beurk. Ce truc, c'étaient les céréales des enfants ? Gemma saisit la boîte et prit deux coupelles sur l'étagère en face du garde-manger.

— Ça vous dirait, des Shreddies avec des rondelles de banane et des vermicelles de chocolat ? leur demanda-t-elle en revenant dans la cuisine.

Son offre fut accueillie avec le même enthousiasme que

si elle leur avait proposé une escapade à Disneyland. Elle posa au milieu de la table les céréales et les vermicelles multicolores que Juliet utilisait pour décorer ses gâteaux, sortit une bouteille de lait du frigo et plaça un bol devant chacun des enfants.

— Versez-vous les céréales et les vermicelles, dit-elle. Moi, je vais couper les bananes.

Certes, quand les enfants eurent fini de manger, la cuisine semblait avoir été dévastée par une mini-tornade, mais Gemma réussit à les faire sortir de la maison et entrer dans la voiture dans les temps. Violet la guida jusqu'à son lycée, puis Polly prit le relais et lui indiqua la direction de l'école primaire Saint-Martin. Gemma aurait pu se passer des commentaires de son GPS humain de dix ans concernant la conduite des autres automobilistes, mais au moins ils arrivèrent à l'heure. Alors qu'elle agitait la main à leur intention tandis qu'un professeur sonnait la cloche de l'école, Gemma éprouva un sentiment de satisfaction presque aussi fort que si elle était parvenue à envoyer une star de cinéma sur un plateau.

En outre, au lieu d'avoir à courir toute la journée comme lorsqu'elle travaillait, elle allait pouvoir s'attaquer tranquillement aux diverses corvées de la journée. Nul besoin de consulter le carnet à fleurs de Juliet tant sa prochaine tâche lui semblait évidente. Premier arrêt : le supermarché. Franchement, ces gosses avaient besoin d'un peu de fantaisie dans leurs menus !

En fait, si les choses se déroulaient aussi bien qu'au cours des vingt-quatre dernières heures, elle n'allait pas du tout avoir besoin de ce petit carnet pompeux. Pourquoi s'était-elle inquiétée ? Jusqu'ici, tout était allé comme sur des roulettes.

***

Juliet se réveilla à 1 heure du matin, puis de nouveau à 2 heures. Vers 2 h 30, elle donna un coup de poing dans son oreiller et poussa un grognement frustré. Fichu décalage horaire.

Elle roula sur le dos et fixa la moustiquaire au-dessus de sa tête, distinguant à peine le fin voilage de tulle blanc dans l'obscurité. L'affreuse sensation de vide qu'elle avait éprouvée plus tôt tenta de nouveau de l'envahir, mais elle la chassa aussitôt, tout comme la pensée de ses enfants — dont elle se demandait déjà s'ils étaient arrivés à l'heure à l'école.

Elle n'allait pas se laisser aller à ce genre de réflexion, ou bien elle passerait la journée au lit à déprimer. C'était pour eux qu'elle se trouvait ici, non ? Elle avait le devoir d'arrêter de broyer du noir et de s'amuser. Quand elle rentrerait à la maison, les enfants pourraient ainsi entamer la nouvelle année aux côtés d'une maman heureuse et reposée. En revanche, il allait falloir qu'elle trouve comment s'occuper pour éviter d'avoir le cafard.

Elle alluma la lampe de chevet et prit l'un des livres de poche qu'elle avait apportés. Vers 4 heures, elle comprit qu'elle n'avait plus assez de neurones fonctionnels pour suivre la trame d'un roman policier aussi complexe, et se résigna à parcourir d'un bout à l'autre le livret d'informations de l'hôtel. A 6 heures, elle avait planifié sa journée : les repas, les en-cas, les heures de bronzette sur la plage, une visite au centre de remise en forme — tout. Elle inscrivit son programme sur un carnet qu'elle fourra dans son sac de plage. Il n'y avait aucune raison pour que le Noël parfait qu'elle avait prévu ne se transforme pas en vacances parfaites, n'est-ce pas ?

Le restaurant principal du complexe hôtelier n'ouvrirait pas avant ce qui lui semblait être une éternité. Cela dit, elle n'était même pas sûre d'avoir faim. Son horloge interne était complètement déréglée, mais manger lui aurait au moins donné quelque chose à faire.

Dehors, il faisait un soleil radieux. A quoi d'autre aurait-elle pu s'attendre ? Elle renonça à l'idée de prendre une navette et, après avoir préparé son sac de plage, enfila une robe légère par-dessus son maillot de bain puis descendit les marches qui menaient à la crique. Elle allait faire le grand tour à pied, comme la veille.

Une fois dans le sable, elle ne put résister à l'impulsion de jeter un coup d'œil à la villa voisine. Aucun signe de vie. Au fond d'elle-même, elle s'était plus ou moins attendue à le voir debout à son balcon, l'observant calmement.

C'était idiot, vraiment. *Joli fantasme, Juliet, mais il est beaucoup trop beau et trop jeune pour toi. Si tu n'as même pas réussi à garder près de toi quelqu'un d'aussi banal que Greg, comment un homme pareil remarquerait-il ton existence ?*

Pourtant il l'avait remarquée.

De façon très fugitive, certes. Mais ce n'était pas à un fantôme qu'il avait levé son verre, la veille. Toutefois elle ne donnait pas à ce geste plus d'importance qu'il n'en avait. Il s'agissait d'un signe sympathique et poli, rien de plus.

Elle traversa les rochers en soupirant puis se dirigea vers le centre du site. La plage était presque déserte, hormis un couple de nageurs courageux et quelques employés de l'hôtel qui ratissaient scrupuleusement la plage, retirant les petits galets ou les touffes d'algues que la mer était venue déposer.

Derrière le Pelican Joe s'étendait une vaste piscine cernée d'hibiscus. Elle aussi était déserte, à l'exception du petit robot accroché à un tuyau qui en parcourait le fond pour aspirer toutes les saletés. Juliet se sentait une étrange affinité avec cet engin. Il se trouvait dans le plus bel endroit du monde, mais il n'en saurait jamais rien, trop occupé qu'il était à nettoyer derrière les autres, tout au fond, sans que personne le remarque.

Elle prit son petit déjeuner dans le restaurant puis repartit sur la plage. Elle était certaine que, en appliquant sur sa peau une dose calculée de protection anti-UV et programmant ses expositions au soleil de façon minutieuse, elle acquerrait un bronzage acceptable — et peut-être même flatteur — d'ici à la fin de son séjour. Et un joli bronzage n'était-il pas la preuve irréfutable de vacances réussies ?

Elle marcha jusqu'à l'extrémité de la plage, s'allongea sur un transat pendant trente minutes, se retourna sur le ventre pendant les trente suivantes, puis tira sa chaise longue sous un petit arbre au feuillage brillant afin de poursuivre la lecture de son roman policier.

La journée passa sans qu'elle s'en rende compte. Elle alla nager dans deux des piscines de l'hôtel, déjeuna dans un restaurant de grillades sur la plage, puis rentra se réfugier dans sa chambre climatisée pour y faire une sieste avant de retourner prendre le soleil sur sa plage privée. Enfin, elle se doucha avant d'aller dîner. Elle tenta d'obtenir une table dans le restaurant de fruits de mer situé sur la plage, mais il était complet. Pour finir, elle se retrouva à manger au Pelican Joe le même poulet aux mangues que la veille.

Quand elle rentra dans sa villa, elle se servit un gin-tonic dans le bar bien garni de son salon et alla s'asseoir à la petite table sous l'auvent de sa terrasse, trop embarrassée par l'incident de la veille pour s'aventurer de nouveau sur son balcon. Depuis cet endroit, elle pouvait observer la villa voisine de façon relativement discrète.

L'homme était encore là, un verre à la main. Cette fois, il était assis sur une chaise, les pieds posés sur la rambarde du balcon. La lampe extérieure était allumée, et il lisait sous sa lueur fade un journal aux pages chiffonnées tandis que d'énormes papillons de nuit dansaient autour de lui. De temps à autre, Juliet le regardait à la dérobée, s'efforçant de prendre un air détaché, comme si elle profitait simplement de la vue.

Au bout d'un quart d'heure, il dit quelque chose dans une langue qu'elle ne connaissait pas. Sans doute de l'italien ou de l'espagnol, mais elle n'en était pas sûre.

Bien qu'il n'ait pas parlé très fort, sa question brisa le silence d'un coup. Elle était alors perdue dans la contemplation de la lune qui se levait, et sursauta avant de tourner brusquement la tête dans sa direction. D'abord, elle se dit qu'il devait s'être adressé à la déesse, quelque part dans sa chambre, mais il n'était pas tourné vers sa villa. C'était Juliet qu'il regardait.

Elle sentit le rouge lui monter aux joues. La pénombre, heureusement, devait masquer son embarras.

— Je suis désolée, dit-elle d'une voix qui lui parut grinçante. *Je ne comprends pas*[1].

Elle était pratiquement certaine qu'il n'était pas français, mais c'était la seule langue étrangère qu'elle avait apprise à l'école, et elle l'utilisa presque machinalement.

Il hocha la tête.

1. En français dans le texte.

— Je vous demandais si vous vouliez boire un verre, dit-il dans un anglais teinté de l'accent le plus sexy qu'elle ait jamais entendu.

Puis il leva son verre vide.

Italien. C'était un accent italien.

— J'ai besoin de…

Il s'interrompit, cherchant ses mots.

— … de refaire le plein, et je me demandais si vous aussi.

Juliet secoua la tête avant de réaliser que, de là où il était, il ne la voyait sans doute pas très bien. Elle se leva et avança d'un pas sous l'auvent pour brandir son verre à moitié plein.

— Non, je suis parée, dit-elle en se giflant mentalement de prononcer ces mots. J'en ai encore. Et je suis fatiguée…

Elle poussa un bâillement exagéré pour souligner ses propos et eut aussitôt envie de se réfugier dans un trou de souris tant elle se sentait ridicule.

— C'est le décalage horaire, ajouta-t-elle sans se faire d'illusion sur le fait que cette explication ne lui rendrait pas sa dignité.

Il devait la prendre pour une folle — une Anglaise excentrique partie seule en vacances.

Il leva de nouveau son verre et lui adressa un petit signe de tête :

— Dans ce cas, je vous souhaite de doux rêves.

Juliet acquiesça avec une nonchalance feinte en luttant pour garder sa contenance tandis que le bel Italien faisait demi-tour pour rentrer dans sa chambre.

# Chapitre 12

Quand Gemma entra dans la cuisine, elle fut accueillie par des acclamations enthousiastes. Les trois plus jeunes enfants l'attendaient assis autour de la table pour le dîner. Juliet l'avait pourtant avertie qu'elle ne parvenait à les y contraindre qu'en les menaçant de mort. Gemma posa une pile de boîtes de pizzas à emporter au milieu de la table et recula vivement pour se mettre hors de portée de la troupe affamée.

Ils avaient à peine entamé leurs premières parts que la sonnette retentit. Gemma se rendit dans l'entrée au petit trot, son sac à la main. Elle soupçonnait que le monceau de pièces qu'elle avait lâchées dans la main du livreur ne correspondait pas tout à fait au montant de l'addition, mais les jumeaux avaient insisté pour compter eux-mêmes…

Derrière les panneaux de verre teinté de la porte, elle s'aperçut que la silhouette de haute taille n'appartenait pas à un jeune homme coiffé d'un casque de moto, mais à quelqu'un qu'elle n'avait pas du tout envie de voir.

— Je peux faire quelque chose pour toi ? demanda-t-elle en entrouvrant à peine la porte, qu'elle barrait de son corps.

Will Truman lui adressa un regard ennuyé :

— Je peux entrer une seconde ?

Gemma ne bougea pas. Juliet était partie depuis à peine plus de vingt-quatre heures, et ça commençait déjà.

— Ecoute, je sais ce que tu as dit à ma sœur, mais j'ai les choses bien en main. Et je te promets que, si j'ai besoin de ton aide, je crierai.

C'était un pur mensonge, bien entendu.

A voir son expression méfiante, il l'avait compris lui aussi. C'était étrange. Quand elle l'avait vu planté ici, sur le seuil, elle avait fugitivement songé qu'elle allait user de sa diplomatie habituelle pour le faire décamper en douceur, et voilà qu'une minute plus tard elle se l'était déjà mis à dos.

— Ce n'est pas pour ça, dit-il, sérieux comme un pape. Je voulais te parler de Juliet.

Gemma se raidit.

— Juliet ? Pourquoi ?

Pas question qu'elle donne des conseils à cet homme sur la façon de séduire sa sœur. La pauvre Juliet avait déjà subi pendant des années un mari ennuyeux à mourir ; elle n'avait pas besoin qu'un autre du même acabit vienne le remplacer.

Une lueur d'inquiétude sincère traversa le regard de Will et, contre toute attente, Gemma sentit quelque chose se nouer dans son ventre. Elle avait tellement l'habitude de faire face à des acteurs aussi puérils que coureurs de jupons qu'elle avait presque oublié que les représentants du sexe fort étaient parfois doués d'émotions altruistes.

— Elle va vraiment aussi bien qu'elle le dit ? demanda-t-il.

Gemma allait répondre que oui, bien sûr, mais elle s'aperçut qu'elle n'était pas la mieux placée pour affirmer une chose pareille. D'autant plus que, au cours des derniers mois, Juliet et elle n'avaient guère passé que quelques heures ensemble. Pour être honnête, Gemma aussi s'inquiétait pour sa sœur, et M. Coincé ici présent détenait probablement des informations précieuses sur Juliet, vu le temps qu'il passait à lui tourner autour.

Elle ouvrit la porte en grand et s'effaça pour le laisser entrer. Elle se demandait si elle allait discuter avec lui dans l'entrée ou l'emmener dans le salon quand un énorme fracas retentit depuis la cuisine. Ils se précipitèrent comme un seul homme dans le couloir — Will avec une légère longueur d'avance, ce qui ne manqua pas d'irriter Gemma.

En arrivant dans la cuisine, ils découvrirent Jake et Josh qui se disputaient une part de pizza au fromage et à l'ail. Apparemment, Jake s'était allongé sur la table et avait fait tomber sa chaise en essayant d'arracher la part des doigts collants de son frère. Will redressa la chaise pendant que Gemma séparait les camps adverses. Elle fouilla ensuite dans la pile de boîtes et en sortit une deuxième portion de pizza à l'ail, qu'elle posa d'un geste sec sur la table entre les jumeaux.

— Assis ! Mangez ! Et pas de dispute pour savoir qui aura le morceau écrasé ou le nouveau. Vous en prendrez la moitié de chaque.

Elle déchira en deux le morceau de pizza malmené et en déposa chaque moitié sur l'assiette des garçons.

Un instant. Des assiettes ? Quand les avaient-ils sorties du placard ? Finalement, Juliet les avait bien dressés, pensa Gemma, qui s'était contentée de leur faire passer un rouleau d'essuie-tout avant qu'ils ne commencent à manger.

Will avait les yeux fixés sur la table.

— Où est Violet ?

Gemma suivit le regard perçant qu'il promenait dans la pièce et remarqua qu'il fronçait les sourcils. Alors, comme ça, il était venu lui parler de Juliet ? On ne la lui faisait pas ! En réalité, il était juste venu l'espionner — et la prendre en faute si possible.

— Violet ? dit-elle innocemment en feignant de réfléchir. Ah, oui, la grande. Je crois que je l'ai vue quelque part par ici, il n'y a pas longtemps.

Will ouvrit la bouche, mais elle ne lui laissa pas le temps de parler.

— Ça y est, je me souviens ! s'écria-t-elle avec un petit sourire sarcastique. C'était hier soir, quand je l'ai déposée au bar à strip-tease !

L'expression préoccupée de Will fit place à un regard dur.

Gemma poussa un soupir exagéré.

— Tu l'as cherché, admets-le. Tu me prends vraiment pour une idiote, ou quoi ?

Polly, qui était en train d'entamer un morceau de pizza au pepperoni, leva la main.

— Non, ne réponds pas, lui dit sévèrement Gemma.

Déçue, Polly laissa retomber sa main.

L'un des jumeaux dut penser qu'il s'agissait d'un jeu, car il leva la main à son tour. Gemma était presque sûre qu'il s'agissait de Jake.

— Tu n'as pas entendu ce que je viens de dire à ta sœur ? demanda-t-elle.

Il la regarda en battant des cils.

— Mais moi, j'ai une question à poser.

— Et qu'est-ce que c'est ?

— C'est quoi, un bar à strip-tease ?

— Nous devrions peut-être aller discuter de tout ça dans un endroit plus tranquille, suggéra Will.

Il avait raison, et Gemma détestait cela. D'un signe de tête, elle lui indiqua la véranda, à laquelle on pouvait accéder de la cuisine par une porte à double battant. C'était suffisamment loin pour qu'ils puissent parler en toute intimité, mais cela ne les empêcherait pas d'intervenir rapidement si une nouvelle guerre de la pizza éclatait. Ils entrèrent dans la pièce et s'arrêtèrent devant la porte-fenêtre donnant sur le jardin.

— Violet est chez une amie, dit-elle. Compris ? On n'est pas dans un camp militaire, tu sais. Les enfants ont droit à une vie sociale.

— Eh bien, je suis sûr que tu es au courant, mais… Juliet demande toujours à Violet de lui dire combien de temps elle sera partie et par quel moyen elle rentrera à la maison.

Gemma lui décocha un petit sourire pincé.

— Tout est arrangé.

Du moins, ce serait le cas dès qu'elle aurait réussi à mettre ce casse-pieds à la porte et à envoyer un texto à Violet. Elle jeta un coup d'œil en direction de l'entrée.

— Tu n'étais pas venu me demander quelque chose ?

Will soupira.

— En toute honnêteté, je suis inquiet pour Juliet. Ce départ si soudain, ces vacances, cela ne lui ressemble pas du tout. Tu ne me caches rien, n'est-ce pas ? Elle n'est pas malade, ou quelque chose comme ça ?

Gemma aurait aimé lui dire que cela ne le regardait absolument pas, mais l'anxiété sincère qu'elle lisait dans le regard de Will l'en dissuada. D'accord, il était peut-être venu la surveiller un peu, mais depuis quand n'avait-elle pas vu quelqu'un se soucier autant de sa sœur ? Ces derniers temps, Juliet avait été près de craquer. Pourquoi Gemma ne s'en était-elle pas rendu compte avant que sa sœur ait atteint le point de non-retour ?

*Sans doute parce que tu étais trop occupée à dresser des plans de bataille pour pouvoir décamper d'ici le plus vite possible.*

Sa gorge se serra. Elle se sentait pleine de remords en comprenant que c'était elle, et non Will, qui aurait dû se poser toutes ces questions au sujet de Juliet, et qu'en outre elle aurait dû le faire bien plus tôt.

Elle se passa une main dans les cheveux pour masquer son embarras.

— Je crois qu'elle est juste un peu tendue. Et j'avais réservé ce voyage pour moi, alors, quand je me suis aperçue qu'elle avait davantage besoin de ces vacances que moi, je lui ai proposé de prendre ma place.

Will la dévisagea avec attention.

— Oui, c'est ce qu'elle m'a dit.

Quoi ? Pensait-il qu'elle était incapable de générosité ? Que diable Juliet lui avait-elle dit la concernant ?

— Il n'y a pas grand-chose à ajouter, dit Gemma calmement. Je suis sûre qu'après deux semaines de repos elle ira beaucoup mieux.

— J'espère que tu as raison, répondit-il.

Pourtant, il ne semblait guère plus tranquille que tout à l'heure, quand il avait frappé à sa porte.

Et zut. C'était ce genre d'homme, n'est-ce pas ? Will était de ceux qui souffraient du complexe du chevalier servant, et Juliet était la demoiselle en détresse qu'il se devait de protéger de Gemma, le vilain et méchant dragon. Ce qui signifiait qu'il allait être sur son dos pendant les deux semaines à venir, qu'elle le veuille ou non. Génial.

Comme s'il avait deviné ses pensées, Will, tout en se dirigeant vers la porte d'entrée, lança :

— Je reviendrai ce week-end pour voir si vous avez besoin de quoi que ce soit.

Gemma lui emboîta le pas.

— Ce n'est vraiment pas la peine, tu sais. En fait, maintenant que tu as pu constater que je ne suis pas une tueuse en série et que les enfants survivent, j'apprécierais que tu ne viennes pas tout le temps fourrer ton nez ici.

Arrivé devant la porte, Will se tourna vers elle :

— Ecoute, je sais que nous ne nous entendons pas très bien, tous les deux…

*Ça, c'était un bel euphémisme…*

— … mais j'ai fait une promesse à Juliet. Je sais qu'elle avait un emploi du temps chargé et qu'elle avait peur de ne pas pouvoir s'en sortir. Tout ce que je te propose, c'est un peu d'aide entre voisins.

Gemma adressa un sourire aimable à Will, se rappelant avec un peu de retard que charmer les gens était ce qu'elle faisait le mieux.

— Merci, mais ça ira, dit-elle.

Puis, alors qu'il ouvrait la bouche, elle lui referma la porte au nez. Quel type exaspérant ! Elle n'avait pas besoin qu'il débarque toutes les cinq minutes chez sa sœur pendant l'absence de celle-ci.

Elle avait fait demi-tour pour retourner dans la cuisine quand la sonnette de la porte d'entrée retentit de nouveau.

Elle ouvrit la porte d'un coup et, sans prendre le temps de regarder qui était sur le seuil, cria :

— Quoi, encore ?

Ce n'était pas Will, mais le livreur de pizzas. Il lui tendit une poignée de pièces de monnaie :

— Je crois qu'il y a un petit problème avec le paiement de votre commande…

Qui avait eu l'idée stupide d'aller faire les courses du dîner de Noël le dernier dimanche avant les fêtes, avec quatre gamins qui plus est ? Sans compter qu'ils avaient attendu l'après-midi avant de partir, et que toute la population de la région semblait avoir afflué vers Tunbridge Wells au même moment.

Ah, oui, pensa Gemma avec ironie : c'était son idée, à elle. Une idée fabuleuse.

En réalité, ce n'était pas tant une idée qu'un plan de secours. Son plan A consistait à faire lever tranquillement tout le monde à l'aube pour arriver avant la foule, mais ce plan était tombé à l'eau parce qu'elle avait oublié de mettre le réveil et n'était tombée du lit que vers 11 heures.

Elle ne vivait la vie de Juliet que depuis trois jours, et elle était déjà épuisée. Les *vacances* de Noël ? Tu parles ! Elle avait laissé derrière elle l'effervescence des plateaux de cinéma pour plonger dans une agitation tout aussi éprouvante. Elle pensait que son travail était exigeant, mais au moins elle pouvait se détendre à la fin de la journée, faire une pause de temps à autre. Ici, elle n'avait pas une seconde à elle. Certes, les enfants étaient adorables, mais il fallait être en permanence sur le front, et il ne lui restait guère de temps pour être la tatie Gemma amusante qu'elle aurait aimé être en leur compagnie. Il fallait emmener les enfants à droite et à gauche, faire la cuisine et, comble de l'horreur, le ménage. Sans compter les nez à moucher, car les jumeaux s'étaient enrhumés. Elle se consolait en songeant que, au moins, ils étaient assez grands pour essuyer tout seuls d'autres parties de leur anatomie.

Elle s'engouffra dans la zone piétonne du quartier des boutiques, un jumeau pendu à chaque bras. Polly ouvrait la marche et lui fournissait de temps à autre un commentaire sur l'histoire des lieux, tandis que Violet traînait derrière eux en pianotant sur son téléphone. Manifestement, elle était en plein conflit adolescent : elle avait volontiers aidé Gemma avec les jumeaux, jusqu'à ce qu'elle reçoive un message de son amie Abby. Depuis lors, elles se mitraillaient de textos.

Plus que deux magasins, et ils auraient fini. Selon Polly, le dîner de Noël serait complètement raté s'ils ne trouvaient pas la bonne marque de pétards, et elle savait exactement lesquels Juliet avait repérés. Ceux avec de *jolis* cadeaux à l'intérieur.

— Ceux-là ! Je les reconnais ! s'exclama soudain Polly en sautillant sur place et en essayant d'entraîner Gemma dans l'une des boutiques de cadeaux les plus luxueuses. Maman aime les argentés avec les boules de houx rouge dessus, et elle a dit que je pourrais garder les boules après si je voulais.

Gemma fut tentée de lui demander quel usage elle allait bien pouvoir faire de deux douzaines de boules de houx en plastique, mais elle appréhendait la réponse. Elle s'aperçut alors qu'il y avait beaucoup de choses qu'elle craignait de demander à Polly.

Personnellement, elle ne comprenait pas pourquoi on en faisait toute une histoire. Le plus amusant, dans les pétards de supermarché, c'étaient les blagues déplorables, et on pouvait se moquer des cadeaux de pacotille qu'ils renfermaient. Qui avait besoin de pétards de luxe ? De toute façon, ils seraient déchirés au bout de cinq minutes, aussi joli soit le papier. Mais Gemma avait promis à Juliet d'essayer de faire les choses à sa façon, et son agaçant voisin avait dû toucher sa corde sensible en lui assenant que lui aussi avait fait une promesse à sa sœur, car elle ne put se résoudre à envoyer balader toute l'affaire.

Il y avait une petite chose, au moins, qui la satisfaisait : elle n'avait pas pris avec elle le carnet que Juliet considérait comme son talisman. Elle y avait à peine jeté un œil pour voir ce dont elle aurait besoin pour le dîner de Noël, et c'était tout. Heureusement, côté nourriture, Juliet s'était déjà bien avancée. Une rangée d'épaisses croix noires sur la page indiquait que presque toutes les courses avaient été faites. Il manquait juste la sauce aux canneberges.

En dehors de cela, Gemma ne pensait pas avoir besoin du carnet. Les enfants connaissaient bien leur propre emploi du temps, et elle avait réussi à faire tous les achats de dernière minute que Juliet lui avait rapidement évoqués avant d'être mise à la porte le jour de son départ. Elle maîtrisait parfaitement la situation.

Comme il restait encore une heure avant la fermeture des magasins, ils se dirigèrent vers les boutiques bon marché de la ville. En passant devant un bazar « tout à 1 £ », Gemma repéra quelque chose dans la vitrine et décida d'entrer. Non seulement elle acheta la boîte de pétards la plus moche qu'elle put trouver — qui avait dit qu'ils ne pouvaient pas avoir les deux ? — mais elle dénicha des guirlandes de lumières colorées pour les chambres des enfants. Toutes ces lumières blanches de bon goût dans la maison de Juliet commençaient à lui taper sur le système.

Elle laissa ses neveux et nièces choisir ce qu'ils voulaient. Jake opta pour une guirlande de bonshommes de neige, et Josh pour des lumières qui avaient la forme du nez de Rudolph le renne. Polly, insistant pour s'en tenir au code couleur de sa mère, choisit une guirlande de flocons de neige. Gemma haussa les épaules — pourquoi pas, après tout ? C'est vrai qu'elle était jolie. Quant à Violet, elle opta pour des étoiles multicolores. Cela ferait du bien aux enfants de donner une touche personnelle au décor de leur chambre, et d'acquérir leur propre style de Noël.

Tandis qu'ils quittaient la boutique, Polly demanda d'une petite voix :

— A quelle heure est notre répétition pour la crèche vivante ?

Gemma se figea sur place. Pris de court, les jumeaux poursuivirent leur course un instant, manquant lui arracher les bras, et Violet, qui les suivait le nez sur son portable, rentra droit dans sa tante.

— Quelle répétition ?

Gemma était parfaitement au courant de la crèche vivante à laquelle participaient les enfants, car Polly et les garçons n'avaient cessé d'en parler. En revanche, c'était la première fois qu'ils évoquaient une quelconque répétition ! A la stupéfaction de Gemma, Polly sortit son propre carnet de Noël du petit sac à main qu'elle avait insisté pour emporter. Elle en feuilleta quelques pages puis indiqua une ligne de l'index.

— Ah, j'ai trouvé… « Répétition crèche vivante : 16 h 30 ».

Gemma se mit à chercher frénétiquement son téléphone. Elle lâcha la main de Jake en lui décochant un regard sévère signifiant que, s'il songeait un seul instant à s'éloigner, elle allait en faire de la pâtée de renne. Elle consulta l'heure sur l'écran. Déjà 15 h 45 !

Elle reprit la main de Jake, fit faire volte-face à la troupe, puis ils se dirigèrent à toute allure vers le parking. La sauce aux canneberges allait devoir attendre.

— Si on part maintenant, on ne sera pas trop en retard, dit-elle aux enfants. On va y aller directement.

— Mais on n'a pas nos affaires ! s'exclama Polly d'une voix stridente. Et c'est une répétition en costume ! Il nous faut nos costumes !

Gemma essaya de lui expliquer que le responsable de l'école du dimanche préférerait certainement qu'ils soient là sans costume mais en personne, plutôt que complètement absents, mais Polly refusa de l'écouter. Elle continua de s'énerver jusqu'à devenir cramoisie et éclater en sanglots.

Tandis qu'elle pressait les enfants vers la voiture, Gemma s'était dit qu'elle allait tranquillement s'offrir, pendant qu'ils répéteraient, un *latte* au pain d'épices dans le café près de l'église, mais la vision du petit visage chiffonné de Polly lui brisa le cœur.

— D'accord, d'accord, dit-elle d'un ton apaisant. Que dis-tu de ça : je vous dépose à la répétition, puis je file à la maison, je récupère les costumes et je vous les rapporte ? Vous les aurez au moins pour la deuxième partie.

Les yeux pleins de larmes, Polly hocha la tête et monta à l'arrière de la voiture. Gemma voyait bien que sa nièce trouvait cette idée à peine moins catastrophique que celle de faire cette répétition sans costume du tout. Elle allait devoir faire des excès de vitesse pour revenir à temps à l'église, mais elle n'avait pas le choix.

Une fois les enfants déposés, elle fit demi-tour au milieu de la route en ignorant les Klaxon, puis fila à toute allure en direction de la maison. Heureusement, les costumes étaient exactement là où Polly avait affirmé qu'ils se trouveraient — accrochés derrière la porte de la buanderie. Alors qu'elle traversait la cuisine au pas de course, les bras chargés, Gemma aperçut le carnet de Juliet posé innocemment sur le comptoir. Elle commençait à haïr sa couverture fleurie et la belle écriture bien nette qui recouvrait ses pages.

*Si tu avais fait attention à moi*, semblait dire le carnet, *tu te serais épargné tout ce cirque, cet après-midi. Si tu avais bien regardé mes listes et mes schémas en couleurs, tu n'aurais pas fichu en l'air la répétition des enfants.*

Il commençait à ressembler beaucoup trop à sa propriétaire.

Gemma le fusilla du regard en passant :

— Tu n'as rien de spécial, dit-elle tout haut. Il y a eu une petite anicroche, mais j'ai réussi à tout arranger.

*Pense ce que tu veux*, répondit le carnet, *mais nous savons tous les deux qu'à partir de maintenant il va y avoir une réaction en chaîne. Si tu ne suis pas mes instructions à la lettre, Noël va tourner au désastre, et Juliet ne te fera jamais, jamais plus confiance en quoi que ce soit.*

C'en était trop. Gemma s'empara du carnet, le jeta dans la huche à pain dont elle referma violemment le couvercle, puis se rua hors de la maison en claquant la porte.

# Chapitre 13

Les plus jeunes enfants enfin couchés, Gemma descendit péniblement l'escalier — à la manière d'un ballon dégonflé. Elle trouva Violet dans le salon, zappant d'une chaîne de télé à l'autre, le son coupé. Gemma se laissa tomber à l'extrémité du grand sofa moelleux.

— Il n'y a rien de bien ? lui demanda-t-elle. On pourrait toujours regarder un DVD.

La mine renfrognée de Violet s'assombrit encore.

— Comme tu veux.

Gemma se redressa et regarda sa nièce appuyer sur le bouton de la télécommande. Elle était pratiquement sûre que Violet ne prêtait aucune attention à l'indicateur de chaînes en bas de l'écran. Quand, après avoir passé les chaînes de cinéma, elles arrivèrent à celles des sports, Gemma décida que ça commençait à bien faire. Elle connaissait cette expression sur le visage de sa nièce. Elle l'avait affichée elle-même assez souvent.

— Tu te prends la tête à cause d'un garçon, non ?

Violet fit une grimace et s'affaissa d'un coup sur les coussins. Gemma se mit à l'aise en ramenant ses jambes sur le canapé.

— Tu peux m'en parler, si tu veux. Ça restera entre nous. Je connais à peu près tout des mauvais plans avec les garçons.

Autant que quelqu'un tire profit de ses propres erreurs ; Gemma, elle, n'y était jamais encore parvenue.

Violet reporta son attention sur la télévision mais posa la télécommande. A l'écran, un match de hockey se déroulait en silence.

— Il y a un garçon que j'aime bien…

Gemma opina. Gagné. C'était là, en général, que commençaient les problèmes.

— Et lui, est-ce que tu lui plais ?

Violet esquissa une grimace et haussa les épaules :

— Je croyais… Je croyais qu'il était sur le point de me demander de sortir avec lui, mais cette fille, dans ma classe…

Elle esquissa une moue qui ne laissa à Gemma aucun doute sur ce que Violet pensait de cette fille.

— … elle a commencé à flirter avec lui.

— Et il a répondu à ses avances ? Tu crois qu'il a des sentiments pour elle ?

— Je ne l'ai pas vu flirter avec elle, soupira Violet, ils parlaient juste. Et on continue à s'envoyer des textos. C'est juste que…

Elle s'arracha à la contemplation de l'écran où un joueur de hockey était en train de se faire broyer contre la barrière de Plexiglas qui entourait la patinoire.

— Ma copine Abby fait une soirée après-demain, reprit Violet. Ce garçon y va, et la fille aussi…

Gemma afficha une expression entendue.

— Tu crois que si elle insiste un peu il risque de se passer quelque chose entre eux ?

Violet fit signe que oui.

— Dans ce cas, tu n'auras qu'à t'arranger pour monopoliser ce garçon toute la soirée.

Sa nièce poussa un soupir à fendre l'âme.

— Tu n'es pas invitée ?

Violet se redressa.

— Oh ! si, je suis invitée. J'ai demandé à maman si je pouvais y aller, mais elle ne m'a pas donné de réponse avant de partir. Elle a dit qu'on en parlerait « plus tard ».

Tiens donc. Dans le langage de sa sœur, cela signifiait : « Je te dirai non plus tard, mais je vais te faire mariner un peu avant pour qu'on ne puisse pas dire d'emblée que je suis méchante. »

— Pourquoi ne voulait-elle pas que tu y ailles ?

Juliet s'assit en tailleur, presque dans la même position que sa tante.

— C'est à cause de cette fichue soirée de Noël… On est censés la passer en famille et faire des jeux de société, mais ça tourne toujours au désastre. Les jumeaux sont trop petits, Polly nous fait une dépression si elle ne gagne pas et moi… moi, je préférerais faire quelque chose de moins ringard.

Ah, les soirées de jeux en famille ! C'était un héritage de leurs parents. Juliet avait toujours adoré disposer sur la table les jeux de société ou tenir la banque au Monopoly. C'étaient de bonnes soirées. Du moins, au départ. Car Juliet, à mesure que la soirée avançait, devenait de plus en plus tendue.

En grandissant, Gemma s'était aperçue que c'était à cause de leur père : de temps à autre, il signalait de façon plus ou moins discrète à Juliet qu'elle n'était pas obligée de réclamer systématiquement son loyer à Gemma lorsque celle-ci atterrissait sur l'une des propriétés de sa sœur aînée. Elle ne s'était aperçue de rien jusqu'à surprendre une dispute dans le couloir, une année. Juliet était partie se coucher furieuse en affirmant que c'était injuste et qu'on facilitait toujours les choses à Gemma parce qu'elle était la plus jeune. Après cela, les jeux de Noël avaient perdu beaucoup de leur charme. Gemma se demandait chaque fois si la chance lui souriait vraiment, ou si les autres la laissaient gagner parce qu'ils la croyaient incapable de s'en sortir toute seule. Cette pensée avait tendance à lui gâcher un peu ses victoires.

Elle comprenait pourquoi Violet rechignait tellement à passer de telles soirées maintenant, compte tenu de l'écart d'âge qui existait entre ses frères et elle.

— Je pourrais toujours faire cette soirée de jeux avec les petits s'ils en ont envie, dit-elle enfin, mais nous pouvons peut-être discuter de ta participation à cette fête… sous certaines conditions, ajouta-t-elle précipitamment.

Violet faillit en tomber du canapé.

— Sérieux ?

— Nous allons en parler, dit Gemma.

A ces mots, le sourire de Violet commença à s'estomper, et Gemma ajouta :

— Je veux dire que nous en parlerons vraiment. D'accord ?

Un large sourire fendit le visage de Violet.

— Merci, tatie Gemma ! Ça va être le meilleur Noël du monde !

Gemma lui retourna son sourire. Ce commentaire lui faisait particulièrement plaisir. « Le meilleur Noël du monde ». Qui avait dit qu'elle était incapable d'organiser une soirée de Noël ? Certes, le planning était un peu chargé, mais elle avait les choses bien en main en dépit de ce petit carnet procédurier qui essayait de lui démontrer le contraire. Et, même en respectant l'organisation de ce Noël telle que Juliet l'avait voulue, elle allait peut-être pouvoir y ajouter sa propre touche — ce qui ne serait pas si mal.

Violet reprit la télécommande et enclencha le son de la télévision.

— Ça te dirait, un film ?

Gemma sourit.

— Tu me connais… j'adore les films.

— Super, dit Violet en montrant du doigt le programme télé. J'ai vu que d'ici dix minutes ils passaient *Before Dawn*. J'adore Tobias Thornton, pas toi ? Il est tellement craquant !

Gemma n'avait pas spécialement envie d'écouter ce genre de commentaire de la part de sa nièce adolescente. Cela lui semblait aussi déplacé que si Polly elle-même l'avait prononcé. En outre, elle n'était guère ravie à l'idée de voir ce petit coq de Toby Thornton se pavaner pendant deux heures devant elle — après tout ce qu'il lui avait fait voir sur le dernier tournage.

— Et si on regardait plutôt *Love Actually* ? proposa-t-elle. J'ai envie d'un film qui soit davantage dans l'esprit de Noël, et une mutinerie dans un sous-marin nucléaire n'a rien de très festif.

Elle consulta Violet avec des yeux pleins d'espoir. C'était ça ou passer le reste de la soirée à lutter contre l'envie de se fourrer la tête sous un coussin.

— D'accord, dit finalement Violet. Mais je fermerai les yeux quand ils seront tout nus. C'est dégoûtant.

Gemma sourit à Violet et lui tendit son coussin.

*
* *

Gemma entra précipitamment dans la salle commune de la maison de retraite de Greenacres, la balayant du regard en quête de la chevelure argentée de sa grand-tante. Elle trouva Sylvia assise près de la fenêtre, comme lors de sa visite précédente.

— Bonjour, tatie Sylvia ! lança-t-elle, haletante, en se laissant tomber dans le fauteuil qui lui faisait face.

— Tu es en retard, dit Sylvia, les sourcils froncés. En général, tu viens à 13 heures, et il est presque 13 h 30.

Gemma reprit son souffle avant de répondre.

— Désolée.

Elle entreprit d'expliquer à la vieille dame les différentes activités des enfants. Vu la façon dont la journée s'était déroulée, sa tante avait déjà de la chance qu'elle ait réussi à venir. D'abord, il y avait eu la crèche vivante à l'église de Juliet, suivie des libations d'usage et des échanges polis avec les autres parents, au terme desquels elle avait peiné pour récupérer les enfants. Ensuite, les garçons avaient une fête organisée par la Boys' Brigade[1] entre 13 et 15 heures, et Polly devait aller jouer avec une amie dans le quartier de 13 heures à 15 h 30 — ce qui avait laissé à Gemma un créneau d'une heure et quart pour foncer faire une visite éclair à tante Sylvia.

Elle ignorait si sa tante comprenait ses explications, mais elle avait cessé de faire la moue et acquiesçait. Gemma supposa donc qu'elle avait dû saisir l'essentiel.

1. Boys' Brigade : association de jeunesse britannique.

— En réalité, c'est Juliet qui te rend visite le dimanche, d'habitude.

Sylvia plissa le front, multipliant par mille le nombre de rides qui lui striaient le visage.

— Ma sœur, expliqua Gemma.

En temps normal, elle aurait été tentée d'ajouter une plaisanterie de son cru, du genre : « Tu sais, celle qui a toujours l'air un peu constipé… » Mais aujourd'hui, sans qu'elle sache pourquoi, cela ne lui semblait plus aussi drôle.

Elle sortit de son sac à main un petit tube de crème pour les mains parfumée au muguet.

— Tiens… C'est de sa part.

La veille, tout en regardant vaguement l'écran de télévision au moment où Colin Firth bavardait avec la fille portugaise, Gemma avait feuilleté le carnet de Juliet et trouvé une petite liste intitulée :

« A APPORTER À TANTE SYLVIA ».

Apparemment, Juliet emportait toujours un petit cadeau avec elle le dimanche : des biscuits, une lotion, des fleurs… N'importe quelle petite chose que sa tante apprécierait — même si elle oubliait sans doute presque aussitôt d'où venaient ces présents ou qui les lui avait offerts. En voyant la crème pour les mains posée sur le comptoir de la cuisine, Gemma s'était dit qu'il devait s'agir de celle que mentionnait Juliet dans sa liste.

— Oh ! quelle gentille fille tu fais ! dit chaleureusement Sylvia en acceptant le tube de crème. C'est ma préférée. Comment le sais-tu ?

— C'est de la part de Juliet, dit de nouveau Gemma.

Elle se sentait à la fois triste et en colère de devoir se

répéter. Bien entendu, ce n'était pas après tante Sylvia qu'elle en avait, mais après la maladie qui grignotait sa mémoire petit à petit.

Gemma s'aperçut que faire la conversation à sa tante n'était pas une sinécure. Parfois, Sylvia était complètement lucide et pouvait discuter du même sujet pendant cinq à dix minutes d'affilée, mais, au moment où Gemma commençait à se sentir à l'aise et à oublier que la vieille dame n'avait plus toute sa tête, la conversation prenait un tour imprévu ou devenait carrément absurde. Gemma ne parvenait à garder le fil qu'au prix de quelques acrobaties mentales.

Pourtant, lors de leur visite deux semaines plus tôt, Juliet était restée patiente et compréhensive — même quand Sylvia avait offert à Gemma cette bague qui, elle l'avait compris depuis, était en réalité destinée à Juliet.

Gemma avait toujours pensé que sa sœur la prenait de haut et la jugeait, mais elle commençait maintenant à considérer leur relation sous un autre angle. Juliet n'était pas avare de son temps, de son énergie ou de son soutien : elle plaçait la barre très haut quant à ses propres performances et se punissait si elle n'était pas à la hauteur. Certes, son petit carnet pouvait sembler gentillet et anodin avec ses cases vides qui attendaient d'être cochées et ses plans prêts à être exécutés, mais, avec du recul, Gemma le trouvait extrêmement envahissant. Si Juliet avait sans doute tendance à juger Gemma, elle était encore plus sévère avec elle-même.

— Tu es dans la lune, dit Sylvia en tapotant le genou de Gemma d'un index osseux. Je pensais que c'était plutôt mon rôle.

Sa tante lui souriait, une petite étincelle dans les yeux. Voilà la tante Sylvia qu'elle se rappelait, vive et pleine d'humour, et Gemma se dit qu'il fallait qu'elle en profite avant qu'elle ne disparaisse de nouveau.

— Et si on faisait une partie de rami ? demanda-t-elle.

Le sourire de Sylvia s'élargit.

— Je vais chercher un jeu, annonça Gemma.

Elle se leva pour aller prendre des cartes dans la pile de boîtes de jeux, de l'autre côté de la salle. Lorsqu'elle revint, Sylvia était en train de fouiller dans son sac.

— Je viens de me souvenir, dit celle-ci avec enthousiasme. J'ai quelque chose pour toi.

Gemma sourit :

— Rassure-moi : ce n'est pas encore une bague, n'est-ce pas ?

Sylvia secoua la tête puis, dans un geste théâtral, brandit un petit objet pelucheux.

— Non. C'est un bonbon !

# Chapitre 14

Juliet consulta sa montre. Elle avait acheté un modèle digital à bas prix qu'elle pouvait porter dans l'eau, et dont elle utilisait le chronomètre pour minuter ses sessions de bronzage. Elle avait l'impression d'être allongée sur sa chaise longue depuis une éternité, et pourtant l'alarme n'avait toujours pas retenti.

Quoi ? Encore dix minutes ? Il n'y avait donc que vingt minutes qu'elle avait changé de côté ? Décidément, à Sainte-Lucie, le temps s'écoulait avec une lenteur incroyable.

Elle se redressa et se mit à observer les autres vacanciers sur la plage. Ils semblaient s'adapter parfaitement au rythme des lieux. Il y avait en particulier ce couple : ni l'un ni l'autre n'avait bougé de sa chaise longue de toute la matinée. Si Juliet les retrouvait affalés dans la même position après le déjeuner, elle allait peut-être devoir alerter quelqu'un pour qu'on vienne vérifier s'ils respiraient encore.

A la pensée d'avoir enfin quelque chose d'un peu excitant à faire, Juliet se sentit revivre progressivement. Pourtant, elle ne pouvait contenir une certaine jalousie à l'égard de tous ces gens capables de s'abandonner complètement à la caresse du soleil — quand bien même ils finiraient sans doute avec la peau ridée d'un éléphant.

De nouveau, elle consulta sa montre. Encore huit minutes.

Avec un soupir, elle se rallongea et ferma les yeux. Ce ne devait pourtant pas être si difficile de se détendre, si ? Franchement, elle était là depuis quatre jours et, quand tout le monde autour d'elle déambulait paisiblement, elle arpentait le site à grands pas. Quand les autres paressaient tranquillement dans la piscine, elle faisait des longueurs. En outre, elle avait tenté de s'adonner à toutes sortes d'activités pour se fatiguer et se débarrasser de son trop-plein d'énergie et de tension — tennis, aquagym ou yoga — mais en vain. Comment allait-elle pouvoir passer les vacances les plus reposantes du monde si elle n'arrivait pas à se détendre un tant soit peu ? C'était terriblement frustrant.

Quand l'alarme se déclencha, et pas avant, Juliet rassembla ses affaires et se dirigea vers la guérite proposant des sorties de plongée. Il était 16 heures, et elle avait rendez-vous pour sa séance de plongée avec tuba. Elle avait déjà pratiqué cette activité une fois, lors d'un séjour à Majorque avec Greg. Il était parti devant elle, la laissant se débattre avec une paire de palmes qui refusaient de rester en place. Au final, elle avait passé plus de temps à essayer de garder ses palmes aux pieds qu'à admirer les poissons.

L'homme de la guérite lui prit son sac pour le consigner, puis équipa Juliet d'un masque et d'un tuba qu'il lui apprit à régler correctement. Elle lui rendit aussitôt les palmes qu'il lui tendit : elle allait se débrouiller sans, merci bien. Entre-temps, d'autres amateurs de plongée étaient arrivés. Le petit bateau emportait une douzaine de personnes par séance, et il commençait à se remplir. La plupart des gens avaient réservé, mais quelques retardataires se présentèrent au dernier moment pour prendre les places restantes.

Le dernier à arriver était quelqu'un que Juliet n'avait pas pensé voir ici. Elle ignorait pourquoi, d'ailleurs. Sans avoir réellement décidé que son voisin italien était un vampire ou une quelconque créature de la nuit, elle ne s'était pourtant pas attendue à le croiser en pleine journée.

Quand il s'approcha, vêtu d'un simple short de bain, elle tenta tant bien que mal de masquer son trouble. *Nom d'une pipe.* Des abdominaux pareils ne se trouvaient que sur le genre d'hommes avec lesquels Gemma se vantait de travailler — des hommes qui passaient des heures chaque jour à travailler leur musculature avec un professeur particulier ; Juliet n'aurait jamais cru que des hommes de la vraie vie puissent ressembler à cela.

Elle ne se considérait pas non plus comme le genre de femme à tomber en pâmoison devant une musculature virile — elle se pensait au-dessus de ça. Ce qui l'attirait avant tout, c'était l'intelligence et l'humour. Pourtant, alors qu'elle se tenait près du bateau à s'efforcer de ne pas loucher sur les cuisses et les épaules musclées de son voisin, elle s'aperçut, les jambes flageolantes, qu'elle y était tout aussi sensible que n'importe quelle femme.

Elle se félicita d'avoir décidé d'enfiler un long T-shirt par-dessus le Bikini à pois qu'elle avait osé mettre pour la première fois ce jour-là. Elle avait d'abord hésité, mais son maillot une pièce lui laissait de vilaines marques au niveau des épaules, menaçant de gâcher le bronzage parfait qu'elle s'était promis d'acquérir pendant son séjour. Sans doute l'Italien n'allait-il pas regarder dans sa direction mais, si cela devait arriver, elle ne voulait pas se sentir toute tremblante à côté de cette montagne de muscles.

Il la vit, pourtant. Evidemment, elle se mit à trembler et sentit ses jambes se dérober sous elle.

Il fronça légèrement les sourcils en la reconnaissant, puis lui adressa un signe de tête et un sourire qu'elle tenta de lui retourner. Malheureusement, la joue droite de Juliet décida que c'était le bon moment pour être agitée d'un tic nerveux qui devait lui donner l'air légèrement dément. Et comment diable l'avait-il reconnue après avoir seulement échangé avec elle quelques salutations dans l'obscurité ?

Elle l'avait revu au cours des deux nuits précédentes et avait senti que ce petit signe qu'ils échangeaient, chacun sur son balcon, était devenu une sorte de rituel qu'ils attendaient tous les deux. Mais sans doute s'était-elle fait des idées.

— Bonjour, lui dit-il de sa belle voix grave. Nous sommes voisins, n'est-ce pas ?

Juliet hocha la tête. C'était la seule faculté de communication qui lui restait, car sa langue semblait avoir doublé de volume. Voilà qui expliquait sans doute son mutisme, tout comme son irrépressible envie de baver.

Il agita la main en direction de l'océan et son masque se balança au bout de ses doigts.

— Vous avez déjà plongé ?

Elle secoua la tête avant de songer qu'elle allait quand même devoir faire l'effort de parler, sinon il risquait de croire qu'elle était un peu simplette.

— Oui… Je veux dire, non. J'ai essayé une fois, mais je n'ai pas vraiment…

Elle laissa mourir sa phrase sur ses lèvres. Ce n'était pas le moment de raconter sa vie à ce pauvre homme. Après tout, il ne lui avait posé la question que par politesse.

Il lui adressa le sourire le plus sensuel qu'elle ait jamais vu.

Quelqu'un lança le signal : il était temps de monter à bord. Juliet, le sang aux joues, était tellement perturbée que le pilote dut lui expliquer deux fois où s'asseoir. Heureusement — peut-être —, l'Italien se retrouva placé à l'avant de l'embarcation tandis qu'elle s'asseyait à l'arrière, ce qui permit à sa respiration de retrouver un rythme normal. C'était important de bien respirer quand on plongeait, non ? Et ce n'était sans doute pas le moment de l'oublier.

Une fois les passagers à bord, le pilote et les autres membres de l'équipage s'assurèrent que tout le monde était paré, puis le petit hors-bord s'éloigna lentement de l'appontement de bois et se dirigea vers le nord, contournant la pointe qui marquait l'extrémité de la plage principale pour rejoindre une autre baie de plus petite taille. Quand ils se furent un peu éloignés des côtes, le bateau prit de la vitesse. Le vent faisait se balancer la queue-de-cheval de Juliet et, chaque fois que l'embarcation en fibre de verre s'écrasait contre une vague, elle sentait vibrer tous les os de son corps. Elle s'agrippa à son siège en s'efforçant d'avoir l'air détendue.

Par bonheur, il ne leur fallut que cinq minutes pour rejoindre l'endroit où ils allaient plonger. Il n'y avait pas réellement de plage dans cette crique, juste des falaises basses bordées de larges rochers, et l'eau était si claire que Juliet voyait le fond qui descendait en pente assez raide depuis le bord avant de s'aplatir un peu plus loin en une longue nappe de sable pâle.

Tout le monde se mit à s'agiter pour ajuster son masque et ôter chaussures et T-shirts. Juliet garda le sien. Quelques passagers, dont l'Italien, quittèrent le bateau en basculant en arrière, comme elle l'avait vu faire à la télévision par des plongeurs avec bouteille. Juliet et deux autres novices optèrent, quant à eux, pour l'échelle située à l'arrière du bateau.

Le soleil était plus bas, moins brûlant qu'un peu plus tôt dans la journée, mais l'eau n'en était pas moins délicieuse. Fraîche, mais pas trop. Juliet ajusta l'embout de son tuba dans sa bouche, prit une profonde inspiration et plongea son visage dans l'eau.

Incroyable.

Il y avait de petits poissons argentés striés de rayures noires qui passaient en bancs, dansant au rythme du courant ou se laissant porter par les vagues, affluant parfois en masse avec des mouvements gracieux avant de s'éloigner vivement dans une impulsion commune. Elle vit un étrange poisson, long et laid, tacheté de bleu, et un autre qui s'agitait au ras du sable. Et d'autres aux rayures jaunes et noires qui se cantonnaient dans les eaux peu profondes. Elle eut même la chance de repérer un minuscule hippocampe aux formes délicates qui sautillait près d'un morceau de corail évoquant un énorme cerveau sous-marin.

Juliet sentit soudain qu'on lui tapotait l'épaule. C'était l'un des moniteurs. Elle sortit la tête de l'eau pour voir ce qu'il voulait, mais il secoua la tête et la replongea dans la mer. Elle l'imita. Là, il lui désigna un groupe de calamars iridescents qui surgissaient des rochers les plus imposants, changeant de direction toutes les deux ou trois secondes ; c'était tellement beau que Juliet en oublia presque de respirer par son tuba.

Elle sourit au moniteur, leva le pouce à son intention, puis s'éloigna afin de poursuivre son exploration. Les membres du groupe s'étaient tous séparés pour s'éparpiller dans la petite baie. De temps à autre, on entendait un cri, et tous se rassemblaient pour venir s'émerveiller devant la dernière découverte — un poisson multicolore, un corail ou une grosse étoile de mer — avant de se séparer de nouveau, se laissant guider par leur curiosité.

Juliet avait perdu la notion du temps. Elle laissait le courant l'emporter à son gré, s'efforçant de garder à la mémoire toutes les espèces de poissons qu'elle avait vues afin de retrouver leur nom quand elle aurait regagné la terre ferme. Soudain, du coin de l'œil, elle crut voir un éclat de lumière. Etaient-ce de nouveau des calamars ? Elle l'espérait. Les quarante-cinq minutes allouées à cette plongée devaient bientôt toucher à leur fin, et elle aurait adoré revoir ces mollusques scintiller avant de remonter sur le bateau. Battant des jambes, elle nagea dans la direction approximative du banc de calamars qu'elle avait cru voir. L'eau était un peu plus trouble, ici, et elle avait du mal à voir où elle allait.

En regardant vers le bas, elle comprit la raison de cette opacité soudaine. Le fond était incroyablement proche d'elle, tout près de ses pieds pour peu qu'elle les laisse retomber, et au lieu d'être recouvert de sable il était constitué de rochers déchiquetés et d'amas de coraux tranchants comme des lames de rasoir. Juliet sortit la tête de l'eau et s'aperçut qu'elle distinguait à peine le bateau. Elle avait dérivé beaucoup plus loin qu'elle l'avait pensé.

*Ne panique pas*, se dit-elle. Ils n'auraient pas amené ce groupe ici s'il y avait eu le moindre danger. Elle remit la tête sous l'eau pour se concentrer sur ses jambes, qu'elle agita frénétiquement afin de se propulser loin des rochers et de rejoindre les eaux plus profondes. Cela fonctionna. Pendant environ cinq secondes. Puis le courant la repoussa à l'endroit exact d'où elle était partie. Son cœur se mit à battre plus fort.

Elle se remit à nager avec une vigueur renouvelée, s'éloignant des rochers pour mieux voir à quelle distance se trouvait le bateau. Malheureusement, l'amplitude de ses mouvements était limitée par le peu de fond, car elle risquait à chaque instant de toucher les coraux et les rochers qui ne se trouvaient qu'à quelques centimètres sous ses pieds. Elle parvint à avancer un peu, releva la tête se mit à agiter la main pour attirer l'attention du groupe, mais tous étaient occupés à remonter dans le bateau, et personne ne regardait en direction de la rive.

Elle commençait à fatiguer. Un coup d'œil sur sa montre lui indiqua que près d'une heure s'était écoulée depuis qu'ils étaient entrés dans l'eau. Le sillage d'un autre hors-bord, entré dans la baie une minute plus tôt, vint grossir une vague plus imposante que les autres, et Juliet poussa un cri étranglé en se sentant propulsée de nouveau vers les rochers.

C'est alors qu'une poigne de fer la saisit par la taille pour la tirer en arrière. Elle toussa et cracha l'eau qu'elle avait avalée quand elle avait crié, mais joignit ses efforts à ceux du moniteur qui s'évertuait à les entraîner tous les deux en direction du bateau.

Ce n'est que quand elle cessa d'agiter compulsivement les jambes et que les battements de son cœur se furent un peu apaisés qu'elle s'aperçut que les longues cuisses musclées qu'elle voyait dans l'eau près des siennes n'étaient pas celles d'un instructeur : au lieu d'un brun sombre, elles avaient une belle teinte dorée, beaucoup plus méditerranéenne.

*
* *

— Voyons ce que ça donne, dit Gemma en branchant dans la prise murale de sa chambre la guirlande de flocons de neige qu'avait choisie Polly.

Elles avaient enfin trouvé le temps de s'en occuper et venaient de passer dix minutes à les enrouler autour du cadre de son lit de style victorien.

Polly traversa sa chambre à toute allure pour éteindre le plafonnier, puis bondit de nouveau sur son lit en contemplant les flocons de plastique. Pour une fois, elle ressemblait vraiment à la gamine de dix ans qu'elle était. En la voyant ainsi, les yeux écarquillés et la respiration suspendue, Gemma sentit une vague de tendresse l'envahir. Elle grimpa sur le lit à côté de Polly et s'assit tout près d'elle pour assister à ses côtés à la cérémonie d'illumination. Instinctivement, Polly s'appuya contre elle.

— Allumez-les ! s'écria Josh depuis le seuil tout en sautillant de concert avec son frère.

Polly avait insisté pour qu'ils commencent par sa guirlande, et avait autorisé les jumeaux à faire partie du public à condition qu'ils ne franchissent pas les limites de son territoire.

— Vas-y, Polly, lui murmura Gemma à l'oreille.

Le contact du petit corps chaud de sa nièce contre le sien était étrangement réconfortant.

Polly prit une grande inspiration, puis tendit la main en direction de l'interrupteur situé à la base de la guirlande.

Pendant quelques secondes, les flocons de neige scintillèrent, les ombres commencèrent à danser sur les murs, et la chambre fut baignée d'une lumière bleutée qui la transformait en caverne enneigée. Les deux garçons en restèrent bouche bée et Polly, hypnotisée, étreignit la main de Gemma.

Le scintillement s'accéléra et un claquement retentit soudain, plongeant la chambre dans l'ombre. En réalité, tout s'éteignit. Y compris les lumières du palier et l'affichage rougeoyant du radioréveil de Polly.

Les jumeaux se mirent à hurler et traversèrent la chambre en courant pour se réfugier avec Gemma et Polly sur le lit, au grand déplaisir de cette dernière. Quelque part sur le palier, Gemma entendit Violet crier :

— Eh ! Qui a éteint la wi-fi ?

*Et merde.*

Voilà ce qu'il en coûtait d'acheter des guirlandes dans un bazar de quatre sous.

— On n'a pas le droit de dire ce mot, tatie Gemma, dit Polly à côté d'elle d'une voix tremblante.

— Quel mot ? demanda Gemma en fronçant les sourcils.

Pourquoi diable Juliet leur interdirait-elle de prononcer le mot « wi-fi » ?

— Merde, offrit généreusement Jake sans parvenir à réprimer un petit rire.

Tiens donc. Elle avait dit cela tout haut ?

— Crotte, alors, déclara-t-elle, déclenchant l'hilarité des jumeaux, qui se mirent à rebondir sur le matelas.

Gemma soupira :

— Je suppose que personne, ici, ne sait où se trouvent les fusibles ?

Polly serra plus fort sa main, et Gemma sentit contre son bras qu'elle secouait la tête.

— Je n'aime pas le noir, chuchota-t-elle. C'est trop grand.

La fillette tremblait, et Gemma lui passa le bras autour des épaules en la serrant fort, surprise par la vague de chaleur et de détermination qui venait de l'envahir.

— Il y a une lampe torche dans ta chambre ? demanda-t-elle d'un ton enjoué, s'efforçant de masquer son inquiétude pour ne pas aggraver celle de sa nièce.

— On en a une ! s'écrièrent les garçons à l'unisson en sautant du lit.

— Attendez ! cria Gemma. Je crois que je ferais mieux d'y aller avec vous.

Elle n'osait pas imaginer à quels dangers ces deux-là pourraient être exposés à l'intérieur d'une maison plongée dans l'ombre.

Polly lui serra plus fort la main.

— Ne me laisse pas, gémit-elle.

Gemma lui frotta le dos :

— Je ne te laisserai pas, mais il va falloir que tu viennes avec nous. Tu veux bien être courageuse et faire ça pour moi ?

Polly secoua la tête.

— Je veux rester ici.

Les yeux de Gemma commençaient à s'accoutumer un peu à l'obscurité. Son regard se posa sur les garçons, prêts à s'échapper, puis sur Polly, qui faisait de son mieux pour s'enraciner au lit.

— Si nous restons ici, nous ne pourrons pas remettre le courant, expliqua-t-elle à sa nièce. Allez, viens, tout ira bien.

Elle n'attendit pas sa réponse, persuadée que plus Polly réfléchirait, plus elle paniquerait. Aussi se leva-t-elle dans l'intention d'entraîner sa nièce par la main, mais celle-ci s'accrocha à elle comme un bébé singe légèrement surdimensionné, et Gemma n'eut d'autre choix que de la porter. Malgré le poids qui lui faisait courber le dos, elle guida les jumeaux le long du couloir en direction de leur chambre où, après une longue fouille et pas mal de bêtises, ils finirent par trouver trois lampes torches.

— Et si vous en donniez une à Polly ? demanda-t-elle aux garçons. Vous deux pouvez en partager une, et je prendrai la troisième.

— Je ne veux pas de celle-là, dit Polly sur un ton déjà plus assuré en écartant celle que Josh lui tendait. C'est Thomas le petit train, et je déteste Thomas le petit train.

— Tiens, dit Gemma en lui tendant une lampe colorée mais à la forme sobre. Les garçons peuvent prendre Flash McQueen, et moi je prendrai Thomas.

Peu lui importait à quoi ressemblait cette fichue torche, tant qu'elle fonctionnait.

— Violet ? lança-t-elle quand ils sortirent de la chambre des garçons.

Violet apparut en brandissant son téléphone portable, se servant de sa lueur blafarde pour s'éclairer. Gemma découvrit alors que sa nièce ignorait également où se trouvait l'armoire à fusibles. Bien, il n'y avait plus qu'une chose à faire, dans ce cas.

— Il va falloir que nous descendions pour trouver l'endroit où l'on rallume les lumières, dit-elle aux enfants.

Polly se mit à pleurer. Elle commençait à peser tellement lourd que Gemma ne pensait pas être capable de la porter dans les escaliers sans qu'elles ne basculent en avant et ne finissent en tas au bas des marches.

*Allez, Gemma ! En général, les imprévus ne te font pas*

*peur, tu es douée pour gérer ce genre de situation. Réfléchis un peu !*

— Je sais, dit-elle sur un ton enjoué. Et si on faisait une chasse au trésor ? Dans le noir, ça va être amusant.

— Et c'est quoi, le trésor ? demanda Polly d'un air boudeur.

Elle n'était jamais la dernière à déceler les failles dans un plan.

Gemma se creusa la tête.

— Si on trouve la boîte à fusibles, on aura le droit de piller celle de Quality Street, ça vous va ?

Les garçons poussèrent un cri enthousiaste, et même Violet sourit. Quant à Polly, elle semblait loin d'être convaincue.

— Et je vais vous dire, ajouta Gemma en s'accroupissant pour regarder sa nièce dans les yeux. Toutes les bonnes expéditions ont besoin d'un chef, quelqu'un qui dirige les recherches et qui discipline les troupes. Tu crois que tu peux faire ça ?

A ces mots, les garçons se mirent à grogner, mais Polly se redressa, serra les mâchoires et acquiesça.

— Alors c'est d'accord, dit Gemma.

Puis, leur faisant joindre les mains, elle ajouta :

— C'est parti pour l'aventure !

Juliet faillit boire de nouveau la tasse. C'était lui. L'Italien !

Ils étaient assez loin des rochers, à présent, et le courant n'était plus aussi fort. Elle cessa de battre des jambes.

Elle avait eu l'intention de se dégager, de se retourner pour le remercier, puis de rejoindre le bateau par ses propres moyens. Mais elle avait découvert qu'elle n'avait pas tellement hâte de quitter les bras musclés qui la maintenaient dans cette eau délicieusement tiède.

Remarquant que Juliet avait cessé de nager, il s'arrêta à son tour. Elle retint sa respiration tandis qu'il desserrait son étreinte et la faisait pivoter face à lui.

— Ça va ?

Elle rougit, et cela n'avait rien à voir avec la chaleur du soleil.

— Oui… Je vais bien… C'est juste que le courant était un peu fort là où je me trouvais, et je commençais à fatiguer.

Il fronça les sourcils.

— En revenant vers le bateau, je me suis aperçu que vous n'étiez pas là, dit-il en désignant le hors-bord d'un signe de tête. Ce n'était pas bien de leur part de vous laisser vous éloigner autant, surtout si vous n'êtes pas bonne nageuse.

— Oh ! mais je suis une bonne nageuse, rétorqua-t-elle sans réfléchir.

Puis elle se mordit la lèvre. Oui, elle avait été bonne nageuse, mais c'était il y a longtemps. En réalité, elle n'avait pas eu l'occasion de nager sérieusement depuis une bonne dizaine d'années. Chaque fois qu'ils s'étaient retrouvés en famille près d'un plan d'eau, il avait toujours fallu qu'elle s'occupe d'un apprenti nageur ou d'un bambin à peine en âge de marcher, sans trouver pour elle-même le temps de nager par tranches de plus de cinq minutes.

— Du moins, je l'ai été, précisa-t-elle.

Ils se turent tous les deux. On n'entendait plus que le clapotis de l'eau, et Juliet s'aperçut alors qu'il la tenait toujours par la taille avec une fermeté désinvolte. Leurs visages étaient tout proches l'un de l'autre. L'eau dégoulinait du front de l'Italien, et ses longs cils noirs étaient trempés.

— Merci, balbutia-t-elle. Je ne pense pas que j'étais vraiment en danger, mais il m'aurait fallu beaucoup plus longtemps pour me libérer seule du courant.

Il lui sourit, et Juliet fit de son mieux pour ne pas se transformer en méduse tant ce sourire la faisait fondre.

— *Prego*, répondit-il.

Elle lui sourit à son tour.

— Nous ferions mieux de retourner au bateau.

Il hocha la tête, et ils se mirent à nager côte à côte. De toute évidence, c'était lui qui nageait le mieux — comment en aurait-il été autrement avec des épaules pareilles ? —, mais il ne la devançait que très légèrement. Elle devina qu'il ne se maintenait à son rythme que par pure galanterie.

Quand ils atteignirent le hors-bord, il lui fit signe de monter la première à l'échelle. Elle ouvrit la bouche pour décliner son offre en songeant qu'elle lui procurerait une vue imprenable sur sa cellulite, puis elle se dit qu'il ne renoncerait sans doute pas à ses bonnes manières. Elle n'avait plus qu'à serrer les dents en espérant que son T-shirt trop grand cacherait le pire. C'était affreusement embarrassant.

Une fois à bord, elle se laissa tomber sur l'un des sièges en fibre de verre et se débarrassa de son masque et de son tuba. Son sauveteur vint la rejoindre et s'assit à côté d'elle. Ils étaient les deux derniers à monter dans le bateau, et le reste du groupe les dévisageait avec intérêt. Deux femmes assez jeunes décochèrent à Juliet des regards méprisants.

Quand le pilote fit démarrer le moteur, elle se détourna

pour s'asseoir bien droit sur son siège afin d'empêcher le vent de la gifler. Elle s'aperçut alors que l'Italien la regardait.

— Je vous ai sauvé la vie, dit-il avec une lueur d'amusement dans les yeux. A présent, vous m'êtes redevable.

Si elle avait eu dix ans de moins, elle l'aurait sans doute rembarré, mais comme ce n'était pas le cas elle se contenta de rire :

— Il n'y a pas de quoi en faire un drame, dit-elle en repoussant une mèche qui lui tombait dans les yeux. Je n'étais pas en danger de mort, je ne pense pas vous être redevable à ce point-là.

— Alors que me devez-vous ? demanda-t-il en levant ironiquement le sourcil.

Juliet avait du mal à croire à cette conversation. Si elle avait eu affaire à n'importe qui d'autre, elle se serait dit qu'il était en train de la draguer. Mais, comme il s'agissait bien de l'Italien, elle mit les paroles de celui-ci sur le compte d'une sollicitude plus ou moins amicale — après tout, ils étaient voisins. Ou alors il n'était qu'un malfrat essayant de détrousser les femmes voyageant seules. Mais il s'était montré si galant depuis le début que c'était une idée ridicule.

En outre, tout cela était amusant. Elle s'aperçut qu'au cours des derniers jours elle n'avait pas adressé la parole à grand monde. Elle n'avait pas eu de véritable conversation. Les gens riches préféraient rester entre eux, apparemment. Elle se mordit la lèvre et réfléchit à sa question, même si elle était certaine qu'il ne l'avait pas posée sérieusement.

— Je crois que je vous dois un verre, dit-elle enfin. Je suis certaine qu'il y a sur la carte un cocktail dont le nom sera tout à fait adapté à la situation. Je crois en avoir vu un qui s'appelait « le Grand Bleu ». A moins que vous ne préfériez un Brise Marine ?

Il éclata de rire.

— Presque tous les cocktails qu'ils servent ici sont roses. Ce n'est pas très viril, comme boisson.

Juliet étouffa un petit rire.

— Je ne pensais pas que vous étiez le genre de type à considérer que sa virilité est menacée par un peu de sirop de grenadine.

Il haussa les épaules.

— Peut-être que le… type en question préférerait une bière ?

Cette fois, elle éclata franchement de rire. En partie parce que la façon dont il avait répété le mot « type » lui semblait exotique et charmante, mais aussi parce qu'ils savaient tous les deux que, sur ce site où la moindre de leurs consommations était comprise dans le prix de réservation, il n'y aurait probablement pas de bière à partager ensemble, ni même de cocktail d'un rose criard. Tout cela n'était que paroles en l'air.

Pourtant, quand il lui tendit la main avec une expression mi-figue, mi-raisin sur le visage, elle fut incapable de lui refuser la sienne. Elle avança sa main, qu'il serra.

— Marché conclu, dit-il.

Quand elle tenta de retirer doucement sa main, il la retint.

— Marco Capello, dit-il en la regardant droit dans les yeux d'un air interrogateur.

— Juliet Taylor, articula-t-elle péniblement.

Avant qu'elle comprenne ce qu'il allait faire, il souleva

la main de Juliet et y posa doucement les lèvres avant de la relâcher. Juliet ne savait plus où se mettre. Un peu plus loin sur le bateau, l'une des blondes qui avait jeté son dévolu sur Marco poussa un reniflement de mépris et croisa les bras.

# Chapitre 15

— J'ai faim.

— Je m'ennuie.

*Quels pleurnichards*, aurait voulu dire Gemma aux jumeaux qui lui gémissaient dans les oreilles en stéréo. Ils fouillaient la maison depuis plus de quarante minutes, et ils n'avaient toujours pas déniché les fusibles. Gemma commençait à maudire Juliet. Une femme qui rangeait ses épices par ordre alphabétique aurait au moins pu l'informer de l'endroit où se trouvait le tableau électrique. Une telle désorganisation, jugeait Gemma, frisait presque l'inconscience.

Au début, les enfants avaient trouvé cette « aventure » amusante, mais au bout d'un moment Polly s'était montrée trop directive, et les jumeaux avaient commencé à se désintéresser de la chasse au trésor. Quant à Violet, elle s'éclipsait sans arrêt et il fallait sans cesse la rappeler à l'ordre. Pour finir, Gemma alluma deux bougies de Noël dans le salon qu'elle posa bien en hauteur sur le manteau de la cheminée, puis annonça aux plus jeunes qu'ils pouvaient disposer de leur « trésor ». Une fois la boîte de Quality Street ouverte, elle n'entendit plus que le froissement des papiers de bonbons et quelques chamailleries pour savoir qui allait manger ceux au caramel.

Profitant de ce que les enfants étaient occupés avec les friandises et sous la surveillance de Violet, Gemma poursuivit les recherches seule. Bien qu'elle ait déjà regardé deux fois dans la cuisine, elle décida d'y retourner. C'était l'endroit le plus logique après l'entrée et le placard sous l'escalier, où elle avait déjà fouillé à trois reprises.

La cuisine se trouvait à l'opposé du salon au rez-de-chaussée, et, après que Gemma se fut éloignée des rumeurs des enfants, elle se retrouva dans un silence relatif. En approchant de la porte de la cuisine, elle entendit un grincement et se figea, le cœur battant. Ses poils s'étaient hérissés sur ses bras.

*Ne sois pas stupide*, se dit-elle. *C'est une vieille maison, elle fait des tas de bruits bizarres. Tu les remarques uniquement parce qu'avec cette coupure d'électricité il n'y a plus aucun appareil qui fonctionne. C'est juste plus silencieux que d'habitude.*

Pourtant, elle se mit à avancer à tâtons dans la cuisine, en chaussettes, veillant à ne faire aucun bruit et retenant son souffle. Après avoir fait quelques pas dans la pièce, elle s'arrêta et tendit l'oreille.

Le silence était complet, en dehors de la pendule démesurée qui égrenait les secondes au-dessus du comptoir.

Gemma sourit, posa une main sur son cœur et secoua la tête. A ce moment, elle vit une ombre passer dans la véranda et fut secouée par un frisson. Elle scruta l'obscurité pour essayer de déterminer si elle ne se faisait pas des idées, mais l'ombre bougea de nouveau. Elle se rapprochait et se solidifiait, prenant peu à peu la forme d'un homme de grande taille, imposant, vêtu de noir. Lui aussi avait une lampe torche à la main.

Gemma avait toujours cru que, le jour où une chose pareille lui arriverait, elle aurait le bon sens de partir en courant dans la direction opposée, mais sa première pensée fut pour les quatre enfants innocents qui se trouvaient à l'autre extrémité du couloir ; elle était tout ce qui les séparait de… de cette ombre.

Elle ne comprit pas très bien ce qui se passa ensuite. Elle avait dû se précipiter en avant, car elle se retrouva à l'autre bout de la cuisine, dans un fracas de chaises renversées et de cris. Il s'était rapproché, tendait les bras vers elle pour l'attraper et, comme il faisait quinze bons centimètres de plus qu'elle, elle décida d'utiliser la seule arme qu'elle avait en sa possession : brandissant la grosse lampe à l'effigie de Thomas le petit train, elle l'abattit sur le crâne de son assaillant.

Le temps, qui semblait s'être accéléré au cours de la dernière minute, ralentit de nouveau. Un peu trop, peut-être. Car elle eut l'impression qu'il lui fallait une éternité pour abaisser de nouveau le bras, et le gémissement de douleur qui s'échappa des lèvres de l'homme lui parut étouffé et distordu.

A présent, il se tenait la tête en grognant.

Parfait, il l'avait bien mérité. Et, s'il ne décampait pas sagement, il allait encore tâter de sa lampe.

Elle s'apprêtait à battre en retraite pour attraper le téléphone sur le comptoir quand l'homme tendit la main et la saisit par le bras. Dans le mouvement qu'il fit, Gemma huma une bouffée d'after-shave aux notes boisées qui lui rappela quelqu'un…

— J'appelle la police ! s'écrièrent-ils tous les deux en même temps.

Puis :

— Quoi ?

Gemma leva lentement la lampe torche pour éclairer le visage de l'intrus.

*Zut.*

Elle n'avait pas affaire à une silhouette sans visage, ni même à un fou brandissant une hache. Il s'agissait du voisin de Juliet, et il avait sur le front une vilaine bosse, grosse comme un œuf de pigeon.

— Qu'est-ce que tu fiches ici ? cria-t-elle d'une voix aiguë et tremblante. Tu m'as flanqué la peur de ma vie !

— Et toi, pourquoi est-ce que tu te balades dans le noir ? hurla-t-il en retour. J'ai vu que les lumières étaient éteintes et, avec tous ces halos de lampes qui circulaient dans la maison, j'ai cru que vous étiez en train de vous faire cambrioler.

Rien de plus logique, à vrai dire. Mais Gemma n'était pas d'humeur à être logique. Elle était pleine d'adrénaline et de peur réprimée, et elle avait besoin de se défouler sur quelqu'un.

— Et pourquoi tu penserais une chose pareille, bon sang ?

Will ferma les yeux et se frotta la tête.

— Parce qu'il s'est produit toute une série de cambriolages à Noël dernier dans le quartier… Tu sais, quelqu'un qui rentrait en douce et qui volait tous les cadeaux sous le sapin.

— Oh… Je ne savais pas.

Gemma détourna la lampe pour qu'il n'ait pas la lumière dans les yeux.

— Si tu pensais qu'on était en train de nous cambrioler, dit-elle, pourquoi ne pas avoir simplement appelé la police ?

Will ouvrit les yeux et la regarda en battant des paupières, encore ébloui par la lampe.

— Parce que je n'en étais pas complètement sûr. J'ai préféré venir vérifier moi-même. C'est là que j'ai trouvé la porte de la véranda ouverte…

Tiens donc. Les garçons avaient dû la laisser ouverte après avoir joué dans le jardin. Elle avait eu l'intention de vérifier, à un moment ou un autre.

Il lui adressa un regard las :

— Alors, pourquoi te promènes-tu dans le noir avec des lampes torches ?

Gemma haussa les épaules.

— Les fusibles ont sauté. Et je n'arrive pas à trouver le tableau électrique.

A ce moment, Josh entra en trombe dans la cuisine en agitant sa propre lampe.

— Tatie Gemma, tatie Gemma, je peux être le chef de l'aventure, maintenant ? Parce que je veux explorer le pôle Nord et trouver le Père Noël !

C'est alors qu'il remarqua la présence de Will et le dévisagea avec de grands yeux ronds.

— Ne t'occupe pas de lui, dit Gemma en prenant le garçonnet par les épaules pour lui faire effectuer un demi-tour. C'est juste le vilain troll qui vient de sous le pont voisin, et je lui ai déjà donné une bonne correction.

Will étouffa une exclamation désabusée.

— Retourne dans le salon dire à Polly que c'est ton tour d'être chef explorateur pour le moment, et qu'à la place elle sera la gardienne du coffre au trésor.

Quelque chose disait à Gemma que Polly ne verrait pas

cet échange d'un mauvais œil : elle allait endosser le pouvoir suprême, celui qui lui permettrait de contrôler tout le chocolat disponible dans la maison.

— D'ac ! dit Josh avant de quitter la pièce en courant.

— Fais attention de ne pas te…

Elle fut interrompue par un grand bruit dans l'entrée.

— … cogner, ajouta-t-elle d'un ton blasé.

Maintenant que Josh était parti, elle se retrouvait de nouveau en tête à tête avec Will.

— Des explorateurs ? demanda-t-il d'un air surpris.

Gemma soupira.

— Polly a eu très peur quand les lumières se sont éteintes. Je lui ai donné une mission pour lui changer les idées, et je savais que les garçons seraient beaucoup plus faciles à tenir si on faisait semblant d'être à la recherche d'un trésor caché plutôt que d'une armoire à fusibles.

A sa grande surprise, il ne la gratifia pas d'un commentaire sarcastique sur sa façon de gérer la situation mais hocha la tête. Sous la lumière, son mouvement révéla la bosse qui lui déformait le côté de la tête. Elle n'était pas belle à voir.

— Je suis désolée pour ta tête, dit-elle. Je pensais vraiment que tu étais un agresseur fou.

Will laissa échapper un petit rire.

— C'est mieux ou pire qu'un troll ? Et avec quoi m'as-tu frappé, au fait ?

Gemma agita sa lampe.

— Avec ce bon vieux Thomas, marmonna-t-elle.

Will fronça les sourcils.

— Elle est en quoi, cette lampe ? En acier trempé ?

Elle tenta de réprimer un sourire.

— Pire. Elle a été conçue pour survivre à des garçons de six ans. Je suis sûre que, s'il y avait une guerre nucléaire, tout ce qui resterait après l'explosion, ce seraient des cafards et cette lampe.

Will éclata franchement de rire, et en l'entendant Gemma se sentit désarçonnée. C'était certainement la première fois qu'elle entendait le rire de Will ; il était plein de chaleur et de gaieté, ce n'était certainement pas le gloussement coincé auquel elle se serait attendue de sa part.

— Je n'arrive pas à décider si tu as été très bête ou très courageuse, dit-il enfin.

— Je n'y arrive pas non plus, répondit-elle en essayant de ne pas remarquer la vague de chaleur qui montait dans son ventre.

Il avait dit qu'elle était courageuse.

Alors, comme elle n'était pas du tout habituée à entendre Will Truman la complimenter, elle s'éclaircit la gorge et changea de sujet.

— Est-ce que tu saurais où se trouve le tableau électrique de Juliet, par hasard ? Puisque vos maisons sont relativement semblables, je me disais qu'elle était peut-être au même endroit que la tienne.

Il la regardait de façon très étrange. C'était fort perturbant. Comme s'il se trouvait devant quelqu'un qu'il voyait pour la première fois. Ou qui avait sur le nez une verrue poilue. Quoi qu'il en soit, Gemma était troublée.

— Tu le sais, ou pas ? demanda-t-elle.

Will battit des paupières et secoua légèrement la tête.

— Sous l'escalier ? C'est là que se trouve le mien.

— Non. J'ai déjà cherché.

Will fronça les sourcils et s'engagea dans l'entrée en direction de l'escalier, la lampe torche au poing, comme dans un film policier. Lui emboîtant le pas, Gemma leva les yeux au ciel.

— Tu ne me crois pas ? demanda-t-elle tandis qu'il contemplait la porte du placard en question. Vérifie toi-même.

C'était là qu'on rangeait les trolls, de toute façon. Sous les ponts, les escaliers, ce genre d'endroits.

Will lui adressa un coup d'œil par-dessus son épaule puis ouvrit la porte et avança la tête dans l'ouverture. Gemma, bien décidée à lui montrer qu'elle avait raison, se colla derrière lui.

— Tu vois ? dit-elle en balayant le placard de sa lampe. Il n'y a rien ici.

Ils contemplèrent tous deux l'obscurité qui leur faisait face.

— Et derrière tout ça ? demanda Will en éclairant une série d'étagères chargées de produits de nettoyage, de pots de peinture entamés et d'une série de bottes en caoutchouc — rangées par ordre de taille, bien entendu.

L'endroit qu'il désignait se trouvait un peu plus loin dans le placard. Will commença à avancer dans cette direction, mais Gemma se baissa et passa devant lui. Il y avait maintenant près d'une heure qu'elle cherchait ce fichu tableau électrique. Si quelqu'un devait le trouver, ce serait elle et personne d'autre.

De toute façon, elle était plus petite que Will, et il était plus simple pour elle de se tenir debout sous les marches de l'escalier. Elle attrapa l'extrémité de l'une des étagères et commença à la tirer pour l'éloigner du mur. Will l'imita aussitôt et, quelques secondes plus tard, il put éclairer le mur de sa lampe.

Rien. Juste un bout de mur couvert d'un affreux morceau de papier peint.

Ils poussèrent le même juron au même moment, ce qui fit rire Gemma.

Elle pivota vers lui. Il la regardait en souriant. Gênée, elle détourna le regard.

D'accord. Ce qui se passait était un peu bizarre. Sans doute était-il temps de sortir de là. Manifestement, les relents de peinture lui montaient à la tête.

Elle contourna l'étagère qu'ils avaient déplacée et s'aperçut que l'espace disponible s'était réduit, ce qui signifiait qu'elle était à présent pratiquement collée à Will. Elle aurait dû reconnaître tout de suite cet after-shave. Il portait toujours le même.

Le demi-sourire qu'elle affichait depuis un bon moment s'estompa soudain. Les muscles de ses joues se détendirent, elle ferma la bouche et le regarda avec de grands yeux. Il la dévisageait, lui aussi, affichant la même expression stupéfaite que Gemma. La température du placard monta soudain de quelques degrés.

*Regarde ailleurs*, se dit-elle. *Tu n'es pas la sœur de la situation. Cela ne peut pas arriver. C'est Juliet qui lui plaît. Pas toi. Tu es l'anti-Juliet.*

Elle tenta d'ordonner à ses jambes de bouger, ou à ses bras — à n'importe quelle partie de son corps, à vrai dire —, mais en vain. C'était très ennuyeux. Tout ce qu'elle parvenait à faire, c'était dévisager Will dont chaque trait était mis en relief par la lueur de la lampe, et essayer de ne pas oublier de respirer.

Les secondes s'écoulèrent sans qu'aucun des deux ne bouge. Will baissa les yeux sur sa bouche. Sa bouche à demi ouverte.

Gemma retint son souffle. Et, au moment où elle se demandait depuis quand elle savait quel after-shave Will Truman portait, la lumière revint.

Ils descendirent ensemble du bateau. Marco sauta à terre le premier puis offrit sa main à Juliet tandis que la petite embarcation se balançait contre l'appontement. Il fit de même avec toutes les dames qui avaient pris place dans le hors-bord. Etrangement, cela rendit Juliet moins nerveuse. Quant aux autres femmes, elles parurent absolument ravies de la chose.

Une fois qu'ils eurent récupéré leurs effets laissés dans la guérite, Marco se tourna vers elle :

— Venez. La plongée m'a donné très soif.

Juliet écarquilla les yeux.

— Maintenant, vous voulez dire ?

Marco haussa les épaules et lui décocha de nouveau ce demi-sourire qui la faisait craquer.

— Il n'y a pas d'heure pour ça, dit-il.

C'était exactement le genre de chose que Gemma aurait pu dire, songea Juliet.

— Bon… d'accord.

Elle jeta un coup d'œil aux mèches emmêlées de ses cheveux et à son T-shirt à moitié détrempé que le vent et le soleil de fin d'après-midi n'avaient pas réussi à sécher complètement.

— Donnez-moi un instant pour me changer, et je vous rejoins au Pelican Joe.

Heureusement, elle avait comme à son habitude prévu tout le nécessaire dans son sac à main, et elle pourrait se changer à son aise dans les vastes toilettes qui se trouvaient près de la piscine principale.

Elle y enfila une robe légère et se passa un coup de peigne dans les cheveux, puis contempla sans complaisance son reflet dans le miroir. Marco se montrait juste amical, ni plus ni moins. Elle ne voyait pas, en effet, comment il aurait pu s'intéresser à cette créature vêtue d'une robe un peu chiffonnée, aux cheveux empesés de sel et dont les joues et le nez avaient rougi sous le soleil.

Elle aurait tout donné, à ce moment précis, pour être dotée de la même désinvolture que Gemma. Certes, Juliet savait s'attirer les bonnes grâces des gens en leur rendant service, en étant celle sur laquelle ils pouvaient compter, mais Marco ne voulait certainement pas d'une servante ou d'une mère au foyer. Il voulait boire un verre en compagnie d'une femme engageante, et c'est donc ce qu'elle devait s'efforcer d'être. Elle examina son visage dans la glace, notant un peu de désespoir dans son expression.

Elle devait bien partager un peu de l'ADN de Gemma, même profondément enfoui en elle, non ? Elle l'espérait, en tout cas. Parce que, ce soir, elle allait devoir le faire sortir de sa cachette et le mettre au travail.

Quand Juliet revint au bar, elle trouva Marco, très détendu, perché sur un grand tabouret, un pied sur la barre du siège et l'autre par terre. Il était toujours en maillot de bain mais avait enfilé une chemise à manches courtes. Ses cheveux étaient encore un peu humides, et elle remarqua que la moitié du bar le regardait. La moitié féminine, bien entendu.

Elle prit place à côté de lui.

— Vous ne voulez vraiment qu'une bière ?

Il acquiesça.

— Et vous êtes sûre que votre vie ne vaut pas davantage que cela ? rétorqua-t-il.

Elle savait qu'elle aurait dû répondre par une plaisanterie, lui affirmant qu'elle allait le couvrir de diamants ou lui donner son âme en gage de reconnaissance, mais, si elle excluait les enfants de l'équation, c'était bien à cela que se résumait la valeur de sa vie en ce moment : à une bière. Quelle contribution apportait-elle au monde, à vrai dire ? Un très bon chutney, de temps à autre, c'était à peu près tout.

Elle grimaça. Ici, maintenant, tout cela lui semblait d'une évidence frappante. Et pourtant, à la maison, elle avait toujours eu le sentiment que chaque mot qu'elle inscrivait dans son petit carnet était essentiel à la marche du monde. Elle s'était trompée du tout au tout.

Marco se pencha pour la dévisager plus attentivement :

— Vous avez l'air très sérieux. Vous réfléchissez à ce que vous allez commander ?

— Non. J'ai décidé qu'une bière convenait parfaitement à la situation, alors je vais vous accompagner.

Quand le barman les eut servis, Marco désigna de la main une table déserte sur l'une des terrasses.

— Cela vous dit ?

Juliet eut un geste évasif. Cette soirée s'annonçait de plus en plus irréelle.

— Pourquoi pas ?

Il inclina la tête sur le côté et l'observa.

— Quoi ? dit-elle en passant la main dans ses cheveux, qui commençaient à sécher en frisottant.

Il secoua la tête et fit un geste très italien avec ses mains.

— Vous êtes une femme mystérieuse, Juliet Taylor.

— Merci, dit-elle.

C'était un compliment, n'est-ce pas ? Elle l'espérait, du moins. Comment aurait-il pu savoir que Gemma était l'élément spécial de la famille, celle qui brillait, celle avec qui tout le monde avait envie d'être, et que Juliet n'était destinée qu'à marcher éternellement dans son ombre ? Elle sourit intérieurement en songeant que les choses auraient été très différentes si Gemma avait été ici à sa place. Elle n'aurait pas été là, en train d'échanger des plaisanteries et de chercher un sujet de conversation. Sans doute aurait-elle été occupée à arracher les vêtements de Marco derrière un palmier.

*Mais Gemma n'est pas là, n'est-ce pas ? Toi, oui.*

Juliet chassa cette pensée terrifiante et s'efforça de garder son sang-froid.

Elle allait donc trouver des sujets de conversation… Elle se mit à bombarder Marco de questions, lui laissant à peine le répit nécessaire pour siroter sa bière avant qu'elle se réchauffe. Juliet apprit ainsi qu'il était le plus jeune de cinq enfants, qu'il vivait sur les rives du lac de Garde où sa famille était propriétaire d'une chaîne de restaurants, qu'il écrivait des guides de voyage et aimait se déplacer sans cesse d'un lieu à l'autre. Il était également adepte de sports nautiques — surtout de planche à voile — et personne ne faisait les pâtes aussi bien que sa *nonna*.

Juliet s'employa à le faire parler encore et encore, afin de lui révéler aussi peu de détails que possible sur elle-même.

Elle trouvait sans grand intérêt le fait d'être une femme au foyer un peu coincée vivant dans une banlieue bourgeoise du sud de l'Angleterre. Si seulement elle avait eu autant d'histoires que Gemma à raconter ! Alors, elle aurait paru beaucoup plus passionnante aux yeux de Marco…

Malheureusement, celui-ci ne cessait de l'interroger, et plus le temps passait, plus il devenait difficile d'éluder. Pourquoi ne pouvait-il être comme la plupart des hommes et se contenter de parler de lui pendant toute la soirée, bon sang ?

— Vous êtes vraiment une femme mystérieuse, lui dit-il de nouveau, faisant signe au serveur de venir leur apporter une seconde tournée de bières locales. Je vous ai à peu près tout dit de ma vie, et je ne sais presque rien sur vous.

Malgré elle, Juliet émit un petit hoquet dédaigneux, et assez séduisant.

— Je n'ai rien de mystérieux, dit-elle.

— Mais si, insista-t-il avec un hochement de tête. J'ai pensé cela dès que je vous ai vue, le premier soir, sur votre balcon. Vous aviez l'air tellement…

— Sous le coup du décalage horaire ? suggéra-t-elle.

Elle ne plaisantait qu'à moitié, mais Marco la prit au sérieux.

— Non. Tellement… je ne connais pas le bon mot. Pas seule, mais…

Il haussa les épaules et ajouta :

— Pardonnez mon mauvais anglais.

— Oh ! mon Dieu ! Ne vous excusez pas pour votre anglais, il est excellent. Et, si vous insistez, je vais vraiment devoir m'excuser pour mon italien, qui se limite aux parfums de glace et à demander où sont les toilettes. C'est tout ce qui m'est resté du CD que j'ai acheté la fois où nous sommes allés en week-end à Rome…

— Nous ? demanda-t-il. Avez-vous un homme dans votre vie ?

Elle secoua la tête.

— Non. Plus maintenant.

— Vous êtes divorcée ?

— Oui.

Il la regarda droit dans les yeux :

— Cela explique peut-être la tristesse qu'il m'a semblé voir sur votre visage ce premier soir.

Juliet se figea, l'œil rivé sur la bouteille de bière posée devant elle. Comment avait-il vu cela ? Parfois, quand elle se laissait aller, elle se sentait en effet très triste même si elle refusait de le reconnaître. Cela lui paraissait tellement… ingrat. Avant même que son mariage ne tourne court, il lui était arrivé de ressentir cette tristesse, mais Greg n'avait jamais rien remarqué, même s'ils passaient leur temps ensemble. Cet homme en revanche, cet inconnu, avait mis le doigt sur la vérité quelques secondes après l'avoir aperçue pour la première fois. Comment avait-il vu si clair en elle ?

Pas étonnant qu'elle se soit sentie si déprimée, après tout. Elle s'était aperçue que Greg devenait de plus en plus distant, mais plus elle avait essayé d'être la femme qu'il voulait, plus il s'était éloigné d'elle. C'était terriblement frustrant et, bien évidemment, très triste…

— Je suis désolée que mon mariage n'ait pas marché, dit-elle enfin, mais c'est tout. Je n'ai pas envie de me remettre avec mon ex-mari.

— Alors de quoi avez-vous envie ?

Marco la regardait avec un large sourire qu'elle lui retourna. Il était vraiment charmant. Elle réfléchit un instant à sa question : de quoi avait-elle envie ? En réalité, elle l'ignorait. Elle avait cessé de se pencher sur ses envies depuis un bon moment.

Elle repensa à Gemma et à ce qui lui aurait fait plaisir à Pelican's Reach, et dit alors :

— J'ai envie de m'amuser. C'est cela qui est important, non ?

Cette réponse sembla plaire à Marco, car son sourire s'élargit davantage.

— Dans ce cas, levons notre verre à votre ex, dit-il, car c'est un homme aussi stupide que généreux.

Stupide, d'accord, mais pourquoi généreux ? Elle posa la question à Marco.

Pour toute réponse, celui-ci balaya d'un geste large le complexe luxueux sur lequel ils se trouvaient. Juliet n'avait pas envie de lui expliquer comment elle avait atterri ici. Cela soulèverait trop de questions auxquelles elle ne voulait pas répondre.

— J'ai trouvé que Rome était magnifique, dit-elle alors pour diriger la conversation sur des terrains plus neutres.

Elle s'y était rendue avec Greg à l'occasion d'un séminaire auquel il était invité, mais il avait passé l'essentiel de son temps là-bas à faire du relationnel avec ses clients pendant qu'elle restait seule. Au moins, elle avait pu visiter une bonne partie de la ville.

— J'ai vu tous les sites touristiques, dit-elle. La fontaine de Trevi, la chapelle Sixtine, le Colisée…

Marco s'appuya au dossier de sa chaise tandis qu'un garçon

remplaçait leurs bouteilles de Piton vides. Une chance que cette bière ne soit pas trop forte.

— Vous voyez ? Encore une fois, nous avons commencé à parler de vous, et vous avez très habilement changé de sujet.

Tiens, oui. Mais elle ne l'avait pas fait exprès. C'est juste que parler de Rome lui avait semblé beaucoup plus intéressant que d'évoquer Juliet Taylor de Tunbridge Wells. Marco, lui, était parfaitement à sa place ici. Il portait les bons vêtements et se comportait avec une nonchalance naturelle que Juliet lui enviait. Elle savait que c'était idiot, mais elle ne voulait pas avouer à cet homme à quel point elle était ordinaire.

— Il faut que vous me parliez un peu de vous, dit-il, remarquant son hésitation.

Il se pencha un peu vers elle et ajouta :

— Je ne sais même pas quelle est votre profession. A moins que vous n'alliez d'une île exotique à l'autre et que votre objectif soit de rendre les hommes fous en évitant leurs questions…

Juliet le dévisagea pendant quelques secondes.

— Pourquoi vous intéressez-vous tellement à moi ?

Il posa sa bouteille, se carra sur son fauteuil et la regarda attentivement.

— Pourquoi trouvez-vous tellement surprenant qu'on puisse s'intéresser à vous ?

*Bonne question*, songea-t-elle avec un frisson. Et encore une à laquelle elle n'avait pas envie de répondre. Pourtant, elle appréciait d'avoir quelqu'un avec qui parler, et elle ne pouvait pas passer le reste de la soirée à jouer au chat et à la souris. La vérité allait devoir émerger tôt ou tard, et manifestement plutôt maintenant. Quel dommage, pour la première fois depuis des années, elle avait eu l'impression que quelqu'un la regardait vraiment, qu'il la remarquait — et elle n'avait même pas été obligée de faire un gâteau ou de recoudre un vêtement pour parvenir à ce résultat.

Elle s'apprêta à lui répondre et sentit son courage se dérober.

— Vous voulez savoir ce que je fais dans la vie ?

Il acquiesça.

Juliet n'avait jamais trouvé très réalistes ces dessins animés où l'on voit un malheureux tourmenté par un ange sur une épaule et un démon sur l'autre, mais, en ouvrant la bouche pour lui dire qu'elle était mère de quatre enfants et travaillait à temps partiel dans un magasin de loisirs créatifs, elle aurait pu jurer qu'elle sentait une piqûre sur l'épaule gauche.

*Allez, dis-lui…*

Alors, elle s'entendit répondre :

— En fait, je travaille dans le cinéma.

Elle n'en crut pas ses oreilles. Comment avait-elle pu dire une chose pareille ? Pourquoi avait-elle fait cela ? A ce moment précis, elle n'avait même pas pensé à Gemma, mais le mensonge lui était sorti de la bouche avec une aisance stupéfiante.

— Et vous faites quoi ?

Elle déglutit. Il fallait qu'elle lui dise la vérité, maintenant.

— Assistante-réalisatrice.

Pendant un instant, elle retint son souffle, persuadée que la foudre allait se frayer un chemin dans le toit de chaume du Pelican Joe pour venir la carboniser sur place, mais rien n'arriva.

— Vous devez avoir des tas d'anecdotes fascinantes à raconter.

Juliet hocha la tête. Des anecdotes, elle en avait plein, en effet. Le problème, c'était qu'elles appartenaient toutes à Gemma.

Marco avala le reste de sa bière.

— Cela vous dirait d'en partager une autre avec moi autour d'un bon dîner ? J'ai faim, et nous autres Italiens n'aimons pas manger seuls. C'est contre notre religion.

Juliet serra les mâchoires pour empêcher sa bouche de s'ouvrir toute seule. Elle était stupéfaite : Marco venait-il de l'inviter à dîner ? Qu'est-ce que ça voulait dire ? Voulait-il simplement un peu de compagnie ou cela cachait-il autre chose ? Juliet avait tellement perdu l'habitude de décoder les signaux envoyés par le sexe opposé qu'elle était incapable d'interpréter la demande de Marco.

Pourtant, elle savait aussi qu'elle n'avait aucune envie de se retrouver une fois de plus assise seule à une table et de passer la soirée à regarder les autres s'amuser autour d'elle.

Il avait dû remarquer son hésitation, car il ajouta :

— A moins que vous n'ayez prévu autre chose ?

Elle secoua la tête :

— Non.

— *Bene*, répondit Marco en se levant. Le restaurant sur la plage vous convient-il ? Il paraît que leur crabe est excellent.

Juliet fit mine de se lever, mais s'arrêta avant de s'être complètement redressée.

— Oui, mais ils sont toujours complets.

Marco sourit.

— Nous ne sommes que deux. Je suis certain qu'ils trouveront à nous caser quelque part.

Il avait parlé avec une telle assurance qu'elle commençait

à le croire, même si la serveuse à laquelle elle avait eu affaire la veille avait été catégorique.

C’est alors qu’une pensée lui traversa l’esprit.

— Mais vous… je veux dire, vous n’avez pas quelqu’un qui… qui va vous rejoindre ?

Il haussa les épaules dans ce petit mouvement nonchalant qui, elle commençait à s’en rendre compte, était un peu sa marque de fabrique.

— Non. Je suis venu seul à Pelican’s Reach. J’ai réservé ce séjour un peu à la va-vite.

— Ne m’en parlez pas, murmura Juliet.

Il éclata de rire.

— Ça tombe bien, puisque nous avons convenu que je vous en avais assez dit. C’est votre tour de parler.

Elle soupira. Pourquoi avait-elle décidé de se faire passer pour Gemma, bon sang ? Maintenant, elle allait devoir se tenir à ce mensonge pendant toute la soirée — et peut-être même durant toute la semaine qui allait suivre. Elle n’était même pas sûre d’être assez « mystérieuse » pour y arriver !

Pourtant, cette idée commençait à la séduire. Il y avait tellement longtemps que quelqu’un ne s’était pas intéressé à ce qu’elle disait — en dehors des fois où elle annonçait à ses enfants qu’elle avait fait des pancakes ou proposait son aide à l’école !

A part Will, bien sûr. Mon Dieu, elle avait failli l’oublier. Ce bon vieux Will.

Elle leva la tête et croisa le regard brun de Marco ; elle y lut une sorte d’impatience confiante. Il attendait toujours sa réponse.

— D’accord, dit-elle d’un ton hésitant. Mais je ne vais

pas pouvoir tout vous raconter. Vous comprenez, il y a des clauses de confidentialité, tout ça…

Les mensonges continuaient de lui venir avec une facilité déconcertante ! Elle ignorait avoir un tel talent pour tromper son monde… Cela dit, c'était un don qu'elle ne comptait pas cultiver une fois rentrée à la maison. Pas si elle voulait pouvoir continuer à regarder ses enfants en face.

Marco hocha la tête sans paraître mettre en doute sa déclaration. Finalement, elle allait peut-être pouvoir s'en tirer.

Et peut-être ressemblait-elle davantage à sa sœur qu'elle ne l'avait cru.

# Chapitre 16

— Qu'est-ce que vous faites dans le placard ?

Gemma, qui avait le regard plongé dans celui de Will, tourna vivement la tête. Violet venait de pointer son nez dans l'entrebâillement de la porte.

— On cherche toujours la boîte à fusibles, répondit-elle d'une voix mal assurée.

Etrangement, cela ressemblait à une excuse plutôt qu'à la vérité.

— Tu l'as trouvée ? demanda Will à Violet.

En se retournant, il effleura Gemma du bras. Elle se serait volontiers écartée, mais il n'y avait pas la place, à moins qu'elle n'aille s'encastrer dans la planche à repasser.

— Où était-elle ? demanda-t-il.

Violet s'éloigna du placard pour leur faire de la place. Gemma laissa passer Will avant de se faufiler entre l'aspirateur et l'étagère pour sortir à son tour.

— Les garçons voulaient jouer aux cartes, alors je suis allée fouiller dans le placard près de la cheminée. En déplaçant les boîtes de jeux de société, j'ai aperçu un casier de métal gris avec une grosse poignée rouge. Je l'ai relevée, et voilà.

— Tu nous as sauvé la mise ! s'exclama Gemma en adressant à sa nièce un sourire radieux.

Intérieurement, pourtant, elle se sentait un peu abattue. Pourquoi n'était-elle pas plus enthousiaste ? Elle n'avait pas eu l'intention de rester dans le noir plus longtemps, n'est-ce pas ?

Elle lança un regard en coin à Will, mais il détourna les yeux. Etait-ce une bonne ou une mauvaise chose ? Une bonne, sans doute.

— Combien de temps le courant est-il resté coupé ? demanda Will en s'adressant davantage à Violet qu'à Gemma.

Violet se contenta de hausser les épaules.

— Un peu plus d'une heure, dit Gemma. Pourquoi ?

— Tu devrais peut-être aller jeter un coup d'œil dans le congélateur, alors, suggéra-t-il. Pour voir si tout n'a pas fondu.

Zut. Elle n'avait pas pensé à cela. De toute façon, elle avait prévu de sortir la dinde le lendemain matin ; elle décongèlerait un peu plus vite que prévu, voilà tout. Elle éteignit la lampe Thomas et la posa sur la table de l'entrée, puis entra dans la cuisine. En fouillant rapidement dans le congélateur, elle ne trouva rien et entreprit de vérifier dans le réfrigérateur. Pourtant, se dit-elle, si une énorme volaille plumée y avait trouvé refuge, elle l'aurait sans doute remarquée des jours plus tôt.

Rien.

Elle soupira et ouvrit de nouveau la porte du congélateur. Il était donc écrit que tout serait compliqué, aujourd'hui ? Elle commença à sortir des sacs et des bacs de plastique en les vérifiant les uns après les autres, mais tout ce qu'elle réussit à faire fut de s'engourdir les mains. S'il y avait une dinde là-dedans, elle jouait à cache-cache.

— Tu as un problème ?

Elle sursauta en entendant la voix de Will dans son dos. Depuis combien de temps était-il là ? Elle le croyait rentré chez lui. Elle commença à remettre le contenu du congélateur en place.

— Je n'arrive pas à trouver cette fichue dinde, mais je suis sûre qu'elle est quelque part par là.

Will ramassa un sachet de petits pois surgelés sur le comptoir et le lui tendit. Elle le lui prit des mains pour le fourrer dans le premier emplacement venu. Juliet rangeait certainement ses produits surgelés par catégorie d'ingrédients et par taille. En rentrant, quand elle verrait le bazar que Gemma avait mis dans son congélateur, elle la tuerait. Will lui tendit un autre sac, et ils firent la chaîne en silence jusqu'à ce que tout soit rentré dans le congélateur.

Enfin, Gemma referma la porte et cala ses mains sous ses aisselles pour les réchauffer un peu.

— Violet, ta mère a toujours ce congélateur de secours dans le garage ? Je n'arrive pas à savoir où elle a mis la dinde.

Violet fit un signe de dénégation.

— Elle s'en est débarrassée quand on a acheté le grand frigo il y a quelques années. Elle a dit qu'elle n'en avait plus besoin.

— Tu en es sûre ? demanda Gemma, qui commençait à se sentir un peu désespérée.

Le lendemain, c'était la veille de Noël, et il commençait à devenir urgent de trouver cette dinde.

— Complètement sûre, répondit Violet. Elle l'a donné à la mère d'une de mes copines. Et, de toute façon, maman ne mettrait jamais la dinde au congélateur. Elle l'achète toujours fraîche chez le boucher.

*Tiens donc.* Gemma commençait à avoir un mauvais pressentiment.

— Mais je ne comprends pas, dit-elle. C'est pourtant dans le carnet…

Elle fouilla dans la boîte à pain, ignorant les regards surpris que lui lançaient Will et Violet. Elle le feuilleta pour trouver la bonne page.

— Regardez ! Il y a toutes ces grosses croix noires sur la page des provisions pour le repas de Noël…

Sans achever sa phrase, elle posa les doigts sur sa bouche, comme pour étouffer un cri.

Will s'approcha d'elle :

— Qu'y a-t-il ?

Gemma secoua la tête. Elle commençait à comprendre, à présent, mais elle avait du mal à y croire. De grosses croix noires. Elle aurait dû s'en apercevoir plus tôt. Les croix de Juliet étaient nettes et de petite taille, elles dépassaient à peine les limites des petites cases du carnet. Celles qu'elle avait sous les yeux étaient épaisses et tracées avec maladresse.

Sans lâcher le carnet, elle fonça dans le salon où Polly arbitrait un jeu de cartes entre Josh et Jake.

— Je ne vais pas me fâcher…, déclara Gemma.

*Pas tout de suite, en tout cas.*

— … mais il n'y aurait pas quelqu'un qui aurait joué avec ce carnet ? ajouta-t-elle en brandissant l'objet en question.

Jake et Polly la regardèrent innocemment en secouant la tête. Quant à Josh, il continua de poser des cartes sur sa pile.

— Josh ?

Il se figea, une carte à la main.

— Josh ?

Il leva lentement la tête.

— C'est toi ? demanda-t-elle en s'efforçant de parler calmement.

Il la regarda en ouvrant de grands yeux ronds et hocha la tête. Gemma sentit une onde de panique grandir en elle — cela devait beaucoup ressembler à ce que Juliet aurait ressenti en pareil cas.

— Qu'as-tu fait ?

Josh hésita un instant, puis se lança :

— C'était pour t'aider, dit-il d'une petite voix. Maman coche tous les jours des cases dans son carnet, mais comme elle n'est pas là j'ai décidé de le faire à sa place.

Gemma prit une grande inspiration et ferma les yeux.

— Violet ? demanda-t-elle sans les rouvrir. Tu peux emmener Polly et les jumeaux là-haut et veiller à ce qu'ils se préparent pour aller au lit ? Je monte vous rejoindre pour les histoires.

Elle resta là, immobile, tandis que les enfants se levaient et suivaient leur grande sœur. Quand la porte du salon se fut refermée derrière eux en claquant — Polly ne connaissait que cette façon de fermer les portes —, elle ouvrit les yeux et regarda Will, qui n'avait pas bougé.

— Oh ! mon Dieu, gémit-elle. Je crois que j'ai envie de mourir.

Will lui adressa ce fameux regard qui signifiait : « Tu ne crois pas que tu en fais un peu trop ? »

Peut-être. Mais elle avait ses raisons !

Ces croix, ces grosses coches noires… elles étaient sur toute la page du carnet correspondant aux courses à faire pour le repas de Noël. *Sur toute la page.* Ce qui voulait dire que Josh avait tout coché — et Juliet, rien du tout.

— Je n'ai rien à manger pour le repas de Noël, dit-elle à mi-voix. Rien. Même pas une fichue bouteille de sauce aux canneberges. Et Juliet a invité la moitié de Tunbridge Wells.

Y compris Will. Elle avait vu son nom sur la liste des invités, mais aucun d'entre eux n'avait jugé bon de mentionner ce fait jusque-là.

— Il te reste encore une journée, dit Will.

A l'expression de son visage, Gemma comprit qu'il ne croyait pas lui-même que cela lui suffirait. Et elle était plutôt d'accord avec lui. Il fallait des mois à Juliet pour préparer Noël. Comment Gemma allait-elle y parvenir en une seule petite journée ? Elle ne savait même pas par où commencer.

C'est alors qu'elle posa les yeux sur le carnet.

*Tu ne sais pas, mais moi si*, semblait-il chuchoter. *Tout ce dont tu as besoin se trouve là.*

Elle fut tentée de le balancer contre le mur, mais elle se ravisa. Ce satané carnet était son seul espoir. Avec un frisson, elle le posa à côté du canapé. Elle l'étudierait plus tard, quand elle se serait un peu remise des événements de la soirée.

Elle se tourna de nouveau vers Will, qui n'avait cessé de la regarder pendant tout ce temps, une étrange expression sur le visage.

— Tu vas avoir beaucoup de courses à faire, demain, dit-il.

— Merci, Einstein. Je ne m'en étais pas aperçue.

Voilà. Maintenant, il affichait une grimace qui lui était beaucoup plus familière.

— Et tu n'arriveras jamais à caser quatre enfants et des

provisions pour la moitié de Tunbridge Wells dans ta toute petite voiture.

Il n'avait pas tort. Et la voiture de Juliet était à peine plus grande. Même si elle avait été suffisamment spacieuse, Gemma n'était de toute façon pas assurée pour la conduire. Elle décocha une œillade furieuse à Will.

— Merci de l'avoir précisé. Voilà qui m'aide vraiment beaucoup !

Il lui adressa un regard exaspéré :

— Je l'ai précisé parce que j'allais te proposer de vous servir de chauffeur. Ma voiture fait deux fois la taille de la tienne.

Gemma pensa à l'Audi qu'elle avait vue garée dans l'allée de Will.

— Ça ira, dit-elle en relevant le menton. Je vais me débrouiller.

Will la considéra en silence pendant quelques instants, puis secoua la tête.

— Tu es vraiment comme ta sœur, murmura-t-il.

Puis il ramassa la lampe torche qu'il avait laissée sur le manteau de la cheminée et se dirigea vers le couloir.

— Non, je ne suis pas comme elle ! cria Gemma dans son dos. Et où vas-tu ? La porte d'entrée est par là !

Il lui jeta un regard par-dessus son épaule tandis qu'elle lui courait après.

— Je vais sortir par où je suis entré et vérifier le verrou de cette porte. Juliet m'a dit qu'il ne fermait pas bien, il y a quelque temps.

Ils bifurquèrent pour entrer dans la cuisine et Will désigna d'un signe de tête la porte-fenêtre de la véranda.

— Tu peux la refermer derrière moi, et j'essaierai de l'ouvrir de l'extérieur.

Gemma aurait aimé lui dire d'aller se faire voir, mais en réalité c'était une bonne idée qu'il avait là, surtout s'il était vrai que des cambrioleurs traînaient dans le coin.

— Et si tu veux me prouver que tu n'es pas du tout comme Juliet, tu vas accepter mon aide, ajouta-t-il en se tournant vers elle alors qu'ils arrivaient devant la porte.

Durant quelques secondes, Gemma ne répondit pas. Elle était tiraillée entre le fait qu'il avait raison et son propre entêtement. Elle croisa les bras.

— Pourquoi tiens-tu tellement à m'aider ? Qu'as-tu à y gagner ?

Sa question parut vexer Will, mais au lieu de hausser le ton — ce qui aurait été beaucoup plus satisfaisant — il répondit d'une voix égale :

— Ce n'est pas toi que je tiens à aider. J'ai fait une promesse à Juliet, et j'essaie de la tenir, c'est tout. Il est très important pour elle que Noël se déroule bien.

Gemma s'aperçut qu'elle n'avait rien à répondre à cela. Qu'il aille au diable ! Elle dut faire un effort pour articuler sa réponse, mais pour finir, les bras fermement croisés sur la poitrine, elle dit :

— Bien. D'accord. J'accepte.

Will hocha la tête, l'air aussi réjoui qu'elle.

— Super. Le supermarché ouvre à 6 heures demain matin.

Elle devait avoir grimacé, car il ajouta :

— Si tu veux trouver tout ce dont tu as besoin, il va falloir que tu arrives avant que les rayons ne soient dévalisés. Je passerai vous prendre à 5 h 45.

Ses paroles résonnèrent dans sa tête. « 5 h 45 »... du matin ?

Elle acquiesça, incapable de parler. Elle était déjà en train de réfléchir à la manière dont elle allait pouvoir se lever, et faire lever quatre enfants, à une heure aussi inhumaine. Elle ne se sentit guère rassérénée par l'air ironique qu'il affichait en franchissant la porte de la véranda.

Gemma fut bêtement ravie de pouvoir l'enfermer dehors tout en le regardant bien en face à travers la vitre. Elle lui adressa l'un des sourires qu'elle considérait comme son « arme secrète », juste pour lui montrer qu'accepter son aide ne lui faisait ni chaud ni froid... ni le fait d'être, ou de ne pas être, comme Juliet.

Qu'il était pénible, à fourrer ainsi son nez dans leurs affaires ! Heureusement, d'ici à demain après-midi, elle aurait tout ce dont elle avait besoin pour le repas de Noël, et il pourrait décamper, satisfait d'avoir tenu sa promesse envers sa sœur. Quant à elle, elle allait pouvoir profiter de sa soirée de Noël avec les enfants. Will aurait fait sa part, et elle n'aurait plus à le croiser pendant tout le reste des fêtes.

A voir son expression lorsqu'il se retourna pour rentrer chez lui, elle comprit qu'elle n'était pas la seule que cette idée soulageait.

A l'entrée du restaurant de la plage, Juliet et Marco furent accueillis par la réceptionniste à qui Juliet s'était adressée quelque temps plus tôt. Elle adressa un bref regard à celle-ci puis se tourna vers Marco et lui sourit chaleureusement.

— Puis-je vous aider, monsieur ? demanda-t-elle en inclinant la tête d'un air enjôleur.

Marco lui retourna son sourire, acceptant de bonne grâce l'admiration dont il était l'objet.

— Je souhaiterais une table pour deux, s'il vous plaît.

Au lieu de refuser tout net, comme elle l'avait fait avec Juliet, la jeune fille afficha un air chagriné.

— Je suis désolée, monsieur. Nous sommes complets.

Voilà, Juliet l'avait prévenu. Elle recula d'un pas, prête à faire demi-tour. Mais Marco se pencha et prit la main de la fille, qu'il regarda droit dans les yeux.

— Je suis sûr que vous pouvez faire un petit effort pour nous…

Et Juliet l'écouta exercer sa magie sur la jeune femme. Plus il parlait et plus elle souriait, le rouge aux joues. Au bout d'un moment, elle ouvrit à la première page le grand livre qui se trouvait devant elle. Après avoir jeté un regard furtif autour d'elle, elle se pencha sur Marco et lui chuchota :

— Bon, si vous me promettez de ne pas être trop longs pour commander, je devrais pouvoir vous caser entre deux réservations.

Elle appela alors un serveur et lui demanda de les conduire à leur table. Juliet et Marco traversèrent le restaurant bondé jusqu'à un ponton surplombant la mer. L'espace était en grande partie abrité par une pergola débordant de plantes exotiques, et des guirlandes de grosses ampoules lumineuses étaient accrochées entre les piliers. Des panneaux posés sur les deux tables de la terrasse indiquaient qu'elles étaient réservées ; le serveur les fit asseoir à la moins accessible des deux, qui se trouvait dans l'angle. Marco fronça les sourcils et, quand le serveur fut parti, il se leva et alla simplement s'asseoir à l'autre table, sous les branches de jasmin étoilé qui pendaient de la pergola. Il posa le panneau « réservé » sur celle qu'il venait de quitter.

Juliet lui adressa un regard incrédule.

— On a le droit de faire ça ?

Marco eut un geste évasif.

— Je viens de le faire, en tout cas. Cette table est beaucoup plus agréable.

Sur ce point, elle n'allait pas le contredire. La table se trouvait juste au bord du ponton dont la marée venait lécher les piliers dans un clapotis musical et, s'ils se tournaient vers la mer, ils bénéficiaient d'une vue imprenable sur ce qui promettait d'être un magnifique coucher de soleil.

Quand ils eurent commandé leurs entrées, Marco rendit son menu au serveur et se tourna vers Juliet.

— Alors, j'ai… j'ai une question à vous poser, Giulietta.

Elle adorait l'entendre prononcer son nom de cette façon, accentuant la première syllabe et enroulant la langue autour des deux autres. Au lieu d'avoir l'air strict et bien sage — avec le point bien au-dessus du I et un T bien barré —, son prénom lui semblait soudain plein de charme et d'originalité. Rien à voir avec ce qu'elle était en réalité.

— Allez-y.

Il lui sourit, et ses yeux se plissèrent de la façon la plus charmante qui soit.

— Que fait une belle femme pareille seule sur une île ?

La première réaction de Juliet fut de se retourner pour voir de quelle belle femme il voulait parler, avant de s'apercevoir qu'il s'agissait bien d'elle. Elle rougit, puis songea qu'il était italien et que les Italiens étaient de grands séducteurs. Ce compliment ne signifiait rien, Marco ne pouvait probablement pas s'empêcher de flirter. Malgré tout, Juliet fut saisie de l'envie subite de s'excuser, de se lever et de quitter le restaurant pour disparaître dans la nuit.

*Juliet, enfin ! Depuis quand es-tu devenue si lâche ?*

Elle força son derrière à rester collé sur le confortable fauteuil du restaurant.

— C'est arrivé un peu par accident, à vrai dire, répondit-elle alors.

Il sourit sans ouvrir la bouche, comme charmé par ses paroles, et Juliet ne put s'empêcher de sourire à son tour tandis que sa nervosité s'estompait peu à peu.

— Etes-vous en train de me dire que vous n'aviez pas prévu de prendre un avion pour Sainte-Lucie, que vous vous êtes trompée de vol ou quelque chose comme ça ?

Elle secoua la tête avec un petit rire.

— Rien d'aussi aventureux, hélas. A l'origine, c'est ma sœur qui avait réservé ces vacances…

Elle s'interrompit, incapable d'achever sa phrase. Si elle avouait toute la vérité à Marco, cela reviendrait à trahir le mensonge qu'elle lui avait servi un peu plus tôt. Autant s'en tenir à une petite partie de la vérité.

— Au dernier moment, elle a été obligée de faire face à des… obligations familiales, et elle n'a pas pu venir.

Juliet ne dit rien du fait que c'étaient ses propres obligations familiales qui avaient maintenu sa sœur à domicile.

— Elle m'a donc proposé de prendre ses vacances, conclut-elle.

Marco ne souriait plus ; il semblait sincèrement étonné.

— Vous avez une sœur très généreuse ! Je ne ferais jamais une chose pareille pour mes frères.

Juliet saisit la perche qu'il lui tendait pour détourner l'attention qu'il lui portait.

— Et vous ? Un homme qui passe l'année à voyager devrait quand même avoir envie de rentrer chez lui pour Noël, non ? Pourquoi êtes-vous seul ici ?

Il la considéra avec un sérieux qu'il n'avait pas manifesté jusqu'alors.

— La famille, soupira-t-il, c'est compliqué, vous ne trouvez pas ?

— Non, répondit Juliet avant d'ajouter avec verve : si, en fait, vous avez tout à fait raison. La mienne l'est, en tout cas. Mais dites-moi pourquoi votre famille est compliquée.

Il haussa légèrement les épaules et baissa les yeux sur son verre de vin.

— Mon père n'approuve pas mes choix de carrière.

— J'aurais cru que vos parents seraient fiers de vous. Vous exercez le genre de métier passionnant dont rêvent beaucoup de gens.

Les coins de sa bouche s'abaissèrent, et il la regarda dans les yeux :

— Ce n'est pas l'avis de mon père. Il voulait que je gère ses restaurants avec le reste de la famille, et il ne m'a jamais pardonné de ne pas le faire. Selon lui, je ne travaille pas, je « tourne en rond », et je me sers de mon métier comme prétexte pour rester loin de ma famille.

Perturbée, Juliet avala précipitamment une gorgée de vin. Combien de fois avait-elle proféré la même accusation envers Gemma ? Elle regarda Marco à la dérobée. Elle ne le connaissait que depuis quelques heures, mais elle décelait déjà chez lui une certaine fébrilité. Elle ne l'imaginait pas exercer un travail sédentaire dans un restaurant. Il avait besoin de pouvoir déployer ses ailes pour être heureux.

Exactement comme Gemma, depuis toujours. Et pourtant, chez Marco, Juliet ne trouvait pas ce trait de caractère irritant. Au contraire, elle jugeait plutôt excitant ce côté imprévisible.

— Eh bien, je pense que vous devez faire ce qui vous rend heureux, dit-elle alors, tout en prenant conscience qu'elle ferait bien de tirer parti de ce conseil. Etes-vous doué dans ce que vous faites ?

Sa question sembla le prendre de court, et il s'écoula quelques secondes avant qu'il ne réponde, ses sourcils noirs froncés :

— Très doué, oui.

Juliet hocha la tête. Entre-temps, le serveur était arrivé, et elle s'écarta légèrement de la table pour lui permettre de poser devant eux le calamar mariné qu'ils avaient commandé. Quand il fut reparti, Marco demanda :

— Et vous, avez-vous des problèmes de famille ? Etes-vous proche de votre sœur si généreuse ?

Voilà qui n'était pas une question facile. Surtout maintenant que Juliet avait plus ou moins adopté l'identité de sa sœur… Devait-elle répondre en se mettant dans la peau de Gemma, ou de cette bonne vieille Juliet ? Pour finir, elle décida qu'après deux verres de vin, et en tant que novice dans le domaine du mensonge, elle ferait mieux de s'en tenir à un personnage plutôt que de tenter d'en mélanger deux. Etrangement, elle aimait bien l'idée de se mettre en vacances non seulement de sa vie, mais aussi d'elle-même.

— Gemma a presque cinq ans de plus que moi. Son arrivée a été une surprise pour nos parents — ils n'avaient pas prévu d'être parents si jeunes. Mais ils ont fini par s'y faire, et même par aimer ça. Au point qu'ils ont décidé d'avoir un deuxième enfant, même si ça leur a pris un peu plus de temps.

Tout en l'écoutant, Marco avait pris ses couverts et commencé à piocher dans ses calamars. Le soleil qui rasait l'horizon baignait la moitié de son visage dans une lumière dorée.

— Si vos parents ont attendu si longtemps pour vous avoir, vous avez dû être très aimée, déclara-t-il.

Juliet pinça les lèvres en réfléchissant à sa réponse. Elle se rappelait le bonheur de ses parents durant la grossesse de sa mère, et leur enthousiasme quand ils avaient ramené Gemma de la maternité.

— Oui. Très aimée, dit-elle à mi-voix. Mais je pense qu'ils ont sans doute un peu exagéré… Peut-être ont-ils oublié qu'ils avaient déjà une fille qui avait elle aussi besoin de leur attention.

Marco hocha la tête, compréhensif.

— Je suis le plus jeune, moi aussi. Cela vous pose des problèmes avec votre sœur, encore maintenant ?

— Plus que jamais, apparemment, soupira Juliet.

Il esquissa une moue entendue.

— Elle est jalouse.

— Non ! répondit Juliet.

Elle s'aperçut qu'elle avait parlé sur un ton un peu vif, et se reprit aussitôt.

— Non, répéta-t-elle plus calmement. Pas jalouse. C'est juste que…

Elle ignorait quels étaient ses sentiments actuels par rapport à Gemma. Et c'était difficile de parler d'elle-même de cette façon, comme si elle s'observait de l'extérieur.

— C'est juste que je suis toujours celle qui reçoit toute l'attention, reprit-elle. Je suis naturellement plus extravertie et elle… elle est calme et raisonnable.

Elle frissonna intérieurement. Quand elle se décrivait ainsi, elle semblait tellement barbante !

Marco posa le coude sur la table et cala son menton sur son poing.

— Est-ce que vous essayez d'accaparer toute l'attention ?

A sa propre surprise, Juliet secoua la tête avec véhémence.

— Non. Ça arrive comme ça, naturellement. Je ne sais pas pourquoi.

Elle avait répondu spontanément, sans réfléchir, mais en s'entendant elle sut aussitôt que c'était vrai : Gemma n'essayait pas de lui voler la vedette, pas intentionnellement.

Devait-elle s'en attrister ou s'en réjouir ? Certes, elle était ravie que Gemma ne soit pas une personne sans cœur, mais elle n'aimait guère l'idée de se laisser aussi facilement éclipser.

— C'est la même chose entre mes frères et moi, dit Marco. Sauf qu'ils ne le comprennent pas. Cela rend les réunions familiales un peu… difficiles.

Juliet acquiesça, une boule dans l'estomac.

— Et c'est pour cela que vous êtes ici tout seul pendant les fêtes de Noël, n'est-ce pas ? Parce qu'il vous est plus facile de rester à l'écart ?

Il se redressa sur sa chaise et éclata de rire, comme pour tenter de dissiper l'atmosphère tendue que cette conversation avait installée. Leur discussion avait pris un tour un peu trop sérieux. De nouveau, une lueur malicieuse éclaira son regard :

— Et aussi parce que le temps est plus beau, et que mes sœurs ne me harcèlent pas pour que je vienne les aider dans la cuisine.

A son tour, elle éclata de rire. Oui, elle comprenait. Marco ne semblait pas être le genre d'homme à aimer qu'on lui dicte sa conduite.

— Je parie que, quand vous étiez petit, vous étiez un sale gosse, dit-elle en souriant.

— Un peu, avoua-t-il en lui retournant son sourire. Mes frères disent toujours que je n'arrêtais pas de leur voler leurs jouets.

— Et après, une fois que vous avez été grand ?

— Ils m'ont accusé de leur voler leurs petites amies, répondit-il sans la moindre trace de culpabilité.

Elle rit sans trop savoir si elle devait ou non le prendre au sérieux. Après cela, ils échangèrent autour de sujets plus légers. Juliet pensait avoir cerné Marco, à présent : il se sentait juste un peu seul — comme elle. Il avait simplement envie de discuter avec quelqu'un d'abordable et d'indulgent. Cette pensée la décevait un peu mais, en même temps, elle la soulageait.

Une fois leur dîner achevé, ils quittèrent le restaurant et se dirigèrent vers le bâtiment principal du site, en quête d'une navette pour les ramener à leur villa. Mais il y avait une longue file d'attente, et Juliet fit signe à Marco de changer de direction.

— En passant par là, dit-elle, nous pourrons rentrer par la plage si la marée est assez basse.

Elle lui fit traverser le bâtiment et le guida vers la piscine principale, puis le long de l'escalier qui descendait sur la plage. Arrivée sur le sable, Juliet retira ses sandales, puis ils avancèrent sur la grève et s'éloignèrent des lumières du bar.

Il faisait sombre, mais les balcons éclairés des villas en surplomb offraient des points de repère bienvenus. Quand ils eurent atteint le bord de la plage, Juliet s'aperçut avec plaisir que, même si la mer n'était pas au plus bas, il leur était malgré tout possible de franchir le passage jusqu'à leur crique en grimpant sur les rochers. Marco ouvrait la marche ; il se retournait régulièrement pour s'assurer qu'elle le suivait, mais les rochers étaient larges et relativement plats, et Juliet n'eut aucune difficulté à les escalader.

Du moins, jusqu'à ce qu'elle mette le pied sur une pierre un peu branlante, posée en travers de deux autres. Elle vacilla et, aussitôt, la main de Marco vint se refermer autour de son poignet. Il ne s'était pas précipité pour la secourir, non, il lui offrait simplement le soutien nécessaire pour qu'elle retrouve son équilibre. Quand le rocher sous ses pieds se fut stabilisé, elle jeta un coup d'œil à Marco. Ses yeux étaient chaleureux, même dans l'ombre. Ils restèrent un instant immobiles, à se dévisager.

Juliet entendait son cœur battre par-dessus le bruit des vagues qui s'écrasaient au pied des rochers. Les doigts de Marco étaient chauds sur la peau fraîche de son poignet, et elle sentit une petite charge d'électricité statique remonter le long de son bras et lui donner la chair de poule. Soudain, elle se sentit très jeune, et très incertaine de la conduite à tenir pour la suite.

Marco la tira doucement par le bras pour l'attirer vers lui, et déplaça sa main de telle sorte que leurs paumes se touchent, peau contre peau, jusqu'à ce que leurs doigts s'entrelacent.

Elle inspira un grand coup, puis oublia d'expirer l'air de ses poumons. De l'oxygène ? On s'en fichait, de l'oxygène !

Elle sentit qu'il bougeait. Elle se dit d'abord qu'il allait se rapprocher davantage et la rejoindre, mais il se remit à avancer, lui tenant la main sans la serrer pour qu'elle sache qu'elle pourrait de nouveau s'appuyer sur lui en cas de besoin.

*Ne sois pas stupide*, se dit Juliet. *Il n'allait pas t'embrasser. Il n'éprouve aucune attirance pour toi. Tu n'es déjà pas capable de réagir à l'attention que te porte un homme aussi posé et fiable que Will, alors comment réagirais-tu si Marco s'intéressait bel et bien à toi ? Tu partirais en courant tellement vite que tu serais arrivée à la Barbade en moins de deux.*

Quand ils atteignirent leur petite crique, Marco lâcha sa main. Ils marchèrent en silence vers l'escalier de bois qui menait à la terrasse de Juliet. Alors il se tourna vers elle, et elle se demanda s'il allait réitérer son invitation de l'autre soir à partager un dernier verre avec lui. Mais non. Il se contenta d'avancer d'un pas et de déposer un baiser sur sa joue.

— *Buonasera, Giulietta*, murmura-t-il.

Elle sentit son regard sur elle tandis qu'elle montait les marches jusqu'à sa villa.

# Chapitre 17

Gemma plissa les yeux pour déchiffrer la liste de courses qu'elle avait rapidement recopiée au dos d'une enveloppe. Il était tellement tôt que l'un de ses yeux semblait avoir du mal à rester ouvert. C'était plutôt mauvais signe, si elle voulait que cette équipée au supermarché soit une réussite. Pas moins de cinquante personnes étaient déjà rassemblées devant les portes du magasin, penchées sur leur chariot comme sur le guidon d'une moto, attendant avec impatience qu'un membre du personnel vienne leur ouvrir.

Gemma tenait les jumeaux par la main et, tandis qu'un employé à l'expression légèrement apeurée s'approchait des portes, elle s'accroupit pour leur parler :

— Alors, qu'est-ce que vous allez chercher en premier ? leur demanda-t-elle.

— Des oranges ! cria Josh en sautillant.

— Des oranges ! répéta Jake sur le même ton.

— Non, mon chéri, dit patiemment Gemma. Josh va chercher des oranges, et toi, tu prends…

Jake lui adressa un regard vide.

— Des choux de Bruxelles, lui rappela-t-elle.

Comme il ne semblait pas plus avancé, elle ajouta :

— Ça ressemble à des bébés choux.

Il hocha lentement la tête, les yeux ronds.

— Et rappelle-toi : le premier à revenir au chariot avec son trésor remporte un cadeau !

Jake poussa une exclamation de joie. A vrai dire, lui et son frère s'étaient mis à bondir en tous sens, au point qu'elle dut les tirer vivement vers elle pour les empêcher de renverser une vieille dame.

— Désolée, dit Gemma en souriant.

La dame lui adressa un regard noir.

— Des cadeaux ? demanda alors Will, à côté d'elle. Et tu vas les trouver où ?

Gemma aurait juré que Will faisait partie de ces gens insupportables qui adoraient se lever à l'aube mais, en ce matin glacial, il ne semblait pas de meilleure humeur qu'elle.

— Je vais me débrouiller, marmonna-t-elle.

Si elle avait appris une chose au cours des vingt-quatre dernières heures, c'était qu'avec un peu d'imagination et la promesse de friandises elle pouvait convaincre les enfants de faire à peu près ce qu'elle voulait.

Sur ces entrefaites, les portes du magasin s'ouvrirent. A peine l'employé du supermarché eut-il retiré la clé du mécanisme d'ouverture qu'il partit en courant dans la direction opposée. Les portes automatiques s'écartèrent, aussi accueillantes que les mâchoires d'un crocodile, et la foule s'y engouffra comme un seul homme. La vieille dame que les enfants avaient bousculée écrasa les orteils d'une dizaine de personnes avec son chariot en essayant de prendre la tête.

Gemma s'assura qu'elle tenait fermement la main des jumeaux, vérifia que Polly était bien accrochée à Will, puis elle se joignit à la cohue. Elle avait autorisé Violet à rester à la maison. En effet, il n'y avait pas assez de place pour tous dans la voiture de Will, et Violet lui avait promis de participer à l'effort commun en faisant le ménage dans la maison pendant leur absence.

Gemma trouva ce qu'il lui fallait à l'entrée du magasin : des calendriers de l'avent à moitié prix. Elle en prit deux au passage et les posa sur le siège à l'avant du chariot. Chaque fois qu'un enfant reviendrait victorieux de sa chasse au trésor, elle ouvrirait l'un des petits volets du calendrier et le récompenserait d'un chocolat. Prends ça dans les dents, Will Truman !

Les vingt minutes suivantes se passèrent dans le chaos le plus total. Jake revint successivement avec un brocoli, des asperges, puis un chou vert géant, jusqu'à ce que Gemma s'aperçoive que, s'il ne trouvait pas de choux de Bruxelles, c'était tout simplement parce qu'il n'y en avait plus ; le magasin était en rupture de stock. Malgré tout, elle le récompensa de ses efforts en lui donnant un chocolat. Le garçonnet n'était peut-être pas un expert en identification de légumes, mais son enthousiasme faisait plaisir à voir.

Tout se déroula à la perfection jusqu'au rayon boucherie et volailles. Will conduisait le chariot — avec Polly qui lui indiquait les rayons en jouant les détecteurs de collision — et les jumeaux se régalaient à slalomer entre les clients pour aller chercher leurs richesses respectives. Gemma avait pris la tête du cortège, attrapant au passage les produits figurant sur sa liste. A présent, ils se trouvaient entre deux rayons désespérément vides.

Pas de dindes. Pas une seule.

— Il n'y a même pas de poulets, gémit Gemma en se

tournant vers les enfants. Qu'allons-nous faire ? On ne peut quand même pas faire un dîner de Noël uniquement à base de légumes.

Les garçons grimacèrent à cette remarque. Ce fut sans doute ce qui poussa Josh à réfléchir un peu plus sérieusement au problème auquel ils étaient soudain confrontés. Sourcils froncés, il se pencha sur l'une des étagères les plus basses du compartiment réfrigéré.

— J'en vois un ! s'écria-t-il.

— Où ça ? demanda Gemma, le cœur battant.

Elle s'accroupit pour regarder à l'endroit qu'il venait de désigner. Et en effet, tout au fond de l'étagère et invisible à quiconque mesurait plus d'un mètre de haut, gisait un poulet solitaire emballé dans de la Cellophane.

— Ne bouge pas, je te tiens, mon joli ! s'exclama-t-elle très fort.

Quand elle se redressa, Will la dévisageait, l'air un peu étonné. Sans doute parce qu'elle avait parlé à un poulet. Elle ignora son regard et déposa son trophée dans le chariot.

— Combien d'invités as-tu ? demanda-t-il. Ce poulet est assez gros, mais d'après l'étiquette je ne pense pas qu'il suffise à nourrir plus de six à huit personnes.

Le sourire triomphal de Gemma s'effaça. Elle se pencha sur le chariot pour regarder de plus près l'emballage du poulet. Zut. Il avait raison. Sans savoir pourquoi, elle avait envie de reprocher à Will le fait que cette volaille ne soit pas plus imposante.

— Il nous faut davantage de protéines, dit-elle.

Les mains sur les hanches, elle balaya les alentours du regard. Puis, avec une exclamation satisfaite, elle se dirigea à grands pas vers le rayon charcuterie et s'empara de quatre paquets de chipolatas et d'autant de sachets de bacon émincé.

— On va devoir se débrouiller avec ça. Tout le monde aime les saucisses au bacon !

Elle toisa son petit groupe du regard. Tout le monde la dévisageait. Puis, d'un seul mouvement, ils approuvèrent de la tête.

— Dans ce cas, c'est réglé, conclut-elle en arborant son plus beau sourire.

Elle éprouvait la même poussée d'adrénaline que quand le chaos s'installait sur un plateau de tournage, et son sentiment de victoire s'en trouva accru. Quand elle était dans cet état, elle se sentait capable de surmonter tous les problèmes qu'on lui jetait à la figure.

La suite des courses se passa comme dans un rêve. Elle dénicha des bouchées apéritives à des prix défiant toute concurrence — « une boîte achetée, trois boîtes gratuites ! » — et en acheta toute une pile, puis elle remplit le chariot de chips, de fruits secs et de boissons gazeuses. Son plan était simple : gaver ses invités de canapés, de sodas et de viandes diverses afin qu'ils ne remarquent pas trop, lorsque le plat serait servi, le peu de volaille que contenait leur assiette.

Will demeura silencieux, se contentant de pousser le chariot derrière elle, l'air un peu dérouté, tandis qu'elle se faufilait dans la foule pour compléter ses courses. Elle avait fini par s'habituer à sa présence ici. Il constituait un point de repère confortable quand elle revenait d'une échappée entre deux rayons ou qu'elle plongeait soudainement vers un produit susceptible d'ajouter un peu d'originalité à son menu.

Quand ils furent enfin sortis du supermarché, ils entreprirent de charger les quelques dizaines de sacs plastique dans le coffre de la voiture de Will. Gemma ne pouvait réprimer un sentiment d'autosatisfaction. Elle avait réussi !

— Et maintenant, en voiture, les enfants ! cria-t-elle en frappant dans ses mains gantées.

Polly et les jumeaux ne lui prêtèrent aucune attention. Ils contemplaient avec envie la patinoire installée pour l'hiver dans le parc qui faisait face au parking.

— Je veux aller faire du patin à glace, pleurnicha Josh.

A peine avait-il exprimé ce vœu que Jake et Polly se joignirent à lui.

Gemma secoua la tête en regardant le coffre débordant de victuailles.

— On ne peut pas, leur dit-elle. Il faut que nous rapportions toutes ces provisions à la maison.

— S'il te plaît, tatie Gemma ! supplia Jake en lui adressant un regard de chien battu. Juste une demi-heure ? Maman a dit qu'elle nous y emmènerait, cette fois, parce que l'année dernière elle était trop occupée…

— Et aussi l'année d'avant, ajouta Polly en considérant son frère avec pitié. Mais tu es trop jeune pour t'en souvenir.

Puis, se tournant vers Gemma :

— J'ai pris des leçons de patinage pour mon anniversaire il y a deux ans, et je n'ai jamais pu pratiquer ce que j'avais appris depuis.

Elle avait parlé sur un ton très détaché, et elle affichait la même expression un peu dédaigneuse qu'à son habitude, mais Gemma ne s'y trompa pas : Polly avait dans les yeux une lueur d'envie qui en disait long. Elle jeta un regard en coin à Will.

— C'est ta voiture, dit-elle. Et c'est ton temps. Je crois que c'est à toi de prendre la décision.

Il plissa légèrement les yeux. Quoi ? Pensait-il qu'elle essayait de se décharger sur lui ? Ce n'était pas cela du tout, au contraire. Elle tâchait de se montrer responsable, de voir s'il n'avait pas d'objection à ce qu'elle amène les enfants patiner avant d'accepter. C'était plutôt prévenant de sa part, non ?

Il regarda dans la direction des panneaux indiquant la présence de la patinoire, dont on voyait la glace blanche scintiller au loin, à travers les buissons qui bordaient le parc. Enfin, il soupira.

— Pourquoi pas ? Il fait assez froid pour que la nourriture se conserve un moment dans le coffre.

Les trois enfants se mirent à pousser des cris de joie en se ruant sur lui. Polly lui passa même les bras autour de la taille en le serrant fort, les yeux fermés. Will sembla tout d'abord déconcerté, puis il se reprit en souriant et lui ébouriffa les cheveux du plat de la main.

Dix minutes plus tard, tous se tenaient au bord de la patinoire, Gemma arborant un large sourire. Un marché de Noël à l'allemande avait été disposé autour de la piste, et le parfum délicieux du pain d'épices et du vin chaud venait lui chatouiller les narines tandis que les notes des chants de Noël pop diffusés par d'invisibles haut-parleurs tintaient dans ses oreilles.

Polly se mit à glisser sans difficulté sur la glace. Quand elle se retourna vers le reste de la troupe, elle vacilla légèrement, mais dès l'instant d'après elle s'était reprise pour patiner à un rythme régulier, de plus en plus confiante. Quant aux jumeaux, à peine furent-ils équipés de leurs patins qu'ils bondirent sur la glace — pour se retrouver les quatre fers en l'air. Jake éclata de rire, mais Josh se mit à pleurer bruyamment.

— Je vous avais pourtant dit de m'attendre, dit Gemma en s'accrochant à la barrière pour entrer sur la glace.

Elle aida Jake à se relever et lui ordonna de se tenir à la barrière pendant qu'elle s'occupait de son frère. Elle le câlina brièvement, déposa un baiser sur son coude endolori à travers son épais manteau, puis le déclara bon pour le service. Elle parvint à le relever, mais il perdit l'équilibre presque aussitôt. Il tenta de se rattraper à la fois à la barrière et à sa tante. Le bord de la patinoire résista, mais pas Gemma.

Elle sentit tout d'abord un léger tremblement agiter ses jambes, puis celui-ci s'amplifia en se propageant dans tout son corps. Lançant les bras en avant, elle tenta désespérément de forcer ses jambes à avancer dans la même direction. Celles-ci refusèrent de coopérer. Le soudain déplacement d'air provoqué par le passage de deux patineurs plus expérimentés suffit à anéantir tout espoir de retrouver son équilibre. Elle vacilla, bascula en avant et vit la glace se rapprocher à toute allure de son visage, jusqu'à ce que…

— Aïe !

Sa joue heurta quelque chose. Quelque chose de dur, de solide, et de… chaud ?

Quelque chose qui ressemblait beaucoup à Will Truman.

Gemma tendit les mains et s'agrippa au bras de son voisin pour se redresser, tout en s'efforçant de décoller son visage de son torse. Elle y serait parvenue sans peine si ses jambes n'avaient pas insisté pour partir dans la direction opposée. Deux mains fermes vinrent alors se refermer autour de sa taille pour l'aider à se rétablir.

— Ça fait un moment que je n'ai pas patiné, marmonna-t-elle contre le manteau de Will.

— Sans rire ? demanda-t-il.

Malgré son commentaire laconique, Gemma perçut un sourire dans sa voix.

Elle parvint à planter le bout de ses patins dans la glace et, en poussant, réussit à remettre ses jambes en position plus ou moins verticale. Alors, elle s'éloigna du corps solide de Will et leva les yeux vers lui.

Il restait dans les siens une chaleur révélatrice.

— Ça va, tu peux tenir debout toute seule ? demanda-t-il.

Elle acquiesça. Soudain, elle découvrait que patiner et parler tout en se tenant aussi près de Will était une combinaison de tâches insurmontable. Heureusement, il l'aida à retrouver sa voix en la redressant avec douceur. Une fois bien plantée sur ses patins, elle recouvra en effet la faculté d'articuler.

— Il était moins une ! dit-elle en riant nerveusement.

Avant qu'elle ait eu le temps de le remercier, Polly avait fondu sur elle par-derrière.

— Viens, tatie Gemma ! Je vais te montrer comment on fait !

Elle l'attrapa par la main et commença à la tirer sur la glace. Gemma, faute de savoir patiner, n'eut d'autre choix que de la suivre.

D'abord, il lui fallut mobiliser toute sa concentration pour rester debout. Elle fixa son attention sur ses pieds, laissant Polly veiller à ce qu'elles évitent les autres patineurs, mais, après quelques tours, elle s'aperçut qu'elle commençait à pouvoir se débrouiller seule. Elle leva alors les yeux pour voir où en étaient les jumeaux et les repéra de l'autre côté de la patinoire, en compagnie de Will. Il était en train de leur apprendre à mettre un pied devant l'autre sans finir en petits tas sur la glace. Les garçons, bien décidés à dépasser les limites de leurs compétences, se retrouvaient par terre plus souvent qu'à leur tour ; pourtant, chaque fois, Will les aidait à se relever et reprenait ses démonstrations.

La glace était froide et dure sous les patins de Gemma, mais au fond d'elle-même quelque chose se mit à fondre. Il fallait vraiment une patience d'ange pour apprendre le patin à glace à deux casse-cou de six ans — sans compter que ce n'étaient même pas ses enfants.

Elle se gifla mentalement. Ce n'était pas du tout le moment de se sentir toute… chose, surtout à l'égard du voisin de Juliet. Il fallait qu'elle se concentre sur ses pieds si elle ne voulait pas de nouveau faire connaissance avec la glace — d'autant plus que cette fois il n'y avait personne pour la rattraper au dernier moment.

Pourtant, ce sentiment d'une douceur un peu sirupeuse l'accompagna tout le temps qu'ils restèrent à la patinoire, et perdura pendant le trajet jusqu'à la maison. Le fait que Will insiste pour décharger les courses et les porter jusque dans la cuisine n'aida pas Gemma à s'en départir. Elle se demanda si elle devait être déçue ou soulagée quand il prit enfin congé avant de rentrer chez lui.

En rangeant les courses, elle remarqua soudain un changement préoccupant dans son environnement. Où diable était passée Violet ? Elle était censée avoir rangé le bazar de leur petit déjeuner hâtif et passé l'aspirateur dans tout le rez-de-chaussée.

— Violet ? cria-t-elle à tue-tête.

Quelques instants plus tard, sa nièce entra d'un pas traînant dans la pièce tout en pianotant sur son téléphone.

— Ouais…, marmonna-t-elle, absorbée par l'écran de son portable.

— Tu m'as promis que tu allais faire le ménage, dit Gemma, sourcils froncés.

Elle était agacée contre Violet, mais cela eut le mérite de dissiper ce sentiment béat qui lui collait à la peau depuis la patinoire.

Violet haussa les épaules.

— Je vais le faire.

Gemma lui prit son téléphone des mains et le remplaça par un sac de provisions.

— Bien sûr, que tu vas le faire. Et ça commence maintenant.

Violet leva les yeux au ciel mais prit le sac sans discuter. Gemma continua de vider les sachets et de ranger les courses dans le garde-manger et le frigo. Arrivée à l'avant-dernier sac, elle vit qu'il contenait des plats chinois tout préparés pour une personne, ainsi qu'une bouteille de bon vin rouge.

Elle ne se souvenait pas avoir acheté cela. Apparemment, quelqu'un avait déposé ses courses dans la mauvaise maison.

Gemma acheva de ranger les provisions dans le congélateur puis, après avoir ordonné à Violet de commencer à passer l'aspirateur immédiatement, elle sortit de la maison pour aller sonner à la porte voisine.

Will sembla étonné de la trouver sur le seuil.

— Je crois que tes courses se sont mélangées aux nôtres, expliqua-t-elle.

— Oh ! merci, répondit-il.

Elle lui tendit le sac, et ils restèrent plantés là pendant quelques secondes, se dévisageant avec gêne.

— Je suis désolée de t'avoir pris ta matinée, lui dit-elle. Merci. De nous avoir emmenés au supermarché, à la patinoire… Merci pour tout.

Elle était sincère. Elle était accoutumée à évoluer autour d'hommes qui s'aimaient tellement qu'ils étaient persuadés qu'on leur devait tout. Elle n'avait pas l'habitude des hommes capables de se prendre en main et de se concentrer sur leur tâche… avec gentillesse, qui plus est.

Il ne lui avait pas encore répondu et, en l'observant plus attentivement, elle s'aperçut qu'il la considérait d'un air un peu anxieux.

— Quoi ? demanda-t-elle.

— Tu as dit « merci ».

— Et ?

— Alors j'attends la suite.

— Il n'y en a pas, dit-elle sans tomber dans le piège.

Elle n'allait pas saisir la perche qu'il lui tendait mais choisir la voie de l'altruisme.

— Pas cette fois, du moins, ajouta-t-elle prudemment.

— Dans ce cas, je suis ravi d'avoir pu t'aider, dit-il à mi-voix.

— D'accord… Bon, je vais y aller, alors… Salut.

— Au revoir, Gemma, dit Will en posant la main sur la poignée de sa porte.

Pourquoi ne la refermait-il pas ? Il laissait rentrer tout le froid à l'intérieur.

Oh.

Sans doute parce qu'elle était dans le passage.

Elle battit précipitamment en retraite puis s'éloigna à reculons dans l'allée de Will.

— Pendant les vingt-quatre prochaines heures, il n'y aura pas le moindre drame, dit-elle. C'est promis.

Puis elle se retourna et rentra au petit trot dans la maison voisine sans se retourner.

# Chapitre 18

En se réveillant le lendemain matin, Juliet demeura un long moment à contempler le plafond à travers la moustiquaire de tulle blanc. Elle songea à prendre son livre, mais son bras semblait avoir décidé de rester sous la couette. Il était encore très tôt — à peine 6 heures — et pourtant il ne fallait pas qu'elle tarde à se lever. Elle avait réservé une excursion en catamaran sur la côte ouest de l'île, au cours de laquelle plusieurs escales lui permettraient de visiter les sites les plus touristiques.

On était le 24 décembre, et Juliet n'avait jamais eu l'impression d'être aussi loin de Noël. En général, cette journée s'écoulait dans la panique la plus totale — elle la passait à gérer les approvisionnements et préparatifs de dernière minute dans une véritable course contre la montre, avant de s'effondrer sur son lit, épuisée, à minuit passé.

Elle se leva et commença à ranger dans son sac de plage les affaires dont elle aurait besoin. Quand elle ouvrit la commode pour en sortir son maillot noir une pièce, le Bikini rouge lui fit de l'œil. Avec cette humidité, il serait tellement plus confortable…

Sans y réfléchir à deux fois, elle sortit le minuscule maillot du tiroir et l'enfila. Elle pourrait toujours passer un T-shirt par-dessus quand elle irait nager.

En arrivant sur le ponton, elle constata qu'une douzaine de résidents de Pelican's Reach attendaient déjà pour embarquer. Le bateau était un superbe catamaran doté d'une grande cabine et d'un espace couvert à l'arrière.

Pendant que les matelots s'interpellaient pour dénouer et larguer les amarres, Juliet resta à l'arrière du bateau. Elle fit un tour complet sur elle-même pour contempler l'embarcation, une main au-dessus des yeux pour se protéger du soleil aveuglant. Elle se demanda si elle allait voir Marco ce matin, mais il était à peine 8 heures et, comme elle ne l'avait jamais aperçu au petit déjeuner, elle pensait qu'il était plutôt du genre lève-tard. D'ailleurs, à bien y réfléchir, elle ne l'avait jamais vu avant la fin de l'après-midi.

Pourtant, juste au moment où le catamaran allait larguer les amarres, il arriva en courant sur le ponton et sauta à bord. Juliet était assise à l'arrière, et son cœur bondit dans sa poitrine quand il croisa son regard, l'air agréablement surpris. Il vint prendre place à côté d'elle, tout sourire.

— Je ne savais pas que vous faisiez cette excursion, dit-elle en s'agrippant au sac posé sur ses genoux.

— Jusqu'à il y a dix minutes, moi non plus, répondit-il en repoussant ses lunettes de soleil au sommet de son crâne. Mais j'ai vu le prospectus, et je me suis dit pourquoi pas ?

Son sourire s'estompa un peu, et il ajouta :

— Cela vous ennuie ? Je vous promets que je ne vous suis pas.

Juliet éclata de rire. Un homme comme lui, suivre une

femme comme elle ? Quelle idée ! Même Greg n'avait pas fait cela au début de leur relation.

— Non, cela ne m'ennuie pas. Je suis contente de pouvoir parler avec quelqu'un que je connais.

La plupart des passagers étaient des couples ou des familles. Elle avait déjà pris son parti de se sentir encore une fois la cinquième roue du carrosse.

— *Bene*, dit-il.

Puis, claquant dans ses mains, il se leva et ajouta :

— Qu'est-ce qu'on fait assis ici ? Venez. C'est beaucoup mieux à l'avant du bateau.

Il lui prit la main et l'emmena. Ils passèrent devant la cabine de pilotage et se dirigèrent vers l'espace situé entre les coques jumelles, devant le mât. Là, ils s'assirent sur le pont, les jambes reposant sur le filet qui constituait la partie antérieure de la poupe.

Ils prirent la mer presque aussitôt. Les matelots levèrent les voiles sans pour autant couper le moteur — sans doute, devina Juliet, parce que le vent n'était pas assez fort. Ils passèrent alors l'heure qui suivit à naviguer le long de la côte ouest de l'île. La brise était délicieuse. Juliet s'appuya sur ses mains, rejeta la tête en arrière pour profiter des rayons du soleil et ferma les yeux. C'était divin.

Marco ne resta pas auprès d'elle pendant toute la croisière, mais Juliet ne s'en formalisa pas — il ne lui devait rien, après tout. De temps à autre, curieux, il allait jeter un coup d'œil de l'autre côté du bateau, ou demander à un membre de l'équipage comment se nommait tel village qu'ils apercevaient sur la côte, ou encore entamer la conversation avec d'autres groupes de touristes. Il était comme Gemma, réalisa-t-elle, capable de discuter de n'importe quoi avec n'importe qui, même sans connaître le sujet qu'il abordait. Les gens se sentaient à l'aise en sa compagnie. Ils étaient à peine à mi-chemin de leur première escale, et il avait déjà charmé toutes les femmes et lié amitié avec la plupart des hommes.

Juliet restait assise sur le pont, le suivant vaguement du regard dans ses allées et venues. Marco finissait toujours par revenir auprès d'elle pour partager les anecdotes qu'il avait apprises auprès d'un marin, ou pour lui parler de ses propres sorties sur le lac de Garde, chez lui, où, manifestement, il avait appris à manier la voile avant même de savoir marcher.

Au bout d'une heure de navigation, il la prit par la main et l'invita à se lever.

— Venez, Juliet. C'est la première fois que vous allez voir ça, vous ne pouvez pas rester assise.

Jusque-là, Juliet regardait la mer au loin en se demandant si elle pourrait apercevoir la Martinique, en direction du nord. Quand elle se retourna, elle poussa un cri étouffé. Ils avaient suffisamment descendu la côte, à présent, pour avoir une vue spectaculaire sur les Pitons, les volcans jumeaux qui faisaient la célébrité de Sainte-Lucie, et dont les aiguilles acérées s'élevaient au-dessus de la mer. En arrivant sur l'île, elle en avait eu un aperçu un peu flou depuis l'avion, mais sous cet angle, et maintenant que l'air frais et salé avait dissipé les brumes matinales, le panorama était à couper le souffle.

Elle resta à la poupe, profitant du décor tandis que le catamaran contournait un petit cap pour entrer dans une vaste baie. Devant eux, l'ancienne capitale, Soufrière, s'étendait le long de collines basses avec les spectaculaires montagnes en arrière-plan.

Les passagers furent transférés dans un convoi de minibus, qui prit la route de la forêt tropicale pour une promenade en nacelle dans la jungle. Il s'agissait de simples coques de métal dotées de sièges et de planchers de bois, qui glissaient silencieusement entre les arbres, le long d'un câble de métal tendu entre des pylônes massifs. Juliet n'aimait guère se trouver en altitude, mais elle était rassurée d'avoir quelque chose de solide à quoi se raccrocher, d'autant que les barres de la nacelle étaient épaisses et bien soudées ; elle s'aperçut finalement qu'elle n'avait pas du tout le vertige.

Ils étaient assis parmi un groupe de huit personnes. En dehors de Marco et Juliet, celui-ci était constitué d'un jeune couple qui semblait être en lune de miel, de deux jeunes femmes d'une vingtaine d'années, et d'un père et sa fille. Un guide prénommé Davidson, avec lequel Juliet avait eu l'occasion de bavarder un peu, était installé à l'arrière de la nacelle, et un autre à l'avant leur désignait les arbres et les plantes qu'ils croisaient sur leur passage avec des commentaires laconiques.

Ici, dans les montagnes, il faisait plus frais, et tout était paisible, même si la forêt résonnait du chant d'oiseaux invisibles, des appels discrets des grenouilles arboricoles et de divers insectes. Quand ils furent arrivés au terme de leur lente ascension et parvenus au sommet de la crête, Juliet fut saisie par ce qu'elle vit, tandis que la nacelle s'immobilisait quelques instants, se balançant doucement pour permettre aux passagers de prendre des photos.

Toute la partie nord-ouest de Sainte-Lucie s'étendait devant eux — des collines ondoyantes couvertes de végétation tropicale à perte de vue. Juliet distingua une tache jaune dans la brume près de la côte, et au-delà le bleu profond de l'océan. Elle se sentit presque triste quand la nacelle se remit en marche — ils avaient fait la moitié du trajet, et il serait bientôt temps de descendre pour explorer brièvement les alentours avant de retourner au bateau.

Quand ils quittèrent leur cabine, ils n'eurent pourtant pas l'occasion de flâner en profitant de l'air frais de la montagne et des rumeurs de la forêt. A la surprise de Juliette, leurs guides les séparèrent en groupes et se mirent à les examiner un par un, de la tête aux pieds, avant de sortir d'une petite hutte harnais et mousquetons. Quelqu'un fourra un casque dans les mains de Juliet, qui se tourna vers Marco avec l'air de ne pas comprendre. Celui-ci lui répondit par un haussement d'épaules désemparé.

Davidson aidait une jeune fille à enfiler un harnais lorsque Juliet lui tapa sur l'épaule :

— Excusez-moi ?

Il finit sa besogne avant de se retourner, imperturbable.

— Oui ?

Juliet leva vers lui les mousquetons qu'on lui avait confiés.

— C'est pour quoi faire, tout ça ? La descente en nacelle ne doit pas être beaucoup plus dangereuse que l'ascension, n'est-ce pas ?

— Non, en effet, répondit Davidson avec un sourire qui rassura Juliet. Il s'agit de l'équipement pour les tyroliennes.

Juliet faillit en laisser tomber ses mousquetons.

— Je vous demande pardon ?

— Les ty-ro-liennes, articula lentement Davidson, comme si elle ne comprenait pas l'anglais.

Juliet ouvrit et referma la bouche plusieurs fois avant de parvenir à parler :

— Mais je ne me suis pas inscrite pour les tyroliennes. J'ai réservé pour la nacelle, et c'est tout. C'est ce que m'a dit la demoiselle à l'hôtel.

Davidson haussa les épaules.

— Eh bien, on dirait bien que vous avez aussi réservé pour les tyroliennes.

Juliet tenta de lui fourrer son harnais et ses mousquetons dans les mains.

— Non, vraiment. Je vais redescendre par la prochaine nacelle.

Davidson eut un petit rire.

— Nous étions dans la dernière, expliqua-t-il en désignant du menton l'emplacement vide où leur nacelle se trouvait encore quelques minutes plus tôt.

— Et quand… quand…, prononça Juliet d'une voix éraillée. Quand la prochaine arrive-t-elle ?

Le guide soupira et la considéra avec compassion.

— Pas avant deux jours. Il n'y a qu'un seul moyen de redescendre de la montagne, maintenant.

Juliet sentit son estomac se retourner et serra le harnais contre son ventre, en décochant un regard nerveux au reste du groupe. Presque tout le monde était à moitié équipé.

— Il n'y a absolument aucun danger, l'assura Davidson.

Juliet hocha la tête sans rien dire. Elle pensait à la décharge qu'elle avait signée avant de monter dans la nacelle, celle qui disait qu'elle assumait toute responsabilité pour ses actions en cas de blessure ou de décès. Sur le moment, elle avait songé que c'était un peu exagéré pour une balade dans un téléphérique miniature, mais de nos jours les réglementations de sécurité étaient tellement alambiquées…

Elle déglutit avec peine.

— Vous êtes sûr qu'il n'y a vraiment pas d'autre moyen de redescendre ?

Les coins de la bouche de Davidson s'abaissèrent.

— Je suis désolé, dit-il en secouant la tête, mais nous allons faire un petit essai pour nous entraîner avant de passer aux choses sérieuses. Vous allez voir, ce sera amusant.

Les minutes suivantes s'écoulèrent comme dans un mauvais rêve tandis que le guide lui ajustait son harnais. Celui-ci était constitué de deux parties — une qui passait sur ses épaules, et une autre qui enserrait ses fesses et ses cuisses — solidarisées par deux gros anneaux. Juliet fit quelques pas ; elle avait une vraie démarche de cow-boy, mais elle s'en fichait — elle était bien attachée et l'équipement semblait solide.

Elle coiffa ensuite son casque, puis on la guida jusqu'à une plate-forme d'où partait un fil bas et court surplombant une pente assez douce. Juliet se concentra de toutes ses forces sur les recommandations de Davidson, mais elle avait l'impression que sa mémoire n'était plus qu'une grosse éponge noire qui refusait de restituer tout ce qu'elle avait absorbé.

Marco était dans son élément. Il se porta volontaire pour partir le premier, et glissa le long du fil avec un grand cri de triomphe. Juliet ne put se résoudre à regarder. Quand il arriva sur la plate-forme en face d'eux, il lui sourit en lui adressant de grands signes, mais elle continua de secouer la tête et de laisser passer son tour jusqu'à ce qu'il ne reste plus qu'elle et l'adolescente.

Elle comprit que celle-ci était américaine, car son père,

qui avait été parmi les premiers à se lancer, lui criait dans sa langue des encouragements du genre : « Tu peux le faire, ma chérie ! » ou « Serre les dents et vas-y ! » Mais, de toute évidence, la fille était pétrifiée de terreur. Autant que Juliet, à vrai dire. Pourtant, l'espace d'un instant, celle-ci oublia sa peur dans l'envie irrépressible de glisser sur la plate-forme d'en face pour faire avaler ses dents à ce sale type ; ne se rendait-il pas compte que sa fille était morte de frayeur ?

Juliet arbora son expression la plus assurée — heureusement, elle était une experte en la matière — et se tourna vers la jeune fille :

— Ecoute, dit-elle. J'admets que j'ai aussi peur que toi, et je suis plus âgée, plus lourde et moins souple que toi. Mais, si eux peuvent le faire, je peux le faire ; et si je peux le faire, tu peux le faire aussi.

Les yeux de la fille s'arrondirent, et elle s'agrippa de plus belle au filin.

— Je m'appelle Juliet. Et toi ?

— Amy, dit la fille d'une voix tremblante.

— Eh bien, Amy, j'ai une fille un peu plus âgée que toi, et elle a fait une descente en tyrolienne il y a deux ans. Elle m'a dit qu'elle avait eu très peur au début, mais qu'après la première ligne elle avait adoré cela, et qu'il n'y avait aucun danger. Regarde le nombre de mousquetons et de fils de sécurité !

— Vous avez tout à fait raison, dit Davidson dans son dos.

Un éclair de génie traversa Juliet.

— Ecoute, pourquoi je n'irais pas la première ? Si je ne crie pas, tu sauras que ce n'est pas si terrible, et tu t'en tireras très bien aussi. D'accord ?

Après un instant d'hésitation, Amy hocha la tête. Quant à Juliet, elle sentit ses jambes se dérober sous elle. Qu'est-ce qui lui avait pris de dire ça ?

Davidson la fit alors avancer et l'assura sur les deux filins avant d'ajouter une ligne de sécurité pour la forme. Juliet avait envie de gémir. *Oh ! mon Dieu, faites que je ne me retrouve pas écrabouillée contre un flanc de montagne !* Ses enfants avaient besoin d'elle. Elle ne pouvait pas finir comme ça. Elle se les imagina un par un, tournant en rond dans la maison ou se disputant pour avoir le dernier sucre d'orge du sapin de Noël, et les battements de son cœur s'apaisèrent un peu. Malgré cela, ses jambes flageolèrent quand elle avança au bord de la plate-forme, et les muscles de sa mâchoire se tendirent douloureusement.

Davidson, qui jusque-là s'était comporté comme l'autochtone sympathique et détendu qu'il était, la regarda droit dans les yeux et, d'une voix ferme, lui lança :

— Maintenant, vous y allez, Juliet.

Ce n'était pas une question.

Elle tenta de planter le bout de ses tennis dans le bois rugueux de la plate-forme, mais il la poussa dans le dos et Juliet se retrouva soudain suspendue au-dessus de la jungle, simplement accrochée à deux minces filins d'acier par les bandes de tissu de son harnais. Elle serra les mâchoires pour s'empêcher de crier, mais elle n'aurait pas eu assez d'air dans les poumons, de toute façon. Et glissa à toute allure le long du fil pendant que dans son esprit défilaient les mots « blessure ou décès ».

***

Gemma avait déposé Violet à la fête donnée par son amie. Elle s'était assurée que sa nièce emporte bien son téléphone portable, et que l'une des mères présentes pendant la soirée la ramènerait à la maison à 22 heures. Quant à Polly et aux jumeaux, ils étaient au lit. A présent, Gemma n'avait plus qu'à attendre, et elle occupa son temps à envelopper de petits cadeaux à glisser dans les chaussettes de Noël des enfants. Il n'y avait plus de ruban adhésif.

Elle fouilla vainement dans les tiroirs de la cuisine et, en désespoir de cause, se résolut à piller la boîte où les enfants rangeaient leurs fournitures de travaux manuels. Pas de ruban adhésif non plus. Toutefois, elle y trouva un bâton de colle et s'en servit pour fermer de son mieux les paquets.

Quand les chaussettes furent remplies, elle se retira dans le salon avec un verre de vin, éteignit toutes les lumières en dehors de celles qui clignotaient sur le sapin, et alluma la télé juste à temps pour regarder *The Holiday.* Pendant que Kate Winslet et Cameron Diaz échangeaient leur vie et tombaient amoureuses, Gemma feuilleta le carnet de Noël de Juliet.

Elle soupira, prit un crayon et traça finement quelques croix à côté de celles, épaisses et maladroites, qu'avait griffonnées Josh. C'était bizarre d'écrire ainsi dans le carnet de sa sœur, cela lui donnait l'impression de s'immiscer dans sa vie privée. Une fois cette tâche accomplie, elle tourna quelques pages, puis d'autres. C'était légèrement addictif. Sans doute parce qu'entre les lignes de cet emploi du temps surchargé, sous les cases à cocher et les listes interminables, Gemma avait une vue fascinante sur la vie de sa sœur.

Bon sang, Juliet avait vraiment l'œil pour les détails. Elle notait de toutes petites choses dont n'importe qui d'autre ne se serait sans doute pas préoccupé — de légères variations dans le temps de cuisson pour rendre un plat parfait, ou les préférences culinaires de ses invités afin de ne leur servir que les choses qu'ils aimaient. Mais il y avait d'autres détails, aussi, plus inquiétants, comme des pages entières de plans de table, dont certains étaient tracés d'un trait nerveux — et chaque dessin était à peine différent du précédent. Le plus perturbant, c'était que chaque minute de chaque journée était chronométrée, ne laissant aucune place à la détente, aux loisirs, ou à quoi que ce soit d'agréable.

Et Juliet faisait cela année après année, à en croire la pile de carnets bien rangés dans son bureau. Plus Gemma examinait le carnet, plus elle se posait la question : *Pourquoi ?* Elle ne comprenait pas quelle était la motivation de sa sœur, que ce soit dans ces pages ou la vie en général, mais cette période de l'année semblait être le moment où elle rassemblait toute son énergie, et où toutes ses petites névroses étaient poussées à leur comble.

Gemma se souvenait des Noëls de son enfance. C'étaient des moments merveilleux, des moments de bonheur et de détente. Juliet avait recréé beaucoup des recettes et des traditions de leur mère, alors pourquoi sa version de Noël était-elle si éloignée de ce qu'elles avaient vécu étant petites ? Pourquoi émanait-il de ce carnet un sentiment de panique plutôt que de chaleur, de confort et d'amour ?

Gemma referma le carnet et regarda dans le vide, oubliant le film qui se déroulait sur l'écran.

Juliet ne voulait pas seulement que Noël soit parfait. Elle avait besoin qu'il le soit. Et Gemma ne savait pas pourquoi.

# Chapitre 19

— Vous voyez ? Ce n'était pas si terrible, dit Marco en passant le bras autour des épaules de Juliet.

Juliet se dégagea vivement et pivota pour lui faire face.

— Vous vous fichez de moi ? Ces dix secondes étaient les pires de ma vie !

Elle n'avait même pas ouvert les yeux. Elle se sentait encore dévaler dans le vide en tournoyant dans son harnais, avec le sol qui se rapprochait de ses pieds à toute allure... Et les gens faisaient cela pour s'amuser ? Ses jambes tremblaient tellement fort qu'elle eut du mal à descendre les quelques marches de la plate-forme.

— Combien de tyroliennes avez-vous dit qu'il restait ? demanda-t-elle faiblement à Marco.

Il soupira :

— Seize.

*Seize.* Le chiffre résonnait dans sa tête tandis qu'ils parcouraient dans la forêt, sur une piste bien tracée, la courte distance qui les séparait de la prochaine tyrolienne. Celle-ci n'entrait pas dans la catégorie du simple galop d'essai ; Juliet ne put s'empêcher de remarquer que le terrain était devenu beaucoup plus escarpé. Quelque part devant elle, elle entendait les exclamations du groupe qui les avait précédés, mêlées au chant des oiseaux et au bourdonnement des insectes.

Juliet et Marco partirent en dernier. Les six autres membres de leur groupe avaient suivi le premier guide le long du court filin d'acier. Ils avaient été rares à pousser, comme Davidson, un cri de joie en s'élançant dans le vide, et s'étaient plutôt concentrés sur le freinage qu'ils devaient effectuer avec leur main gantée avant d'arriver sur la plate-forme suivante. Marco proposa à Juliet de partir derrière elle pour qu'elle ne reste pas seule avec l'autre guide, mais elle s'accrocha à la barrière du plateau construit au sommet de l'arbre en secouant frénétiquement la tête.

— Je ne vais pas y arriver, dit-elle, les dents serrées.

Marco posa une main sur son bras.

— Mais si. Tous les autres l'ont fait, et vous avez vu que personne ne s'est blessé.

Il n'avait pas tort. Même Amy y était parvenue. En s'agrippant à son harnais, certes, mais avec un sourire timide aux lèvres. Cela ne suffit pourtant pas à apaiser la terreur qui étreignait Juliet.

— Que craignez-vous, exactement ? demanda Marco en lui souriant avec douceur.

Elle ferma fort les yeux. Elle avait toujours détesté se sentir à la merci d'une force qui la dépassait — même s'il s'agissait de la gravité, qui se révélait plutôt utile dans d'autres circonstances.

— C'est l'idée de me jeter dans le vide, et le fait qu'une fois que je me serai lancée je ne pourrai plus revenir en arrière, plus rien faire pour m'arrêter.

Elle s'arrima de plus belle à la barrière.

Marco lui décrocha doucement les doigts de la barre de bois, puis il l'attira vers l'avant de la plate-forme, s'arrêtant à quelques centimètres du bord. Alors, il se pencha vers elle et lui murmura à l'oreille :

— Vous n'avez rien à faire, Juliet. Juste à lâcher prise.

Juliet s'immobilisa tandis que les paroles de l'Italien faisaient leur chemin dans son esprit.

*Lâcher prise.*

C'était de cela qu'elle avait besoin, non ? Oublier son ancienne vie, parce qu'elle était définitivement derrière elle. Oublier les vieilles blessures qui la faisaient souffrir jour après jour, alors même qu'elle se souvenait à peine des circonstances dans lesquelles elles s'étaient produites. Et surtout oublier la personne qu'elle avait été, cette femme tellement névrosée que ses enfants l'avaient suppliée de partir pour Noël. Elle n'aimait pas du tout cette femme.

L'ennui, c'était qu'elle ne savait pas comment faire. Elle avait déjà tenté de changer, et s'était cogné mille fois la tête contre tous les murs émotionnels qui la cernaient, sans autre résultat qu'une affreuse migraine.

Elle jeta un coup d'œil hésitant sur la plate-forme d'en face. Elle était située à une trentaine de mètres de distance, et à une vingtaine de mètres en hauteur sur un arbre. Elle ignorait peut-être comment on lâchait prise dans sa vie, mais elle savait s'élancer sur une tyrolienne — après tout, elle venait de le faire, et elle s'en était sortie en dépit de sa crispation.

Elle avança d'un pas traînant jusqu'au bord de la plate-forme en prenant soin de ne pas regarder en bas. En face d'elle, Davidson sourit largement en agitant la main pour l'encourager à les rejoindre. Juliet n'était pas encore prête à lâcher la barrière qui la protégeait du vide au bord duquel elle se tenait, mais elle retourna un sourire pâle au guide — un sourire qu'il était sans doute trop loin pour distinguer.

*N'y va pas…*

Elle prit une inspiration tremblante et s'assit dans son harnais comme le lui avait indiqué Davidson, sentant le poids de son corps contre les sangles qui enserraient ses cuisses et ses fesses.

Elle s'aperçut qu'elle ne pouvait pas procéder par étapes. Avec le lâcher-prise, c'était tout ou rien. Si elle restait tendue, elle compromettait son élan. Si elle se laissait complètement aller, au contraire…

Elle eut l'impression de flotter pendant une éternité entre ces deux décisions — entre peur et courage. Intérieurement, elle ne cessait de se répéter qu'elle n'avait qu'à lever le pied, faire disparaître cette ultime résistance, mais manifestement ce message ne parvenait pas à se frayer un chemin jusqu'aux muscles de sa jambe.

*Vas-y. Fais-le maintenant. Lâche tout.*

Pour finir, ce fut un infime mouvement qui la libéra. Son harnais se souleva presque imperceptiblement, et la seconde d'après elle était en route pour la plate-forme d'en face, le cœur battant la chamade, les muscles tendus, les mains enserrant si fort le harnais qui la retenait au câble qu'elle en avait les doigts engourdis. Pourtant, elle garda les yeux ouverts, et quand elle posa le pied sur le plateau tout le monde salua sa performance avec un grand cri de joie.

Elle regarda les membres du groupe avec étonnement, les uns après les autres, et remarqua à peine que Davidson détachait son harnais du filin pour l'accrocher au câble de sécurité attaché à l'énorme tronc de l'arbre qu'enserrait la plate-forme.

Elle l'avait fait. Elle l'avait vraiment fait !

Cette idée l'aurait sans doute fait jubiler s'il ne lui restait pas quinze tyroliennes à dévaler.

Juliet n'eut jamais le temps de se remettre complètement de ses émotions, car par la suite les descentes s'enchaînèrent. A mesure que l'après-midi s'écoulait, sa terreur s'apaisa un peu, bien que les plates-formes soient de plus en plus hautes et que certaines tyroliennes suivent une pente particulièrement abrupte. Juliet se borna à prier et à garder les yeux rivés sur Davidson, qui l'attendait sur la plate-forme d'en face. Elle avait perdu le compte des descentes quand le guide lui sourit :

— Voilà, nous y sommes : c'est la dernière. Tâchez d'en profiter vraiment, cette fois !

Elle lui décocha un regard mauvais.

— Vous voulez dire qu'avec les précédentes c'était juste de l'entraînement ?

Il secoua la tête.

— Je veux dire que jusqu'à présent vous n'avez pas une seule fois quitté le câble ou votre harnais des yeux.

Juliet ne comprenait pas ; elle avait fait exprès de garder les yeux rivés sur le filin. Certes, d'autres membres du groupe, plus aventureux, avaient ouvert les bras largement ou s'étaient penchés en arrière, et Davidson avait même fait une descente la tête en bas, les pieds tendus au-dessus du câble. Juliet considéra la dernière tyrolienne. C'était de loin la plus longue, et elle partait de très haut dans un arbre, mais l'arrivée était située sur un petit tertre. Cela signifiait que, même si le filin suivait une pente assez raide, leur atterrissage sur le sol marquerait la fin de leur excursion en tyrolienne. Davidson avait raison. Quand aurait-elle de nouveau l'occasion de vivre pareille expérience ?

A la grande surprise de ses compagnons, Juliet se porta volontaire pour s'élancer la première. Davidson l'assura au filin, puis elle s'assit dans son harnais avant de se laisser tomber de la plate-forme pour se jeter dans le vide au-dessus de la jungle. Une fraction de seconde plus tard, elle ouvrit largement les bras. Comme elle n'avait plus ses mains pour se stabiliser, elle commença à tourner sur elle-même. Elle passa à toute allure au-dessus des arbres et des fougères, frôlant presque leur feuillage, et aperçut le reste du groupe, debout sur la plate-forme, qui la regardait se balancer. Elle dut réprimer l'impulsion de se raccrocher à son harnais pour garder les bras ouverts jusqu'au bout. Alors qu'elle abordait la dernière partie de la descente, les pieds à présent plus près du sol, elle poussa un grand cri. De joie ? De soulagement ? Elle l'ignorait.

Les autres membres du groupe s'élancèrent derrière elle les uns après les autres. Marco partit le dernier. Quand il arriva, il lui prit le visage dans les mains et déposa sur ses lèvres un baiser rapide et léger.

— *Brava !* Je savais que vous pouviez le faire.

Les autres femmes du groupe laissèrent échapper un soupir.

Elle ne garda presque aucun souvenir de ce qui suivit. Ils regagnèrent à pied le plateau principal, retirèrent leur harnais, rendirent leur casque. Juliet avait l'impression de rêver. Les enfants n'allaient jamais croire qu'elle avait vécu cette aventure ! Son exaltation perdura pendant tout le trajet jusqu'à la plantation où ils déjeunèrent avant de visiter les jardins botaniques. Elle se sentait encore pleine d'enthousiasme quand ils embarquèrent sur le catamaran pour remonter sur la côte ouest de l'île.

Quand le soleil couchant commença à teinter le ciel de rose, Juliet alla se poster au bastingage situé à l'avant du bateau, et Marco vint la rejoindre. Cette fois, il ne dit rien. Pas de commentaire plein d'esprit, pas d'anecdote amusante. En revanche, il tendit le bras et posa sa main sur celle de Juliet.

Il se passait quelque chose. Quelque chose de concret. Quelque chose qui signifiait que Marco ne se montrait plus seulement amical. A moins qu'elle n'interprète mal ce signe ? Après tout, il aurait été étrange qu'il la choisisse, elle, parmi toutes les autres femmes qui séjournaient à Pelican's Reach.

Elle en était là de ses questionnements quand Marco caressa ses doigts avant de soulever sa main pour l'étreindre doucement dans la sienne.

Juliet n'en croyait pas ses yeux. Elle devait être en train de rêver, c'était impossible autrement. Elle était encore endormie dans son lit, le réveil allait sonner dans cinq minutes, et elle allait se lever pour rejoindre le catamaran et faire cette excursion, comme elle l'avait prévu la veille.

Mais aucun réveil ne sonna. Marco garda sa main serrée dans la sienne tandis que le catamaran contournait la pointe de l'île et se dirigeait dans l'étroite baie de Marigot pour leur dernière escale avant le retour à l'hôtel.

Ils se lâchèrent un instant quand Marco sauta sur le ponton devant elle, se retournant aussitôt pour lui tendre la main et l'aider à descendre du bateau.

On les conduisit jusqu'à la terrasse panoramique d'un somptueux hôtel, où on leur servit des cocktails pendant qu'ils contemplaient le coucher de soleil. Juliet et Marco se tenaient épaule contre épaule. Leurs bras nus se touchaient, et ce contact procura à Juliet autant de plaisir que le spectacle du soleil projetant ses rayons dorés dans la mer. Quand l'astre eut disparu tout entier derrière l'horizon, Marco se tourna vers elle, lui prit son verre des mains, le posa sur la rambarde et plongea son regard dans celui de Juliet.

Elle en eut le vertige. Jamais elle n'aurait cru qu'il fût possible de vivre de pareils moments, pas dans la vraie vie. Des instants de pur romantisme qui se ressentaient physiquement et que l'on pouvait garder à la mémoire avec clarté, non comme un souvenir flou et déformé.

Marco la contemplait de ses prunelles sombres, et son regard se posait sur chaque parcelle de son visage et de son corps, comme s'il essayait de les mémoriser. Comme s'il essayait de voir en elle.

Quand Greg l'avait-il regardée ainsi pour la dernière fois, avec l'envie de connaître tout ce qu'elle recelait, et davantage encore ? Au cours de leurs dernières années de mariage, elle s'était souvent demandé s'il la voyait vraiment. Elle aurait pu être une femme factice, une silhouette découpée dans du carton, cela ne l'aurait pas empêché de déposer ce petit baiser négligent sur sa joue quand il partait travailler le matin, ou de lui donner cette petite tape sur les fesses quand il voulait la remercier pour un repas particulièrement réussi.

— Marco…, murmura-t-elle.

Il la fit taire en posant son index sur ses lèvres et chuchota en souriant :

— Ne dites rien, Giulietta. Laissez-moi juste…

Alors, il s'inclina, posa sa bouche sur celle de Juliet, et lui donna le plus beau baiser de sa vie.

La pendule sur le manteau de la cheminée indiquait 22 h 22. Une minute de plus que la dernière fois que Gemma l'avait consultée. Violet aurait déjà dû être rentrée à la maison. Gemma composa de nouveau le numéro de sa nièce et attendit sans se donner la peine de porter le téléphone à son oreille.

« Vous êtes sur la messagerie du 079… »

Gemma raccrocha avant d'avoir écouté la fin du message d'accueil aux accents suffisants.

Elle poussa un grognement contrarié et commença à composer un texto. Elle était en train de trouver des mots plus caustiques les uns que les autres quand elle cessa d'agiter ses pouces en gémissant intérieurement.

Nom d'un chien. Six jours et demi. Il ne lui avait fallu que six jours et demi pour commencer à se comporter comme Juliet.

N'avait-elle pas reçu elle-même ce genre de texto une ou deux semaines plus tôt ? Et cela ne l'avait pas incitée à se montrer plus coopérative, au contraire. Ce n'était sans doute pas la meilleure manière de gérer la situation présente. Elle effaça sa phrase en tapotant frénétiquement l'écran du pouce, puis elle recommença à zéro. Cette fois, elle s'efforça d'adopter un ton moins agressif. Après tout, Violet avait quinze ans. Elle avait sans doute perdu la notion du temps, et la musique était probablement trop forte pour qu'elle entende la sonnerie de son téléphone.

Pourtant, Gemma ne pouvait s'empêcher de trépigner tout en essayant vainement de suivre le film à la télé, et la pendule de la cheminée continuait d'aimanter son regard. Violet n'avait que vingt minutes de retard. Bon, vingt-cinq, maintenant. Il n'y avait pas encore de quoi s'inquiéter…

Ou peut-être que si ?

Peu importait. De toute façon, elle commençait à paniquer, alors autant accepter la situation. Tout à coup, elle se dit qu'elle aurait peut-être mieux fait d'envoyer ce premier message qu'elle avait effacé. Elle se leva du canapé et se mit à faire les cent pas.

Elle se sentait tellement impuissante. Elle ne pouvait pas vraiment s'éloigner de la maison, car Polly et les jumeaux dormaient à l'étage. Elle était donc complètement à la merci d'une adolescente et de son portable — probablement déchargé à l'heure qu'il était. Pourtant, elle avait fait tout ce qu'il fallait ! Elle s'était assurée que Violet emportait bien son téléphone et que quelqu'un la raccompagnerait à la maison dès 22 heures.

Trente minutes.

Etait-il trop tôt pour appeler la police ?

Elle courut à la porte d'entrée, puis jusqu'au bout de l'allée, et resta plantée là, à observer les voitures passer dans la rue, le cœur battant la chamade.

*Calme-toi.* Une demi-heure de retard, ce n'est rien, surtout pour une adolescente. En outre, Juliet ne lui avait-elle pas dit que Violet était toujours en retard pour tout ? Elle avait sans doute égaré son sac à main, et Kiera et sa mère étaient en train de l'aider à le retrouver.

C'était une explication rationnelle et, une fois que Gemma

s'en fut convaincue, elle se força à regagner la maison, à s'asseoir sur le canapé et à reprendre le fil de *The Holiday* à la télévision.

Quand Juliet s'était représenté un Noël parfait, des mois plus tôt, lors de son barbecue d'été, elle avait tout imaginé sauf qu'il puisse se dérouler ainsi. Elle décida sur-le-champ que le fait d'embrasser un bel Italien au coucher du soleil sur une île tropicale devait devenir un incontournable pour tous les Noëls futurs.

*Voilà à quoi doit ressembler un baiser*, songea-t-elle quand les lèvres de Marco recommencèrent à effleurer les siennes. Jusque-là, ses attentes en la matière n'avaient jamais été satisfaites. Marco, lui, savait à quel moment prendre le contrôle, ou s'effacer et la laisser mener la danse. Quand leur baiser prit fin, Juliet ferma les yeux et posa le front contre son torse. Elle avait besoin d'un instant pour se ressaisir.

Enfin, elle rassembla assez de courage pour lever la tête et soutenir le regard de Marco. Il affichait une expression sérieuse, mais ses yeux étaient pleins de chaleur. Elle avait du mal à deviner ce qu'il pensait.

— Pourquoi avez-vous fait cela ?

Un léger sourire lui releva le coin de la bouche.

— Parce que j'en avais envie.

Il avait dû lire la question suivante dans ses yeux, car il ajouta :

— Parce que je vivais un très beau moment avec une très belle femme, et que cela me semblait la seule façon possible de le célébrer.

Juliet poussa un soupir un peu tendu. Bonne réponse. Il devait exister des stages d'entraînements spéciaux, en Italie, pour que les hommes réagissent à certaines situations avec autant de talent.

Elle aurait voulu lui en demander plus, mais leur guide les appela à ce moment-là pour les informer qu'il était temps de remonter sur le bateau. Maintenant que le soleil était couché, ils allaient rentrer à Pelican's Reach. La magie s'était envolée.

Pourtant, quand Marco lui prit la main pour l'entraîner vers la jetée, quelque chose de chaud et de léger traversa Juliet.

De l'espoir.

Pas seulement l'espoir d'un autre baiser, mais de l'espoir pour sa vie, pour elle-même.

Pourquoi fallait-il que l'espoir lui fasse si peur ? Et pourquoi ne cessait-elle de remplir sa vie d'activités jusqu'à en déborder, pourquoi craignait-elle tant de n'avoir jamais assez à faire ?

— Vous êtes prête ? demanda Marco en sautant sur le bateau.

Il lui tendit la main pour l'aider à embarquer, et Juliet le regarda. Etait-elle prête ?

Ne clamait-elle pas continuellement qu'elle voulait être une femme à l'esprit ouvert, prenant les choses comme elles venaient et profitant des trésors inattendus qu'offrait la vie ? Ne souhaitait-elle pas être le genre de personne à qui la perfection ne faisait pas peur, et qui ne se contenterait jamais de simplement l'envisager de loin ?

Elle posa sa main dans celle de Marco et sourit.

— Oui, dit-elle. Je pense que je suis prête.

# Chapitre 20

A 23 heures, Gemma était de nouveau sur le bord de la route, scrutant les passagers de toutes les voitures qui passaient. Un véhicule gris métallisé ralentit en approchant, puis bifurqua juste avant d'arriver à sa hauteur pour s'engager dans l'allée voisine.

Au lieu de s'arrêter devant la maison, la voiture resta au début de l'allée. La vitre du conducteur s'abaissa, et Gemma sentit le désespoir la gagner. Elle avait bien besoin d'un témoin à leur petit drame familial de ce soir ! Surtout d'un témoin qui ferait ensuite son rapport à Juliet. Elle avait cessé de considérer Will comme un ennemi, certes, mais n'était toujours pas sûre qu'il soit devenu son allié.

Elle s'approcha de la voiture, les bras serrés autour d'elle.

— Mais qu'est-ce que tu fais ? lui demanda-t-il quand elle fut assez proche pour l'entendre.

En temps normal, Gemma lui aurait dit de s'occuper de ses affaires, mais l'heure était trop grave pour cela.

— C'est Violet. Elle était censée rentrer à la maison il y a une heure, et elle ne répond pas sur son portable.

Will la considéra un instant en plissant les yeux, puis consulta sa montre. Gemma savait quelle heure il était — 11 heures et 3 minutes. Ce n'était plus du sang qui circulait dans ses veines, mais de l'adrénaline pure. Elle sentait chaque seconde passer avec la violence d'un boulet de canon.

— Où est-elle allée ? demanda-t-il, la mine soucieuse.

— Ecoute, ce n'est pas comme si je l'avais laissée partir toute seule dans la nuit, répondit-elle. Juliet était au courant de cette fête. Tout était bien organisé, et la mère d'une amie devait ramener Violet à 10 heures !

Will secoua la tête, l'air encore plus inquiet.

— Donne-moi une minute, dit-il avant d'engager sa voiture plus loin dans l'allée.

Quelques instants plus tard, il la rejoignait de l'autre côté de la clôture, la mine sombre.

Gemma appuya sur la touche bis de son téléphone, les yeux rivés sur les fenêtres de la maison, à l'affût d'un éventuel réveil des enfants. Elle pria silencieusement pour que Violet décroche, tout en se disant avec terreur qu'à force de sonner sans que personne l'entende son portable s'était déchargé dans son sac à main.

— Tu sais où a lieu la soirée ? demanda Will.

— Bien sûr, que je sais où a lieu la soirée !

Elle tira de sa poche le morceau de papier où Violet avait inscrit l'adresse et le nom de son amie.

— Tu veux que j'aille la chercher ?

Il ferait cela pour elle ? Non. Pas pour elle, se dit-elle intérieurement. Pour Juliet.

Pour être honnête, peu lui importait pourquoi il le faisait. Elle était simplement contente de ne plus être seule face à cette situation. C'était le genre d'occasion où elle se fichait bien qu'on soit ou non sensible à ses charmes.

Quelque chose la frappa soudain :

— Tu ne peux pas y aller. La mère d'Abby ne laissera jamais Violet partir en pleine nuit avec un inconnu, expliqua-t-elle.

Du moins, elle le supposait. Si Juliet avait accueilli une fête dans ce genre, elle ne l'aurait en tout cas pas permis.

— Mais je peux y aller si tu restes ici et que tu surveilles les enfants.

Will lança un regard nerveux en direction de la maison.

— Ils risquent de se réveiller ?

Gemma haussa les épaules — comment l'aurait-elle su ?

— Et tu sauras trouver ton chemin dans le lotissement ? C'est un véritable labyrinthe. Il y a des tas de culs-de-sac et de rues qui ne vont pas du tout dans la direction que l'on croit.

Gemma secoua la tête. Soudain, elle se sentait très lasse.

— Non…

Elle se rappelait qu'elle s'était déjà perdue au moins trois fois en circulant dans Tunbridge Wells. Dont deux en plein jour.

— Et… Oh ! zut ! J'ai bu un grand verre de vin. Je ne devrais pas conduire.

Ils échangèrent un regard.

— Je m'occupe de tout, dit-il alors. Attends-moi un instant.

Will tourna les talons et Gemma resta sur place, tremblante de froid — elle n'avait pas pris de manteau en sortant, et la fraîcheur de la nuit commençait à lui glacer les os. Elle finit par se ruer dans la maison pour prendre l'un des épais blousons de sa sœur. Juliet était plus grande qu'elle, et les manches cachaient les mains de Gemma, mais au moins elle avait chaud.

En attendant Will, elle réessaya vainement de joindre Violet. Elle composait son numéro pour la quatrième fois lorsque Will revint, une dame d'un certain âge sur ses talons.

— C'est Linda, dit-il.

Gemma hocha la tête et lui adressa un sourire crispé. Elle trouvait que le moment était plutôt mal choisi pour faire les présentations.

— J'habite à trois maisons d'ici, expliqua Linda. Je vais surveiller les petits, si vous voulez. Je ne compte plus le nombre de fois où Juliet a volé à mon secours par le passé. Je suis heureuse de pouvoir lui rendre la pareille.

Après tout, il y avait des avantages à avoir une sœur qui frisait la sainteté !

— Merci, dit Gemma en prenant les mains de la femme.

Elle lui adressa un sourire aussi chaleureux que sincère.

Sans perdre davantage de temps, Will et Gemma sautèrent dans la voiture. Pendant les dix minutes que dura le trajet vers la maison d'Abby, Gemma fut au comble de la torture. Son cœur battait de plus en plus fort à chaque carrefour qu'ils passaient, et elle commençait même à en avoir la nausée.

— Ça va ? demanda Will.

Elle était tellement perdue dans ses pensées qu'elle en avait presque oublié qu'il était là, assis à côté d'elle, et le son de sa voix la fit sursauter. Dans l'obscurité, celle-ci avait une tonalité grave et chaude, et pas du tout l'accent un peu guindé, type prof de géo, que Gemma lui avait assigné jusque-là dans sa tête.

— Oui, dit-elle avec conviction. Tout va bien.

Elle s'aperçut alors que, une fois de plus, elle avait réagi à la façon de Juliet et que c'était le mensonge préféré de Juliet qu'elle venait de proférer — tout cela, emmitouflée dans le manteau de Juliet et assise dans la voiture du voisin de Juliet.

— Non, lança-t-elle précipitamment. J'ai tellement peur que je vais me faire pipi dessus.

C'était beaucoup mieux, même si cet aveu la faisait soudain se sentir petite et faible — et ce n'était pas du tout l'image qu'elle avait essayé de donner à cet homme depuis qu'elle était chez Juliet.

— Je suis sûr qu'elle va bien. Tu sais comment sont les adolescents…

— Oui, je sais…, dit Gemma avec lassitude en se souvenant de son propre manque de ponctualité.

Elle avait souvent rendu ses parents fous d'angoisse en disparaissant plusieurs heures d'affilée sans les prévenir et sans donner signe de vie. Cette idée aurait dû la réconforter, mais elle se rappela alors certaines des choses qu'elle avait faites au même âge, pendant cette période où elle testait ses parents, les poussant à bout pour savoir jusqu'où elle pouvait aller avant qu'ils cessent de se montrer patients et compréhensifs — y avait-il une limite à leur adoration ? se demandait-elle alors.

Elle se tourna pour faire face à Will et posa une main sur son bras.

— Tu peux aller plus vite ?

Will hocha très légèrement la tête et appuya sur l'accélérateur.

Gemma s'enfonça dans le siège passager, la mine grave. Elle ne voulait pas que Violet repousse les limites comme elle l'avait fait. De toute façon, songeait-elle, s'il avait existé un point de rupture dans l'amour de ses parents, elle ne l'avait jamais trouvé. Parfois, elle les avait provoqués pour qu'ils s'en prennent à elle et relâchent un peu la pression qu'ils exerçaient sur Juliet, mais cela n'avait jamais fonctionné comme elle l'avait voulu.

Evidemment, cela n'avait fait qu'empirer les choses avec sa sœur, la sage et gentille fille qui rentrait toujours à l'heure à la maison. Vu de l'extérieur, elle avait dû avoir l'impression que Gemma lui arrachait la part d'amour qu'elle méritait de ses parents, et qu'elle la leur jetait à la figure. Gemma n'avait jamais réfléchi à la manière dont sa sœur avait dû percevoir la situation à l'époque. Elle ne la considérait que comme une pisse-vinaigre qui se plaisait à lui répéter qu'elle ne comprenait rien à la vie. Elle enfouit son visage dans ses mains en priant pour qu'ils arrivent le plus vite possible chez Abby.

— Je conduis si mal que ça ? demanda Will avec une pointe d'humour dans la voix.

Elle secoua la tête et se redressa un peu pour regarder par la vitre.

— Ce n'est pas ça… C'est juste que…

Elle poussa un soupir à fendre l'âme qui la laissa vide et désemparée.

— Juliet a des tas de raisons de me détester en ce moment, et je ne tiens vraiment pas à en rajouter en perdant l'un de ses enfants.

— C'est certain.

La chaleur qu'elle avait perçue jusque-là dans la voix de Will avait disparu. Il ne semblait plus simplement sérieux et concentré à présent, mais aussi… en colère.

— Quoi ? Qu'est-ce que j'ai dit ?

Il secoua la tête.

— J'étais en train de penser que tu te faisais vraiment

du mouron pour ta nièce, mais en fait, tout ce qui t'importe, c'est qu'on ne puisse pas te détester.

Elle se tourna sur son siège pour le regarder en face.

— Ce n'est pas du tout ce que j'ai dit !

Dans la lueur dégagée par le tableau de bord, Gemma le vit serrer les mâchoires.

Elle croisa les bras :

— Evidemment, que je me fais du souci pour Violet ! s'exclama-t-elle. Tu crois que je serais en train d'écumer les rues de Tunbridge Wells à cette heure — avec toi, en plus — si ce n'était pas le cas ? Et ne t'avise pas de m'accuser de ne pas apprécier ma famille. C'est justement parce que je l'aime que j'ai dit ce que j'ai dit !

Elle se tut un moment pour retrouver son souffle, puis elle reprit :

— Cela fait quelques années que les relations ne sont pas au beau fixe, entre Juliet et moi, et je pensais que nous avions enfin fait quelques progrès de ce côté. Je sais que tu ne me crois pas, que dans ta petite tête tu me considères comme une fille écervelée et égoïste, mais j'aime Juliet, et je n'ai jamais voulu que les choses soient comme ça entre nous !

Will ne répondit pas, se contentant de bouger maladroitement sur son siège. Elle en éprouva un petit sentiment de triomphe.

— D'accord, articula-t-il. J'avais peut-être quelques préjugés à ton égard… Mais, si ce que tu dis est vrai, pourquoi avoir laissé la situation se dégrader pendant aussi longtemps ?

Gemma regarda par la vitre les branches dénudées des arbres éclairés de loin en loin par la lumière des réverbères.

— Ça se résume sans doute au simple fait que je ne croyais

pas qu'elle puisse avoir besoin de moi. Tout est tellement ordonné et maîtrisé, chez elle… Même quand j'essaie de me trouver une place dans la vie de Juliet, il n'y a pas d'espace pour moi. Pour elle, que je sois là ou non ne fait aucune différence. Je ne sais pas si tu as remarqué, mais ma sœur n'est pas la personne la plus facile du monde à approcher.

Will émit un petit soupir qui laissa penser à Gemma qu'il savait exactement de quoi elle parlait.

— Je veux arranger les choses entre nous, poursuivit-elle, les sourcils froncés. Je m'aperçois que je n'avais jamais songé qu'elle pouvait craquer. C'est pour cela que je lui ai suggéré de prendre ces vacances à ma place. Je veux changer les choses, mais je ne sais pas si elle me laissera faire — surtout si l'un de ses gosses fait une fugue alors qu'il est sous ma surveillance.

— Je vois.

La réponse de Will était laconique, mais Gemma sentait que son attitude avait changé. L'ambiance dans la voiture se réchauffa un peu.

— Et puis Violet est une fille bien, reprit-elle. Elle m'aide souvent auprès des petits, et je pensais qu'elle méritait de profiter de ses quinze ans et de s'amuser un peu.

Will acquiesça.

— Espérons que c'est tout ce qu'elle est en train de faire.

Il s'engagea dans une impasse et Gemma reconnut le nom d'Abby sur le panneau. La voiture s'était à peine arrêtée qu'elle avait débouclé sa ceinture et ouvert la portière.

Il n'était pas difficile de distinguer la maison d'Abby. Toutes les lumières étaient allumées et la porte d'entrée était grande ouverte. Le rythme lancinant d'une basse s'en échappait, ainsi qu'une bande bigarrée d'adolescents, filles et garçons, qui conversaient à tue-tête de façon surexcitée, bien qu'ils ne se trouvent qu'à quelques centimètres les uns des autres.

Will rattrapa Gemma au moment où elle arrivait devant l'entrée.

— Quelqu'un a vu Violet Taylor ? demanda-t-elle en regardant les adolescents un par un.

Certains d'entre eux répondirent d'un haussement d'épaules évasif. Une fille secoua la tête.

— La dernière fois que je l'ai vue, elle était avec Callum Brady, dit une fille dont l'épaisse frange blonde lui couvrait la moitié du visage.

Sa réflexion provoqua un déchaînement de gloussements étouffés. Will et Gemma échangèrent un regard. Sans questionner davantage la fille, ils se glissèrent entre les deux ados qui se tenaient sur le seuil et entrèrent dans la maison.

Elle ignorait ce que Violet avait dit à Juliet concernant cette fête, mais tout semblait indiquer une chose : il n'y avait pas d'adultes présents. Et, à en juger par la quantité de chips écrasées, de boissons renversées, et par le portemanteau à moitié arraché du mur, les propriétaires des lieux n'allaient pas sauter de joie quand ils rentreraient. Mais alors, pourquoi Violet lui avait-elle juré ses grands dieux qu'il s'agissait d'une soirée sous surveillance des parents ?

Gemma se glissa entre deux garçons dégingandés dans l'entrée, puis avança dans un couloir, sentant la présence de Will sur ses talons. En débouchant dans la cuisine, elle tomba sur deux femmes d'une trentaine d'années assises autour d'une petite table, occupées à fumer et à boire du rosé pétillant dans des verres à champagne.

— Vous êtes la maman d'Abby ? demanda-t-elle au hasard.

L'une des deux femmes tapota longuement sa cigarette contre le bord d'un cendrier pour en faire tomber la cendre, puis leva les yeux vers Gemma.

— Oui.

— Et vous… vous laissez une bande de gamins de quinze ans ravager votre maison, boire, fumer, et… se peloter ?

Un coup d'œil en passant devant le salon lui avait donné un bon aperçu des activités qui s'y déroulaient.

La femme la considéra d'un regard vide.

— Ce sont des ados, répondit-elle après un instant. Ils font tous ça.

— Pas Violet, dit Gemma. Ce n'est pas ce genre de fille.

Les deux femmes échangèrent un regard conspirateur.

— Où est-elle ? demanda Gemma.

La femme qui n'était pas la mère d'Abby leva brièvement les yeux au plafond puis décocha un sourire en coin à Gemma. Celle-ci n'eut pas besoin d'en demander plus : elle avait compris. Elle se fraya un chemin en sens inverse jusqu'à l'escalier, entre les corps alignés dans le couloir et l'entrée. Malheureusement, elle savait exactement ce que des adolescents étaient capables de faire dans la pénombre d'une chambre pendant une fête. Et, vu la façon dont Will la suivait de près, la propulsant presque en avant, elle comprit qu'il pensait à la même chose qu'elle. Ce qui était étrange, parce qu'elle avait du mal à se le représenter en adolescent maladroit, tripotant une fille sous une pile de manteaux dans la chambre des parents de ses copains. Cela ne lui ressemblait pas.

En mettant le pied sur la première marche, elle se retourna vers lui :

— Il vaudrait peut-être mieux que tu restes en bas, non ?

— Non. Je viens avec toi.

— Réfléchis, dit-elle en baissant la voix. Nous ne savons pas ce qu'elle est en train de faire avec ce Callum Brady. Si nous débarquons en force, cela pourrait être un peu gênant pour certaines personnes…

Will ouvrit la bouche pour répondre, mais elle ne lui en laissa pas le temps.

— Ne te méprends pas : j'ai bien l'intention de les surprendre, en pleine action ou pas. Mais je crois que Violet trouverait sans doute moins humiliant d'être trouvée par une femme dans une situation compromettante.

Conservant la même expression décidée, Will hocha la tête.

— Je comprends ce que tu veux dire. Mais si tu n'es pas redescendue dans cinq minutes je monte te chercher.

Gemma lui adressa un sourire incertain.

— Si je ne suis pas revenue dans cinq minutes, je t'en serai sans doute reconnaissante.

Elle prit une profonde inspiration et commença à monter les marches, cherchant à repérer les longs cheveux blonds de Violet dans la foule d'adolescents. Il y en avait toute une bande entassée sur le palier, sirotant des cannettes de bière bon marché. Elle dut les enjamber les uns après les autres, c'était un véritable parcours du combattant.

— Aïe ! s'exclama l'un d'eux quand elle lui écrasa la main.

— Désolée ! lança Gemma sur un ton enjoué.

Heureusement, se dit-elle, il devait être suffisamment ivre pour ne pas trop sentir la douleur… Elle passa la tête dans la première chambre. Il s'y trouvait deux couples, et pas mal de bruits de baisers mouillés — qu'est-ce qui leur arrivait, à cet âge ? La montée d'hormones provoquait-elle une salivation excessive ? — mais aucune trace de Violet. Elle attaqua la pièce suivante. La porte était fermée. Gemma en saisit la poignée et ouvrit.

A l'intérieur, il faisait sombre ; seule la lueur du réverbère de la rue éclairait un peu la chambre. Pourtant, Gemma entendait qu'on bougeait. Elle plissa les yeux, tentant de distinguer la masse sombre étendue sur le lit. Elle tendit le bras en grimaçant et palpa le dessus du matelas avec précaution. Sa main rencontra diverses étoffes : du satin matelassé, de la laine, un tricot lâche… Elle soupira de soulagement. Elle avait trouvé le tas de manteaux. C'était tout.

Soudain, elle entendit un bruissement de l'autre côté du lit et s'immobilisa.

— Il y a quelqu'un ? demanda Gemma à mi-voix.

Un petit grognement pathétique lui répondit.

— Violet ? C'est toi ?

Sans attendre de réponse, Gemma contourna le lit à tâtons, se dirigeant vers l'endroit d'où provenait le bruit. Ses yeux commençaient à s'habituer à l'obscurité à présent, et elle distinguait les contours d'une silhouette à quatre pattes, qui respirait bruyamment.

Par bonheur, la jeune fille était seule.

— Violet ?

La fille tourna la tête et lança un regard brumeux à Gemma.

— Je n'arrive pas à trouver mon manteau, dit-elle d'une voix pâteuse. Faut que je retrouve mon manteau !

Elle tâta le sol d'une main maladroite.

— Eh ! Qui a changé le lit de place ?

Gemma, qui jusque-là avait craint le pire, sentit ses muscles se détendre légèrement. Violet était là. Elle était en sécurité, seule et, par-dessus tout, habillée. Avec douceur, elle passa les mains sous les aisselles de Violet et la mit debout.

— Mais…

— Je suis venue te ramener à la maison, ma chérie.

Violet se retourna à demi pour la regarder.

— Salut, tatie Gemma. Je ne me sens pas en superforme.

Gemma réprima un éclat de rire. Elle était soulagée, certes, mais elle trouvait surtout que Violet était mignonne quand elle avait un coup dans le nez. Elle changea de position pour caler son épaule sous le bras gauche de sa nièce, puis elle l'attrapa par la taille. Lorsqu'elles eurent atteint la porte, Violet se mit à se tortiller.

— Il faut que je retrouve mon manteau ! Maman va me tuer si j'en perds encore un…

Gemma était sur le point de répondre qu'étant donné les circonstances ce manteau serait sans doute le cadet des soucis de Juliet, puis elle songea qu'il vaudrait peut-être mieux ne pas trop entrer dans les détails quand elle évoquerait cette fête avec sa sœur. Inutile de l'inquiéter inutilement. Il valait mieux mettre la main sur le manteau de Violet, en effet.

Elle lâcha Violet, qui s'effondra sur le lit, puis tendit la main pour allumer une lampe sur le bureau situé à côté. Violet poussa un petit cri et recula sous la lumière trop vive, se retournant pour enfouir son visage dans la pile de manteaux.

— De quelle couleur est-il ? demanda Gemma.

— Rouge, marmonna sa nièce, la voix étouffée dans un blouson de ski argenté.

Gemma fronça les sourcils. Elle était certaine qu'en partant, ce soir, Violet portait un manteau noir ou bleu marine.

— Non, pas rouge, Violet. Dis-moi, à quoi ressemble ton manteau ?

— Je le voulais en rouge, mais maman n'a pas voulu…, répondit-elle sur un ton plaintif.

Gemma secoua la tête, désabusée. Elle commença à fouiller dans la pile pour voir si elle reconnaissait quoi que ce soit dans ce fatras. Elle trouva un long manteau sombre qui lui disait vaguement quelque chose. Elle tapa sur l'épaule de Violet.

— C'est celui-là ?

Violet leva la tête, mais ses yeux étaient fermés.

— Non.

Gemma était sur le point de la secouer pour la réveiller quand elle aperçut un bout d'écharpe qui dépassait de la poche gauche du manteau. Cette fois, elle n'avait aucun doute : c'était elle qui lui avait acheté cette écharpe l'autre jour, quand elles étaient en ville. En fouillant dans l'autre poche, elle trouva une carte de bus au nom de Violet ainsi qu'un téléphone portable.

Elle s'apprêtait à tenter d'enfiler son manteau à sa nièce soûle et à moitié endormie quand elle entendit frapper discrètement à la porte. Elle se figea.

— Qui est-ce ?

— La cavalerie. Tes cinq minutes sont passées.

Gemma sourit. Elle aurait parié qu'il s'était écoulé cinq minutes à la seconde près.

Quand il parla de nouveau, il semblait un peu nerveux.

— Est-ce que… est-ce que je peux entrer ?

— Oui, pas de problème, dit-elle.

La porte s'ouvrit, laissant apparaître la tête de Will.

— Elle n'est pas très assurée sur ses jambes, mais c'est tout, expliqua Gemma. Je suppose qu'elle n'est pas habituée au tord-boyaux. Et, par « tord-boyaux », j'entends cette espèce de sirop dilué qu'ils appellent du cidre dans les supermarchés, ces temps-ci.

Will ouvrit la porte en grand et fit quelques pas dans la pièce tandis que Gemma s'acharnait de nouveau à faire entrer Violet dans son manteau. Celle-ci venait de lui faciliter la tâche en s'effondrant sur elle, et Gemma n'avait plus qu'à draper le vêtement autour des épaules de l'adolescente à demi consciente, puis à essayer de pousser ses bras dans les manches sans les lui casser — cela dit, elle n'était même pas sûre que Violet l'aurait senti. Une fois sa mission accomplie, Gemma se redressa. Will s'approcha d'elle, et ils contemplèrent tous deux la silhouette pelotonnée sur le lit, qui ronflait doucement.

— Je n'aimerais pas être à sa place demain, murmura Gemma en étouffant un petit rire.

Elle regarda Will à la dérobée, presque certaine qu'il afficherait une expression sérieuse et désapprobatrice. Mais non, il souriait, lui aussi.

— C'est un rite de passage, n'est-ce pas ? Elle apprendra.

Gemma le gratifia d'un léger coup de coude.

— Ne me dis pas que, quand tu étais ado, tu as fini ivre sur une pile de manteaux ?

Il se tourna vers elle.

— Tout le monde dit qu'à la fin d'une soirée on atterrit

dans la cuisine, mais moi je finissais toujours là, dit-il en désignant le tas de vêtements qui s'affaissait.

Au moins un tiers des manteaux avaient commencé à envahir la moquette.

Les yeux de Will brillaient d'une petite lueur qui rendit Gemma curieuse : avait-il également éprouvé les délices du dessous de la pile, comme elle ? Combien de filles avait-il embrassées dans ces circonstances ?

Et puis elle se demanda pourquoi diable elle se posait ce genre de questions au sujet de Will Truman. Sentant ses joues s'enflammer, elle détourna le regard pour reporter son attention sur sa nièce.

— Tu vas m'aider à la faire sortir de là, ou seulement rigoler en me regardant essayer de lui faire descendre l'escalier ? demanda-t-elle sur un ton un peu plus sec qu'elle n'en avait eu l'intention.

Will lui lança un regard déconcerté, puis se pencha et prit l'adolescente endormie dans ses bras. Violet se blottit contre lui tout en essayant d'écarter une mèche de son visage — qu'elle rata d'un bon mètre. Gemma fit signe à Will d'attendre et s'approcha pour repousser elle-même la mèche derrière l'oreille de Violet. Dans ce mouvement, elle respira une bouffée de cet after-shave qu'il portait toujours. Boisé, et très masculin.

Elle recula, prise de court par sa propre réaction.

Sans rire, les phéromones dégagées par les adolescents devaient lui être montées à la tête. Il était temps de ficher le camp d'ici. Elle ouvrit la marche, souriant largement à la rangée d'ados à moitié soûls alignés sur le palier, entre lesquels elle se glissa avec entrain. Cette démonstration de gaieté les déconcerta autant qu'elle les rendit dociles, et ils s'écartèrent sans discuter. Gemma, Will et Violet descendirent l'escalier et passèrent la porte d'entrée.

En sentant l'air frais sur son visage, Violet leva la tête et lança un regard vers la maison.

— Callum…, murmura-t-elle.

Gemma, qui marchait à côté de Will, demanda :

— C'est lequel, Callum ?

Finalement, elle allait peut-être devoir mettre à l'épreuve ses techniques d'interrogatoire, juste pour s'assurer que le jeune homme en question s'était bien conduit avec sa nièce.

Violet émit un petit gémissement et désigna un couple occupé à s'entre-dévorer, appuyé contre un arbre chargé de guirlandes de Noël aux couleurs criardes.

Ah. Voilà qui expliquait l'état de Violet. La fille qui flirtait avec lui était arrivée la première.

Non… une minute ! C'était Abby, l'amie de Violet ! Gemma la reconnaissait pour l'avoir vue en photo sur la page Facebook de sa nièce.

Pauvre Violet.

Elle n'aurait sans doute pas envie d'entendre qu'elle était aussi bien sans ce type, et que ce ne serait pas la dernière fois qu'un garçon l'amènerait à faire quelque chose de stupide — boire de l'alcool, en l'occurrence, et que d'ici peu elle passerait probablement du cidre à la tequila.

Non, ce n'était pas le moment de lui dire tout cela. Il y avait des leçons qu'il fallait apprendre seul. Gemma soupira et aida Will à installer sa nièce à l'arrière de la voiture.

# Chapitre 21

Will était encore dans l'entrée lorsque Gemma redescendit l'escalier. Il l'avait aidée à monter Violet dans sa chambre, puis s'était galamment retiré sitôt qu'elle avait été allongée sur son lit.

— Je ne lui ai enlevé que ses chaussures et son manteau avant de la couvrir avec sa couette, avoua-t-elle. J'ai aussi mis un verre d'eau sur sa table de chevet et une bassine au pied de son lit. Dormir tout habillée après une fête… c'est encore un rite de passage, non ?

Will secoua la tête :

— L'amour, surtout chez les jeunes… Ça n'a ni rime ni raison, tu ne trouves pas ?

Voilà qui sonnait étrangement dans la bouche d'un homme aussi pragmatique. Gemma jeta un coup d'œil vers l'étage.

— Je crois que ça va au-delà de ça. Tu crois que… ?

Elle n'acheva pas sa phrase.

— Je crois que quoi ?

Elle fit une grimace, un peu embarrassée par ce qu'elle allait dire.

— J'ai eu l'impression que ces derniers temps… Eh bien, peut-être que Juliet a été un peu dure avec Violet, qu'elle en attend trop de sa part.

Elle vit Will se hérisser légèrement. C'était une réaction instinctive, elle en était sûre : elle était en train de critiquer Juliet, et cela ne lui plaisait pas. Pourtant, elle savait qu'il était en train de réfléchir à son point de vue, cela se voyait.

— Peut-être, dit-il enfin. Juliet vient de passer deux années difficiles, et je crois qu'elle s'est un peu appuyée sur Violet pour les traverser. Je ne pense pas qu'elle ait vraiment exagéré, mais Violet n'est sans doute pas de cet avis.

— Si Violet s'est sentie un peu surchargée, cela explique pourquoi elle a joué les rebelles à la première occasion, déclara Gemma avant d'étouffer un rire plein d'autodérision. Crois-moi, je sais de quoi je parle.

Elle le regarda droit dans les yeux avant d'ajouter :

— Je crois que c'est la journée des remerciements, aujourd'hui. Merci pour ton aide, une fois de plus.

Les traits de Will demeurèrent froids.

— Je t'en prie. Si ça peut aider ta sœur…

Evidemment. Pendant un instant, elle avait cru qu'ils formaient une équipe, tous les deux, quand ils s'étaient associés pour ramener Violet à la maison. A présent, elle se rappelait qu'elle n'était là que par procuration — elle remplaçait Juliet. Cela ne signifiait pas pour autant que Will ne méritait pas ses remerciements. Et, même si c'était difficile, elle lui devait probablement aussi des excuses. Elle s'éclaircit la voix.

— Et je suis désolée… pour ce que j'ai dit…

Il fronça les sourcils.

— A quelle occasion ?

Elle se passa une main sur le front.

— A peu près toutes, en fait. Mais, là, je faisais allusion

à ce que je t'ai dit l'été dernier, concernant le bâton géant coincé dans ton… postérieur.

Bien entendu, ce n'étaient pas exactement les termes qu'elle avait utilisés à ce moment-là. Les lèvres de Will frémirent.

— Merci. Je ne savais pas que tu avais suffisamment prêté attention à l'intéressé pour revoir ton opinion.

Gemma battit des paupières. Il ne venait pas seulement d'accepter ses excuses. On aurait dit qu'il flirtait avec elle.

Elle rougit — et pourtant elle était championne du monde en titre de drague et ne s'était jamais trouvée à court de reparties devant un homme depuis plus de trente ans.

— Moi non plus. Mais, apparemment, si.

Etait-elle à son tour entrée dans la séduction ? Cela y ressemblait. Ce n'était pas du tout ce qu'elle avait envisagé de répondre. Mieux valait qu'elle le reconduise dans l'entrée sur-le-champ et qu'elle claque fermement la porte derrière lui.

— Ecoute, il y a une bouteille de vin au frigo, lui dit-elle. Après une journée pareille, je crois qu'on mérite bien un petit verre pour se détendre. Ça te dit de te joindre à moi ?

Elle invita Will à s'asseoir à la table de la cuisine et versa une quantité généreuse de vin dans deux verres à pied. Les seules lumières provenaient des spots sous les meubles hauts. Juliet avait accroché de petites décorations faites maison à toutes les poignées — des cœurs en vichy et des étoiles de feutre — et l'atmosphère était douillette et parfaitement dans l'esprit de Noël. Gemma aurait bien aimé avoir du vin épicé à siroter ou des tartelettes aux fruits secs à grignoter, mais elle n'avait réussi à en trouver que deux boîtes au supermarché, et elle voulait les garder pour le lendemain.

Ou plutôt pour aujourd'hui, réalisa-t-elle en voyant que la pendule indiquait près de 1 heure du matin.

— Joyeux Noël, dit-elle à Will en levant son verre. A quoi trinquons-nous ?

Il la regarda sans ciller :

— Au cessez-le-feu ?

Gemma éclata de rire.

— D'accord. Vu qu'il semble s'être invité entre nous, de toute façon…

— Et comment se sont déroulés les préparatifs de Noël, aujourd'hui ? demanda Will en souriant.

— Un vrai cauchemar ! s'exclama-t-elle en avalant une gorgée de vin. En rentrant du supermarché, ce matin, j'ai fait le ménage dans la maison… à fond, exactement comme Juliet l'aurait fait ! Ensuite, je me suis aperçue que je ne savais pas où elle avait caché les cadeaux de Noël des enfants. Il m'a fallu deux heures pour les dénicher et, une fois mes fouilles terminées, il a fallu que je range de nouveau toute la maison.

— Et pour le repas ? Tu as trouvé d'autres solutions ?

— D'une certaine façon, soupira Gemma.

Elle avait dû recourir à toutes ses compétences en termes de créativité. Elle n'était pas habituée à nourrir de grandes tablées, surtout quand le menu prévu à l'origine avait changé du tout au tout.

— J'ai dû appeler les deux jeunes filles au pair de l'église de Juliet et les décommander pour le repas, mais je ne pouvais pas faire cela à Mme Waterman ou à oncle Tony et sa compagne. Du coup, ils vont devoir se contenter de ce qu'il y a. Il y aura à manger, mais ce ne sera pas le menu parfait qu'aurait voulu Juliet. Ce sera un peu plus…

— Improvisé ? suggéra Will.

Gemma étouffa un petit rire.

— J'allais dire immangeable, mais je préfère ta version.

Elle avait conscience que les pieds de Will s'étaient rapprochés des siens — qu'elle ramena alors vivement sous sa chaise.

— J'ai essayé d'aller chez le maraîcher, mais j'ai eu beau lui promettre amour et fortune, je n'ai pas réussi à trouver les légumes que je voulais. C'est dommage, pour les panais, mais en ce qui concerne les choux de Bruxelles ce n'est pas bien grave, vu que tout le monde déteste ça.

Will esquissa une grimace déçue, et Gemma lui décocha un regard horrifié.

— Tu aimes ça, n'est-ce pas ?

— Je crains que oui, répondit-il en haussant une épaule. Je ne comprends pas pourquoi on en fait toute une histoire.

— Tu es vraiment tordu, lui lança-t-elle.

— Moins que toi, rétorqua-t-il.

Elle attrapa une clémentine dans la coupe de fruits posée au milieu de la table et l'en bombarda sans conviction. Il n'eut même pas à bouger pour l'éviter — elle passa loin de lui et alla rouler sur le sol de la cuisine jusqu'à ce qu'une plinthe arrête sa course.

— Je croyais que nous avions déclaré un cessez-le-feu, dit-il d'un air détaché.

— En effet. Mais ça ne veut pas dire que tu ne dois pas être sur tes gardes, dit-elle d'un ton léger. Quoi qu'il en soit… à part le poulet, je vais cuisiner un autre plat avec ce que j'ai, mais il faudra que ça aille avec une sauce à la mie de pain, parce que je n'ai pas les ingrédients pour faire quoi que ce soit d'autre.

— Noël ne serait pas Noël sans sauce à la mie de pain, déclara Will, sérieux comme un pape.

Gemma lui adressa un regard en coin.

— Quoi ? demanda-t-il. Tu trouves que je suis bizarre parce que j'aime aussi la sauce au pain ?

Elle secoua la tête.

— Non, dit-elle d'une voix posée. J'adore la sauce au pain. J'étais juste étonnée que nous ayons enfin trouvé un point sur lequel nous sommes d'accord.

Il ne répondit pas et ne sourit pas non plus, mais une lueur pétillante était apparue dans ses yeux bruns. Gemma se mit à contempler le fond de son verre comme s'il contenait quelque chose de fascinant. Et, tandis qu'elle regardait son chardonnay, une pensée s'immisça dans son esprit. Une pensée qui ne l'avait jamais traversée auparavant parce que — franchement — elle n'avait pas voulu la laisser émerger.

— Will ? demanda-t-elle en le regardant par en dessous. Tu as prévu quelque chose, pour demain ?

Elle connaissait la réponse, évidemment.

— Oui, j'ai des plans, affirma-t-il avec un haussement d'épaules.

— Passer la soirée devant la télé avec un plateau chinois pour une personne et une bouteille de vin, ça ne compte pas, lui dit-elle.

Il détourna les yeux.

— Ce serait une manière très calme de passer Noël après

toutes ces histoires d'armoire à fusibles, de dinde invisible, de raid dans les supermarchés et d'adolescente en fugue…

— Je sais que Juliet t'a invité, dit-elle en désignant le carnet qui se trouvait sur la table. Mais tu n'en as jamais parlé.

— Ah.

Elle ne l'incita pas à s'expliquer davantage. Elle savait pourquoi il avait agi ainsi. Il s'était montré galant et discret, et elle avait pensé qu'ils avaient conclu un accord tacite selon lequel sa présence au repas de Noël n'était pas une bonne idée. Or il semblait maintenant à Gemma que ne pas l'inviter était méchant. Et mesquin.

— S'il te plaît, viens, dit-elle.

Elle leva la tête en le regardant en face, cette fois, le suppliant des yeux bien après que sa bouche se fut refermée.

— Juliet voulait que tu sois là, et sans ton aide nous aurions tous mangé dans le noir après avoir cuit le poulet à la chandelle et fouillé les forêts voisines pour retrouver Violet. Tu mérites vraiment de venir.

Il secoua la tête.

— Je ne veux pas que tu m'invites par pitié, uniquement parce que tu crois que j'ai mérité ma place dans ce dîner.

Les épaules de Gemma s'affaissèrent, et elle leva les yeux au ciel. Certes, le cessez-le-feu qu'ils avaient déclaré avait mis fin à la petite guerre qu'ils se livraient auparavant, mais il était évident qu'ils avaient encore des choses à régler, tous les deux.

— Ce n'est pas du tout ce que je voulais dire, déclara-t-elle.

Il leva un sourcil — une mimique qu'elle rêvait de maîtriser.

— Alors que voulais-tu dire ?

— Je voulais dire que…

Elle prit une profonde inspiration. Avec cet homme, inutile de prendre des gants ou d'essayer de noyer le poisson : il repérait ses petites combines à des kilomètres. Elle décida donc que la vérité toute nue serait sa meilleure arme.

— Je voulais dire que j'ai envie que tu viennes.

Voilà. Elle l'avait dit. Elle l'avait admis tout haut, pour lui, mais aussi pour elle-même.

Le sourcil de Will reprit sa position normale.

— Dans ce cas, je serai ravi de me joindre à vous. Sans compter que j'ai un poulet que je pourrais faire décongeler cette nuit. Deux, c'est mieux qu'un. Nous pourrions les faire cuire ensemble…

Sans savoir pourquoi, Gemma se mit à rougir.

— Non, ça ira. J'ai dit à Juliet que je me chargerais de la cuisine, et je vais le faire.

Là encore, elle ignorait pourquoi, mais cela lui paraissait soudain essentiel.

Will esquissa un sourire.

— Dans le même four, je voulais dire.

— Oh…

Génial. Maintenant, elle avait l'air d'une écolière prise en défaut.

— D'accord, ajouta-t-elle précipitamment. Quelle merveilleuse idée.

Elle balaya la pièce du regard, en quête d'un sujet de conversation auquel se raccrocher, et ses yeux tombèrent sur la bouteille de vin.

— Je te ressers ?

Sans attendre sa réponse, elle bondit de sa chaise et remplit leurs deux verres. Pendant quelques instants, ils demeurèrent tous deux silencieux à siroter leur vin. Gemma avait beau tenter de l'éviter, elle s'aperçut qu'elle ne pouvait s'empêcher de lorgner toutes les cinq secondes dans la direction de Will.

Il posa son verre et la dévisagea.

— Je m'étais trompé sur ton compte, n'est-ce pas ? lui dit-il après quelques secondes.

— C'est le cas de pas mal de personnes, répondit Gemma avec réticence. Et je sais que cela leur vient… de ma sœur.

Repoussant sa chaise, elle se leva, son verre à la main. Elle avait besoin de bouger, d'arpenter la pièce tandis qu'elle réfléchissait à ce sujet sensible.

— Je sais que je mérite certaines des choses qu'elle affirme à mon sujet, mais je ne suis pas aussi mauvaise qu'elle le prétend.

— Ça arrive souvent, entre frères et sœurs, commenta Will, plein de compassion.

Gemma s'arrêta.

— Tu as des frères et sœurs ? demanda-t-elle.

— Un de chaque, et c'est ma sœur la pire. Elle est plus jeune que moi mais, comme elle est psychologue, non seulement elle passe son temps à m'analyser, mais en plus elle essaie de me réparer.

Un large sourire fleurit sur les lèvres de Gemma.

— Bienvenue au club !

Will lui rendit son sourire.

— Juliet est persuadée que j'étais la préférée, lui dit-elle avec une pointe de tristesse dans la voix. Et je suppose que c'est normal, parce que nos parents étaient effectivement en adoration devant moi, mais je *sais* qu'ils aimaient Juliet.

Elle s'interrompit un instant pour réfléchir, puis reprit :

— Je ne sais pas pourquoi, mais maman était toujours plus dure avec elle qu'avec moi. Je ne l'ai jamais compris. Juliet se faisait rabrouer pour un rien, alors que je m'en tirais toujours, même si je commettais les pires frasques. Avec le recul, je comprends que cela lui ait paru injuste. Mais ils étaient injustes avec moi aussi…

Will se leva à son tour et vint s'appuyer sur le comptoir en face d'elle.

— Vraiment ? fit-il, en l'encourageant à poursuivre.

— Ils me cachaient des choses, dit-elle avec une moue de dépit. Juliet me l'a laissé entendre et, même si mes parents étaient merveilleux, je comprends pourquoi, du coup, je me sentais quelquefois un peu… exclue.

Will ne répondit rien mais, à l'expression de son visage, Gemma comprit qu'il était prêt à l'entendre et sentit quelque chose vibrer au plus profond d'elle-même. Juliet l'avait-elle jamais vraiment écoutée ? Elle interprétait à sa façon tout ce que Gemma faisait ; elle n'entendait et ne voyait que ce qu'elle voulait bien entendre ou voir.

— Je sais pourquoi ils l'ont fait, dit-elle à mi-voix avant de se détourner. Ils pensaient que je n'étais pas assez forte, ou pas assez intelligente, pour affronter ces secrets.

Ça avait toujours été le rôle de Juliet, songea-t-elle.

— Mais je suis forte, tu sais. Regarde mon métier ! Je fais vraiment un travail exigeant, et je le fais bien, mais ma famille ne l'a jamais compris. Pour eux, j'ai toujours été la petite Gemma… mignonne, mais complètement creuse.

Secouant la tête, elle se détourna, attrapa la bouteille de vin et se resservit, juste pour s'occuper les mains. Puis elle poussa un long soupir.

— Peu importe. J'y suis habituée, maintenant. Je m'en fiche.

Quand elle se retourna pour s'appuyer sur le bord du comptoir, imitant la position de Will, celui-ci la dévisageait attentivement. T» u ne t'en fiches pas du tout », semblaient dire ses yeux.

— Tu as déjà parlé de tout ça avec Juliet ? demanda-t-il.

Gemma fit un geste de dénégation.

— J'ai essayé de le faire, avant Noël, mais tu sais comment ça se passe dans les familles. On s'habitue à une certaine dynamique, surtout quand elle est installée depuis l'enfance, et on oublie que les choses peuvent changer.

Elle soupira avant d'ajouter :

— Pour finir, nous nous sommes disputées comme des chiffonnières sur les mêmes vieux sujets, et nous n'avons rien résolu.

Elle marqua une pause et baissa les yeux sur son verre.

— Je ne sais pas si la situation s'améliorera un jour. Je suis comme je suis, Will. J'aurai beau essayer tant que je veux, je n'arriverai jamais à être à la hauteur des attentes de Juliet. Elle met déjà la barre très haut pour elle-même, alors je ne vois pas comment moi, je trouverais grâce à ses yeux. Il est plus facile de…

— Fuir ? dit-il.

Il avait parlé d'un ton léger, mais son regard était devenu plus froid.

— Tu me fais penser à quelqu'un que j'ai bien connu, ajouta-t-il.

— Je ne fuis pas, dit-elle d'une voix grave.

A moins qu'on ne la pousse, en tout cas.

— Vraiment ? Dans ce cas, tu peux me dire combien tu as vécu de relations qui ont duré plus de six mois ?

C'en était fini de ce silence bienveillant dont il l'avait gratifiée jusqu'alors. Il recommençait à parler comme Juliet.

— Pas beaucoup, répondit-elle en songeant que cela ne voulait rien dire. Que sous-entends-tu ?

Elle sentit son regard la sonder.

— Que tu fais partie de ces gens.

Gemma s'écarta du comptoir pour se redresser.

— Quels gens ?

— Ceux qui ne laissent jamais personne les approcher vraiment, répondit-il en secouant légèrement la tête.

Gemma allait rétorquer qu'elle n'était pas d'accord, que le problème qu'il soulevait était celui de Juliet, pas le sien, mais elle fut incapable de proférer un son. N'était-ce pas exactement ce que Michael lui avait dit ? Il lui avait reproché de maintenir une part d'elle à distance, de ne jamais s'ouvrir complètement à lui. Sur le moment, cela avait été un tel choc qu'elle avait aussitôt rejeté son commentaire en pensant qu'il n'avait aucun fondement.

Will avait dû déceler une lueur de compréhension dans son regard, car il enfonça le clou :

— Des gens qui s'enfuient si on essaie de les approcher de trop près.

Elle secoua la tête.

— Ce n'est pas vrai. Oui, j'ai eu pas mal de relations qui ont fini en queue de poisson au bout de quelques mois, mais je n'étais pas la seule fautive. En réalité, dans la plupart des cas, ces hommes ont plié bagage avant que j'aie eu le temps de le faire.

« Avant que j'aie eu le temps de le faire. »

Ses paroles résonnèrent dans la pièce.

Ces hommes sans trop de consistance qu'elle choisissait comme à dessein, ces hommes dont elle était certaine qu'ils baisseraient très vite les bras, qui n'exigeaient pas grand-chose d'elle…

Sans s'attarder sur la désagréable vérité qui venait de se faire jour en elle, Gemma enchaîna :

— Pour ta gouverne, je pensais que mon dernier amoureux en date était l'homme de ma vie, mais il m'a quittée, alors ta petite théorie ne tient pas, compris ?

Elle se détourna pour qu'il ne voie pas les larmes qui lui étaient montées aux yeux.

Après tout, qu'y avait-il de mal à ne pas laisser les gens entrer trop rapidement dans son intimité ? Elle trouvait que c'était une attitude plutôt raisonnable, surtout quand les personnes les plus proches de vous étaient aussi celles qui étaient les plus promptes à vous juger et à vous prendre en faute.

Elle posa son verre sur le comptoir et lança à Will un regard noir.

— Avec Michael, j'ai essayé, mais cela ne l'a pas empêché de me quitter. Je ne me serais jamais enfuie, s'il m'avait laissé une chance de ne pas le faire.

A ces mots, sa voix se brisa, et elle sentit la honte l'envahir.

Elle s'attendait à voir Will afficher cette moue réprobatrice qu'il avait souvent, mais son expression s'était au contraire adoucie. Il la dévisageait comme s'il comprenait chacune des paroles qu'elle venait de prononcer.

Tiens donc.

— Qui était-ce ? demanda-t-elle alors à mi-voix.

Il sursauta.

— Qui était qui ?

Il avait parlé sur un ton dégagé, presque nonchalant. Apparemment, elle n'était pas la seule à embellir les faits en faisant mine d'y être indifférente.

— La femme qui t'a fui, expliqua-t-elle.

Le regard de Will se perdit dans le vide.

— Allez, lança Gemma d'un ton encourageant. J'ai vidé mon sac, à ton tour, maintenant.

Il demeura silencieux un certain temps, avant de prendre une profonde inspiration.

— Elle s'appelait Samantha. Nous étions ensemble depuis trois ans et, quand je lui ai demandé de m'épouser, elle a disparu au milieu de la nuit pour ne plus jamais revenir.

*Aïe.*

Gemma s'aperçut qu'elle n'avait aucune repartie désinvolte à opposer à cette confession.

— Je suis désolée, dit-elle simplement.

Elle le pensait réellement, même si ces mots ressemblaient au genre de commentaires qu'on faisait quand on ne savait pas quoi répondre.

— Il n'y a pas de raison, dit-il. Ce n'est pas toi qui m'as quitté.

Là aussi, il semblait sincère. A voir la façon dont il la regardait, il paraissait comprendre que si, à une époque, elle s'était parfois conduite de manière stupide — ou même complètement insensible — elle n'avait jamais fait une chose pareille. Et qu'elle ne le ferait jamais.

Elle sentit une brusque chaleur l'envahir, qu'elle mit sur le compte du vin.

Les choses prenaient une tournure un peu trop sérieuse. Trop intime. Gemma lança un regard appuyé à la pendule. Le jour de Noël était bien entamé.

— Il vaut mieux que j'aille me coucher, dit-elle en vidant son verre. J'ai une montagne de choses à faire dans la matinée.

Will hocha la tête, acceptant l'échappatoire qu'elle lui offrait. Pourtant, il garda les yeux rivés sur elle tandis qu'il posait son verre, puis traversait la cuisine. Elle le suivit jusqu'à la porte d'entrée. Quand il se tourna pour partir, elle s'aperçut qu'il y avait encore une chose dont elle avait besoin ce soir, une dernière vérité. Une vérité que Will semblait être la seule personne à pouvoir lui fournir.

Elle prit une grande inspiration et dit :

— Est-ce que tu as l'impression que je refoule mes sentiments ?

A sa grande surprise, Will se mit à rire.

— Si c'est ce que tu penses avoir fait ce soir, je crois que c'est moi qui devrais songer à m'enfuir.

# Chapitre 22

Les rêves de Gemma furent peuplés de tous les préparatifs de Noël qu'elle avait effectués depuis la semaine précédente — des guirlandes lumineuses qui sinuaient comme des serpents autour de la maison, des choux de Bruxelles qui tombaient du ciel comme des flocons de neige, et enfin une dinde qu'elle poursuivait dans un supermarché vide mais qui, chaque fois que Gemma était sur le point de l'attraper, s'esquivait sur ses petits pilons plumés avec des éclats de rire sardoniques. Alors qu'elle allait de nouveau la prendre en chasse, Gemma entendit un bruit sourd derrière elle et se retourna. Le bruit s'intensifiait, se rapprochait, et ressemblait beaucoup à… un galop de rennes ?

Puis elle fut de retour dans son lit. Les néons du supermarché avaient disparu, et quelque chose comme un gros sac atterrit sur sa poitrine. Puis un second sac, dont le poids lui coupa le souffle.

*Le Père Noël ?*

A présent, les sacs avaient des genoux et des coudes et rigolaient en échangeant des chuchotements qui, en définitive, s'apparentaient plutôt à des hurlements. Gemma ouvrit les yeux et leva la tête. La porte de la chambre était à moitié ouverte ; dans la pénombre, elle distinguait deux sourires identiques et aussi larges que celui du chat du Cheshire, ainsi que deux paires d'yeux brillants.

— Joyeux Noël, les garçons, coassa-t-elle avant de se laisser retomber sur l'oreiller et de refermer les yeux.

— Le Père Noël est passé ! Le Père Noël est passé ! s'exclamèrent-ils en chœur.

A en juger par les tressautements du matelas, les jumeaux avaient le plus grand mal à contenir leur excitation.

— Interdit de sauter ! leur intima Gemma, qui avait encore des bleus de leur dernière démonstration de joie.

Les garçons cessèrent leurs mouvements mais ils se mirent à lui donner de petits coups du bout des doigts. Elle ouvrit les yeux d'un coup.

— On peut ouvrir nos chaussettes, tatie Gemma ? demanda Josh.

S'appuyant sur un coude, elle se tordit le cou pour consulter le réveil. Horreur ! 5 h 30. Cela dit, elle avait sans doute eu de la chance qu'ils aient tenu aussi longtemps. Et son instinct lui disait qu'elle ne gagnerait rien à leur ordonner de retourner au lit et de se rendormir.

— On ouvre toujours nos chaussettes sur le lit de maman, expliqua Jake. Elle aime bien voir ce que le Père Noël nous a apporté.

Gemma sourit. Elle savait exactement ce que contenait chaque paquet, tout comme Juliet les années précédentes, probablement. Ce n'étaient pas les cadeaux qu'elle avait envie de voir, mais le plaisir sur le visage de ses enfants. Gemma s'était chargée d'acheter au moins la moitié de ces cadeaux et, même si le jour était loin d'être levé, elle s'aperçut qu'elle avait hâte elle aussi de voir la réaction des enfants.

— Et si tu allais voir si Polly est réveillée, Josh ?

Aussitôt, celui-ci bondit hors du lit et se précipita vers la porte.

Jake fit mine de le suivre.

— Je vais chercher Violet ?

— Non, répondit Gemma d'une voix hésitante. Je ne crois pas que Violet ait envie de se lever tout de suite.

— Pourquoi ? demanda Jake.

Gemma toussota et regarda en direction de la porte. Elle pensait à sa nièce, et au fait que celle-ci, en ouvrant les yeux, prierait pour que ce soit la fin du monde plutôt que le jour de Noël.

— Parce qu'elle… Disons qu'elle s'est couchée tard.

— Et tu connais les adolescents, lança une petite voix hautaine. Violet ne vit pratiquement que la nuit, ces jours-ci.

Polly entra dans la chambre de Gemma à la suite de son frère, serrant sa chaussette contre elle. Elle s'assit bien sagement sur le bord du lit pendant que ses frères se remettaient à remuer dans tous les sens sur le matelas.

— Mais on ouvre toujours nos chaussettes ensemble ! protesta Jake. Elle va être fâchée contre nous. En ce moment, Violet est toujours fâchée contre nous, et je n'aime pas ça.

— Je crois qu'elle comprendra, dit Gemma. Et sinon vous pourrez dire que c'est ma faute.

Cette idée sembla rasséréner les jumeaux, qui, de toute façon, n'avaient qu'une hâte : découvrir les petits jouets et chocolats qui gonflaient leur chaussette. Ils y plongèrent la main et commencèrent à déchirer le papier qui enveloppait les cadeaux du dessus. Au bout de quelques secondes, Jake s'interrompit.

— Tatie Gemma, pourquoi nos cadeaux sont tout collants ?

Zut. Apparemment, la colle n'avait pas bien séché.

— Eh bien, le Père Noël avait beaucoup de cadeaux à emballer cette année, et il était à court de ruban adhésif, leur expliqua-t-elle. Et puis, la colle, c'est plus écologique.

Elle ignorait si c'était vrai, mais ces temps-ci l'environnement était évoqué à toutes les sauces dans les écoles primaires, et elle se dit qu'elle pourrait faire croire n'importe quoi aux enfants si elle leur disait que c'était écolo.

Polly émit un petit hoquet de mépris.

— Un homme de son âge et de son expérience devrait quand même être un peu plus organisé, marmonna-t-elle en déchirant avec précaution le papier de son premier cadeau.

Gemma se cala un oreiller dans le dos et s'y enfonça pour contempler le spectacle. Elle poussa des exclamations de joie avec les enfants chaque fois qu'ils découvraient un nouveau trésor et essaya même de leur soutirer une ou deux pièces en chocolat. Elle était épuisée mais heureuse, comprenant à présent pourquoi Juliet courait dans tous les sens pour acheter ces babioles. Le jeu en valait la chandelle, et elle se sentait récompensée de tous ses efforts.

Les enfants avaient ouvert à peu près la moitié de leurs cadeaux quand Josh leva la tête de sa chaussette :

— Et toi, tu n'ouvres pas la tienne, tatie Gemma ?

— Je n'ai pas de chaussette, mon chéri, répondit-elle en souriant. Mais je m'amuse beaucoup à vous regarder vider les vôtres.

— Bien sûr que si, tu en as une ! s'exclama Jake en désignant le pied du lit.

Gemma regarda dans la direction qu'il indiquait et, à sa

grande surprise, aperçut une chaussette de Noël faite main ornée d'un gros ruban.

— Comment… ? Quoi ? balbutia-t-elle.

Puis, adressant à Polly et aux garçons un regard inquisiteur, elle demanda :

— C'est vous qui l'avez mise là ?

Tous trois secouèrent la tête de concert.

— Comment on aurait pu ? lança Josh. C'est le boulot du Père Noël.

Gemma les considéra sans rien dire et, quand Polly lui passa la chaussette remplie de cadeaux emballés dans un papier qu'elle ne reconnaissait pas, elle sentit sa gorge se serrer. Elle pressa la chaussette contre sa poitrine, savourant le craquement du papier et le petit vertige impatient qui la gagnait.

— Tu n'ouvres pas tes cadeaux ? demanda Polly.

Gemma lui sourit de toutes ses dents.

— Si, répondit-elle. Si, je vais les ouvrir !

Alors, elle plongea la main dans la chaussette et s'empara du premier cadeau.

Gemma était en train de lire la recette de la sauce à la mie de pain dans le carnet de Juliet quand elle entendit des pas traînants derrière elle. Les petits étaient dans leur chambre, en train de jouer avec leurs cadeaux de Noël, et il ne lui fut guère difficile de deviner de qui il s'agissait.

Ils avaient tous pris leur petit déjeuner en attendant que Violet fasse surface, pensant qu'ils allaient ouvrir avec elle les plus gros cadeaux, mais vers 7 h 30 les jumeaux s'étaient transformés en tornades, et Gemma avait craqué. En outre, comme Juliet se plaisait à le répéter, chacun devait assumer les conséquences de ses actes.

Posant le verre doseur qu'elle avait en main, elle se tourna vers Violet.

— Joyeux Noël, dit-elle gaiement. Comment ça va, ce matin ?

Au son de sa voix, Violet tressaillit, et Gemma ressentit un élan de compassion envers sa nièce.

— Pas la grande forme, hein ?

Violet, qui avait le teint gris et les cheveux en désordre, haussa les épaules.

Gemma retourna à sa recette. Un demi-litre de lait… Elle inclina la bouteille et versa la quantité requise, puis transvasa le lait dans une casserole qu'elle posa sur la plaque électrique. Alors qu'elle rangeait la bouteille de lait dans le réfrigérateur, elle dit à Violet :

— Je crois que tu devras dire un grand merci à Will, quand il viendra, tout à l'heure.

Les paupières de Violet s'affaissèrent légèrement.

— Si tu le dis.

Cette réponse laconique eut le don d'agacer prodigieusement Gemma. Jusque-là, elle était prête à se montrer enjouée et compréhensive, mais Violet lui devait à tout le moins une excuse, et peut-être même un peu de reconnaissance pour lui avoir sauvé la mise alors qu'elle était en si piètre posture.

— Tu m'as fait vraiment peur, hier soir, tu sais, dit Gemma en essayant vainement de garder un ton léger. Ton comportement irresponsable nous a tous mis sur les dents. Pourquoi tu ne répondais pas au téléphone ?

De nouveau, Violet haussa les épaules.

— Je l'avais laissé dans la poche de mon manteau.

— Et tu étais censée être à la maison pour 10 heures. La mère de ta copine devait te ramener, alors que s'est-il passé ?

— La mère de Keira a décidé de rester un peu plus longtemps pour discuter avec celle d'Abby, expliqua Violet. Elle m'a envoyée chercher mes affaires à l'étage.

Il devait s'agir de l'autre femme qu'elle avait vue dans la cuisine. En se rappelant la taille du verre posé devant elle, elle se sentit soudain très contente que Gemma ait mis si longtemps à retrouver son manteau.

— Tu as été malade, cette nuit ? demanda-t-elle à Violet.

Celle-ci fit signe que non.

Elle avait bien de la chance. Gemma croisa les bras, attendant la suite. C'était censé être le moment où Violet disait : « Merci, tatie Gemma, de t'être lancée à mon secours au milieu de la nuit. Merci de ne pas m'avoir crié dessus et de t'être assurée qu'il ne m'était rien arrivé de mal, qu'aucun garçon n'avait abusé de moi, et de m'avoir évité une éventuelle grossesse à quinze ans. » Mais Violet fit glisser ses chaussettes sur le sol de la cuisine avant de relever la tête et d'adresser à Gemma un regard vide.

— Alors… ?

— Alors quoi ? répondit Violet. Je ne suis tout de même pas la première ado à boire un peu pendant une fête. Relativise, quand même !

Le lait commençait à bouillir dans la casserole derrière elle, et Gemma s'aperçut que c'était son cas à elle aussi. Elle s'était démenée afin de rendre ce Noël parfait pour Violet et les autres, courant dans tous les sens comme un poulet auquel on aurait coupé la tête, et voilà que la gamine trouvait cela normal !

— Je n'arrive pas à croire que tu sois si égoïste, dit-elle d'une voix tendue.

Au même moment, elle entendit Juliet prononcer exactement les mêmes mots dans sa tête. C'était une sensation de déjà-vu des plus étranges, car elle avait déjà eu cette conversation auparavant — et maintenant les rôles étaient inversés.

Violet la gratifia d'un nouveau haussement d'épaules. Gemma l'observa plus attentivement, cette fois, et, avant que sa nièce se détourne, elle vit passer sur son visage une expression de honte et de culpabilité.

Cela lui fit l'effet d'une gifle. Voilà donc ce que Juliet ressentait chaque fois que Gemma minimisait ses propres bévues, chaque fois qu'elle affirmait qu'il n'y avait pas de quoi en faire un plat et que Juliet dramatisait tout.

Pas étonnant que celle-ci ait souvent l'air sur le point d'exploser.

Elle inspira profondément pour se calmer et décida d'aborder le problème sous un autre angle. Elle détestait quand Juliet lui rentrait dedans. Cela la mettait sur la défensive et la faisait réagir d'une façon qui rendait sa sœur encore plus folle. Et voilà qu'elle se retrouvait face à la fille aînée de Juliet, qui ressemblait par bien des aspects à sa tante, et qui, manifestement, développait une tendance à gérer les conflits de la même manière qu'elle. Gemma avait très envie de lui crier dessus ou de la gratifier de petits commentaires cyniques, mais elle se retint.

— Ecoute, dit-elle calmement, je sais que tu regrettes ta conduite, et je sais qu'il est plus facile de prétendre qu'il n'y a pas de quoi en faire toute une histoire, mais parfois il est bon de reconnaître ses erreurs. Il faut savoir les admettre et s'excuser. Ainsi, tout le monde peut repartir calmement de zéro au lieu de laisser les rancœurs prendre racine.

Violet baissa la tête et acquiesça.

— Je suis désolée, tatie Gemma. De t'avoir mal parlé… et aussi pour hier soir.

Gemma souffla, et sentit l'essentiel de sa colère se dissiper dans le mouvement.

— C'est bon. Nous en parlerons davantage plus tard, mais pour le moment je crois qu'il faut que tu ailles…

Elle était sur le point de dire à Violet d'aller s'habiller, mais celle-ci portait encore le jean et le T-shirt de la veille.

— Il faut que tu ailles te changer, reprit Gemma, et ensuite tu descendras manger un peu.

Violet esquissa une moue dégoûtée, mais Gemma ajouta rapidement :

— Tu te sentiras mieux quand tu auras quelque chose de solide dans l'estomac. Fais-moi confiance.

Le soleil filtrait à travers les fins rideaux lorsque Juliet se réveilla. Elle sourit. C'était Noël, et assez difficile à croire… Le matin de Noël lui inspirait un ciel gris et une maison froide, mais aussi le confort d'une chemise de nuit douillette et ses enfants rassemblés autour d'elle, qui transportaient leurs chaussettes faites main sur son lit pour venir ouvrir sous ses yeux les petits cadeaux qu'elle y avait déposés en secret.

Elle tendit la main vers la table de chevet et y prit son téléphone portable. Ils lui manquaient tellement, tous les quatre ! Ils avaient convenu qu'elle n'appellerait pas, car cela ne ferait sans doute que rendre plus difficile leur séparation, mais ce matin elle ferait exception. Elle tenta de chasser le pincement dans sa poitrine et battit des paupières pour achever de se réveiller. Enfin elle composa le numéro.

La sonnerie retentit deux fois, puis Violet décrocha.

— Salut, maman !

Elle semblait contente. C'était bon signe, non ?

— Joyeux Noël, ma chérie, dit-elle doucement. Vous passez une bonne journée ? La matinée doit être déjà bien avancée, chez vous.

Violet émit un petit rire.

— C'est mouvementé, en tout cas !

Juliet réprima un élan de panique.

— Que veux-tu dire ?

Sa fille soupira.

— Ne monte pas sur tes grands chevaux, maman. Tout va bien. Nous sommes tous levés et habillés, et tatie Gemma prépare le repas…

Elle s'interrompit pour pouffer, et Juliet ferma les yeux dans une prière silencieuse.

— Polly et les garçons sont là ?

— Bien sûr, dit Violet.

Juliet entendit un bruit de pas rapides, comme si elle descendait l'escalier quatre à quatre.

Un instant plus tard, elle perçut les rumeurs d'une dispute, puis des cris. « Moi d'abord ! » et «Non, c'est mon tour ! » Quand le calme fut un peu revenu, elle entendit la voix de Polly.

— Bonjour, mère. Comment ça se passe, sous les tropiques ? Ça y est, tu as attrapé la malaria ?

Juliet porta la main à sa bouche pour dissimuler le fou rire qui la prit. Polly vivrait très mal que sa mère soit en train de se tordre de rire à en avoir mal au ventre.

— Joyeux Noël, mon cœur, dit-elle en prenant une grande inspiration pour se calmer. Les tropiques sont merveilleux et, non, je n'ai pas attrapé la malaria. Ce n'est pas quelque chose dont on doit s'inquiéter à Sainte-Lucie.

— Ah... J'avais fait des recherches pour savoir comment te soigner quand tu rentrerais. Tu es sûre que tu n'as pas la malaria ?

Elle semblait presque déçue, mais Juliet ne s'en formalisa pas. Polly aimait seulement rendre service aux gens, et elle préférait parer à toutes les éventualités.

— Tout à fait sûre, dit Juliet. Mais, quand je rentrerai, je souffrirai sans doute du décalage horaire. Tu sais comment arranger ça ?

— Pas encore, dit Polly, d'une voix déjà plus enjouée. Bon, tu veux bien parler aux garçons pendant que je fais quelques recherches dans mes dossiers ?

Sur ces mots, elle disparut, laissant les jumeaux se disputer pour savoir qui prendrait le téléphone. Violet dut intervenir et le mettre sur haut-parleur pour qu'ils puissent parler tous les deux à la fois. Au milieu de leurs exclamations, Juliet crut comprendre qu'ils parlaient de cadeaux, de chocolat, encore de chocolat, et de quelque chose de marrant que tatie Gemma avait fait. Jake était sur le point d'en dire plus, mais Violet l'interrompit d'un « chut » sonore, et tout le monde se mit à pouffer. Pour finir, elle demanda à Violet de couper le haut-parleur et se prépara à leur dire au revoir. Peu importe que cet appel lui ait vidé son compte en banque, il en valait la peine.

— Tu es sûre que tout va bien ? demanda-t-elle à Violet. Est-ce que tatie Gemma été… Je veux dire…

Elle chercha une façon de lui demander à demi-mot si la maison avait brûlé, si l'un de ses enfants avait perdu un bras, ou s'il avait fallu intervenir pour faire descendre tante Sylvia du sommet d'un arbre en centre-ville, mais elle sortit bredouille de ses réflexions.

— … est-ce que tout va bien ? fit-elle lamentablement.

Violet éclata de rire.

— Tout est parfait, maman.

— Bien, dit-elle calmement. Je suis contente. Je t'aime, Violet, et dis à Polly et aux garçons que je les aime aussi.

— Nous aussi, on t'aime, maman. Passe un super Noël. J'espère qu'il sera parfait pour toi.

Juliet hocha la tête. Les larmes lui coulaient le long des joues, et elle n'arrivait plus à parler. Elle entendit un reniflement faire écho au sien à l'autre bout de la ligne. Violet et elle émirent un petit rire.

— Au revoir, ma chérie…

Ce fut Violet qui raccrocha la première. Juliet éloigna l'appareil de son oreille et le regarda fixement pendant un moment, avant de le reposer sur la table de chevet en soupirant.

Elle se rappela alors que le tiroir de la table contenait quelque chose — le cadeau de Gemma. Sans doute un bibelot rapporté de ses nombreux voyages. Gemma était douée pour dénicher partout dans le monde de petites choses qui plaisaient à Juliet. Jusque-là, celle-ci avait toujours trouvé ces petits présents agaçants, pensant qu'à travers eux sa sœur ne cherchait qu'à compenser la rareté de ses visites. Maintenant qu'elle y réfléchissait, elle comprenait que les choix de Gemma étaient judicieux parce qu'attentionnés. Et elle était bien placée pour savoir que trouver le cadeau parfait requérait beaucoup d'efforts. Alors pourquoi n'avait-elle jamais pris conscience de tant de générosité ?

*Parce que tu ne voulais pas accepter le fait que tout n'est pas noir ou blanc…*

Juliet respira profondément, laissant cette pensée faire son chemin dans son esprit. Elle se montrait vraiment dure avec Gemma, non ? Elle l'avait toujours été. Et pourquoi ? A quel moment l'amour qu'elle portait à sa sœur s'était-il transformé en un sentiment beaucoup moins charitable ? Elle avait l'impression que la réponse n'était pas loin, mais aussi qu'elle n'était pas encore prête à la regarder en face — sans doute parce qu'elle savait que ce ne serait pas très beau à voir.

Elle sortit le petit paquet de la table de chevet. Même si le cadeau qu'il contenait était probablement parfait, l'emballage portait la signature de Gemma. Pourtant, le papier bon marché et les bouts de ruban adhésif collés à la hâte ne la dérangeaient pas autant que d'habitude. Elle déplia consciencieusement le papier, qui révéla une petite boîte carrée et plate dont la taille laissait imaginer qu'elle contenait un bracelet ou un porte-clés. Juliet en souleva le couvercle et resta bouche bée. Il ne s'agissait pas d'un joli bijou ethnique en perles, ni d'une babiole gravée à la main.

Reposant sur un morceau d'ouate se trouvait la bague de fiançailles de sa grand-mère.

Juliet posa sa main sur son cœur, et la contempla. Une fois de plus, le choix de Gemma était parfait.

# *Chapitre 23*

Il était un peu plus de 10 heures quand Will frappa à la porte. Il tendit à Gemma un plat à rôtir couvert de film alimentaire.

— Joyeux Noël.

Elle le lui prit des mains avec un petit rire.

— C'est la première fois qu'on m'offre un poulet cru pour Noël.

Il balaya la cuisine du regard. Elle semblait avoir été ravagée par une tornade de faible amplitude.

— Tu as besoin d'aide ?

Gemma aurait aimé pouvoir dire oui, mais elle sentait qu'elle devait à tout prix s'en sortir seule. Non seulement pour montrer à Juliet qu'elle s'était trompée sur son compte, ou pour éviter d'éventuelles remontrances, mais simplement pour elle-même.

— Je maîtrise. J'ai une liste qui détaille tout ce que je dois faire cuire, et à quelle heure il faut enfourner chaque plat.

Puis, se retournant, elle ajouta avec une moue désabusée :

— Juliet serait fière de moi.

Il lui adressa en retour ce sourire qui ne venait pas des lèvres mais des yeux, et elle sentit ses genoux se ramollir.

— Oui, elle serait fière, dit-il.

Gemma battit en retraite, ignorant la chaleur qui l'envahissait et songeant que ce n'était pas le moment de commencer à éprouver des sentiments déplacés pour un homme qui n'était pas du tout son genre. C'était d'autant plus déplacé, d'ailleurs, que celui-ci avait un faible pour Juliet. Et elle soupçonnait vaguement que ce fût réciproque. Non, il ne pouvait rien se passer entre eux.

— On se voit à midi et demi, quand tu reviendras avec Mme Waterman, dit-elle à Will lorsqu'elle le raccompagna à la porte.

Elle la referma doucement derrière lui puis se retourna, les mains sur les hanches.

— Les enfants ! cria-t-elle.

Silence. Ils étaient bien trop occupés avec leurs cadeaux de Noël pour l'entendre, ce qui était parfaitement compréhensible, mais il n'en restait pas moins qu'ils avaient tous un repas de Noël à préparer. Elle eut alors le sentiment qu'elle n'était pas la seule dans la famille à compter aveuglément sur Juliet. Gemma, en tout cas, aurait grandement besoin d'un coup de main aujourd'hui.

Elle fit une nouvelle tentative :

— Chocolat ! s'écria-t-elle en se postant en bas de l'escalier.

Quatre visages empressés apparurent en quelques secondes sur le palier. Gemma leur sourit. Ils auraient leur chocolat, mais pas tout de suite. C'était quelque chose qui se méritait.

Elle chargea les jumeaux de ramasser les papiers d'emballage dans le salon et montra à Violet comment enrouler les rubans de bacon autour des chipolatas. Polly et ses compétences en maths furent affectées au calcul du temps de cuisson de chacune des plaques de petits-fours et à celui de la température adéquate, de telle sorte qu'à l'arrivée des invités ils disposeraient de canapés en flux tendu.

Quand midi sonna, tout était prêt à être servi. Les carottes étaient pelées, les pommes de terre, cuites, et la table était mise — même si les jumeaux avaient une façon bien à eux de disposer les couverts autour de l'assiette. Quant à Gemma, elle commençait à croire qu'elle allait finalement pouvoir proposer quelque chose de comestible à ses convives. Non seulement elle avait réussi sa sauce à la mie de pain, mais elle avait également confectionné la célèbre farce de sa mère, et s'apprêtait à faire dorer les carottes ; en général, Juliet ne le faisait pas, mais Gemma avait repéré une recette par hasard, et cela ne lui paraissait pas si compliqué.

Elle était juste en train de féliciter les enfants en leur donnant leurs chocolats quand oncle Tony et sa compagne arrivèrent.

Tony était un homme de grande taille d'une cinquantaine d'années, à la chevelure épaisse et au sourire radieux. Sans savoir pourquoi, Gemma l'aurait bien imaginé en séduisant pilote de ligne quand il était plus jeune, bien que Juliet lui ait appris qu'il dirigeait une compagnie d'épuration. Il avait le charme et la prestance qu'on associait aux pilotes de jet, et l'air gentiment supérieur qui allait avec.

Quand il entra, Gemma le serra dans ses bras, bien qu'elle ne se rappelle pas vraiment quand, ni même *si* elle l'avait rencontré auparavant. En effet, il n'était pas réellement son oncle, mais le mari veuf de la sœur de leur père. Pourtant, quand la main de Tony descendit le long de son dos pour venir se poser en haut de ses fesses, la mémoire lui revint soudainement.

Oui, c'était bien ce Tony-là. Elle se dégagea de son étreinte avec un sourire crispé. A présent, elle comprenait pourquoi le reste de la famille gardait ses distances avec cet homme. En revanche, elle ne comprenait pas pourquoi Juliet l'avait pris sous son aile.

La compagne d'oncle Tony était une étrange créature. C'était une femme mince dotée d'un nez busqué et de cheveux teints en noir qui lui donnaient un air beaucoup trop sévère pour son âge. Elle avait une tête d'épouse de pasteur aigrie, le visage pincé, sombre et légèrement réprobateur. En revanche, elle avait une dégaine de prostituée et portait une robe aux motifs léopard tellement courte et moulante que Gemma imaginait déjà les jumeaux chuchoter entre eux : « Je vois sa culotte ! » avant d'éclater de rire.

— Ravie de faire votre connaissance, Wanda, lui dit Gemma.

Elle ne la prit pas dans ses bras. Elle avait l'impression que ce genre de démonstration d'affection n'était pas dans le style de Wanda. Celle-ci hocha simplement la tête avant de suivre Tony dans la maison. Gemma prit leurs manteaux et les précéda dans le salon où les enfants avaient pour mission de leur tenir compagnie.

Elle consulta la pendule. Juliet avait prévu de servir le déjeuner à 13 h 30 ; il lui restait donc encore une heure pour achever ses préparatifs. Les poulets cuisaient sans histoire dans le grand four, et les pommes de terre les rejoindraient bientôt.

Elle poussa un soupir. Pendant ces dernières vingt-quatre heures, elle avait travaillé comme une folle, mais elle y était enfin arrivée. Ce ne serait pas le repas de Noël le plus extraordinaire qu'elle ait connu, mais ce ne serait pas non plus le pire. Elle espéra que Juliet serait fière d'elle. En tout cas, Gemma se sentait fière d'elle-même.

Elle appela Polly pour lui dire qu'elle était responsable des biscuits apéritifs et des cacahuètes, une tâche qui plut immédiatement à sa nièce. Après lui avoir chargé les bras de bols de tortillas et de bretzels, Gemma lui recommanda de les remplir au fur et à mesure que les invités se servaient, et de demander à Tony et Wanda ce qu'ils souhaitaient boire.

Polly n'était pas encore revenue quand la sonnette d'entrée retentit de nouveau. Gemma grimaça. Qui cela pouvait-il bien être ? Il était un peu tôt pour que Will arrive avec Mme Waterman, et il était toujours très ponctuel. S'essuyant les mains avec un torchon, elle se dirigea vers la porte d'entrée, sourcils froncés.

Sur le seuil se tenaient Mme Waterman et deux jeunes femmes que Gemma ne reconnut pas. Will se tenait derrière elles, un peu à l'écart.

— Joyeux Noël ! s'exclama Doris Waterman avec un grand sourire. Je vous présente Birgit, qui nous vient d'Allemagne, et voici Trine, qui est danoise.

Gemma en resta sans voix.

— Mais je croyais vous avoir expliqué ! dit-elle. Nous avons eu un contretemps désastreux, et je ne peux absolument pas me débrouiller pour nourrir autant d'invités à ce repas !

— Vous l'avez très bien expliqué, répondit Doris sans se départir de son sourire. Vous avez dit que *vous* ne pouviez pas vous débrouiller. Mais vous n'avez pas dit que nous ne pourrions pas mettre nos ressources en commun.

C'est alors que Gemma remarqua que chacune d'elles était

chargée de plats couverts de torchons et de boîtes en plastique. Doris passa devant Gemma et prit la direction de la cuisine, Birgit et Trine sur ses talons. Will entra derrière elles.

— Désolé, dit-il. Elle m'a fait jurer de garder le secret.

Gemma le considéra d'un air hagard avant de refermer la porte et de courir après les trois femmes. Quand elle arriva dans la cuisine, elles étaient en train de poser de nombreux plats sur la table.

— Mais pourquoi… comment… ? bégaya Gemma.

Doris lui tendit un plateau chargé de roulés aux saucisses et un tube de beurre au brandy.

— Votre sœur a tellement fait pour nous. N'est-ce pas, les filles ? demanda-t-elle en jetant un coup d'œil à Birgit et Trine par-dessus son épaule.

Toutes deux hochèrent la tête avec conviction.

— Elle est venue nous parler à l'époque où on ne connaissait personne et où on avait le mal du pays, expliqua Trine.

— Et elle nous a invitées pour le thé, et parfois à déjeuner le dimanche, ajouta Birgit.

— Cette femme méritait des vacances, et le moins que nous puissions faire, c'est de prendre soin de sa famille pendant son absence, renchérit Doris en tendant à Gemma un sachet de légumes. J'ai un ami charmant qui aime jardiner.

A part cela, Doris avait apporté un jambon laqué au miel et un véritable pudding de Noël fait maison qui sentait dix fois meilleur que le malheureux gâteau que Gemma avait acheté en magasin. Birgit avait apporté un *Stollen*, le traditionnel gâteau de Noël allemand, et Trine, du chou rouge braisé et un appétissant riz au lait accompagné d'un coulis de cerises chaud. Là aussi, c'étaient des mets traditionnels du Danemark, assura-t-elle.

Même oncle Tony avait assuré le coup : il fit un saut jusqu'à sa voiture et revint avec une caisse de six bouteilles de champagne. Ils en ouvrirent deux et en remplirent les coupes des adultes, tandis que les enfants se virent servir du jus de pomme pétillant. Puis ils levèrent leurs verres et se souhaitèrent mutuellement un joyeux Noël.

Gemma balaya la pièce du regard. Tout le monde arborait une mine réjouie, même les gens qu'elle ne connaissait pas. La semaine avait été éprouvante et, comme le déjeuner de Noël n'était pas encore servi, elle était sûre que de nouvelles épreuves l'attendaient encore, mais elle devait admettre qu'elle passait un excellent moment — meilleur, en tout cas, que si elle s'était retrouvée seule à Noël, même sous le soleil.

Tout cela lui avait manqué ; la famille, ce sentiment d'appartenance… Le plus triste, c'était qu'elle était tellement occupée à fuir cette même famille qu'elle ne l'avait pas réalisé jusqu'alors.

Tandis qu'elle sirotait son champagne, elle surprit le regard de Will sur elle. Elle l'avait considéré comme la doublure de Juliet pendant l'absence de celle-ci. Dans son esprit, il était censé être là pour surveiller ses faits et gestes, pour la juger. Il avait en effet été le témoin direct de la plupart de ses bourdes et de ses ratés au cours de la semaine passée, mais voilà qu'à présent il levait son verre dans sa direction.

*A toi*, articula-t-il silencieusement.

Gemma se sentit rougir, et la même chaleur qu'elle avait ressentie plus tôt se manifesta au plus profond d'elle-même, une chaleur qui n'avait rien à voir avec le bel esprit de Noël qui régnait dans la pièce. Voilà qui était désagréablement perturbant.

Elle avala son champagne.

— Très bien, dit-elle précipitamment, il est temps que je retourne en cuisine.

Elle s'éclipsa aussitôt en emportant son verre.

Elle préparait le repas de Noël de Juliet, dans la cuisine de Juliet, avec les plus jolis plats de Juliet. A force, songea-t-elle, elle risquait de se prendre tellement au jeu qu'elle allait finir par oublier que cet homme qui lui inspirait des sentiments de plus en plus difficiles à accepter était celui sur lequel sa sœur avait peut-être jeté son dévolu.

Marco trouva Juliet sur la plage, le regard perdu sur l'océan. Elle se retourna en l'entendant approcher et lui sourit.

— *Buon Natale*, lui dit-il en lui rendant son sourire.

— Joyeux Noël, répondit-elle doucement.

Et comme il était là, devant elle et terriblement séduisant, elle l'embrassa. Il fit glisser ses bras le long de sa taille et autour de son dos pour l'attirer à lui.

— Maintenant, c'est un très, très bon Noël, murmura-t-il en l'embrassant de nouveau.

Puis il prit la main de Juliet et la mena vers les marches de bois qui donnaient accès à sa villa.

— J'espère que ça ne te dérange pas, mais en te voyant sur la plage j'ai commandé un petit déjeuner.

Elle secoua la tête, ravie. Non, cela ne la dérangeait nullement.

Ils s'assirent et déjeunèrent d'une coupe de fruits frais et de yaourts crémeux. Ils finirent par des croissants croustillants qui fondaient dans la bouche ; ils étaient légers et avaient le même goût de beurre délicieux que ceux que Juliet avait pu déguster autrefois dans les cafés de Paris. Ils parlèrent peu, profitant d'un agréable silence. Quand elle leva la tête après avoir achevé sa viennoiserie, elle s'aperçut que Marco la dévisageait.

— Quoi ? demanda-t-elle en s'essuyant les lèvres pour en ôter des miettes de croissant inexistantes.

— Rien… C'est juste qu'aujourd'hui tu sembles différente.

— Je me sens différente, aujourd'hui, confirma-t-elle en fronçant légèrement les sourcils. Comme si j'étais bien moi. Pas la personne que j'essayais d'être, mais la vraie, celle qui était là depuis toujours.

Le front de Marco se plissa.

— Je ne suis pas sûr de comprendre.

Elle haussa les épaules.

— Moi non plus.

Elle commença à rire, puis continua un moment, parce que c'était bon de rire et qu'elle en avait envie.

Marco sourit.

— Tu es vraiment une femme mystérieuse. Tu m'intrigues.

Juliet se versa un autre verre de jus de goyave.

— Je crois que, là d'où je viens, on me traiterait plutôt d'excentrique.

Mais cela ne la dérangeait pas. Excentrique, c'était déjà plus proche de « libre d'esprit et impulsive » que de « névrosée et autoritaire »… Elle était indéniablement en progrès.

— Que veux-tu faire, aujourd'hui ? demanda-t-il.

Elle le regarda en esquissant un sourire. Elle était très

tentée de répondre : « Je te veux, toi », mais elle s'aperçut qu'elle n'était pas encore assez téméraire pour cela. En outre, était-il utile de se précipiter ?

Elle se tourna pour contempler le ciel d'un bleu azur derrière la terrasse de Marco.

— J'ai envie de prendre un bateau et de me laisser voguer, tout simplement, répondit-elle. J'ai envie de manger du poisson fraîchement pêché dans l'océan. Et je ne veux absolument pas voir quoi que ce soit qui ressemble à une dinde, une pomme de terre rôtie ou une boulette de farce.

Comme toujours, Marco était prêt à se lancer dans l'aventure sans attendre. Il repoussa sa chaise.

— Alors c'est parti.

Ils passèrent donc la journée à appliquer le programme défini par Juliet. A Pelican's Reach, on pouvait louer de petits voiliers, et Marco ayant grandi près d'un lac il savait piloter tout ce qui avait une voile. Après un peu de navigation, ils firent de la plongée au tuba et nagèrent dans les petites criques qu'ils trouvèrent en chemin. Puis ils jetèrent l'ancre près d'une plage déserte et utilisèrent le canot pneumatique pour rejoindre la rive. Ils dégustèrent leur déjeuner de Noël sous un palmier. Au menu, des salades et du pain qu'ils s'étaient procurés à l'hôtel avant de partir, et du poisson frais qu'ils firent griller eux-mêmes sur un feu préparé par Marco.

Pendant qu'ils festoyaient ainsi, un vieil homme surgit de nulle part pour leur proposer toutes sortes de fruits exotiques. Juliet songea qu'avec sa barbe blanche et son sourire jovial il ressemblait à un Père Noël caribéen, son short et son gilet sans manches lui tenant lieu de costume rouge, et son bateau peint en jaune, rouge et vert remplaçant sa luge enneigée. Il leur vendit une noix de coco qu'il ouvrit à la machette. Juliet et Marco en burent le lait avant de manger la chair tendre du fruit à la petite cuillère. En comparaison, les noix de coco des supermarchés anglais semblaient sèches et toutes rabougries. Quand Juliet leva la tête pour dire au revoir au vieil homme, elle fut surprise de voir que son bateau et lui s'étaient évanouis.

Ils passèrent la partie la plus chaude de l'après-midi à l'ombre de l'auvent du bateau, sirotant du vin qu'ils avaient jusque-là gardé au frais, dans la mer, en passant une corde autour du goulot de la bouteille. Malgré le calme de cet après-midi de détente absolue, Juliet s'aperçut qu'elle ne pouvait s'empêcher de penser à la maison et à ce que ses enfants étaient en train de faire. Avaient-ils passé une bonne journée de Noël ?

Marco, qui s'était étendu sur le banc d'en face pour somnoler, se redressa à demi pour la regarder.

— Tu as de nouveau ce regard distant. Quelque chose te rend triste ?

Parfois, il semblait plus jeune que son âge, mais souvent — comme à présent — sa perspicacité était effrayante.

— Je me sens un peu coupable d'être ici, à ne rien faire, alors que tout le monde chez moi se démène pour faire de Noël une journée spéciale. J'ai l'impression de m'être enfuie et de les avoir laissés tout faire.

Marco sourit avec une drôle de moue.

— Noël te donne beaucoup de travail, en général ?

Elle acquiesça.

— Mon ex-mari disait que j'en faisais toujours toute une

histoire, et je suppose que c'est vrai, mais c'est seulement parce que je veux que Noël soit parfait pour…

Elle s'interrompit et secoua la tête.

Marco se redressa davantage, l'air intrigué.

— Pour… ?

Elle leva les yeux vers l'auvent qui les protégeait du soleil. Elle avait été sur le point de dire « pour mes enfants ». Mais elle ne pouvait pas dire cela à Marco, puisqu'elle était censée être Gemma. Une personne sans liens, sans racines. Et en tout cas sans enfants.

— Pour moi, murmura-t-elle finalement. Je me rends toujours les choses plus difficiles qu'elles ne devraient l'être. Je stresse à propos de petits détails idiots, et maintenant, ici, je commence à me demander si tout cela a vraiment tant d'importance.

A bien y réfléchir, y avait-il quoi que ce soit dans son carnet de Noël qui soit réellement essentiel à la réussite de Noël ? N'aurait-elle pas dû simplement profiter d'aimer ses enfants et de passer auprès d'eux de bons moments ? A sa grande honte, ces deux éléments ne figuraient même pas dans ses listes si bien ordonnées.

Marco se leva et se pencha sur elle pour la dévisager avec acuité.

— Pourquoi Noël doit-il être parfait, Juliet ? Pourquoi ne pas le prendre simplement comme il vient ? Après tout, c'est un jour comme les autres.

Le mensonge qu'elle lui avait servi concernant son identité l'empêchait de dire la vérité à Marco. A savoir qu'elle ne voulait pas que ses enfants ressentent cette affreuse angoisse chaque fois que décembre arrivait. Qu'ils aient peur que cette année soit celle où tout allait tourner au cauchemar, l'année après laquelle plus rien ne serait jamais pareil.

Les sensations qu'elle avait réussi à tenir à distance pendant si longtemps l'envahirent d'un coup. Elle les sentit, glacées, se répandre dans son corps, lui donnant la chair de poule. Elle ne voulait pas parler de cela. Personne, dans sa famille, ne parlait jamais de cela. Et Juliet était devenue si douée pour se taire là-dessus que, ces dernières années, elle avait presque oublié ce qui était arrivé. Elle avait emprisonné ces pensées derrière un réseau inextricable de listes de choses à faire.

Une fois de plus, le regard pénétrant de Marco fit son œuvre. Et une fois de plus il lui demanda de quoi elle avait peur. Mais, cette fois, sa question la mettait beaucoup plus en danger que lorsqu'elle s'était retrouvée suspendue à un mince filin à vingt-cinq mètres au-dessus de la jungle.

*De rien*, s'apprêtait-elle à lui répondre. A cet instant, une douleur poignante sous les côtes la fit se plier en deux. Elle était si forte qu'elle dut aspirer une grande goulée d'air, qu'elle emprisonna dans ses poumons. Elle secoua la tête, mais sa bouche refusait de s'ouvrir, et le visage de Marco, maintenant tout près du sien, s'était soudainement brouillé.

Elle ne voulait pas parler de ce Noël-là. Elle ne voulait pas revenir sur cet épisode. Elle avait passé toute sa vie à tenter de lui échapper, heureuse de sentir que chaque année le repoussait un peu plus loin en arrière.

— Dis-moi…

Elle esquissa un nouveau signe de dénégation mais, avec ce soleil magnifique, ces vagues qui les berçaient et ce paysage si apaisant, elle commença à se demander si elle trouverait un jour meilleur contexte pour parler de ce Noël abominable. C'était peut-être l'occasion ou jamais.

Elle détourna le regard vers la rangée de palmiers, au loin, qui dansaient doucement dans la brise.

— C'était le Noël de mes neuf ans… Quand nous nous sommes levés le matin, tout allait bien, mais un peu plus tard dans la journée je suis entrée dans la cuisine, et ma mère pleurait.

Marco vint s'asseoir auprès d'elle.

— Il était arrivé quelque chose de grave ?

Juliet émit un petit rire sans joie.

— Non, et c'est ça qui est drôle, à vrai dire… Elle avait oublié de mettre la chair à saucisse dans la farce. Elle essayait de sortir la farce de la casserole, à moitié cuite, et d'y mélanger la chair à saucisse, mais ça ne marchait pas, et plus elle en mettait à côté, plus elle perdait les pédales. Papa essayait de lui dire que ce n'était pas grave, mais elle continuait de s'acharner à tout mélanger en pleurant, et puis d'un coup elle a… explosé. Elle a tout jeté par terre et a quitté la maison en courant.

Juliet ne lui avoua pas quelle était la goutte d'eau qui avait fait déborder le vase ; elle avait trop honte. Elle ne lui dit pas que ce jour-là, si elle n'avait pas fait la grimace en affirmant qu'elle ne mangerait pas de farce si celle-ci ne contenait pas de chair à saucisse, peut-être sa mère aurait-elle fini par voir le côté amusant de la situation, et qu'ils auraient ensuite passé un déjeuner de Noël tous ensemble. Mais elle avait prononcé ces mots, et sa mère avait couru hors de la maison en tablier, sauté dans sa voiture et était partie.

— Elle n'est revenue que deux jours plus tard, dit Juliet à

mi-voix. J'étais tellement soulagée, quand je suis descendue et que je l'ai vue dans l'entrée dans les bras de mon père.

Jusqu'au retour de sa mère, celui-ci avait été dans tous ses états, bien qu'il ait fait de son mieux pour n'en rien laisser paraître. « Faire bonne figure » était sa devise depuis toujours. « Ne dis rien à Gemma, lui avait-il intimé. Elle est trop jeune, elle ne comprendrait pas. » Aussi, elle avait joué avec Gemma, regardé des films à la télé et avait affirmé, comme leur père, que maman était allée rendre visite à quelqu'un qui avait besoin d'elle. Gemma les avait dévisagés tour à tour de ses grands yeux confiants et avait cru chacune de leurs paroles. Chacun de leurs mensonges. Juliet ne savait même pas si Gemma se souvenait de quoi que ce soit d'anormal au cours de ce Noël, ou si elle en avait gardé le moindre souvenir. Mais c'était bien le but escompté, non ?

Pendant les deux jours qui avaient suivi la fuite de sa mère, alors que Juliet s'efforçait de sourire et de rire comme si de rien n'était, elle avait craint, au plus profond d'elle-même, d'avoir gâché Noël. Et comme Noël était un jour particulier entre tous, plus rien ne serait jamais comme avant.

Son père lui avait dit qu'elle avait été très courageuse, vraiment une grande fille, et qu'en protégeant sa sœur elle se comportait en adulte. Elle devait en effet avoir donné le change, parce que son père n'avait pas pris une seule fois la peine de la rassurer en lui disant que leur mère allait finir par rentrer.

Juliet supposait qu'alors c'était une évidence pour lui, mais elle avait été tellement soulagée de revoir sa maman qu'elle avait couru se jeter dans ses bras en sanglotant. Sa mère lui avait rendu son étreinte, puis après quelques instants s'était détachée des bras de sa fille et l'avait remise sur ses pieds.

— Allons, allons, Juliet, avait-elle dit fermement. Ne me fais pas une scène.

Juliet avait vu la peur et la honte dans le regard de sa mère, qui ne voulait pas qu'on lui rappelle ce qu'elle avait fait. En se souvenant plus précisément de l'expression qu'elle affichait à cet instant, Juliet prit conscience que, peut-être, sa mère lui en avait voulu de connaître la vérité.

— Des années plus tard, nous nous sommes aperçus qu'elle était dépressive depuis longtemps, dit-elle à Marco. C'était juste sa façon de gérer la situation quand elle était dépassée — elle s'enfuyait, puis revenait et agissait comme si rien n'était arrivé.

Elle l'avait même fait une fois après le décès du père de Juliet, alors âgée de dix-neuf ans. Celle-ci avait passé toute la nuit à écumer le quartier de Beckenham où ils habitaient à l'époque, dans sa vieille voiture — sa première —, essayant de repérer le manteau rouge de sa mère. Elle n'en avait rien dit à Gemma non plus.

Après ce Noël-là, sa mère avait dû commencer à consulter un médecin et à prendre des médicaments, parce qu'ensuite tout s'était arrangé, pendant longtemps. C'était comme si ce fameux Noël n'avait été qu'un affreux cauchemar que personne n'osait évoquer.

— Je suppose que, depuis, j'ai voulu fuir Noël toute ma vie.

Marco ne semblait ni choqué ni horrifié, car il sourit et posa un baiser léger sur les lèvres de Juliet.

— Dans ce cas, nous sommes tous les deux des fugueurs de Noël, murmura-t-il.

Elle rit en enroulant ses bras autour de son cou.

— Aujourd'hui, j'en suis heureuse. Mais nous ne pouvons pas fuir éternellement. Bientôt, nous allons devoir rentrer chez nous.

Quand ils s'écartèrent l'un de l'autre, Marco ne semblait plus aussi insouciant qu'avant.

— Nous avons tous les deux des problèmes à affronter, dit-elle en plongeant son regard dans les beaux yeux bruns de l'Italien. J'ai besoin d'apprendre à « lâcher prise », et il faut que tu ailles faire la paix avec ta famille. Il faut que tu rentres et que tu leur montres quel homme merveilleux tu es devenu, que tu leur rappelles que tu n'es plus le vilain garnement dont ils se souviennent.

Il se leva, la laissant assise sur le banc, puis s'éloigna vers l'autre côté du bateau pour contempler le large.

— Je suis désolée, dit-elle en venant poser une main sur son bras. Je ne voulais pas m'immiscer dans ta vie privée.

Il ne se retourna pas, continuant de regarder les eaux bleues mouvantes, et elle vit les muscles de ses mâchoires se crisper.

— Tu es trop généreuse avec moi, Juliet. Je mérite peut-être le jugement que ma famille porte sur moi.

C'était étrange qu'il dise cela. Elle allongea le bras pour poser sa paume sur la joue de Marco et l'inciter à tourner le visage vers elle.

— Je n'en crois rien, et tu ne devrais pas le croire non plus.

Il évitait son regard depuis quelques instants, mais à ces mots il planta des yeux pleins de chaleur dans les siens.

Elle lui sourit :

— Alors je crois que nous devrions faire un vœu…

— Un vœu ? demanda-t-il, surpris.

Elle acquiesça avec enthousiasme.

— Oui, un vœu solennel. Un vœu de Noël.

Les lèvres de Marco esquissèrent une expression amusée.

— C'est-à-dire… ?

— Je promets de ne pas essayer de rendre Noël trop parfait l'année prochaine, et en échange tu promets d'aller le passer avec ta famille.

— C'est possible de rendre Noël trop parfait ?

— Oui, je crois que c'est possible, dit-elle avec sincérité.

Il lui décocha un vrai sourire, cette fois.

— Dans ce cas… pourquoi ne me laisserais-tu pas rendre ce Noël-ci parfait pour *toi* ? lui murmura-t-il à l'oreille.

Cette idée était loin de déplaire à Juliet, surtout quand elle pensait à tout ce que Marco lui avait déjà donné — des petits cadeaux qu'elle avait à peine remarqués sur le moment, mais dont elle commençait à réaliser la valeur : il lui avait dit qu'elle était belle, surprenante et originale, et quand elle était auprès de lui elle était toute prête à le croire.

Elle se retourna pour lui donner un vrai baiser.

— Je crois que c'est déjà fait, lui souffla-t-elle en nouant ses bras autour de son cou.

# *Chapitre 24*

L'assemblée éclectique composée de la famille et des amis de Juliet était réunie dans la salle à manger. Même en ajoutant des rallonges à la table, les douze convives étaient un peu à l'étroit. Il y avait à peine de quoi asseoir tout le monde, mais les jumeaux étaient ravis de pouvoir se percher sur des chaises de jardin, et Polly affirmait que le tabouret de piano, avec son siège tapissé, ressemblait à un trône. Personne ne paraissait se formaliser d'être coude contre coude ; l'heure était à la contemplation de la multitude de plats posés sur la table. Chacun en avait l'eau à la bouche.

Ce n'était pas tout à fait le menu que Juliet aurait concocté, mais Gemma était persuadée qu'aucun des convives n'oublierait ce repas. Même tante Sylvia, qui avait semblé un peu désorientée quand le minibus de Greenacres l'avait déposée, était tout sourires sous le chapeau de papier rouge posé sur son crâne.

— Allez-y, piochez ! ordonna Gemma en disparaissant dans la cuisine pour aller chercher un dernier plat.

A en croire le bruit des couverts qui s'entrechoquaient quand elle quitta la pièce, personne ne faisait de cérémonie, et cela lui plut.

Elle revint poser un petit plat de service près de l'assiette de Will, qui était en train de se servir des pommes de terre sautées. Il s'interrompit pour la considérer. Gemma hocha la tête et poussa le plat de choux de Bruxelles plus près de lui, même si la vue de ces petits légumes verts et ronds lui donnait, pour sa part, des haut-le-cœur.

— Mais tu m'avais dit que tu n'en avais pas trouvé, même en promettant amour et fortune au maraîcher, lui lança-t-il avec une étincelle dans les yeux.

— L'amour doit quand même y faire, parce que manifestement Doris a un admirateur secret qui possède un potager.

— Et tu les as cuisinés ? Pour moi ?

— Ce n'est qu'un petit plat de rien du tout, répondit Gemma, désinvolte. Comme je l'ai dit, tout le monde déteste ça. Même Doris.

Elle fit demi-tour pour retourner à sa place. De l'autre bout de la table, elle sentait le sourire de Will posé sur elle.

Pendant ce déjeuner de Noël fort peu conventionnel, il y eut beaucoup de bruit, de rires, et quelques disputes sans importance ; on porta de nombreux toasts, et on se souhaita mutuellement le meilleur. Vers le milieu du repas, Gemma posa ses couverts et se laissa aller contre le dossier de sa chaise en souriant. Jusque-là, la journée s'était déroulée à merveille. Jake et Josh trouvaient qu'oncle Tony était la personne la plus hilarante qui soit. Ils se tordaient de rire à ses blagues idiotes et ne se lassaient pas de le voir leur pincer le nez pour faire semblant de partir avec en courant. Même Wanda, voyant tout le monde s'amuser, ne pouvait s'empêcher de sourire.

Doris et Polly, sérieuses comme des papes, discutaient à bâtons rompus d'histoire, de livres et d'expériences scientifiques. Il s'avéra que la vieille dame avait autrefois été enseignante à l'école primaire, et Polly profitait de cette opportunité pour absorber tout le savoir qu'elle pouvait en tirer. Doris la laissait lui tirer les vers du nez avec plaisir, tout en lui permettant de briller en montrant combien elle était intelligente.

Entre-temps, Violet avait repris du poil de la bête et discutait avec Birgit et Trine de mode et de maquillage, et aussi de qui aurait vraiment dû remporter « X Factor » cette année.

Et puis il y avait Will.

Will, qui semblait ne pas vouloir quitter Gemma des yeux. Will, dont elle n'aurait vraiment pas dû faire tant de cas — quand bien même elle s'efforçait de se convaincre qu'elle ne devait qu'au champagne cette légère sensation de vertige qu'elle avait éprouvée tout l'après-midi.

Une heure plus tard, les convives rassasiés quittèrent peu à peu la table. Les adultes se laissèrent tomber sur le canapé, et les plus jeunes enfants disparurent dans leur chambre pour jouer avec leurs nouveaux jouets. Gemma prit place près de sa tante.

— Ce déjeuner t'a plu, tatie Sylvia ?

Sylvia acquiesça, puis lança un regard alentour.

— Où est Juliet ?

Gemma en eut un coup au cœur. C'était la première fois qu'elle entendait sa tante prononcer le nom de sa sœur depuis Pâques. Ravalant sa surprise, elle répondit :

— Elle a pris un peu de vacances.

Elle décida de ne pas lui donner davantage d'explications, de peur que cela ne la désoriente. Mais tante Sylvia insista :

— A Broadstairs ? J'aime beaucoup Broadstairs.

Gemma secoua la tête.

— Non, pas à Broadstairs. Elle est partie à Sainte-Lucie.

Sa tante eut un petit reniflement dédaigneux.

— Je parie qu'ils n'ont pas ces jolis rochers rose et blanc, à Sainte-Lucie.

Gemma ne put s'empêcher de sourire.

— Non, j'imagine que non.

Sur ces entrefaites, les jumeaux déboulèrent dans la pièce. Manifestement, ils étaient au beau milieu d'une bataille à mort qui se jouait entre les deux robots que Juliet leur avait achetés pour Noël. Ils se chargèrent en imitant des bruits de pistolets laser, avant de se ruer de nouveau hors de la pièce. Leur irruption ne semblait pas avoir perturbé tante Sylvia, qui les suivit même du regard en souriant.

— J'aime bien les garçons un peu vifs, expliqua-t-elle. Tes petits sont de braves garçons. D'ailleurs, tous tes enfants sont adorables.

Gemma secoua la tête avant de rectifier, une nuance de tristesse dans la voix :

— Ce ne sont pas mes enfants.

— Ne dis pas de bêtises ! s'écria tante Sylvia en se redressant sur les coussins. Bien sûr, que ce sont tes enfants !

Elle considéra Gemma avec une mine réprobatrice pendant quelques secondes, puis ses traits se détendirent de nouveau, et son regard se perdit dans le vide. Quand elle revint du monde inconnu de sa rêverie, elle se pencha pour tapoter affectueusement la main de Gemma.

— Tu es une bonne fille, Gemma, tu es pleine d'amour.

Gemma sentit sa gorge se serrer. Sa tante ne s'était pas trompée de prénom, mais ce n'était pas d'elle qu'elle parlait. Personne ne l'évoquait jamais en ces termes. D'elle, on disait souvent qu'elle était pleine d'humour, ou pleine de vie. Il lui était arrivé, une fois ou deux, de s'entendre dire qu'elle était pleine de bêtise. Probablement de la part de Will Truman, du reste. Mais elle s'aperçut qu'elle ne lui en voulait même plus, maintenant.

— Fais juste attention de ne pas te laisser déborder, et n'oublie pas de prendre soin de toi, dit Sylvia avec de petits hochements de tête entendus. L'amour, c'est comme Noël, Juliet… Il faut apprendre à recevoir autant qu'à donner.

Gemma s'inclina pour poser un baiser sur la joue parcheminée de sa tante.

— Ce sont de sages paroles, tante Sylvia. Vraiment très sages.

Se carrant sur son fauteuil, elle laissa la phrase de sa tante pénétrer dans son esprit.

Juliet donnait parfois trop. Et Gemma avait toujours été ravie de prendre ce que sa sœur lui avait offert, sans jamais se demander si la balance ne penchait pas toujours de son côté, si l'équation ne jouait pas systématiquement en sa faveur.

En parcourant le petit carnet de sa sœur, elle n'avait cessé de s'interroger : pourquoi Juliet se donnait-elle tant de peine pour que Noël, et la vie, soient parfaits ? Elle pensait à présent avoir la réponse à sa question.

Elle et sa sœur étaient toutes deux capables d'ingéniosité, d'organisation, de générosité et de créativité, mais Gemma ne mettait ces talents en œuvre que pour rapporter son salaire à la maison en fin de mois. Quant à Juliet… Juliet n'avait en tête que les gens qu'elle aimait.

Gemma regarda les enfants s'étirer sur le canapé tandis que le générique du dernier *Harry Potter* défilait sur l'écran de la télé. La torpeur d'après-déjeuner s'était dissipée et, à présent, ils commençaient à se réveiller. Aussitôt, Gemma bondit sur ses pieds.

— J'ai promis à Juliet que j'essaierais de faire tout ce qu'elle a noté dans son carnet de Noël, expliqua-t-elle à ses invités encore somnolents. Et, sur la page 13, elle a très clairement mentionné…

Elle s'interrompit pour s'emparer dudit carnet posé sur une petite table derrière elle, et l'ouvrit à la page qu'elle avait marquée.

— … que parmi les activités de l'après-midi devaient figurer des jeux de société, et plus particulièrement des devinettes.

Des grognements apathiques lui parvinrent, ainsi qu'un petit reniflement sceptique de la part de l'oncle Tony.

— Non, non… ne réagissez pas comme ça ! Ce sera amusant. Juliet a préparé toutes les cartes, avec des titres de films, d'émissions télé et de livres. Elle n'avait pas spécialement prévu que tout le monde s'endormirait devant le film, et certains d'entre vous ont fait une bonne sieste.

Elle décocha un regard appuyé aux coupables, avant de reprendre :

— Alors, qu'est-ce que vous en pensez ?

Doris, qui était assise sur le canapé à l'opposé d'oncle Tony et de Wanda, se redressa vivement :

— J'en pense qu'un petit jeu de devinettes serait parfait !

Gemma lui adressa un grand sourire et tira du carnet un paquet de cartes soigneusement classées. Les adultes ne paraissaient guère enthousiastes, et les jumeaux, qui s'étaient calés sur de gros coussins par terre pour regarder le film, levèrent les jambes en l'air et refusèrent de bouger. Gemma entreprit alors de les convaincre les uns après les autres à grand renfort d'explications enjouées et de cajoleries, et bientôt ils disposèrent de deux équipes équilibrées, qui non seulement acceptaient de se soumettre à cette activité, mais — miracle — semblaient même impatientes de démarrer.

Elle les répartit en groupes de deux et de trois pour mimer les titres et les phrases que les autres devaient deviner. Quand une dispute éclatait, elle l'arbitrait. Quand les enfants peinaient, elle leur chuchotait des indices à l'oreille. Et, quand l'oncle Tony devint un peu trop tactile en mimant ses devinettes, elle s'esquiva prestement hors de sa portée avec un sourire forcé. Avec l'alcool, ses mains étaient devenues encore plus baladeuses.

Après avoir épuisé la première partie du paquet de cartes, ils firent une pause pour prendre des rafraîchissements. Gemma remplit les verres des enfants de limonade et y plongea les grosses pailles de couleur aux formes amusantes qu'elle avait achetées pour leurs chaussettes de Noël. Quand elle leva les yeux, Will était debout à côté d'elle.

— Ça va, il ne t'embête pas trop ? lui demanda-t-il avec un mouvement du menton en direction de Tony.

Celui-ci était revenu s'étaler sur le canapé près d'une

Wanda à la mine renfrognée, et dont il essayait de regagner les bonnes grâces.

— Je peux avoir une petite discussion avec lui, si tu veux. D'homme à homme.

Gemma reposa le verre qu'elle était en train de remplir et considéra longuement Will.

— Non…, dit-elle enfin. Je peux m'en débrouiller facilement, j'ai l'habitude. Dans mon métier, cela fait partie des dommages collatéraux.

— Je veux bien te croire, répondit-il en la regardant droit dans les yeux. Depuis quelques jours, je te crois capable de gérer n'importe quelle situation.

Elle émit un petit rire sarcastique.

— Tu as trop forcé sur le sherry de Noël, ou quoi ? Ces derniers jours ont été une véritable catastrophe !

De nouveau, il plissa les yeux de cette façon étrangement chaleureuse.

— Pas du tout. Certes, il s'est produit pas mal d'imprévus, mais tu les as tous surmontés un par un, et aujourd'hui tu as affronté la journée le sourire aux lèvres, en ayant un mot encourageant pour chacun. Tu réussis même à supporter ce vieux pervers sans lui balancer ta main dans la figure, ajouta-t-il.

Gemma se mordit la lèvre.

— Ce n'est vraiment pas l'envie qui m'en manque, admit-elle en riant sous cape.

Le sourire qui brillait dans les yeux de Will descendit jusqu'à ses lèvres.

— Mais en réalité, reprit-elle, Tony est l'invité de Juliet

et, une fois cette journée achevée, je mettrai un point d'honneur à ne jamais le revoir.

— Je te comprends. Mais ce que j'essayais de te dire avant qu'on ne digresse sur les oncles un peu trop tactiles, c'est que nous avons tous passé une journée formidable, et que c'est grâce à toi.

Il cessa de sourire et la considéra avec sérieux.

— *Tu* as été formidable.

Le cœur de Gemma bondit dans sa poitrine et instantanément le rouge lui monta aux joues.

— Merci, dit-elle à mi-voix.

Alors, comme elle ne savait pas très bien quoi ajouter, elle plongea son regard dans le sien, longuement.

Enfer et damnation. Tout cela était une très mauvaise idée.

Non seulement Will appartenait à Juliet — enfin, pas tout à fait, mais c'était à tout le moins un homme sur lequel elle avait des vues — mais il n'avait certainement pas envie de s'encombrer d'une fille comme elle.

Sur ces entrefaites, heureusement, le chauffeur du minibus de Greenacres sonna à la porte, lui épargnant une réaction idiote.

Avec douceur, elle réveilla sa grand-tante et lui expliqua qu'il était l'heure de partir. Puis elle l'aida à enfiler son manteau et l'accompagna à la porte d'entrée. Sylvia l'embrassa sur la joue avant de la gratifier d'un petit tapotement de sa main osseuse.

— N'oublie pas ce que je t'ai dit, conseilla-t-elle avec une étincelle dans le regard.

— Je n'oublierai pas, tante Sylvia.

— Donner et recevoir, Gemma. Donner et recevoir.

Alors que Gemma agitait la main pour dire au revoir à sa tante, Tony et Wanda la rejoignirent dans l'entrée.

— Il va falloir qu'on y aille, nous aussi, dit l'oncle. On a de la route.

Wanda prit alors Gemma dans ses bras et la serra très fort, à la surprise de celle-ci. Will observait la scène depuis l'encadrement de la porte, et tous deux échangèrent un sourire complice.

— Je suis enchantée d'avoir pu partager avec vous un si beau Noël en famille, dit Wanda.

C'était sans doute la plus longue phrase qu'elle ait prononcée de toute la journée et, à voir l'expression impassible qu'elle affichait en permanence, personne n'aurait cru qu'elle avait apprécié à ce point la journée.

Gemma lui sourit.

— Oui, c'était bien, n'est-ce pas ? lui dit-elle avant de reprendre Wanda dans ses bras.

Cette fois, ce fut elle qui l'étreignit.

Tony donna une petite tape sur les fesses de Wanda.

— Et si tu allais t'installer dans la voiture, trésor ? Tu peux choisir un CD pour la route, si tu veux. Le temps de dire au revoir à tout le monde, et je suis là dans une seconde.

Birgit et Trine arrivèrent à leur tour pour prendre congé, la remerciant abondamment et lui proposant de garder les enfants dans la semaine si elle en avait besoin. Elles échangèrent des accolades et Gemma leur promit de venir les voir, elles ou leur famille, si son travail venait à l'amener jusqu'en Allemagne ou au Danemark. Elle était trop occupée pour remarquer que Tony attendait patiemment son tour.

Elle agita la main en direction des jeunes filles au pair

puis se retourna dans l'intention d'embrasser brièvement son oncle et de le pousser dehors. Mais, au lieu d'avancer vers elle, celui-ci écarta largement les bras en inclinant la tête d'un air angélique. Avec un soupir résigné, Gemma le rejoignit. Ce n'est qu'au moment où elle le vit regarder en l'air qu'elle comprit ce qu'il avait en tête.

Elle avait complètement oublié la branche de gui que Juliet avait accrochée au lustre de l'entrée. *Et zut.* Si elle avait deviné ses intentions plus tôt, elle aurait pu se dérober avec grâce, mais à présent qu'il la serrait dans ses bras elle allait avoir du mal à se sortir pacifiquement de cette situation. Elle n'avait aucune envie de frapper quelqu'un le jour de Noël, si elle pouvait l'éviter.

— Oh ! regarde, dit Tony d'une voix innocente tandis qu'il relâchait son étreinte.

Mais, avant qu'il ait pu émettre un commentaire sur le gui qui se trouvait au-dessus de leur tête, Will s'interposa entre eux et glissa un bras possessif autour de la taille de Gemma.

— Wanda t'attend, dit-il à Tony sur un ton amical que démentait son regard menaçant.

Puis, serrant plus fort Gemma contre lui, il ajouta :

— En plus, je crois que c'est mon tour.

Tony fronça les sourcils en bredouillant une protestation, mais Will lui sourit en agitant la main pour lui donner congé. Pour finir, l'oncle grommela un vague au revoir avant d'aller rejoindre d'un pas dépité sa compagne dans la voiture.

Ils les regardèrent partir tous ensemble, eux dans l'entrée, Mme Waterman et les enfants depuis la porte du salon.

Pendant tout ce temps, Gemma sentait la chaleur du bras de Will dans son dos, à travers le tissu de son chemisier. Elle essaya de ne pas en faire cas.

Elle savait ce qui venait de se passer. Le radar de Will, chevalier servant, s'était de nouveau mis en route, et pour une fois elle lui en était reconnaissante.

— Merci, lui dit-elle d'une voix un peu tremblante. Cette fois, il a failli m'avoir.

— Avec plaisir, dit Will en soutenant son regard.

Il ne retira pas sa main, et Gemma ne fit pas non plus mine de bouger. Cela aurait eu l'air bizarre s'ils s'écartaient l'un de l'autre maintenant, non ? Mieux valait tenir la pose, même si c'était juste pour la galerie.

Apparemment, la même idée avait dû traverser l'esprit de Will, car, au lieu de reculer, il se pencha sur elle et déposa un baiser tendre mais décidé sur ses lèvres.

Gemma aurait dû en rester là, vraiment. Elle aurait dû se contenter de ce bref petit baiser, puis ils auraient tous deux repris le cours normal de leur vie. Elle n'aurait pas dû se laisser aller contre lui, accompagner le mouvement. Et, quand la bouche de Will s'était attardée juste un instant sur la sienne, elle n'aurait pas dû pousser ce petit soupir de plaisir — pourtant irrépressible.

Will avait le sang-froid qui lui manquait, heureusement. Au bout de quelques secondes, il s'écarta vivement en marmonnant quelque chose dans sa barbe avant de se diriger à grands pas vers la cuisine. Gemma se retourna. Son public avait les yeux rivés sur elle.

Mme Waterman lui adressa un petit signe de tête entendu,

et Violet, un immense sourire. Quant à Josh et Jake, ils faisaient la même grimace.

— Beurk, dit Jake.

— Beurk toi-même, rétorqua Gemma en se frayant un chemin entre eux. Bon, qui veut rejouer aux devinettes ?

# Chapitre 25

Le restaurant le plus luxueux de Pelican's Reach était situé au sommet d'une colline escarpée offrant une vue imprenable sur tout le complexe hôtelier. L'immense terrasse en surplomb donnait à Juliet l'impression de flotter au-dessus de Pelican Bay, sans rien qui la rattache à la terre ou au ciel. Vue de loin, la colline ne semblait pas si haute, mais, depuis sa cime, la plage n'était qu'un minuscule croissant pâle qui se détachait sur le bleu de la mer et le ciel aux reflets pourpres. Juliet distinguait le murmure des vagues au loin, étouffé par le bruissement des insectes nocturnes et la musique classique qui égrenait ses notes entre les tables, dans l'air de la nuit.

Elle avait le sentiment d'évoluer dans un rêve merveilleux. Marco l'avait choisie, elle.

Certes, il ne s'agissait pas d'amour, de promesses ou de bonheur éternel — Juliet ne se méprenait pas. Ou du moins elle n'était pas prête à croire au conte de fées, pas après seulement quelques jours passés ensemble. Pour autant, l'idée d'être l'unique objet de l'attention d'un homme, plutôt que de rester dans l'ombre, était fort séduisante. Pour être honnête, c'était même une idée enivrante.

A moins que ce ne soient les cocktails…

La seconde moitié de ses vacances était déjà bien entamée,

et il était temps qu'elle goûte à ces boissons aux noms étranges qui figuraient sur la carte plutôt que de s'en tenir aux vins qu'elle connaissait déjà. Le cocktail qu'elle avait commandé était une spécialité du restaurant. Judicieusement baptisé « Pelican Zest », il était composé de rhum blanc, de jus de citron vert, de liqueur de melon et de quelques autres ingrédients qu'elle avait mémorisés sur l'instant, mais dont, à présent, elle n'arrivait plus très bien à se souvenir.

Elle plissa le nez pour essayer de se les rappeler… Etait-ce du triple sec ou de la vodka ? En même temps qu'elle buvait, tout semblait s'être mélangé dans sa tête.

Elle dégusta des noix de Saint-Jacques et du mahi-mahi aux piments et aux mangues, accompagnés d'un riz si léger qu'elle n'aurait pas été étonnée de le voir s'envoler. Pourtant, elle n'arrivait pas à se concentrer sur son plat, ce qui était un crime, honnêtement. Elle ne parvenait qu'à penser à Marco… A la façon dont ses doigts avaient caressé les siens quand il lui avait pris la main par-dessus la table, à la manière dont ses lèvres bien dessinées bougeaient quand il mangeait, et s'étaient retroussées dans un sourire complice quand il s'était aperçu qu'elle le regardait. Elle savait qu'elle goûterait ces lèvres avant la fin de la nuit.

Cette pensée la faisait trembler de crainte et d'impatience mêlées. Voilà pourquoi, sans doute, elle avait vidé son dernier cocktail sans s'en apercevoir.

— Tu es prête à partir ? demanda Marco en désignant du menton sa glace à la noix de coco et au citron vert à moitié entamée, à présent réduite à l'état de flaque dans son assiette.

— Oui, dit-elle après avoir respiré un grand coup. Je suis prête.

Elle ne l'était pas du tout. Elle n'était pas prête à ce qui allait arriver maintenant, même si elle le souhaitait plus que tout au monde. Elle aurait voulu être la femme qu'elle avait inventée pour Marco — une femme impulsive, libérée et passionnée. Même si elle trouvait le courage de l'emmener dans son lit, elle craignait qu'une fois là-bas l'ombre de cette femme se dissipe tout à coup, et que Marco se retrouve face à cette bonne vieille Juliet, ennuyeuse comme la pluie.

Ils quittèrent le restaurant et descendirent les marches carrelées en attendant qu'une navette apparaisse pour les ramener jusqu'à leur villa. Marco l'attira à lui et l'embrassa. Juliet se sentit prise d'un vertige et sa peau fourmillait de délicieux frissons. Oubliant toutes ses craintes, elle partagea son baiser sans plus réfléchir et sursauta quand un coup de Klaxon poli retentit à côté d'eux — la navette était arrivée. Marco se détacha d'elle en souriant ; Juliet poussa un soupir.

Bon, d'accord. Peut-être allait-elle y arriver, après tout. L'alchimie avait disparu entre Greg et elle vers la fin de leur relation, certes, mais il ne faisait aucun doute qu'elle était bien présente entre elle et Marco. Il embrassait comme un dieu. C'était presque trop parfait, comme s'il savait exactement quels étaient les moments les plus romantiques, et qu'il tirait profit de chacun d'entre eux. Mais comment aurait-elle pu le lui reprocher ?

Elle passa le trajet serrée contre lui, dans la navette qui les ramenait à leurs luxueuses villas. Il avait passé son bras autour d'elle et, de temps à autre, posait ses lèvres sur ses cheveux ou faisait glisser ses doigts le long de son bras nu. Elle sentait un feu couver au creux de son ventre, un feu qu'il ravivait chaque fois qu'il la touchait.

Aussi, quand leur chauffeur les déposa devant chez eux, Juliet chassa ses dernières peurs et se tourna vers Marco :

— Veux-tu… veux-tu entrer pour…

Sa phrase s'étrangla dans sa gorge. Mais quelle poule mouillée elle faisait ! Et doublée d'une bégueule, avec ça.

— … pour piquer une tête dans la piscine ? acheva-t-elle enfin.

Il se pencha et l'embrassa. Sans fougue. Sans avidité. Mais lentement, profondément, avec une douce maîtrise qui promettait davantage qu'une ardeur brutale.

— Oui, Giulietta… Ça me plairait beaucoup.

Les doigts tremblants, Juliet sortit de son petit sac à main la carte qui donnait accès à sa villa. Dieu merci, elle n'avait pas à composer de code, sinon, ils auraient pu rester dehors toute la nuit.

— Donne-moi un instant, et je reviens, dit-il avant de poser les yeux sur la bague qu'elle portait au doigt — celle de sa grand-mère. Tu devrais peut-être retirer ce bijou, il risquerait d'être abîmé par le chlore de la piscine.

Sur ces mots, il disparut dans sa propre villa.

— On se retrouve dans la piscine, lança-t-elle dans son dos en souriant.

Voilà pourquoi elle appréciait cet homme. Il était attentionné et gentil. C'était un homme qui donnait. Il lui avait donné confiance en elle, et maintenant elle se disait qu'elle n'était peut-être pas obligée de se résigner à choisir entre le célibat et un second Greg menant à une existence médiocre. Peut-être allait-elle trouver l'amour de sa vie. Pourquoi pas, après tout ? Elle soupira. Quel dommage qu'il ne puisse s'agir de Marco.

Elle était parfaitement consciente que, quoi qu'il arrive entre eux, cela ne dépasserait pas la durée de ces vacances. Les amourettes n'avaient jamais été sa tasse de thé. Ce qu'elle aimait, c'était le partage, les échanges inhérents à toute relation. Les coups d'une nuit, comme on disait, lui semblaient tellement… égoïstes. On se contentait de prendre ce qu'on voulait au lieu d'avoir le courage de donner et de recevoir.

Elle avait eu quelques petits amis avant de rencontrer Greg, mais jamais de relation sérieuse. Elle avait dix-neuf ans quand ils s'étaient vus pour la première fois. Il lui avait souri lors de la fête d'anniversaire d'un ami commun, puis il était venu lui parler. Il était plein d'assurance et plutôt beau gosse. Pas trop m'as-tu-vu. Et ambitieux, avec ça. Elle l'avait accueilli à bras ouverts. Ensemble, ils avaient décidé de devenir l'un de ces couples avec maison incroyable, stabilité financière impeccable et enfants adorables — le genre de vie que tout le monde enviait.

Et elle avait fait sa part. Elle avait donné tout ce qu'elle avait pour réaliser ce rêve. Avant de tomber de haut quand elle s'était aperçue que Greg en voulait plus, et qu'elle n'était pas celle qui pourrait le lui donner.

Comment l'aurait-elle pu ? Elle s'était vidée pour lui. Comment diable avait-il pu penser qu'il lui restait quoi que ce soit à lui donner après cela ?

Pour la première fois, elle prit conscience que, finalement, elle n'aurait pas dû agir ainsi. Pas parce qu'il était mal de se donner entièrement à une personne, mais parce que Greg, lui, n'avait pas agi de même, pas vers la fin. Ce genre de relation unilatérale était tout simplement malsain et, en n'y changeant rien, elle avait permis à Greg de se comporter de façon de plus en plus égoïste, jusqu'à ce qu'il prenne tout ce qu'elle avait en elle pour partir avec.

Alors peut-être était-il temps pour elle de se montrer complètement égoïste, de prendre ce qu'elle désirait — et au diable les conséquences.

Elle avait toujours fait taire ses désirs, comme s'il s'agissait de coupables secrets qu'il fallait passer sous silence, mais elle se remémorait à présent toutes ces choses qu'elle avait soigneusement rangées loin dans son subconscient. Il n'y avait rien de terrifiant ni d'horrible. Rien de sale ou de honteux dans ce qu'elle voyait. Seulement des rêves. Des espoirs. Des vœux…

Et elle savait quel vœu formuler à présent. Si elle devait souhaiter une seule chose pour Noël, ce serait Marco.

Elle considéra longuement le lit parfaitement bordé tout en retirant la bague de sa grand-mère, qu'elle déposa sur la table de chevet. Puis elle prit son temps pour se préparer, ôtant lentement sa robe pour enfiler le Bikini rouge de Gemma — non, *son* Bikini rouge. Elle vaporisa un peu de parfum dans son cou et tordit ses cheveux en un chignon lâche. Alors, elle retourna sur la terrasse pour rejoindre Marco. Cette fois, elle ne portait pas de T-shirt.

Il l'attendait déjà dans la piscine quand elle passa la porte. Il ne la quitta pas des yeux tandis qu'elle avançait vers lui, le regard brillant d'une lueur appréciatrice. Elle s'aperçut alors qu'elle aimait le regarder quand il l'observait et se sentit soudain audacieuse. Toute crainte s'était évanouie ; elle approcha d'un pas confiant, descendit les marches qui menaient dans le bassin puis s'enfonça dans l'eau fraîche. Un banc courait sur la moitié de la petite piscine, et elle s'assit en face de Marco afin de le contempler. Elle avait envie de se repaître de sa vue.

Il lui tendit un verre effilé — une flûte. C'est alors qu'elle remarqua le seau à champagne posé à côté de lui.

— D'où est-ce que tu sors ça ?

Il la gratifia de ce petit haussement d'épaules qu'elle trouvait tellement sensuel chez lui, et d'un demi-sourire qui l'était encore plus.

— Que serait Noël sans champagne ?

Elle accepta la flûte et avala une gorgée du vin pétillant. A en juger pour sa fraîcheur, il venait juste de le servir. Il était parfait. Vif, sec et capiteux. Elle reposa son verre presque aussitôt et regarda Marco. Le moment tant attendu était arrivé, et c'était une case qu'elle comptait cocher d'un trait bien net.

Il paraissait complètement détendu, adossé en face d'elle au rebord de la piscine, les bras étirés d'un côté et de l'autre de son corps. Quand elle se leva, les yeux de Marco s'écarquillèrent légèrement, comme si ce geste le prenait de court. Juliet lui enleva son verre pour le poser sur le dallage derrière lui, à quoi il répondit par un sourire ravi. Elle sentit son étonnement grandir lorsque, plaçant ses jambes de part et d'autre des cuisses de Marco, elle vint s'asseoir sur ses genoux.

Elle fit courir ses mains sur son torse, d'abord sous l'eau, puis, remontant peu à peu, elle les laissa glisser sur ses épaules luisantes avant de les passer autour de son cou pour l'attirer à elle.

Elle n'avait plus peur, maintenant. Plus peur de n'être pas assez sensuelle, pas assez jeune ou assez belle pour lui ;

elle ne craignait plus que la réalité ne soit pas à la hauteur de ses fantasmes. Elle posa sa bouche sur celle de l'Italien, l'explora, la goûta, fit tout ce qui lui passait par la tête, tout ce dont elle avait envie, et elle sentit la chaleur au fond de son ventre se muer en incendie.

Marco semblait comprendre qu'elle avait besoin de prendre le contrôle et d'imposer son rythme. Aussi, tout en répondant avec une douceur ferme à ses baisers, il garda les bras étendus sur le rebord du bassin. Elle l'embrassa avec davantage de fougue, perdant toute notion du temps et de l'endroit où ils se trouvaient. Elle n'était plus consciente que du désir qui montait en elle, et se repaissait du lent processus qui la mènerait à son assouvissement. Elle percevait la tension croissante des muscles de son torse, et bientôt elle constata que le jeu provocant qui consistait pour lui à ne pas la toucher s'était transformé en un pénible effort.

— Oui, lui murmura-t-elle à l'oreille — comprenant ce qu'il voulait et sachant qu'il la comprendrait.

Alors les bras de Marco s'enroulèrent autour d'elle. Il la serra contre lui et ses mains vinrent caresser la peau nue de son dos. Juliet interrompit leur baiser pour reprendre sa respiration, puis l'embrassa de nouveau avec volupté. Elle avait affaire à une facette de Marco qu'elle ne connaissait pas, songea-t-elle alors. Jusque-là, ses baisers avaient souvent été passionnés, mais elle avait toujours perçu une certaine maîtrise — comme s'il évaluait chaque fois ses besoins à elle, les anticipait, calculait la façon de la faire réagir. Un peu comme un chorégraphe improvisant une danse des mains et des lèvres.

Ce soir, c'était différent. Elle sut exactement à quel moment il perdit le contrôle. Quand il s'écarta d'elle, haletant, il avait les cheveux décoiffés par ses mains, et l'eau dont ils étaient détrempés lui coulait sur le front et les pommettes. Il paraissait un peu hagard, aussi perdu dans l'instant qu'elle l'était. Elle adorait être celle qui l'avait mis dans cet état. Elle s'était jetée dans cette amourette — à défaut d'un autre terme — en étant reconnaissante qu'un homme comme lui la remarque, mais ce n'était plus le cas : à présent, elle se sentait son égale, aussi séduisante que lui.

— Tu es sûre que c'est ce que tu veux ? lui demanda-t-il alors, le souffle court.

Le pli soucieux qui barrait son front ne fit que renforcer la décision de Juliet.

— Oui, c'est ce que je veux. Je te veux, toi.

D'un mouvement souple et ferme, Marco la souleva pour la sortir de l'eau, arrachant à Juliet un petit cri de surprise. Il la porta hors de la piscine et traversa la terrasse puis le salon de sa villa, laissant de petites flaques d'eau derrière lui à chacun de ses pas. Enfin, il grimpa l'escalier menant à la chambre, et déposa Juliet sur le lit.

L'ancienne Juliet aurait frémi à l'idée de mouiller les draps, mais la nouvelle s'en fichait. Elle voulait que ce soit passionné, désordonné, tumultueux. Elle voulait se trouver dans l'œil de ce cyclone qu'ils créaient autour d'eux.

Elle ne le laissa pas s'écarter et l'attira sur elle.

— *Dio mio, Giulietta…*, haleta-t-il dans son cou avant de l'embrasser.

Elle frémit quand il atteignit le point sensible juste sous son oreille, puis bougea sous lui pour lui laisser davantage de champ libre.

*Dio mio*, c'était tout à fait cela.

Juste au moment où elle allait fermer les yeux et se laisser aller, son regard tomba sur le plateau de sa table de chevet. Juliet vit la lampe, le réveil, ses bouchons d'oreilles, son masque de nuit…

Elle ouvrit de grands yeux et se raidit.

— Ma bague ! s'exclama-t-elle en se redressant sur un coude.

Elle avait complètement oublié le bel Italien qui lui mordillait le lobe de l'oreille.

— Où est ma bague ?

— Allez, tout le monde en pyjama ! s'écria Gemma.

Les trois cadets se mirent à protester bruyamment.

— Je n'ai pas dit que vous deviez aller vous coucher maintenant, leur dit-elle avec un geste en direction de l'escalier. Mais il est 8 heures, et il faut au moins vous préparer à aller au lit. Du moins, si vous voulez que je vous laisse veiller un peu en regardant un autre film.

Les grognements se muèrent en cris enthousiastes, et Josh, Jake et Polly se précipitèrent dans l'escalier. Quand ils eurent disparu, Gemma soupira profondément. S'approchant de Violet, toujours postée dans l'encadrement de la porte du salon, elle lui passa un bras autour des épaules.

— Comment te sens-tu, ce soir ?

Violet fit la grimace.

— Bête, répondit-elle en baissant les yeux.

Gemma l'étreignit avec douceur.

— Je voulais dire physiquement… Mais c'est bien que tu sois lucide, aussi. Tu apprendras de ton erreur.

Violet la regarda par-dessous sa frange.

— Tu crois ? J'ai l'impression de faire tout le temps des trucs idiots, et ça ne me rend pas meilleure pour autant.

Gemma opina. *Bienvenue au club*, songea-t-elle. Qu'est-ce qui lui avait pris de laisser Will l'embrasser comme ça ?

Quand elle avait vu Tony lever les yeux vers le gui, elle avait tout de suite compris où il voulait en venir. Elle comprenait aussi que l'homme d'honneur en Will le poussait à voler au secours des demoiselles en détresse, même quand c'était elle, la demoiselle. Ce n'était pas une raison pour répondre avec tant de fougue à ce baiser, si ? Elle s'était comportée en idiote finie.

Elle déposa un baiser sur les cheveux de Violet puis retourna dans le salon pour voir ce que faisait Doris. Elle la trouva assise dans un fauteuil, en train de feuilleter le carnet de Noël de Juliet.

— C'est un sacré numéro, cet homme, pas vrai ? dit Doris en levant la tête.

Gemma roula des yeux exaspérés.

— C'est surtout un crétin fini, répondit-elle. Je ne sais même pas comment il a réussi à extorquer une invitation à Juliet… Sans doute parce que le reste de la famille en a sa claque de « l'oncle Tony » et qu'il n'a nulle part ailleurs où aller.

Doris lui adressa un regard entendu :

— Ce n'est pas de cet homme que je parlais.

— Oh.

Gemma sentit ses joues s'enflammer. Pourtant, ce n'était

qu'un petit baiser de rien du tout qui avait eu lieu sous cette fichue branche de gui, elle aurait à peine dû s'en souvenir.

— Oui, il est sympa, c'est vrai, dit-elle en regardant ses pieds, comme Violet quelques instants plus tôt. Mais ce n'est pas vraiment mon genre d'homme.

Rejetant la tête en arrière, Doris laissa échapper un petit rire.

— Qui peut dire quel homme est son genre, ma chérie ? J'ai été mariée pendant plus de quarante ans à M. Waterman. Un vrai boute-en-train, celui-là, toujours prêt à faire des bêtises ! Tout le monde disait que ça ne durerait pas, que nous étions trop différents l'un de l'autre, et pourtant cet homme m'a adorée jusqu'au jour de sa mort.

Elle acheva sa phrase sur un ton plus grave, détournant un instant les yeux avant de planter de nouveau son regard dans celui de Gemma.

— Ce que je veux dire, c'est que tu ne peux pas fuir toute ta vie en te disant qu'une nouvelle occasion finira par se présenter. Ce n'est pas toujours comme ça que ça fonctionne. Parfois, il faut prendre son courage à deux mains et saisir sa chance tant qu'elle est là.

Gemma ignorait que répondre à cela. Jusqu'alors, personne n'avait jamais sous-entendu qu'elle manquait de courage. Tout le monde disait d'elle qu'elle était téméraire, impulsive et prête à tout. Sauf en ce qui concernait les relations amoureuses, songea-t-elle alors. Dans ce domaine, elle était aussi émotionnellement constipée que Juliet…

— En parlant de Will… Il a dit qu'il te raccompagnerait chez toi, lança-t-elle en balayant les lieux du regard, sourcils froncés. Où est-il ?

Elle ne l'avait pas vu depuis l'incident dans l'entrée. En réalité, elle avait mis un point d'honneur à ne pas le chercher.

Doris haussa les épaules.

— Je ne sais pas. Mais, quand tu le trouveras, dis-lui que je suis prête à y aller, s'il veut.

*Quand tu le trouveras.* Ce qui signifiait qu'elle allait devoir aller le chercher. Gemma n'était pas certaine d'être prête à cela, et encore moins à trouver le courage d'attraper l'amour à bras-le-corps.

# Chapitre 26

Juliet sauta du lit et commença à scruter le sol autour de la table de chevet.

— Elle doit bien être quelque part ! Elle n'a pas pu s'évanouir !

Marco se redressa sur le matelas avant de se lever pour la rejoindre. Il la regarda ouvrir le tiroir et le refermer d'un coup sec.

— Tu es sûre de l'avoir laissée ici ?

Elle opina.

— Je ne l'ai enlevée que quand tu me l'as suggéré, devant la porte, tout à l'heure, il doit y avoir seulement une vingtaine de minutes. Et je suis restée dans la pièce tout ce temps, jusqu'à ce que je te rejoigne dans la piscine. En dehors des quelques instants que j'ai passés dans la salle de bains.

Il n'était pas bien compliqué de fouiller les alentours. Les meubles magnifiques qui décoraient la chambre étaient peu nombreux, et le carrelage blanc permettait de repérer facilement un objet qui y serait tombé, même sous le lit, dont les pieds étaient très hauts. Après dix minutes de fouilles intensives, ils se rassirent tous les deux sur le lit, essoufflés.

Juliet décocha un regard désespéré à Marco. Ce n'était

vraiment pas comme cela qu'elle avait pensé passer cette soirée.

— Tu l'as peut-être mise dans le coffre-fort, suggéra-t-il alors.

Elle secoua la tête.

— Non… je suis sûre de l'avoir laissée ici, sur la table.

— Et tu ne l'as pas changée de place, après ? Pourquoi ne vas-tu pas vérifier, juste au cas où ?

Certes, elle se trouvait dans un état second, et elle avait bu deux Pelican Zest, mais aurait-elle vraiment pu oublier ce qu'elle avait fait de cette bague ? Elle soupira. Il n'y avait qu'un moyen d'en être sûre.

Sautant de nouveau du lit, elle passa rapidement un caftan transparent sur son Bikini. A présent que la folie de l'instant s'était complètement dissipée, elle se sentait un peu trop exposée. Marco la suivit au rez-de-chaussée et resta derrière elle, regardant par-dessus son épaule tandis qu'elle s'accroupissait pour ouvrir le placard où se trouvait le coffre-fort. Elle composa rapidement le code — la date d'anniversaire de Violet — et la lourde porte de métal s'ouvrit. Dedans, c'était capitonné d'une matière sombre et moelleuse, et les diamants de sa bague auraient dû étinceler dès l'instant où la lumière se serait posée sur eux, mais il n'y avait rien. Malgré tout, elle tendit le bras pour tâtonner à l'intérieur, poussant de côté son passeport et une grosse liasse de billets. Comme tout était compris à Pelican's Reach, elle n'avait pas eu besoin de tout cet argent, finalement, mais Gemma avait négligé de lui préciser ce détail.

— Non… Rien.

Elle referma le coffre et se redressa. Marco se rapprocha

d'elle et, par-derrière, l'enserra de ses bras. Il posa sa joue contre la sienne.

— Que veux-tu faire ?

Elle sentit tous les muscles de son corps se relâcher d'un coup. Bien sûr, elle ne pourrait jamais s'offrir la nuit idéale avec l'homme idéal ! Qu'est-ce qui lui avait pris d'imaginer cela ? Jamais elle n'aurait cette chance, ce n'était pas pour elle.

— La seule chose que je puisse faire, répondit-elle tristement. Je vais devoir appeler le service de sécurité de l'hôtel. Quelqu'un a dû rentrer pendant que nous étions dans la piscine. On m'a volé ma bague.

Gemma parcourut le rez-de-chaussée à la recherche de Will. Maintenant que la plupart des invités étaient partis, tout était très calme. Polly et les garçons étaient redescendus en pyjama, mais ils devaient être fatigués de s'être levés à l'aube car, au lieu de courir comme des fous dans toute la maison, ils préférèrent se pelotonner sur les fauteuils et le canapé du salon, leurs peluches sur les genoux, pour regarder un film.

Elle se rendit dans la cuisine, mais tout était silencieux, à l'exception du bruit discret qu'émettait le lave-vaisselle. Elle allait se retourner pour quitter la pièce quand elle sentit un courant d'air frais sur son visage. D'où pouvait-il venir ? Dans la véranda ne brillait qu'une lumière tamisée et, de là où Gemma se trouvait, la pièce semblait déserte. Pourtant, l'une de ses portes, au bout, était ouverte.

Elle traversa la véranda et jeta un coup d'œil à l'extérieur.

— Will ? appela-t-elle à mi-voix, n'osant pas crier.

Elle entendit un bruit à gauche de la porte, comme si on

frottait quelque chose contre l'une des briques rouges de la maison. Gemma ne portait que d'épaisses chaussettes, mais comme elle ne voyait rien de là où elle se trouvait, avec toutes les lumières qui brillaient autour d'elle, elle sortit dans la cour et commença à avancer en direction du bruit.

Deux secondes plus tard, elle découvrit Will appuyé contre le mur, un genou levé, le pied reposant derrière lui. Quand elle s'approcha, il tourna la tête sans rien dire.

— Qu'est-ce que tu fais là ? demanda-t-elle en frissonnant.

— J'avais besoin de prendre l'air, répondit-il. Et, de préférence, de l'air frais.

Et zut. Lui aussi ? Elle avait espéré pouvoir se convaincre que leur petit jeu de langue n'était dû qu'au côté chevaleresque de Will, mais là…

Cela dit, elle n'était pas obligée de se tracasser à propos de ça. S'éclaircissant la gorge, elle lança :

— Doris dit…

Ce que Doris avait dit lui revint alors d'un coup à l'esprit — ce n'était pas la partie où elle avait affirmé être prête à partir quand Will voudrait bien la raccompagner : « Un sacré numéro, cet homme… »

Et c'était vrai. C'était bien là tout le problème, songea Gemma en regardant se former, puis se dissiper dans la nuit de décembre, les petits nuages de condensation produits par son souffle.

Will se redressa pour se diriger vers le bout de la cour. Là, il contempla le ciel où des nuages bas, gris et ourlés de pourpre, masquaient en partie la lune et les étoiles. Gemma avança elle aussi et prit sa place contre le mur en espérant qu'il y aurait laissé un peu de sa chaleur.

Elle avait le sentiment affreux que cet homme avait plus de pouvoir sur elle que tous ceux qu'elle avait rencontrés auparavant. Il était inutile de se cacher, de le fuir. Il avait déjà été témoin de ses pires côtés. Sans nul doute, il n'allait pas tarder à s'apercevoir que tout ceci n'était qu'une grossière erreur, n'est-ce pas ?

— Que dit Doris ? demanda-t-il.

Gemma réalisa alors qu'elle n'avait jamais fini sa phrase.

Elle déglutit.

— Doris dit que tu peux la raccompagner quand tu veux. Elle est prête.

Il se retourna pour la regarder, et Gemma sentit ses genoux trembler, un peu comme la gelée sur le gâteau de Doris. Il n'y avait pas si longtemps, elle avait décrit Will comme quelqu'un de barbant et de buté. Alors pourquoi son cœur battait-il la chamade ? Pourquoi avait-elle le souffle coupé ? Elle avait dit de lui, avec condescendance, qu'il était « gentil », et elle s'était moquée de la douceur de son caractère. Sauf qu'il n'y avait rien de doux ni même de poli dans la façon dont il la contemplait à présent. Rien de tout ça.

Le Will qu'elle avait cru connaître, le gentil Will qui tondait la pelouse, qui aidait à faire la vaisselle, qui mettait six mois à déclarer sa flamme à une femme, ce Will-là avait disparu. A moins qu'il n'ait été un pur produit de son imagination. Il avança vers elle. Gemma fut tentée de battre en retraite mais, à moins de se glisser dans les interstices entre les briques derrière elle, toute fuite était impossible.

— Et toi, Gemma ? demanda-t-il sans cesser d'avancer. Tu es prête, toi ?

Gemma ouvrit la bouche et découvrit qu'elle avait soudain perdu l'usage de la parole.

— Je… Je…, bégaya-t-elle.

— C'est bien ce que je pensais, dit-il en franchissant les derniers pas qui les séparaient.

Alors, il la cloua contre le mur et acheva ce qu'ils avaient commencé sous le gui.

Il était plus de minuit quand ils revinrent enfin à la villa de Juliet. Marco l'accompagna jusqu'à sa porte mais n'en franchit pas le seuil.

Ils étaient allés à la réception de l'hôtel pour discuter avec le concierge, qui avait ensuite appelé le service de sécurité. Juliet avait passé des heures à parler aux employés, à leur expliquer à quoi ressemblait la bague, à leur détailler ses allées et venues de la journée. Alors, ils lui avaient confié qu'on avait rapporté des vols dans d'autres complexes hôteliers de luxe en Martinique et dans les îles Grenadine, à un saut de puce de là, et lui avaient conseillé d'appeler la police.

Bien entendu, les deux agents avaient pris leur temps pour arriver. Marco et Juliet avaient dû les attendre pendant près de deux heures, après quoi elle avait de nouveau dû tout leur raconter en détail. Depuis le début.

Marco avait été fabuleux. Il était resté à ses côtés pendant toute cette épreuve, écoutant attentivement les informations qu'on leur donnait et posant des questions chaque fois que quelque chose n'était pas clair. Elle ne l'avait encore jamais vu aussi méthodique et concentré. C'était encore une nouvelle facette de sa personnalité. Une facette qui lui faisait regretter de n'avoir pas d'avenir avec lui au-delà de la plage et des palmiers — au-delà de la fin de cette semaine.

Plus d'une fois, elle lui avait dit de retourner dans sa villa, mais il avait refusé. Même maintenant, elle savait qu'il était là pour prendre soin d'elle et s'assurer qu'elle rentre bien à bon port, plutôt que pour tirer parti d'elle — ce qui avait été l'intention de Juliet le concernant.

Il la dévisagea. A présent, ce n'était plus du désir mais de la compassion qu'elle lisait dans ses yeux.

— Ne sois pas triste. Il y aura d'autres bagues.

Elle hocha la tête, mais la tension, cumulée à l'heure tardive, sembla soudain avoir raison d'elle, car elle sentit une grosse larme rouler sur sa joue. Elle baissa les yeux.

— Il n'y en aura pas d'autre comme celle-là, non, lui dit-elle. Elle appartenait à ma grand-mère. C'était sa bague de fiançailles. Et j'étais…

Et zut. Sa voix venait de se casser, elle était tout enrouée, à présent.

— Elle avait une grande valeur sentimentale, acheva-t-elle.

Quand elle releva la tête, Marco la regardait d'un air étrange. Tendant la main, il écarta une mèche qui lui tombait sur le visage.

— Alors je suis vraiment désolé. Peut-être n'a-t-elle pas été volée. Peut-être va-t-elle réapparaître quelque part au moment où tu t'y attendras le moins ?

Elle hocha de nouveau la tête, plus pour le remercier de son soutien que parce qu'elle croyait ce qu'il disait.

— Merci pour tout ce que tu as fait ce soir. Tu as été fantastique. Je ne sais pas ce que j'aurais fait sans toi.

Il lui adressa un petit sourire teinté d'ironie.

— Tu es une femme forte, Juliet. Je suis sûr que tu t'en serais très bien sortie.

Elle comprit alors qu'il s'apprêtait à prendre congé. Le moment de folie qui les avait liés plus tôt était passé. Au lieu de la jeter sur le lit et de se servir de son corps comme elle l'avait espéré, voilà qu'il se comportait en parfait gentleman, bon sang.

Si elle n'avait pas été à demi comateuse et qu'une migraine n'avait pas fait battre douloureusement ses tempes, peut-être aurait-elle encore tenté quelque chose. Mais elle ne voulait pas que sa première nuit avec Marco se résume à des ébats sans enthousiasme avant de sombrer dans un sommeil trop lourd. S'ils devaient faire l'amour, il faudrait que ce soit fabuleux. Bouleversant. Que cela change sa vie. Elle allait simplement devoir faire preuve de patience.

— Bonne nuit, Juliet, dit-il en se penchant pour poser un baiser léger sur sa bouche.

Elle l'attrapa par les pans de sa chemise pour le retenir un instant de plus. Quand ils s'écartèrent l'un de l'autre, elle secoua la tête en soupirant.

— Je suis désolée, dit-elle.

Il leva la main pour lui caresser le visage, laissant son pouce glisser le long de sa pommette.

— Demain est un autre jour…

Juliet s'approcha pour l'embrasser de nouveau. Il avait repris son comportement habituel, plein de maîtrise et d'assurance. C'était très agréable de le voir ainsi, certes, mais elle regrettait malgré tout l'élan brutal qu'ils avaient partagé quand il l'avait sortie de la piscine et portée jusque sur son lit.

— A demain matin, Marco.

Elle le regarda s'éloigner. Quand il atteignit le bout de l'allée, il se retourna et lui fit un signe de la main avant de disparaître. Juliet poussa un soupir à fendre l'âme et referma la porte.

# Chapitre 27

Gemma se leva à 7 heures, le lendemain de Noël. Serrant fermement la ceinture de son peignoir autour de sa taille, elle enfila ses pantoufles et descendit dans la cuisine, puis fouilla dans les livres de cuisine de Juliet jusqu'à dénicher la recette des pancakes. Alors elle se mit à l'ouvrage : des œufs, du lait, de la farine, un peu de beurre… Ce n'était pas si sorcier, après tout.

Elle pensa que les enfants devaient être équipés d'un radar à crêpes quand, au cours des vingt minutes suivantes, ils apparurent les uns après les autres en bâillant, pour aller s'asseoir à la table de la cuisine, manifestement dans l'expectative. Malheureusement, ils durent attendre un certain temps.

Ce n'était pas tant le mélange qui posait problème, songea Gemma. Non, ça, c'était relativement facile. C'était plutôt la cuisson qui se révélait ardue, sans compter que la cuisinière de Juliet n'avait pas de thermostat.

Selon la recette, il fallait retourner les pancakes au moment où la pâte commençait à faire des bulles en surface, mais, Gemma les ayant retournées trop tôt, il en résulta une sorte de bouillie gluante dans la poêle. Après cela, elle les laissa cuire trop longtemps, et la poêle se mit à fumer. Polly fronça le nez quand sa tante posa les malheureux disques brûlés au centre de la table.

Alors que Gemma préparait la pâte pour une seconde fournée, elle se dit qu'elle n'aurait jamais dû entreprendre pareille aventure.

Tout cela, c'était la faute de Will Truman.

Comment pouvait-on pendant une semaine se montrer barbant, morne et doté de l'esprit d'un expert-comptable, et la semaine suivante se transformer en une espèce de chevalier en armure qui embrassait comme un dieu ? Pas étonnant qu'elle n'arrive pas à se concentrer sur ses crêpes !

Elle en avait les oreilles écarlates rien que d'y penser. De sa main libre, elle se frotta l'oreille gauche en essayant de chasser sa confusion, puis grimaça. Quand il s'était avancé vers elle comme ça, elle aurait dû prendre ses jambes à son cou, au lieu de rester plantée là, le cœur battant et les paumes moites, à baver dans l'espoir secret qu'il s'approche davantage.

Son souvenir de la façon dont leur baiser s'était déroulé restait brumeux — qu'avaient fait leurs lèvres, leurs bras et leurs mains ? A quel moment avait-elle lâché le mur pour l'empoigner ? Toutes ces images étaient supplantées par le souvenir de la façon dont son corps à elle avait réagi, tremblant, frémissant, s'abandonnant… De tout cela, elle se souvenait très clairement.

Elle se rappelait tout aussi bien s'être vivement écartée de lui en entendant quelqu'un entrer dans la cuisine, et le sentiment de honte qui l'avait assaillie. A voir l'expression de Will, il s'était senti aussi coupable qu'elle.

Après cela, il avait raccompagné Doris chez elle, en bas de la rue, et il n'était pas revenu.

Gemma avait beau répugner à l'admettre, il lui fallait désormais affronter le fait qu'elle aimait beaucoup Will. Vraiment beaucoup. Peut-être même plus qu'elle n'avait aimé Michael au début. Et si les choses avaient été différentes, si elle s'était trouvée en d'autres lieux, à un autre moment, elle aurait probablement suivi le conseil de Doris et saisi sa chance. Malheureusement, elle ne disposait pas de ce luxe.

Certes, il ne s'était rien passé de concret entre Will et Juliet, mais quelque chose avait couvé, indéniablement. Tout le monde le savait.

Elle allait donc devoir éviter Will durant les six prochains jours, et pria pour qu'aucun nouveau désastre ne survienne au cours de cette période — s'il lui arrivait encore quelque chose, il n'était plus question qu'elle l'appelle à la rescousse. Elle allait simplement devoir s'en sortir toute seule.

Marco était introuvable. Ce matin-là, Juliet s'était attendue à le voir assis sur la terrasse en train de prendre son petit déjeuner, ou appuyé à son balcon. Elle alla frapper à sa porte sans obtenir de réponse. Pour finir, elle alla nager avant de se rendre dans la boutique de l'hôtel afin d'y dénicher des cadeaux pour les enfants. Sur le chemin du retour, elle le repéra enfin, assis à l'une des tables entourant la piscine principale, une tasse de café pleine devant lui.

Elle se dirigea vers lui, un peu nerveuse soudain. Il avait le regard perdu dans le lointain, et ne remarqua sa présence que lorsqu'elle l'eut presque rejoint. Quand il la vit, cependant, il tourna simplement la tête pour la regarder, comme absent.

Elle tira une chaise près de lui et s'assit, serrant son sac de souvenirs contre son ventre.

— Marco ? Qu'est-ce qui ne va pas ?

Pendant un instant, il fixa son café. Puis, levant la tête :

— J'ai reçu un message de mon frère. Mon père est très malade. Je vais devoir partir demain.

— Oh ! non…

Elle tendit le bras et lui prit la main. Durant la brève période où ils s'étaient connus, il s'était montré merveilleux avec elle. Le moins qu'elle puisse faire était de le réconforter un peu. Pourtant, en même temps qu'un élan de compassion la traversait, elle sentit un regret lui glacer l'estomac. Cela signifiait qu'ils n'avaient plus qu'une journée ensemble — peut-être même moins. Jusqu'alors, elle ne s'était pas rendu compte de combien il commençait à compter pour elle.

— J'aurais tellement préféré rester avec toi, murmura-t-il.

Une fois de plus, elle eut l'image du petit garçon qu'il avait dû être autrefois, l'air perdu et déchiré derrière la belle assurance qu'il affichait habituellement.

Se penchant, elle déposa un baiser sur sa tempe, les yeux fermés, savourant la sensation de sa peau sous ses lèvres. Puis elle s'écarta.

— Moi aussi, j'aurais préféré que tu restes, chuchota-t-elle. Mais la famille, c'est important. Je comprends.

Il croisa son regard, et un éclair de tristesse brilla dans ses yeux. Il l'attira contre lui.

— Je ne veux pas y aller, Juliet. Je veux rester avec toi et profiter de tout ce que nous pourrons vivre ensemble, sans que rien ne vienne le gâcher.

Posant son front contre le sien, elle émit un soupir tremblant.

— C'est ce que je veux, moi aussi, mais parfois ce que nous voulons importe peu, et il nous faut donner au lieu de prendre. Le plus difficile est de trouver un équilibre entre les deux.

C'étaient de sages paroles, mais il lui avait fallu plus de quarante ans et une quasi-dépression pour en arriver à les prononcer.

— Il est peut-être temps que tu donnes une nouvelle chance à ta famille, non ? Si ton père est vraiment malade, il faut que tu rentres chez toi et que tu fasses la paix avec lui tant que c'est encore possible, dit-elle encore, la gorge nouée. Je… J'ai perdu mon père très soudainement, alors je sais ce que c'est que de ne pas pouvoir faire ses adieux à quelqu'un de cher.

Elle fit une pause jusqu'à ce qu'il la regarde dans les yeux, puis elle reprit :

— Rentre chez toi, Marco. Pour toi autant que pour eux. Tu vas me manquer affreusement… Mais je crois qu'il faut que tu y ailles. Quant à moi, je dois cesser d'être égoïste et te laisser partir.

Une part d'elle, pourtant, persistait à vouloir se montrer égoïste ; celle qui craignait de ne jamais le revoir, et que toutes les promesses apportées par ce merveilleux Noël n'aboutissent à rien. Elle prit une grande inspiration et se cala au fond de sa chaise.

Il la considéra avec une expression presque féroce.

— Et tu renoncerais à cela — à nous… Enfin, à tout ce

que tu attendais de moi, pour que je puisse rentrer chez moi et être heureux avec ma famille ?

Elle fronça les sourcils. C'était une drôle de façon de présenter les choses, mais cela sonnait juste.

— Bien sûr, répondit-elle.

Marco étouffa un juron, repoussa sa chaise et se leva pour se diriger vers le bord de la piscine. Puis il revint à la table et s'y appuya, les tendons de ses bras saillant sous sa peau.

Juliet demeura silencieuse quelques instants, se demandant ce qu'elle avait bien pu dire pour qu'il réagisse ainsi.

— Il nous reste une journée, Marco. Essayons d'en profiter. Mais, avant cela, il faut que je t'avoue quelque chose… Je n'ai pas été tout à fait honnête avec toi. Tu vois, je ne suis pas celle que tu crois.

A ces mots, il cessa de contempler la table pour relever vivement la tête :

— Tu n'es pas Juliet Taylor, d'Angleterre ?

Elle lui décocha un regard piteux.

— Malheureusement, si. Et c'est ça qu'il faut que je t'explique. Je ne veux pas que le peu de temps qu'il nous reste ensemble soit entaché de mensonges. Je suis fatiguée de faire semblant, fatiguée de faire comme si tout était parfait en surface alors qu'en dessous c'est le chaos.

— Je ne comprends pas.

Elle secoua la tête.

— Je sais, mais… Ecoute.

Elle posa son sac sur la table et se leva pour venir lui prendre les mains.

— Je ne travaille pas dans le cinéma — en réalité, c'est le métier de ma sœur — et je ne rencontre pas chaque jour des stars de cinéma. Je ne parcours pas le monde. Je suis une femme au foyer névrosée qui habite à Tunbridge Wells, avec quatre enfants et une véritable obsession pour la pâtisserie. Si je suis ici, à Pelican's Reach, c'est uniquement parce que ma sœur a payé pour ce séjour. Je t'ai dupé, Marco, et je suis désolée de ne pas te l'avoir dit plus tôt, mais j'avais peur que tu me trouves ennuyeuse et que tu ne t'intéresses pas à moi.

Marco semblait figé sur place. Il ouvrit la bouche sans dire un mot, le front plissé. Et soudain il l'attrapa par la main et l'entraîna en direction de leurs villas.

Elle le suivit d'un pas mal assuré, peinant à tenir le rythme que les longues jambes de Marco lui imposaient. Quand ils arrivèrent devant la villa de Juliet, il lui demanda d'ouvrir sa porte.

— Viens avec moi, lui dit-il sans sourire.

Il la précéda dans l'escalier menant de sa chambre dans le salon du rez-de-chaussée. Là, il s'arrêta devant la grande armoire de bois dont il ouvrit une porte.

— Vérifie ton coffre-fort.

Juliet le dévisagea, interdite. Qu'est-ce qui le prenait ? Ils venaient de s'ouvrir l'un à l'autre, de partager des détails intimes, et l'instant d'après il sombrait dans le silence et se comportait de façon irrationnelle.

— Comment ça ?

Marco fit un geste de la main en désignant l'armoire.

— Ouvre-le, je veux dire. Regarde ce qu'il y a dedans.

Sur ces mots, il se retourna et s'éloigna pour regarder par la fenêtre.

Juliet s'accroupit devant le coffre, mais ses doigts hésitèrent au-dessus du clavier. Elle n'avait vraiment pas envie de jouer à ce petit jeu avec Marco, mais manifestement c'était la seule solution si elle voulait comprendre ce qui se passait. Elle tapa son code, et la porte métallique s'ouvrit.

Elle plissa les yeux pour essayer de voir son contenu, mais elle était encore éblouie par la lumière du dehors, et le coffre capitonné de noir se trouvait au fond d'une armoire sombre. Plongeant la main dans le coffre, elle tâtonna à l'intérieur. Elle sentit son appareil photo, son téléphone portable et son passeport… Mais pas le reste.

Elle se redressa et s'écarta du coffre avec un geste incrédule.

— Mon portefeuille ! Où est mon portefeuille ?

Elle ne pensait pas au petit accessoire de cuir qu'elle gardait dans son sac de plage et qui contenait une poignée de dollars ainsi qu'une carte prépayée. Elle parlait du portefeuille cartonné qu'on lui avait remis à la banque, lorsqu'elle avait retiré des dollars caribéens et américains. Des centaines de dollars.

— Je vais appeler la sécurité, s'exclama-t-elle. Ils sont revenus !

Marco la prit par la main et l'entraîna vers les canapés.

— Appelle-la dans une minute, si tu veux, dit-il. Mais d'abord je veux te montrer quelque chose. Assieds-toi.

Quand elle se fut exécutée, il prit place en face d'elle, au bord d'un fauteuil, et fouilla dans la poche de son pantalon. Il en sortit quelque chose qu'il déposa avec précaution au milieu de la table basse de verre et de rotin qui se trouvait entre eux.

Un portefeuille de carton, rempli d'argent, avec le nom de la banque de Juliet inscrit dessus. Elle le considéra pendant quelques secondes, incapable de comprendre ce qui se passait.

Sa confusion ne fit que s'accentuer lorsque Marco posa avec soin la bague de fiançailles de sa grand-mère par-dessus.

Le regard de Juliet passa de Marco à l'argent, puis de nouveau à Marco.

— Pourquoi ? Qu'est-ce que tu as... Qu'est-ce que tu fais avec tout ça ?

Une part de son cerveau, illogique au possible, essayait de lui souffler que c'était la police qui les lui avait rendus, mais elle savait bien, au fond, que ce n'était pas l'explication que Marco s'apprêtait à lui servir.

Il soutint son regard, l'air sombre.

— C'est ça que je fais, Juliet. C'est ça que je suis. Tu penses toujours que ma famille devrait m'accueillir à bras ouverts ?

Elle se mit à secouer la tête sans pouvoir s'arrêter. Elle était à court de mots.

— C'est ça, mon merveilleux métier, et c'est pour cela que mon père me méprise tant.

Juliet sentait la pièce commencer à tourner autour d'elle.

— Ton métier ?

Il acquiesça.

— Je voyage d'un pays à l'autre, d'un complexe hôtelier à l'autre, et je repère les femmes seules — en général des trentenaires ou des quadragénaires — à la recherche d'un peu de compagnie, et je... je me lie d'amitié avec elles.

Juliet ouvrit la bouche et émit un petit cri rauque.

Le visage de Marco se crispa en une grimace qui ne lui était pas adressée ; il contemplait avec dégoût son propre reflet dans le plateau de la table.

— Je repère des femmes riches qui s'ennuient et sont

prêtes à me laisser satisfaire leurs fantasmes. Et je travaille dur pour faire ça le mieux possible.

D'un mouvement du menton, il désigna le portefeuille sur la table.

— Ça me donne bien droit à une petite compensation, non ?

Juliet aurait voulu se lever et s'enfuir. Mais elle était incapable de bouger les jambes.

Il l'avait prise au piège, elle aussi, n'est-ce pas ? Elle s'était laissé séduire par tout cela, par ses discours stupides — il lui avait dit qu'elle était merveilleuse et belle, et originale, et sensuelle. Il avait su trouver les paroles exactes pour la faire tomber dans ses filets.

Comme elle appréhendait peu à peu l'énormité de la tromperie dont elle avait été l'objet, le souffle de Juliet se bloqua ; elle se sentait malade, tout simplement. Pas étonnant que ses baisers lui aient paru si parfaits, et son romantisme, aussi exemplaire. N'avait-elle pas songé, de temps à autre, que tout cela lui semblait un peu trop calculé ? Il ne s'était pas jeté sur elle, mais l'avait séduite lentement, avec une assurance prudente.

Mon Dieu. Quelle imbécile elle avait été !

— Je me disais que tu étais l'homme le plus généreux que j'aie jamais rencontré, dit-elle enfin dans un murmure rauque. Tu l'étais, bien sûr, parce que tu jouais un rôle. Tout ce que tu as pu me donner, c'était dans l'intention de me le reprendre. Au centuple.

Ce n'était pas que l'argent. C'était bien plus que cela. Il s'agissait de son orgueil. De sa confiance en elle. De cette liberté retrouvée qu'elle pensait lui devoir. Elle se sentit prise de nausées.

Elle savait qu'elle devait le regarder, même si elle n'en avait aucune envie. Il fallait qu'elle le regarde dans les yeux et qu'elle lui dise en face à quel point il la dégoûtait, quelle créature répugnante il était. Cela n'arrangerait en rien la situation, mais peut-être cela lui redonnerait-il un peu de sa dignité.

— J'étais prête à tout te donner… même mon corps, ajouta-t-elle avec un léger hoquet, tant cette vérité lui était douloureuse à admettre. Et tout ce que tu voulais, toi, c'était me voler. Quel genre d'homme cela fait-il de toi ?

Elle parvint enfin à croiser son regard. Mais, au lieu du triomphe et de l'arrogance qu'elle s'attendait à y lire, elle ne vit dans ses yeux que de la honte et de l'abattement.

— Pas quelqu'un de très bien, murmura-t-il.

C'était bien de l'admettre, mais cela ne changeait rien. Maintenant que le choc commençait à s'estomper, Juliet sentait le sang battre dans ses tempes et le bout de ses doigts fourmiller de chaleur.

— Tu me dégoûtes. Tu étais prêt à coucher avec moi pour me prendre mon argent ?

Marco baissa les yeux sur la table et secoua la tête en signe de dénégation.

Cela ne fit qu'attiser la colère de Juliet. Elle bondit sur ses pieds et le fusilla du regard, lui intimant de relever la tête par la seule force de sa volonté. Elle était douée pour ça, surtout quand elle était en colère.

— Ne me mens pas ! Tout ça, ça fait partie de ton sale boulot, non ? Et, du coup, tu sais ce que tu es ?

Ses épaules s'affaissèrent et il détourna la tête.

— Non, non. Toutes tes accusations sont justes, mais pas celle-là.

Encore des mensonges. Elle agita la main en direction du plafond.

— Dans ce cas, qu'est-ce que tu comptais faire, l'autre soir ? Tu m'as portée dans ma chambre et jetée sur mon lit !

En s'entendant parler, elle sentit un froid visqueux la traverser. Et dire qu'elle avait cru qu'un peu de sexe torride sous les tropiques serait la réponse à tous ses problèmes ! Comment avait-elle pu se tromper à ce point, être aussi aveugle ?

— Je ne couche pas avec les femmes que je cible, expliqua-t-il, toujours sans oser croiser son regard. Mais ce soir-là je... je me suis laissé emporter. En général, je trouve des moyens pour éviter ce genre de situation. C'est plus facile que tu ne le crois.

Une nouvelle vague de honte la submergea. Tu parles, que c'était facile ! Elle aurait parié qu'il était doué pour faire faire aux femmes tout ce qu'il voulait. En tout cas, elle, il l'avait manipulée comme une marionnette.

— Alors en quoi étais-je si différente ? Pourquoi étais-tu prêt à modifier ton *code d'honneur*...

Elle émit un soupir de mépris pour appuyer ses derniers mots.

— ... juste pour moi ? reprit-elle. J'étais une proie tellement facile ?

Il eut ce petit haussement d'épaules qu'elle avait toujours trouvé si séduisant — à présent elle l'aurait volontiers frappé jusqu'à lui disloquer l'épaule.

— C'est juste que... j'en avais envie.

L'égoïsme flagrant de son propos la laissa bouche bée.

Enfin, il leva la tête et la regarda en face.

— C'est parce que tu étais différente. Je t'aimais bien, dit-il en secouant doucement la tête. Normalement, j'arrive à garder mes distances, à ne pas mettre de sentiments dans tout ça…

Elle éclata d'un rire aux sonorités déchirantes.

— Tu recommences ! Tu essaies de me flatter pour te sortir d'affaire ! Je ne crois pas un seul mot de ce que tu me dis.

La nausée qui l'avait saisie quelques minutes plus tôt s'intensifia, et Juliet se mit à courir, titubante, vers la porte grande ouverte. Il fallait qu'elle sorte d'ici.

Elle se précipita sur la terrasse et avança jusqu'à buter contre la rambarde. La respiration saccadée, elle s'y appuya sans rien voir du magnifique paysage matinal qui s'étendait devant elle. Ces vacances étaient censées lui apporter un changement, et peut-être même le salut. Au lieu de quoi elles n'avaient fait que conforter tout ce qui posait problème dans sa vie. Elle se sentait comme une carcasse vide, nettoyée par Greg, par sa famille, ou par les exigences stupides qu'elle s'imposait à elle-même. Et voilà que Marco venait de ramasser ses os un par un, jusqu'à ce qu'il ne lui reste plus rien.

Elle entendit un bruit derrière elle mais ne se retourna pas. C'était au-dessus de ses forces.

Elle perçut son pas sur la terrasse. Il vint s'accouder à quelques mètres d'elle. *Pourquoi moi ?* aurait-elle voulu lui demander. *De toutes les femmes de Pelican's Reach, pourquoi m'avoir choisie, moi ?* Mais elle craignait de connaître la réponse. Les prédateurs tels que lui savaient repérer les proies les plus vulnérables, les plus faibles, et elle avait le mot « pigeon » inscrit sur son front depuis qu'elle était en âge d'épeler ce mot.

— La bague… Je comprends qu'il t'ait été très facile de la dérober, mais l'argent ? Il était dans le…

Ah. Oui, bien sûr.

Comme elle avait été stupide de ne pas comprendre tout de suite son manège ! C'est lui qui avait suggéré qu'elle retire sa bague, non ? Lorsque le bijou avait disparu, Marco avait insisté pour qu'elle inspecte le coffre. Il se tenait juste derrière Juliet quand elle avait composé le code. Il était vraiment très fort.

— Tu as pris tout ce que tu voulais ? demanda-t-elle, sourcils froncés, en se tournant vers lui.

Il secoua la tête.

— Il n'y avait pas autant dans ce portefeuille que je pensais. J'aurais dû m'en douter avant…

Peu lui importait ce qu'il pensait. Pourtant, quelque chose continuait de la tarabuster :

— Tu as déjà tout ce que tu veux. Tu m'as volé tout ça au cours des vingt-quatre dernières heures, je me demande ce que tu fais encore dans le coin. Pourquoi n'as-tu pas décampé tout de suite ?

— Je pars demain, et, si j'avais arrêté de te voir avant mon départ, cela aurait paru suspect.

Juliet se sentait vidée. Chaque fois qu'elle l'avait embrassé, il était en réalité en train de réfléchir à ses plans. Chaque fois qu'il lui parlait, c'était pour l'amener à révéler sur elle des choses qu'elle n'avait jamais confiées à personne… Bien sûr ! Voilà pourquoi il écoutait si bien. Plus il en savait sur une femme, mieux il pouvait s'adapter à ses attentes et user de ses charmes pour l'envoûter. Elle lui avait rendu la tâche si facile ! Elle aurait voulu pouvoir le haïr, mais elle s'aperçut qu'il ne lui restait plus assez d'énergie pour cela.

S'écartant de la rambarde, elle s'avança vers lui et chercha son regard.

— Pourquoi me dire tout cela maintenant ? demanda-t-elle. Et pourquoi m'avoir rendu ce que tu m'avais volé ?

Cela lui échappait. Il aurait pu s'en tirer sans être inquiété puisqu'elle était complètement tombée dans son piège et n'y avait vu que du feu.

Elle l'observa tandis qu'il réfléchissait à sa réponse. Il ne ressemblait pas à un homme en train de tisser un mensonge — mais il n'en avait jamais eu l'air.

— Je veux arrêter. C'est en train de me transformer en quelque chose que je n'aime pas. Mais je m'étais dit « encore quelques coups, et ce sera assez ». En général, les femmes que je rencontre sont dures. Ce sont des joueuses, comme moi. Je prends, elles prennent, et nous sommes quittes.

Juliet eut envie de lui rire au nez. Pensait-il vraiment ce qu'il disait ?

— La première fois que je t'ai vue, je croyais que tu étais comme elles, toi aussi. Il y avait en toi une… distance que j'ai appris à reconnaître. Ensuite, tu as commencé à te vanter de ton travail et des stars de cinéma que tu rencontrais, et je me suis dit que tu constituais une proie légitime.

Juliet déglutit avec peine. Une partie d'elle appréciait cette honnêteté brutale, mais une autre était en train de s'écrouler sous la violence de ces vérités.

— Et qu'est-ce qui a changé ? demanda-t-elle.

— Toi, dit-il simplement. Juste sous mes yeux. Tu es

gentille, Juliet. Tu souris aux serveurs et tu te souviens de leur nom. Personne d'autre ici ne fait ça. Regarde comme tu as aidé cette fille aux tyroliennes… Et tu voulais m'aider, moi aussi, même si cela devait signifier que tu n'obtiendrais pas ce que tu espérais de moi. Je te dégoûte ?

Il secoua la tête et ajouta :

— Je me dégoûte moi-même.

*Très bien*, pensa Juliet. Elle n'avait aucune pitié pour lui — elle la gardait pour elle, elle en aurait besoin. Autant être égoïste, pourquoi pas ? Tous les autres l'étaient.

— Et qu'est-ce qui est si important pour que tu sois obligé d'aller voler à droite, à gauche, bon sang ? demanda-t-elle encore.

Marco se retourna pour s'appuyer contre la barrière, face à la villa.

— Je veux retourner au lac de Garde et prouver à ma famille que je peux réussir sans eux. Je voulais acheter un bateau et proposer des leçons de voile et des excursions. Il ne me manque plus que quelques milliers d'euros…

— Alors pourquoi ne travailles-tu pas pour les gagner, comme les gens normaux ? s'écria Juliet, hors d'elle. Pourquoi fais-tu ça ?

Il baissa les yeux sur les pavés de terre cuite sous ses pieds.

— Parce que je sais le faire, dit-il d'une voix calme.

Parce que c'était facile pour lui, songea Juliet. Il faisait partie de ces gens qui appliquaient la loi du moindre effort. Elle le regarda avec une acuité nouvelle tandis qu'il se tenait là devant elle, le dos voûté et les yeux rivés sur ses chaussures, et se dit que peut-être, pour la toute première fois, elle le voyait tel qu'il était vraiment. C'était un jeune homme, pas un dieu. Et il n'était pas méchant — même si elle aurait aimé penser qu'il l'était. Il était simplement faible, paresseux. Et égoïste.

Elle s'était dit qu'il était comme Gemma, mais ça n'avait rien à voir.

Soudain, elle pensa qu'elle l'avait assez vu. Contournant la piscine, elle retourna vers son salon.

— Va-t'en, lui dit-elle. Je ne veux plus te voir.

— Est-ce que tu vas… ?

Arrivée sur le seuil, Juliet se retourna :

— Est-ce que je vais quoi ?

D'un air plus honteux que jamais, il murmura :

— Est-ce que tu vas appeler la sécurité ?

Elle n'y avait pas encore réfléchi. Elle s'aperçut alors que l'idée était plutôt séduisante, mais elle n'avait rien qui lui manquait. Il lui avait tout rendu. Non, Marco ne lui avait rien volé de matériel. Les dégâts qu'il avait causés étaient bien plus profonds.

Secouant la tête, elle se tourna pour rentrer.

— Adieu, Marco.

# Chapitre 28

Juliet se maintint dans les lieux les plus fréquentés du site pendant le reste de la journée, et dès le lendemain matin réserva une excursion sur Pigeon Island afin d'être certaine de ne pas recroiser Marco. Pourtant, alors qu'elle attendait le minibus qui devait venir la chercher devant la réception principale, elle avisa l'Italien qui fendait la foule dans sa direction. Aussitôt, elle fit demi-tour et traversa l'aire de réception pour ressortir de l'autre côté du bâtiment, près de la piscine. Il ne la rattrapa qu'au moment où elle descendait les quelques marches qui menaient à la plage.

— Je ne veux pas te parler, dit-elle très fort sans se retourner.

— Je t'en prie ! dit Marco derrière elle.

Elle le sentait tout proche, maintenant, à quelques centimètres d'elle.

— Il faut que je t'explique ! insista-t-il.

Juliet continua à marcher. Peu lui importait désormais ce qu'il voulait. Elle s'en fichait.

— Et je vais faire ce que tu m'as dit… me réconcilier avec ma famille. A partir de maintenant, je veux faire des choses bien.

Elle commit l'erreur de jeter un coup d'œil par-dessus son épaule. Maintenant qu'il lui avait révélé sa vraie nature, il paraissait tellement jeune ! Il avait sur le visage une expression qui lui rappelait celle des jumeaux quand ils savaient qu'ils avaient fait une bêtise. Juliet avait dû ralentir sans s'en apercevoir, car il la rattrapa et se mit à cheminer à côté d'elle.

Elle l'ignora et continua de marcher comme si de rien n'était, mais elle était pleine de rancœur depuis leur entrevue de la veille — il ne s'en sortirait pas aussi facilement.

— Tu aurais pu faire ce que tu voulais de ta vie, lui dit-elle, les yeux rivés sur le petit arbre au tronc lustré tout au bout de la plage. Pourquoi avoir choisi ce… métier ?

Elle l'entendit prendre une grande inspiration.

— C'est plutôt lui qui m'a choisi que l'inverse.

Elle se tourna pour lui faire face :

— Arrête de m'embrouiller, Marco. Je ne suis vraiment pas d'humeur.

Il soutint son regard un instant puis hocha la tête.

— J'ai eu une relation avec une femme plus âgée que moi qui avait une villa aux abords de notre ville, en Italie. Elle est venue au restaurant quand j'y travaillais comme serveur et elle a commencé à me faire du rentre-dedans.

Juliet émit un petit souffle de mépris.

— J'étais jeune, elle était française et incroyablement sensuelle. Je sais que tu ne me croiras sans doute pas, mais Charlotte a été ma première relation sérieuse. Je suis tombé fou amoureux d'elle et je pensais que c'était réciproque. J'ai quitté le restaurant, contre l'avis de mon père, et j'ai emménagé avec elle. Elle aimait s'entourer de jeunes hommes, leur faire des cadeaux, leur expliquer comment s'habiller correctement, quelle musique écouter et quels aliments manger. Je suppose qu'elle aimait maîtriser les choses.

Il se tut, et Juliet lui jeta un regard en coin. Son front était plissé, comme s'il était en train de revivre un souvenir douloureux. Certes, peut-être était-il en train de jouer la comédie, mais elle ne voyait pas ce qu'il aurait eu à y gagner, à présent.

— Que s'est-il passé ? demanda-t-elle, curieuse malgré elle.

— Elle s'est trouvé un nouveau jouet, dit-il avec amertume. Quand je lui ai dit qu'elle était une garce sans cœur, elle a reconnu que j'avais raison mais que j'avais été amplement dédommagé, puisqu'elle avait eu la générosité de m'offrir un voyage en Sicile pour me consoler.

Juliet écarquilla les yeux.

— Tu y es allé ?

Il opina tristement.

— Oui. Un mois loin de Charlotte, sachant que je ne risquais pas de tomber sur elle en compagnie de son nouvel amant à chaque coin de rue, c'était inespéré. Et j'étais en colère. Je savais qu'elle avait les moyens de payer, mais je considérais néanmoins ce voyage comme une sorte de vengeance.

Juliet reporta son attention sur le petit arbre. Il était plus proche, maintenant, et il y avait beaucoup moins de monde sur cette partie de la plage. Elle savait ce que cela faisait de se sentir évincé et remplacé. Mais elle ne s'était pas attendue à ce que quelqu'un comme Marco puisse connaître ce sentiment-là.

Il soupira.

— Pendant mon séjour à Taormina, j'ai rencontré une autre femme dans son genre, et, comme elle me voulait, je me suis dit : *Pourquoi pas ? Mais cette fois je vais y aller en toute conscience, et je la ferai payer.* Et c'est ce que j'ai fait.

Quand il regarda de nouveau Juliet, il paraissait lugubre.

— Et tu t'es senti mieux ? demanda-t-elle.

Il opina.

— Pendant un certain temps. Et j'ai continué. Ça me permettait de garder mes distances avec ma famille, et quand je rentrais à la maison j'avais de l'argent. Tout le monde croyait que j'avais réussi. Je pouvais regarder mon père en face, avant qu'il ne découvre la vérité. Je me disais que je ne faisais rien de mal, qu'il s'agissait de simples transactions commerciales.

Ils avaient atteint l'arbre. Juliet avança sous ses branches et fit face à Marco.

— Que fais-tu là, Marco ? Qu'attends-tu de moi ?

— Je voulais te dire que je suis désolé.

Juliet le dévisagea. Il était plein de charme, comme Gemma, et il était intelligent. S'il ne lui avait pas révélé la vérité, elle n'aurait jamais deviné ce qu'il avait fait. Mais, alors que sa sœur usait de ses talents pour exercer un métier bien en vue, Marco gâchait les siens. Il valait tellement mieux que ça.

Elle ignorait s'il était sincère en affirmant qu'il avait l'intention de changer, mais elle espérait que c'était le cas. Même s'il s'était joué d'elle la plupart du temps, elle ne pouvait s'empêcher de penser que, parfois, elle avait pu entrevoir le véritable Marco — lorsqu'il avait évoqué sa famille, par exemple, ou cette nuit-là, quand, moins policé, il lui avait paru perdre le contrôle. Peut-être s'était-il montré honnête à ce moment-là, après tout.

— Tu pourrais monter une excellente affaire de voiliers, si tu le voulais, lui dit-elle. Les gens t'apprécient, et tu en connais un rayon sur les bateaux. Ça pourrait marcher.

Le teint de Marco vira au gris, comme s'il allait vomir.

— Tu le penses vraiment ?

Juliet s'efforça de réprimer un élan de compassion. En vain. Il semblait complètement interdit par la foi qu'elle avait en lui, aussi réticente qu'elle soit. Elle acquiesça.

Il lui adressa un regard de pure gratitude, mais Juliet n'était pas assez stupide pour se laisser prendre de nouveau dans ses filets. Elle quitta l'ombre de l'arbre pour entrer dans la lumière radieuse du matin.

— Rentre chez toi, Marco. Mais fais plus que cela. Sois plus que cela.

Alors, elle s'en retourna jusqu'au bout de la plage, monta sur les rochers du brise-lames et se mit à contempler l'océan.

Le bruissement des pas de Marco dans le sable lui indiqua qu'il avait fini par partir. Malgré l'empathie sincère qu'elle éprouvait à son égard, elle ne se retourna pas, ne le rappela pas. Il y avait un temps pour donner et un temps pour cesser de donner. Et ce temps, pour Juliet, était arrivé.

Juliet changea de position sur sa chaise longue et se couvrit les yeux avec son avant-bras. Elle entendait au loin les clameurs des enfants qui s'éclaboussaient près de la rive, le cri des oiseaux marins qui tournaient en rond au-dessus de la plage, et le bruit des vagues qui s'écrasaient sur le sable. Son livre gisait à côté d'elle, délaissé, et son cocktail commençait à tiédir.

La seule chose qui gâchait cette merveilleuse séance de bronzette était la femme installée sur le transat voisin. Elle ne cessait de s'agiter en tous sens et de sortir des objets de son sac pour les y remettre aussitôt. Pourquoi ne pouvait-elle pas simplement s'allonger et se détendre, comme tout le monde ?

Pour finir, renonçant à somnoler, Juliet ramassa son livre. La dernière fois qu'elle l'avait posé, elle en était à la page 168, et pendant les vingt minutes suivantes, elle resta sur la page 168.

Des profondeurs de son inconscient, certaines choses commencèrent à se libérer et à remonter à la surface.

La surface.

Tout avait une surface, non ? Mais ce n'était pas la surface qui comptait. A l'image des icebergs, dont seule une minuscule partie était visible.

C'était la surface de Marco qui l'avait aveuglée. Si l'on avait pu confectionner un homme sur mesure pour combler ses fantasmes les plus secrets, on n'aurait rien fait de mieux que Marco Capello. Elle aurait dû s'apercevoir qu'il était trop beau pour être vrai. Aucun homme n'était aussi généreux dans la vraie vie — sauf Will, peut-être. Soudain, elle eut le sentiment de l'avoir trahi.

Sa colère envers Marco était tempérée par le fait qu'elle était coupable des mêmes choses que lui. Elle aussi avait présenté sa plus belle surface, non ? Toujours à affirmer que tout était parfait alors qu'au-dessous c'était un chaos de la plus belle espèce. Mais au moins, dans son cas, elle était la seule à devoir en assumer les conséquences.

Et comment allait-elle gérer la distance qui s'était installée entre elle et Violet ? Et l'obsession de Polly à vouloir que tout soit bien rangé et que les règles soient impeccablement respectées ? Si leur mère n'avait pas été aussi coincée, elles s'en seraient sans doute mieux sorties.

Et puis il y avait Gemma.

Et Greg. La faillite de leur mariage n'était peut-être pas entièrement sa faute à lui. Si elle avait admis qu'elle était en difficulté au lieu d'essayer d'être toujours plus parfaite pour lui, peut-être seraient-ils parvenus à regagner un peu de terrain dans leur couple.

Maintenant qu'elle était à Sainte-Lucie, elle arrivait à prendre un recul étonnant sur la Juliet de Tunbridge Wells, à des milliers de kilomètres de là, la voyant bien plus clairement que lorsqu'elle vivait sa vie. Pas étonnant qu'elle ait frôlé la dépression.

La femme à côté d'elle se redressa d'un coup et se tourna dans la direction de la piscine principale.

— Vous ne sauriez pas à quelle heure commence le cours d'aquagym, par hasard ? demanda-t-elle à Juliet.

— A 14 heures, répondit celle-ci.

— Merci, soupira la femme en enfilant une paire de tongs. Il me reste quarante minutes. Je crois que je vais aller flâner du côté des boutiques.

Juliet la regarda s'éloigner, puis posa son livre et se mit à contempler les reflets turquoise de la mer.

Enfin, elle y était arrivée : elle se sentait parfaitement détendue. Et il lui restait encore trois jours pour profiter du nirvana qu'elle venait d'atteindre. Le seul problème, maintenant qu'elle avait réussi à ralentir suffisamment le rythme pour réfléchir correctement, c'était qu'elle savait exactement ce qui lui manquait pour que ces vacances soient parfaites.

Ses enfants.

Cette séparation avait été nécessaire — pour elle comme pour eux —, mais deux semaines, c'était trop long.

Et sa vie l'attendait. Elle avait peut-être une chance de sauver ses relations avec sa sœur. Elle avait compris beaucoup de choses sur Gemma et sur elle-même, depuis qu'elle était à Sainte-Lucie. Il fallait à présent mettre cela à profit afin que toutes deux repartent de zéro.

Et puis il y avait Will. La seule personne solide à l'horizon. Pas un fantasme, mais un homme, un vrai. Il était temps qu'elle se décide sur son compte et, de façon surprenante, malgré l'implosion spectaculaire de son histoire avec Marco, elle s'aperçut qu'elle était prête à se construire une nouvelle vie amoureuse. Greg n'était pas le seul à pouvoir tourner la page.

Depuis sa chaise longue, elle contempla les frondaisons du palmier au-dessus d'elle, qui dansaient doucement dans la brise. Tout était resplendissant, chaleureux, magnifique, ici. A Tunbridge Wells, la semaine entre Noël et le nouvel an était toujours une période un peu indolente, où les gens profitaient du confort de leur maison douillette et passaient des moments privilégiés devant leur cheminée. En dépit du soleil éclatant qui caressait sa peau, Juliet eut soudain envie de sentir le froid de l'Angleterre sur le bout de son nez.

Son séjour à Sainte-Lucie avait été merveilleux — une révélation. Mais il était temps de rentrer.

# Chapitre 29

La cuisine de Juliet était presque étincelante. Gemma avait balayé, frotté, nettoyé sans compter. C'était peut-être pour cela que Juliet était sans cesse en mouvement dans sa maison. Cela ne résolvait rien, pas vraiment, mais c'était toujours mieux que de rester assis à broyer du noir.

Violet entra dans la cuisine d'un pas traînant pour mettre un verre et une assiette dans le lave-vaisselle.

— Salut, tatie Gemma. Ça va ?

Gemma hocha la tête et jeta son chiffon sur le plan de travail en soupirant.

Sa nièce inclina la tête sur le côté d'un air inquisiteur.

— Des problèmes de cœur, hein ? demanda-t-elle.

— Ouais.

C'étaient les pires.

Violet s'approcha de sa tante et la prit dans ses bras.

— Je comprends, lui dit-elle.

Gemma songea qu'en effet Violet la comprenait sans doute. Elle aurait facilement pu lui répliquer qu'elle était trop jeune, qu'elle ignorait ce qu'elle pouvait ressentir. Mais les chagrins d'amour provoquaient la même souffrance à tout âge.

Elle s'écarta et marmonna :

— Après une ou deux tequilas, il n'y paraîtra plus.

Puis, se rappelant à qui elle avait affaire, elle ajouta précipitamment :

— Je n'ai pas dit ça.

Violet éclata de rire et sortit de la pièce.

C'était un mensonge, bien entendu. Gemma ne pensait pas un instant que la tequila était la solution à ce problème. Aucun alcool ne parviendrait à apaiser la douleur qui lui étreignait le cœur.

Will lui manquait, ce qui était complètement idiot. Il était parti depuis seulement deux jours. Moins de quarante-huit heures, à vrai dire. Elle avait réellement compté les heures.

Elle avait vu sa voiture sortir de l'allée le 27 décembre, et avait tout de suite compris qu'il n'avait pas simplement l'intention de faire un saut au supermarché pour aller chercher du lait. Il s'éloignait d'elle. Et c'était encore pire de se dire qu'il avait raison, que c'était ce qu'il fallait faire.

Secouant la tête, elle se remit à essuyer les miettes sur le plan de travail. La maison était trop calme, ce matin. Les garçons étaient allés jouer chez des amis de Juliet, Polly était plongée dans sa lecture du *Livre Guinness des records*, et Violet ne sortait de sa chambre que lorsqu'elle y était obligée. Gemma retourna à son ménage. Il fallait qu'elle remplisse ce silence.

En s'apercevant qu'elle était en train d'astiquer pour la troisième fois le comptoir immaculé de la cuisine, elle se laissa tomber en soupirant sur l'une des chaises autour de la table. Tout cela était stupide. Elle n'aurait pas dû se sentir aussi mal. La nature de son travail l'avait amenée à devoir assumer de nombreuses relations à distance. Il lui était souvent arrivé de passer des semaines — parfois des mois — loin de l'homme de sa vie et, pourtant, jamais encore elle ne s'était sentie aussi… vide.

C'est alors qu'elle entendit un bruit à l'autre bout de la véranda. Elle leva la tête, et la pièce se mit à tournoyer autour d'elle. Le seul point stable était l'homme qui se tenait devant la porte-fenêtre, et qui semblait avoir très envie d'entrer.

Will. Il était revenu pour elle. Elle le devina à sa simple expression, sombre et déterminée. A la façon dont il semblait être tendu vers elle par la seule force de sa présence. Comment avait-elle pu le trouver médiocre et ennuyeux ? Etait-elle aveugle ?

Lentement, elle se leva et traversa la cuisine en direction de la véranda. Elle tourna la clé et recula d'un pas pour qu'il ouvre la porte lui-même.

— Salut, dit-elle tandis qu'il franchissait le seuil en refermant derrière lui.

— Salut.

— Tu étais parti.

*Mazette ! Quel sens de l'observation incroyable, Gemma.*

Il la dévisageait intensément.

— J'étais chez ma sœur. Mais je suis revenu.

Bêtement, le cœur de Gemma se mit à applaudir de toutes ses forces en bondissant dans sa poitrine.

— Pourquoi ?

Ils savaient tous les deux pourquoi il était parti.

Il avança vers elle, jusqu'à remplir tout son champ de vision.

— Pour te dire que je ne peux plus garder mes distances, Gemma. Je ne veux plus fuir tout cela… te fuir, toi. Je voulais juste savoir si tu ressentais la même chose.

Autrefois, elle s'était dit que Will ne savait pas se donner les moyens d'obtenir ce qu'il voulait, surtout s'il s'agissait d'une femme. Comme elle s'était trompée ! Elle ne dit rien, ne fit aucun geste, mais son regard avait dû la trahir, car elle vit les yeux de Will s'emplir d'une lueur chaleureuse. Elle lui avait donné la réponse qu'il espérait.

Il lui attrapa les mains. Le bout de ses doigts était froid, mais tout le reste était chaud.

— Quand Sam m'a quitté, je me suis renfermé sur moi-même. Même avant cela, notre relation ne se passait pas si bien que ça. Plus elle était extravertie, plus j'avais l'impression qu'il fallait que je sois son ancre, son pilier.

Avec un petit sourire ironique, il ajouta :

— L'élément barbant du couple.

Gemma secoua la tête, mais il poursuivit :

— Alors, j'ai décidé qu'il me fallait un autre genre de femme. Quelqu'un de plus sûr, de plus facile. De moins stimulant.

Ce n'étaient pas les qualificatifs que les hommes qui traversaient la vie de Gemma avaient l'habitude d'utiliser à son propos, hélas. « Fantaisiste », « compliquée », « exigeante »… ceux-là, en revanche, elle les avait entendus plus souvent qu'à son tour.

— Je me trompais, reprit Will. J'ai besoin de quelqu'un d'impulsif, de créatif… quelqu'un de libre pour m'équilibrer. J'ai besoin de toi, Gemma.

Ses paroles simples et sincères remuèrent quelque chose en elle, mais elle secoua la tête, ôta ses mains des siennes et se retira le plus loin possible dans la cuisine, jusqu'à buter contre les placards sous la fenêtre qui surplombait l'allée de la maison.

Will la suivit. Elle aurait dû s'en douter. Il était aussi têtu qu'elle.

— Je sais que ce ne sera pas facile, qu'il y aura des obstacles à surmonter…

*Un énorme obstacle nommé Juliet*, songea Gemma.

— Mais j'ai envie qu'on essaie, conclut-il.

De grosses larmes se mirent à rouler sur les joues de Gemma. Elle leva la tête pour le regarder. Elle avait tellement envie de dire oui, de lui sauter dans les bras et de l'embrasser passionnément. Mais elle ne pouvait pas. Et il fallait qu'elle lui fasse comprendre pourquoi.

— Toute ma vie, j'ai usurpé sans le savoir ce qui revenait à ma sœur, expliqua-t-elle. Je me suis taillé la part du lion, sans l'avoir mérité, qu'il s'agisse de l'amour et de l'attention que nous portaient nos parents, ou des opportunités qui lui ont été refusées et pas à moi. Il y a tellement de choses…

Tellement de choses dont elle ne s'était pas aperçue. De petites choses toutes bêtes. Mais qui, additionnées, devenaient énormes.

— S'il existe la moindre chance que toi et Juliet ayez pu vivre quelque chose ensemble, je ne peux pas faire ça, Will. Je ne peux pas me montrer égoïste une fois de plus. Maintenant, il faut que je pense d'abord à elle.

Elle s'essuya les joues du revers de la main et renifla avant d'ajouter :

— Dis-moi la vérité. Y avait-il une chance ? Cela aurait-il pu arriver ?

Will ne souriait plus.

— Oui, dit-il en détournant le regard. Mais, à long terme, je ne crois pas que cela aurait marché entre nous.

Gemma se remit à pleurer.

— Alors je ne peux pas, Will. Je ne veux pas.

Quelque chose sembla se briser en Will. Jusqu'alors, elle avait senti qu'il lui laissait de l'espace, qu'il restait un peu à l'écart parce que c'était ce qu'elle souhaitait tacitement, mais soudain il s'avança vers elle, lui prit le visage entre ses mains et essuya du pouce les larmes qui lui coulaient sur les joues.

— Avec elle, je ne ressens pas la même chose qu'avec toi, Gemma…, murmura-t-il en la regardant droit dans les yeux.

L'instant d'après, il l'embrassait. Cette fois, son baiser n'était ni ardent, ni éperdu. Il était profond et tendre, et elle l'apprécia comme elle appréciait Will. Les sanglots de Gemma n'en étaient que plus importants. Il était le seul homme auprès de qui elle avait envie de s'ouvrir, le seul qu'elle n'ait pas envie de fuir. Et pourtant elle y était obligée.

Alors, elle savoura la douceur de ses lèvres et le contact de ses bras autour d'elle, sachant que cette fois était peut-être la dernière. Elle était assez égoïste pour vouloir profiter le plus possible de cet instant et en tirer le meilleur. Sous cet aspect, elle restait encore l'ancienne Gemma.

Un bruit soudain en provenance de l'entrée les figea. Gemma, qui avait glissé ses mains dans les cheveux de Will, les laissa retomber sur les épaules de celui-ci et appuya son front contre le sien.

— Pas maintenant, Polly…, dit-elle, les yeux toujours fermés. Laisse-nous un moment, tu veux bien ?

— Ce n'est pas Polly.

Gemma se vit précipitée dans un gouffre. Ou empalée sur un pic glacé. Elle s'écarta lentement de Will, sentant l'air froid s'insinuer entre eux. Alors seulement elle tourna la tête et, quand elle eut rassemblé assez de courage, ouvrit les yeux.

Là, plantée dans l'entrée, se tenait Juliet.

Le tableau que sa sœur et son voisin étroitement enlacés lui offraient déclencha instantanément la fureur de Juliet, et l'état de béatitude qu'elle avait atteint à Sainte-Lucie se dissipa comme par magie.

— Tu… Tu es rentrée, bégaya Gemma. Tu n'étais pas censée revenir avant trois jours.

— Eh bien, heureusement que j'ai décidé de rentrer un peu plus tôt à la maison. Ce spectacle était très instructif, répondit-elle en les regardant tour à tour.

La main de Gemma glissa du torse de Will, qui recula d'un pas.

— Depuis combien de temps es-tu là ? interrogea Gemma d'une voix mal assurée.

Juliet savait ce que Gemma lui demandait en réalité : « Qu'as-tu entendu de notre conversation ? » Elle eut un petit geste évasif et esquissa une grimace :

— A peu près depuis cette fameuse réplique de Will, je cite : « Avec elle, je ne ressens pas la même chose qu'avec toi, Gemma. » Suffisamment longtemps, je crois.

Will fit un pas vers elle.

— Juliet, je…

Levant le menton d'un air défiant, elle l'interrompit :

— Je pense que tu ferais mieux de sortir de chez moi.

Mais Will ne bougea pas. Il continua de la dévisager, les mâchoires crispées. Juliet connaissait cette expression. Il s'apprêtait à voler au secours de sa sœur. Le traître. Jusqu'alors, elle avait réussi à contenir sa colère, mais elle commençait à la sentir bouillonner de plus belle, menaçant de faire voler en éclats sa belle contenance.

Gemma posa la main sur le bras de Will.

— Ça va aller, dit-elle. Je crois que Juliet et moi avons des choses à nous dire… en privé.

Will se tourna vivement vers Gemma. Elle lui fit un petit signe de tête.

— Vraiment, dit-elle.

Dans un silence écrasant, il adressa à Gemma un dernier regard avant de quitter la pièce. Juliet écouta le bruit de ses pas s'éloigner dans le couloir et la porte d'entrée se refermer derrière lui.

Elle s'étonna du ton détaché et raisonnable qu'elle employa pour s'adresser à sa sœur — d'autant qu'elle n'avait qu'une envie : lui arracher la tête.

— Comment as-tu pu faire ça ? demanda-t-elle à mi-voix.

Les joues inondées de larmes, Gemma secoua la tête. En temps normal, Juliet en aurait eu le cœur serré, mais elle s'aperçut qu'une partie d'elle-même était devenue comme morte. Elle ne sentait plus rien que la rage venimeuse qui montait lentement en elle.

Gemma se mit à parler précipitamment tout en s'essuyant les joues :

— Ce n'est pas ce que tu crois ! Je n'ai pas essayé de…

— Je me fiche de ce que tu as ou non essayé de faire, Gemma. Les faits sont là, et c'est tout ce qui importe. Toute ta vie, tu m'as seriné la même excuse : « Je ne l'ai pas fait exprès, ce n'était pas ma faute… » et j'en passe. Ça marchait quand tu avais l'âge des jumeaux, mais à trente-cinq ans ce n'est plus très crédible, tu ne penses pas ?

Gemma referma la bouche. Juliet voyait presque les réponses tournoyer dans l'esprit de sa sœur. Elle visualisa également Gemma les considérant puis les rejetant une à une, avant de lâcher finalement :

— Je suis désolée.

Cela aurait dû satisfaire Juliet. Il y avait des années qu'elle attendait des excuses directes de la part de Gemma, mais à présent elle s'apercevait qu'elle s'en fichait, au fond. Le fil fragile qui les reliait jusqu'alors s'était rompu à l'instant où elle était entrée dans la cuisine et avait découvert sa sœur accrochée à l'homme sur lequel elle avait eu des vues la première. Et cette rupture était sans doute irrémédiable. Etrangement, elle en éprouvait un sentiment presque libérateur.

— Je m'étais dit, avant de rentrer, que nous allions pouvoir commencer à arranger les choses entre nous, dit Juliet, mais je ne pense plus que ce soit possible, maintenant. Manifestement, tu n'as aucune considération ni pour moi ni pour mes sentiments, et j'en ai assez de cette relation à sens unique entre nous. C'est malsain, et pour une fois j'ai besoin de ne penser qu'à moi.

L'expression horrifiée qu'affichait Gemma était presque comique. Sa poitrine se souleva et elle secoua la tête mais, avant qu'elle puisse ouvrir la bouche pour proférer un nouveau mensonge, Juliet lança :

— Je pense que tu ferais mieux de partir, toi aussi.

— Juliet… si seulement tu me laissais t'expliquer !

— Tu peux m'expliquer tout ce que tu veux, ça ne changera rien au fait que, quand je suis arrivée, tu avais la langue plongée au fond de la gorge de Will. C'est tout ce qui importe.

Une expression coupable passa rapidement sur les traits de Gemma. Puis elle serra les mâchoires, des éclairs dans les yeux.

— Voilà, c'est fini... Tu es enfin libre, Gemma. Je te libère. Je ne veux plus de tes visites forcées. Tu n'es plus obligée de faire des cadeaux aux enfants ou de les appeler pour soulager ta culpabilité. Je ne veux plus rien venant de toi.

S'écartant de l'embrasure de la porte, elle regarda ostensiblement la porte d'entrée.

— Maintenant ? s'exclama Gemma. Tu veux que je parte sur-le-champ ? On ne peut même pas...

— Oui, maintenant, lança Juliet avec le sentiment de n'avoir jamais aussi bien maîtrisé sa vie qu'à cet instant. Je vais aller dire bonjour aux enfants et les emmener déjeuner à la pizzeria. A notre retour, je veux que tu sois partie.

— Les garçons sont chez Mélanie, dit Gemma.

Juliet soutint son regard.

— Eh bien, ça te donne vingt minutes de plus pour faire tes bagages et ficher le camp de chez moi.

Gemma s'approcha avec détermination de sa sœur.

— Non, attends une seconde ! Tu me mets dehors ?

Juliet acquiesça.

— Tout juste.

Gemma resta sans voix.

— Après tout ce que j'ai fait pour toi ? dit-elle enfin.

Juliet s'éloigna. Gemma sentit que cette proximité la mettait mal à l'aise, mais sa sœur avait toujours fait en sorte que personne ne l'approche de trop près. Pas même son pauvre ex-mari, qui avait fini par se lasser de sa parfaite épouse pour aller voir ailleurs.

Quand Juliet estima s'être suffisamment éloignée de sa sœur, elle se retourna :

— Depuis toujours, tu t'appropries ce qui ne t'appartient pas, Gemma, lui dit-elle d'une voix dure et froide. Et je crois que tu viens de le prouver de façon très nette.

Elle lança un coup d'œil appuyé vers le comptoir où Will et Gemma s'étaient embrassés quelques minutes plus tôt.

Jusque-là, Gemma s'était sentie coupable vis-à-vis de sa sœur, mais elle s'aperçut que la colère était en train de prendre le dessus.

— Tu te fiches de moi, ou quoi ? s'écria-t-elle. Ça fait deux semaines que je m'occupe de ta baraque et de tes gosses... J'ai lavé leurs vêtements, mouché leur nez, cuisiné leurs repas... J'ai diverti *tes* invités le jour de Noël, y compris cette espèce de sangsue qui se fait appeler « oncle » Tony, et — ah, oui ! — je viens de t'offrir des vacances cinq étoiles tous frais payés dans les Caraïbes !

Le volume avait monté à chaque mot qu'elle prononçait, au point qu'à présent elle en avait mal à la gorge.

— Oui, Juliet, tu as raison ! Je ne fais jamais, jamais rien pour toi !

Juliet se trouva prise de court. Profitant de cette trêve dans les accusations de sa sœur, Gemma décida de rectifier un certain nombre d'autres détails.

— Et je n'ai jamais été la préférée à la maison, c'est un mensonge !

Juliet ouvrit la bouche, mais Gemma ne lui laissa pas le temps de parler.

— Oui, je sais que maman était dure avec toi quelquefois, qu'elle te poussait toujours à en faire plus, mais tu ne crois pas que c'était parce qu'elle t'en croyait capable ? Personne ne m'a jamais demandé d'en faire plus, à moi. J'étais juste la mignonne petite Gemma, trop fragile pour affronter les difficultés, qu'il fallait laisser trottiner à son rythme en espérant qu'elle ne s'apercevrait pas qu'elle n'était pas aussi parfaite que sa merveilleuse grande sœur !

Juliet secoua la tête :

— Je n'ai jamais été parfaite ! Mais c'est vrai, j'ai essayé. Tu t'imagines comme c'était facile de rivaliser avec toi, avec tes boucles blondes et ces adorables fossettes ? Je n'avais pas le choix, il fallait que je sois parfaite ! Sinon, personne n'aurait jamais prêté attention à moi.

Soudain, Gemma eut davantage envie de pleurer que de crier.

— Mais pourquoi as-tu toujours voulu que ce soit un concours, entre nous ?

Juliet parut choquée, comme si elle n'avait jamais imaginé qu'il puisse en être autrement. Mais, lorsqu'elle voulait avoir raison sur un point, il n'était plus question pour elle de faire machine arrière. Gemma perçut l'instant exact où sa sœur décida de repartir à l'assaut.

— Vas-y, ne te gêne pas ! dit Juliet. Tu n'as qu'à dire que tout est ma faute, maintenant ! Mon Dieu, tu es incroyable ! s'exclama-t-elle en secouant la tête d'un air incrédule. Tu n'assumes jamais la moindre responsabilité, Gemma ! Et ça t'a toujours arrangée de jouer les innocentes, de faire exactement ce qui te passait par la tête pendant que les autres nettoyaient derrière toi.

Gemma afficha un air perplexe. De quoi diable parlait sa sœur ? Elle racontait n'importe quoi, ça n'avait aucun sens. Toutefois, une chose était devenue claire comme de l'eau de roche au cours de cette conversation, et Gemma n'avait pas l'intention de rabâcher les mêmes vieilles rancœurs en boucle pendant des heures.

Croisant les bras, elle adressa un regard noir à sa sœur :

— Peu importe ce que je peux dire ou faire, n'est-ce pas ? Rien ne sera jamais assez bien pour toi. *Je* ne serai jamais assez bien pour toi. J'ai compris, maintenant. Et tu as raison sur un point : si nous en sommes là, autant arrêter les frais définitivement.

Elle avança vers la porte, ne se retournant que lorsqu'elle fut sur le seuil, entre la cuisine et l'entrée :

— Oh ! et au fait… Je ne vais pas partir tout de suite. Je vais aller dire tranquillement au revoir aux enfants. Ils méritent au moins ça.

# Chapitre 30

Un homme chargé d'une boîte venait de sonner à la porte. C'était sûrement Reginald, le facteur, qui apportait un colis. Juliet lui ouvrit la porte et fut aussitôt tentée de la lui claquer au nez.

— Qu'est-ce que tu veux ?

Will soutint son regard. Il était plus grand qu'elle mais, comme il était dans l'allée, et elle, sur les marches, ils étaient à la même hauteur.

— Je pense qu'il faut qu'on discute.

Juliet se dit qu'elle aurait bien aimé revenir deux semaines en arrière et tout recommencer de là, mais on n'avait pas toujours ce qu'on voulait, hélas.

Will ouvrit le couvercle de sa boîte hermétique, et Juliet écarquilla les yeux.

— S'il te plaît, dit-il. Ils sont faits maison.

Des brownies. Will avait apporté des brownies. Et à en juger par l'état pitoyable des carrés bruns spongieux, il les avait faits lui-même. Trois sur dix pour la cuisson, mais dix sur dix pour avoir su exactement comment l'amadouer.

Elle soupira.

— D'accord, mais cinq minutes.

Elle le laissa refermer la porte derrière lui et le précéda

dans la cuisine — elle n'avait pas la force d'avoir cette conversation sur les lieux du crime — pour se diriger vers la véranda, où elle prit place au bord d'un des canapés et croisa les mains sur ses genoux.

Will déposa la boîte sur la table basse et s'assit en face d'elle.

— Je suis désolé, dit-il. Ça a dû être affreux de nous surprendre comme ça, et je suis navré que tu aies entendu ce que j'ai dit.

Juliet décida de se concentrer sur les malheureux brownies. Will était peut-être désolé, mais elle savait qu'il avait dit la vérité. Il n'était pas comme Marco. Ce n'était pas le genre d'homme prêt à mentir pour manipuler une femme.

Elle leva les yeux vers lui. Sourcils froncés, il la considérait avec le plus grand sérieux. Elle soupira et se carra sur le canapé.

— Je suis furieuse contre toi, Will, mais je sais que tu ne me ferais jamais de mal volontairement. C'est après Gemma que j'en ai vraiment.

Elle soutint son regard.

— Je me suis trompée ? J'ai mal interprété tes signaux ? demanda-t-elle.

Will secoua la tête.

— Non. Je pensais à l'époque qu'il y avait peut-être le début de quelque chose entre nous.

« A l'époque », et non « maintenant ». Il parlait de leur éventuelle relation au passé. Et il ne reviendrait plus en arrière.

— Ce n'était pas la faute de Gemma, dit-il en se redressant légèrement.

Une expression nouvelle avait remplacé son air contrit. Juliet le connaissait suffisamment pour savoir ce qu'il pensait.

— Je t'interdis de la défendre ! dit-elle.

C'était ce qui lui faisait le plus de mal. Elle avait cru pouvoir lui faire confiance pour faire front avec elle, et à la place il était passé dans le camp adverse.

— Je sais que tu la trouves merveilleuse — comme tous les hommes — mais c'est différent de l'avoir pour sœur. Et, en faisant ce qu'elle a fait, elle a prouvé qu'elle se fichait pas mal de moi.

— Tu te trompes, Juliet. Ce que tu penses d'elle importe énormément à Gemma. Pourquoi crois-tu qu'elle ait proposé que vous échangiez vos places à Noël, au final ?

— Par culpabilité, sans doute, dit-elle.

Will ébaucha un petit sourire perplexe avant de secouer de nouveau la tête.

— Tu ne comprends pas, n'est-ce pas ? Tu ne comprends vraiment pas ?

Juliet pinça la bouche. Inutile de chercher quelque chose qui n'existait pas.

Il se pencha en avant.

— Quand as-tu regardé ta sœur pour la dernière fois — je veux dire, vraiment regardé, au lieu de simplement voir ce qui t'arrangeait ?

Elle savait où il voulait en venir. Il voulait qu'elle voie ce que lui voyait et, franchement, elle n'en avait aucune envie. Autant retourner carrément le couteau dans la plaie.

Will s'appuya de nouveau contre le dossier mais, à la crispation de ses mâchoires, Juliet devina qu'il brûlait d'envie de prendre la défense de sa sœur. Au bout de quelques instants, il eut un mouvement de tête découragé et détourna le regard. Ils demeurèrent ainsi un bon moment, sans rien dire, meublant le silence de pensées informulées.

— Je ne sais pas quoi te dire, finit par lancer Juliet. Qu'attends-tu de moi, Will ?

Il la regarda droit dans les yeux.

— Nous étions amis, avant cet incident. Je ne veux pas perdre ça.

Comme elle ne répondait pas, il demanda :

— T'es-tu jamais demandé pourquoi nous ne sommes jamais passés à l'acte, tous les deux ? Il y avait un an que je me disais que notre amitié était en train de passer au stade supérieur, et toi aussi.

— Pas un an, quand même…, marmonna-t-elle.

— N'empêche, il y avait quelque chose. Et aucun de nous deux n'a levé le petit doigt.

Juliet était sur le point de dire que ce n'était pas son genre, qu'elle était de la vieille école et aimait prendre son temps, mais elle pensa soudain à Marco. Quand elle avait l'homme adéquat en face d'elle, elle était tout à fait capable de prendre des initiatives. Même si, dans ce cas précis, l'homme en question n'était pas si adéquat que ça. Quoi qu'il en soit, la duplicité de Marco ne changeait rien au fait que Will avait raison.

Il était temps qu'elle fasse preuve d'un peu de courage. Elle tendit alors le bras pour extraire un brownie plutôt collant de la boîte qu'avait apportée Will. Le portant précautionneusement à sa bouche, elle mordit dans un coin. Pas mal pour une première fois, mais il manquait un peu de saveur. Will avait sans doute oublié un ingrédient essentiel.

C'était peut-être la même chose pour eux, en fait. Il manquait dans leur relation cet ingrédient essentiel — s'il avait été là, voilà longtemps qu'ils se seraient davantage rapprochés, tous les deux. Avoir Will comme ami était sécurisant, songea alors Juliet. Ce bon vieux Will. Cela lui avait permis de se mentir un moment, de ne pas penser que son divorce l'avait éprouvée et qu'elle était sur la corde raide.

Il avait dû voir son expression s'adoucir, car il se pencha vers elle et dit :

— Juliet, tu sais que je te trouve fantastique. Mais…

— Mais, avec moi, tu ne ressens pas la même chose qu'avec elle, acheva-t-elle.

La vérité contenue dans ces mots la piquait au vif, et pourtant elle comprenait qu'il avait raison.

Will la fixait d'un regard absent, et cela ne fit qu'aviver la douleur qu'elle ressentait. Il éprouvait des sentiments pour Gemma. Des sentiments forts. Et il n'avait pas eu besoin de tourner autour du pot pendant près d'un an pour s'en apercevoir.

— Je comprends, lui dit-elle. Mais je ne sais pas si notre amitié pourra survivre à ça.

Il laissa échapper un soupir.

— Je suppose que je l'ai cherché, mais dans ce cas tu vas beaucoup me manquer.

Il avait toujours réponse à tout, c'était vraiment agaçant.

Juliet se sentit sur le point de s'effacer, de renoncer à ses désirs pour tout arranger, pour que tout aille bien de nouveau. Il ne fallait pas qu'elle cède à cette impulsion. Alors, elle demanda :

— Tu l'as appelée ?

Il y avait maintenant deux jours qu'elle était rentrée de Sainte-Lucie.

Il fit un geste de dénégation.

— Avant cela, il faut que je t'explique ce qui est arrivé ce matin-là.

Juliet posa son brownie et leva les mains devant elle, comme pour chasser de son imagination des scènes qu'elle n'avait pas envie de voir.

— Je ne veux pas le savoir, répondit-elle assez sèchement.

Mais Will l'ignora.

— Quand tu es entrée, Gemma venait de me dire qu'il ne pouvait rien se passer entre nous. Elle l'a dit en pensant à toi.

Juliet émit un petit rire sarcastique.

— Je n'ai pas eu l'impression qu'il ne se passait rien entre vous. Au contraire.

Will lui décocha un regard morne.

— Nous nous disions adieu.

Cet aveu choqua vivement Juliet. Refermant la bouche, elle dévisagea Will. Au cours des deux derniers jours, elle avait eu son lot de conversations imaginaires avec Will ou Gemma, et jamais pareil scénario ne lui était venu à l'esprit. A présent que sa colère avait refroidi, elle repensa au moment où elle était entrée dans la cuisine, et à la scène qu'elle avait surprise. Le baiser dont elle avait été témoin était plein de passion et de tendresse. Il dégageait un sentiment doux-amer, celui du désespoir résigné des adieux.

Comment pouvait-elle lutter contre cela ?

Il n'était même pas question d'essayer. Même si, à l'avenir, elle devait se lancer dans une relation intime avec Will, elle ne serait pour lui qu'un pis-aller. La pâle copie de sa sœur. Pour changer.

Elle se frotta le front. Tout à coup, elle se sentait trop fatiguée pour faire face à la situation.

— Merci pour les brownies, et merci d'être venu m'expliquer tout cela. Mais je ne sais pas quoi te dire pour le moment. J'ai besoin de temps pour réfléchir.

Will se leva.

— Merci de m'avoir écouté, lui dit-il.

Il sortit alors de sa maison. Et peut-être de sa vie.

# *Chapitre 31*

Gemma laça ses chaussures de sport, enfonça les écouteurs de son iPod dans ses oreilles et se dirigea vers la porte d'entrée. Un bon footing dans Greenwich Park, voilà ce qu'il lui fallait. Depuis plus d'une semaine, elle se morfondait dans son appartement en ressassant son altercation avec Juliet. Il était temps de se reprendre et de passer à autre chose.

Cela faisait neuf jours qu'elle avait parlé à Juliet. Neuf jours qu'elle avait vu Will pour la dernière fois. Il l'avait appelée à deux reprises sur sa ligne fixe — ayant sûrement trouvé son numéro dans l'annuaire — mais chaque fois Gemma avait raccroché en s'apercevant que c'était lui. C'était malpoli, certes, mais elle se serait effondrée si elle lui avait parlé, et elle ne voulait pas se l'autoriser.

Elle prit une grande inspiration pour chasser les larmes qui menaçaient de lui monter aux yeux, puis baissa la tête, posa les pieds bien à plat sur le sol et sortit de chez elle d'un pas décidé, prête à s'élancer. Elle n'alla pas bien loin : à peine avait-elle franchi le seuil de son appartement qu'elle percuta une grande chose beige.

Quand elle retrouva équilibre et esprits, elle s'aperçut que cette chose n'était autre que Juliet, plantée devant sa porte.

Gemma croyait lutter ces derniers jours contre une profonde

tristesse, mais, à présent qu'elle voyait sa sœur devant elle, les traits pincés, elle s'aperçut qu'elle se débattait également contre une grande colère.

— Qu'est-ce que tu fais là ?

— Je suis venue pour…

Juliet s'interrompit pour regarder Gemma de haut en bas.

— Venue pour quoi ? J'étais sur le point d'aller courir.

— Tu cours, toi ?

Si Gemma n'avait pas été aussi furieuse contre sa sœur, elle aurait trouvé comique l'expression de son visage. Elle s'engouffra dans le couloir d'un pas rapide pour rejoindre l'ascenseur.

— Oui, je cours, mais tu n'es pas là pour surveiller mon programme de mise en forme, si ?

Avec son caractère fouineur et sa manie de vouloir tout contrôler, Juliet en était tout à fait capable, songea-t-elle méchamment.

Juliet se mit à trottiner pour la rattraper.

— Non, dit-elle.

— Alors quoi ? demanda Gemma en arrivant devant l'ascenseur.

Juliet prit une profonde inspiration.

— Il faut que je te parle… Non, en fait, il faut que nous parlions. De la semaine dernière. Et d'autres choses. D'histoires de famille.

C'était une surprise de taille. Après n'avoir eu aucune nouvelle de Juliet pendant tant de jours, elle était convaincue que sa sœur avait définitivement coupé les ponts. Pourtant, quand les portes de l'ascenseur s'ouvrirent avec un petit tintement, elle entra. Elle en avait assez de devoir se plier aux règles de Juliet. Si celle-ci voulait lui parler, elle allait devoir le faire selon les termes de Gemma. Juliet la suivit.

Dans la rue, Gemma se mit à marcher d'un pas vif pour s'échauffer.

— Tu ferais mieux de me dire vite fait ce que tu veux, dit-elle à Juliet. Il faut cinq minutes pour arriver au parc, et là je me mettrai à courir.

Elle regarda à la dérobée les jolies bottines de daim que portait sa sœur. Même si elle essayait, Juliet ne serait pas capable de la suivre. D'ailleurs, elle avait déjà les joues rouges et le souffle un peu court.

La part sadique de Gemma ne put s'empêcher de s'en réjouir.

— Je voulais te dire que j'étais désolée de t'avoir parlé comme ça l'autre jour, dit Juliet en faisant de son mieux pour ne pas se laisser distancer.

C'était presque assez pour que Gemma s'arrête net. Ou qu'elle s'évanouisse de stupeur. Mais elle n'avait pas tout à fait oublié le regard de mépris que lui avait lancé sa sœur le matin où elle était rentrée de Sainte-Lucie, et ce souvenir l'aida à garder le rythme.

— Ah oui, vraiment ?

Juliet hocha la tête.

— J'avais des raisons d'être en colère, mais j'ai réagi trop vivement.

Gemma bifurqua à l'angle de la rue pour longer les vieilles pierres blanches de l'Ecole navale.

— Tu crois ?

Juliet déglutit et accéléra le pas pour rester à sa hauteur.

— J'ai rencontré un homme pendant mes vacances, tu sais…

Sans s'arrêter, Gemma tourna vivement la tête pour regarder sa sœur en face :

— Tu as rencontré un homme… Un homme qui n'est pas Will, et après ça tu as le culot de venir me brailler dessus ?

Juste au moment où elle pensait que Juliet avait changé son fusil d'épaule et qu'elle était enfin devenue raisonnable, il fallait qu'elle lui donne tort ! Gemma accéléra.

— C'est une longue histoire, dit Juliet, haletante.

Elle clopinait avec peine à côté d'elle mais ne décrochait pas, à la grande contrariété de Gemma. Celle-ci se demanda si elle n'allait pas accélérer le rythme en douce pour mettre Juliet à la torture et la pousser à abandonner. Elle était tellement occupée à visualiser le triomphe que ce serait qu'elle faillit ne pas entendre ce que sa sœur lui dit alors :

— Pour faire bref, j'ai cru qu'il était l'homme de mes rêves, mais il s'est avéré que c'était un escroc qui a essayé de me voler la bague de grand-mère et tout mon argent.

Gemma s'arrêta brusquement et se tourna vers Juliet :

— Tu te fiches de moi ?

— Non, répondit-elle en secouant la tête avant d'ajouter tristement : J'aimerais bien. Maintenant, tu comprends que j'aie été un peu… susceptible quand je suis rentrée de l'aéroport. Cela ajouté au fait que je n'avais pas dormi dans l'avion et au décalage horaire, je n'étais pas au meilleur de ma forme.

Gemma manqua de rire et se contenta d'un gloussement discret. Juliet avait toujours eu un don pour les euphémismes.

— Je ne vois pas ce qu'il y a de drôle, dit Juliet en

s'efforçant de prendre un air sévère en dépit du petit sourire qui faisait trembler ses lèvres.

Gemma se remit à marcher, plus doucement, cette fois.

— Que s'est-il passé ? Tu vas bien ?

Nom d'une pipe, c'était bien la dernière chose qu'elle avait souhaité à Juliet en lui offrant ces vacances.

Juliet hocha la tête.

— Oui, ça va. Ou ça va aller, du moins. Je te raconterai toute l'histoire plus tard, mais pour le moment nous devons discuter de choses plus importantes.

Une part de Gemma n'avait aucune envie de parler avec Juliet. Les choses qu'elle lui avait dites ce matin-là chez elle l'avaient blessée. Cette part d'elle-même voulait dire à sa sœur qu'elle s'en fichait, qu'il était trop tard et qu'elle n'avait qu'à aller se faire voir. Mais sa part la plus raisonnable lui disait que cela n'aurait abouti qu'à les maintenir dans cette dynamique morbide consistant à se tourner autour tout en se regardant en chien de faïence. Si leur relation devait changer, il fallait qu'elles y soient prêtes toutes les deux.

— D'accord, dit-elle finalement.

Entre-temps, elles étaient arrivées au parc. Gemma ne piqua pas de sprint mais entraîna sa sœur vers un banc, où elles s'assirent toutes les deux. La pelouse était encore gelée et scintillait sous le soleil d'hiver. Le parc était désert, à l'exception de deux autres joggers et de quelques personnes qui promenaient leur chien.

— J'ai beaucoup de choses à te dire, déclara Juliet, mais, pour que tout soit bien clair, il faut que je commence par le début.

Juliet inspira profondément puis dévisagea sa sœur avec le plus grand sérieux.

— Tu te souviens comme maman a craqué après le décès de papa ?

Gemma acquiesça.

— Eh bien, ce n'était pas la première fois.

Elle commença alors à lui raconter l'histoire de deux sœurs, deux parents et deux enfances, très différente de celle que connaissait Gemma. Celle-ci l'écouta en silence lui relater le Noël affreux où leur mère s'était enfuie de la maison — un Noël dont elle n'avait aucun souvenir, si ce n'est cette poupée qu'elle avait chérie pendant des années, jusqu'à ce qu'elle tombe en miettes. Elle découvrit aussi d'autres anecdotes, qui s'étaient déroulées à l'époque où elle vivait à la maison sans avoir aucune idée de ce qui s'y passait vraiment. Toutes ces histoires se répétaient depuis son enfance, pendant son adolescence, et jusqu'à l'âge adulte — jusqu'au moment où leur mère était morte.

Quand Juliet se tut, Gemma était incapable de parler. Cette enfance qu'elle avait toujours crue heureuse venait subitement d'être effacée pour être remplacée par celle de quelqu'un d'autre. Avait-elle rêvé tout cela ? Des souvenirs, voilà tout ce qui lui restait de ses parents. A présent, ils étaient en lambeaux, et elle n'avait plus rien à quoi s'accrocher. Cette enfance heureuse, cette merveilleuse enfance qui lui avait permis de trouver avec certitude sa place en ce monde, avait disparu, emportant avec elle son courage et son assurance.

Elle se leva, les jambes flageolantes, et regarda Juliet.

— Je suis désolée, lui dit-elle d'une voix rauque, mais il faut vraiment que je le fasse.

Alors, elle se tourna vers la grande colline qui menait à l'Observatoire royal, et se mit à courir de toutes ses forces.

Gemma trouva Juliet une demi-heure plus tard au sommet de la colline, appuyée à la barrière et contemplant le parc, l'Ecole navale vieille de trois siècles et, sur l'autre rive de la Tamise, les gratte-ciel étincelants de Canary Wharf. Deux berges du même fleuve, tellement différentes l'une de l'autre. L'une ancienne, l'autre moderne. L'une ancrée dans les traditions, l'autre à la pointe de la technologie. Toutes deux à jamais séparées par les eaux mouvantes qui constituaient aussi leur terrain commun.

Elle ralentit le rythme et alla rejoindre sa sœur dont elle imita la posture, regardant sans vraiment la voir la ville qui s'étendait devant elles.

— Je suis désolée, dit Gemma en jetant un bref coup d'œil à sa sœur. Ça faisait beaucoup de choses à absorber d'un coup.

— Je comprends, répondit Juliet. J'ai eu des années pour ruminer tout ça. Ça faisait effectivement beaucoup pour une seule fois.

*Et comment*, songea Gemma.

— J'ai quelques questions…, commença-t-elle.

Juliet se redressa et se tourna vers sa sœur :

— Tu veux toujours me parler ?

Cette idée semblait soulager Juliet d'un grand poids et la faisait paraître jeune, tout à coup, beaucoup plus jeune. C'était étrange, car aux yeux de Gemma Juliet avait toujours été l'adulte de la famille.

— On peut marcher ? demanda-t-elle.

Elles empruntèrent le chemin qui courait le long du sommet de la colline. Quand elles eurent distancé les quelques promeneurs déambulant sur l'aire panoramique, Gemma demanda :

— Pourquoi nos parents t'ont-ils confié tout cela à toi, et jamais à moi ? Pourquoi en avoir fait un secret d'Etat ?

Juliet haussa les épaules.

— Franchement, je l'ignore. J'étais tellement jeune quand ça a commencé que je ne me suis jamais posé la question. C'était comme ça, voilà tout.

— On mentait à Gemma, déclara l'intéressée avec amertume.

Juliet tourna vivement la tête :

— Non ! s'exclama sa sœur d'une voix qui restait douce. On protégeait Gemma. Ça fait une sacrée différence.

— Pas étonnant que j'aie souvent eu le sentiment d'assister à cette vie en spectatrice, comme si je n'en faisais pas vraiment partie…

Juliet semblait sur le point de fondre en larmes.

— Je ne savais pas que tu ressentais cela. Moi, j'aurais tout donné pour ne pas savoir… Ce n'était pas un honneur qu'on me faisait, tu sais.

Son expression se durcit.

— C'était plutôt une condamnation.

D'une voix très basse, presque dans un chuchotement, elle reprit :

— Parfois, j'ai l'impression qu'elle me haïssait, juste parce que je connaissais la vérité.

Gemma en eut la gorge serrée. Bien, voilà qui expliquait beaucoup de choses. En particulier les tensions entre elle et sa mère, et le fait que rien de ce que Gemma faisait pour essayer de l'aider ne contribuait à arranger les choses.

Juliet hocha la tête pour elle-même.

— Nous avons toutes les deux suivi le chemin que nos parents avaient choisi pour nous sans nous en apercevoir. Je ne suis même pas sûre qu'eux-mêmes se soient rendu compte.

Elle s'arrêta et se tourna vers sa sœur.

— Je crois qu'ils n'aimeraient pas voir où nous en sommes arrivées, toutes les deux. Moi, en tout cas, ça ne me plaît pas.

Gemma sentait son nez la picoter. Avec un geste agacé, elle se frotta les yeux.

— A moi non plus, dit-elle d'une voix tremblotante.

Juliet la dévisagea. Sa poitrine se soulevait sous les boutons de son manteau beige.

— Ça me paraît tellement stupide, maintenant, d'avoir été en colère contre toi parce que tu ignorais certaines choses, parce que tu n'en portais pas le poids avec moi… En réalité, je crois que j'étais simplement jalouse de cette vie de rêve que tu avais. Pour être honnête, c'est contre maman que j'aurais dû être en colère, mais elle semblait si fragile, et toi, tellement résistante.

Gemma émit un long soupir.

— J'aurais aimé que tu me dises tout ça plus tôt.

Juliet opina.

— Moi aussi, mais sans m'en apercevoir j'ai pris l'habitude de ne rien te dire, et je n'ai pas réussi à m'en défaire. Mais je comprends ce que tu essaies de me dire depuis longtemps, maintenant — que tu es une femme compétente et pleine d'assurance, Gemma. Tu n'as pas besoin que je te protège de ta propre vie parce que tu es plus que capable de la gérer par toi-même.

Gemma déglutit, et elle sentit de nouveau les larmes lui monter aux yeux.

— Merci. J'ai entretenu le problème, moi aussi, en me comportant parfois comme une gamine… en fuyant, en essayant de me convaincre que je me fichais de ce problème plutôt que de l'affronter. Mais ce n'est pas le cas, Juliet. Notre relation compte énormément pour moi, et je ne supporte pas le tour qu'elle a pris récemment.

Juliet sourit.

— C'est pour ça que je suis venue aujourd'hui, lui dit-elle. Je veux qu'on reparte sur des bases saines. Maintenant que nous avons fait exploser nos liens familiaux, toutes les deux, peut-être pouvons-nous reconstruire quelque chose de nouveau. Je veux toujours que nous soyons sœurs, mais je veux aussi que nous soyons amies.

Elle baissa la tête, contempla un instant ses bottines, puis leva de nouveau les yeux sur Gemma.

— J'ai besoin de toi, Gemma. J'ai vraiment besoin de toi.

Gemma se précipita vers sa sœur et la serra dans ses bras comme jamais elle ne l'avait fait. C'était une étreinte qu'elle attendait depuis des années, et Juliet semblait ressentir la même chose qu'elle.

Quand elles s'écartèrent l'une de l'autre, Juliet ajouta :

— Je voulais aussi te remercier pour tout ce que tu as fait à Noël. Doris m'a dit que tu t'étais vraiment mise en quatre pour le repas. Les enfants avaient l'air heureux et détendus, et la maison était resplendissante.

Gemma lui adressa un regard étonné. Sa sœur reprit :

— Bon, d'accord, la maison n'était pas parfaitement resplendissante, mais elle était dans un état tout à fait honorable. Pour être honnête, je m'attendais à ce qu'elle soit dévastée en rentrant.

— Comment vont les enfants ? demanda Gemma. Ils me manquent.

— Je crois que tu leur manques aussi. Surtout au petit déjeuner. Il a fallu que j'aille refaire toutes mes réserves de décorations de gâteaux.

Gemma s'apprêtait à se justifier, mais Juliet ne lui en laissa pas le temps :

— Ne t'en fais pas, ils m'ont dit que tu leur avais aussi donné des fruits… Et puis c'était Noël. Quoi qu'il en soit, Violet a laissé tomber sa copine Abby — pour une histoire de garçon, si j'ai bien compris —, les jumeaux sont assez surexcités pour avoir *envie* de retourner à l'école, et Polly est très ennuyée que je ne sois pas rentrée porteuse d'une maladie exotique qui lui aurait permis de découvrir un traitement révolutionnaire et de devenir la plus jeune scientifique au monde à remporter un prix Nobel.

Gemma pouffa de rire. Le fait de penser aux enfants lui rappela cependant tous les bons moments passés dans la maison de Juliet, sans exception… Il y avait encore un sujet qu'il leur fallait évoquer.

Elle laissa son regard vagabonder sur le parc qui les entourait.

— Tu as vu Will ? demanda-t-elle d'un ton faussement léger.

Quand elle considéra de nouveau Juliet, celle-ci affichait une expression légèrement crispée.

— Il est venu me voir, dit-elle. Pour s'expliquer.

Gemma hocha la tête. Manifestement, sa sœur n'était pas prête à aller plus loin sur ce terrain. C'était encore récent, la blessure était fraîche et liée de trop près à tout ce qui les avait opposées ces derniers temps. La chaleur qu'elle avait ressentie un instant plus tôt se dissipa un peu. Peut-être Juliet ne serait-elle jamais prête, mais c'était un choix qui lui incombait et auquel Gemma devrait se conformer, même si c'était difficile. Il était temps de cesser de lutter, à présent. Elles avaient fait assez de progrès pour aujourd'hui.

— Bon, et ce type, pendant tes vacances ? Je t'en supplie, dis-moi qu'au moins il était vraiment canon.

Juliet rougit, ce qui n'était pas dans ses habitudes, et sa sœur se retint de rire.

— Il était italien.

Gemma fit semblant de défaillir.

— Pas besoin d'en dire plus.

Le salon de thé du parc n'était pas très loin, et elle prit Juliet par le bras pour l'entraîner dans cette direction.

— Ça te dit de te joindre à moi pour un café et une petite gourmandise ? Ils font un cheesecake au chocolat à tomber.

Juliet considéra la tenue de sport de Gemma.

— Je croyais que tu étais dans une phase footing-régime ?

Gemma fit une grimace évasive.

— Non. Je commence lundi.

Juliet fronça les sourcils, perplexe :

— Mais on *est* lundi !

— Ah, d'accord. Lundi prochain, alors, répondit Gemma.

Elles entrèrent dans le salon de thé en riant.

# *Chapitre 32*

C'était une journée froide mais ensoleillée dans le centre de Paris. Gemma marchait le long des berges de la Seine, un talkie-walkie à la main. Elle traversa le cordon de sécurité sur le pont des Arts. La foule s'était massée de chaque côté de la passerelle métallique, juste en aval de l'île de la Cité, espérant entrevoir de jeunes acteurs hollywoodiens sur le tournage de la comédie romantique qui avait lieu sur ce site.

Les deux stars, Ruby Coleman et Jared Fisher, étaient en grande conversation avec le réalisateur au milieu du pont, se préparant à tourner la grande scène de retrouvailles qui bouclerait le film. Gemma attendit patiemment qu'ils aient achevé leur discussion, en profitant pour observer les alentours et s'assurer que tout se déroulait sans anicroches.

Outre le public entassé à chaque extrémité du pont, il y avait là deux énormes groupes de figurants. Il était difficile d'utiliser de véritables badauds pendant le tournage, et ils avaient donc pris l'habitude d'engager des gens payés pour avoir l'air naturel. Heureusement, comme Gemma travaillait généralement sur des films à gros budget, ces derniers temps, elle n'avait pas la charge de gérer elle-même le troupeau de figurants et avait quelqu'un à qui déléguer cette tâche.

Elle leva la main pour se protéger de la lumière du soleil

hivernal et plissa les yeux. Calvin, le réalisateur, semblait avoir une conversation des plus sérieuses avec Ruby et Jared. Sans doute une variation sur le bon vieux thème : Quelle est ma motivation ? Cela risquait donc de durer encore un bon moment. Elle soupira. Elle devait absolument lui parler au sujet d'une des comédiennes qui avait besoin de soins dentaires de toute urgence. Voilà qui allait bousculer leur planning pendant plusieurs jours.

Elle regarda autour d'elle, s'efforçant de ne pas remarquer combien Paris était belle sous le soleil de janvier. Elle ne voulait pas voir le fleuve couler sous ses pieds, l'architecture Art nouveau ou les flèches de la cathédrale qui s'élançaient au-dessus des conduits de cheminée. Il était déjà assez dur comme ça de se trouver dans la ville de l'amour, pas besoin d'en rajouter.

Dieu merci, elle avait du travail par-dessus la tête. Tourner en pleine ville était un véritable défi. Gemma se réjouissait de devoir gérer tout ce cirque et de ne plus avoir le temps de penser, car, chaque fois que son esprit avait un instant d'oisiveté, il en revenait à Will.

*Si seulement…*, pensait-elle sans cesse. Si seulement elle l'avait vu tel qu'il était vraiment dès le début, lorsque Juliet et Greg étaient encore mariés. Si seulement l'Italien de Juliet ne s'était pas révélé être une parfaite ordure, et que sa sœur était rentrée amoureuse et prête à déménager en Italie… Gemma pouvait décliner cette palette de souhaits à l'infini. Cela ne lui faisait aucun bien.

Elle commençait tout juste à se rabibocher avec Juliet, et elle savait que si elle gâchait tout maintenant, elles n'auraient pas de nouvelle chance. Elle allait juste devoir se montrer patiente, prier en espérant que le lien qui s'était créé entre elle et Will survivrait à la période de consolidation de la relation qu'elle entretenait avec sa sœur. Mais il y avait tant de blessures à guérir ! Cela pouvait prendre des mois, ou même des années.

Elle avança de quelques pas et se mit de nouveau à scruter le trio au milieu du pont. Ils plaisantaient, ou quoi ? Qu'est-ce qui leur prenait tout ce temps ? *Quelle est ta motivation ?* Tu es follement amoureux de cette fille, et, quand tu la vois toute seule sur ce pont, tu cours vers elle et tu la prends dans tes bras. Ce n'était quand même pas si difficile !

Enfin, ils se dispersèrent. Calvin retourna vers son panneau d'écrans pour prendre les commandes de ce que l'équipe surnommait sa « navette spatiale ». Quant à Ruby et Jared, ils reprirent leur place sur le pont. Gemma se fraya un passage aux côtés du premier assistant et du réalisateur lui-même, attendant le moment opportun pour lui parler. Certains jours, elle se satisfaisait pleinement de rester aux abords du plateau pour observer l'action, mais aujourd'hui les roucoulements des deux tourtereaux de cinéma la déprimaient. Elle avait envie de décamper pour se réfugier aussi vite que possible dans le confort de sa caravane.

Gemma regarda la première prise des acteurs sur les écrans. En vraie professionnelle du genre, Ruby était fabuleuse, mais c'était en revanche la première comédie romantique que tournait Jared. Il était davantage habitué aux films d'action et se trouvait en outre plongé directement à la fin du scénario, les restrictions d'utilisation de ce pont exigeant qu'ils tournent le dénouement du film en premier.

— Il court comme Terminator, se mit à ricaner dans son

dos l'un des membres de l'équipe de tournage, provoquant l'hilarité aussitôt étouffée de ses collègues.

Une main sur la bouche, Gemma se joignit volontiers à eux. Elle n'avait guère eu l'occasion de rire, récemment. Cela dit, le détracteur de Jared n'avait pas tort : le jeune acteur évoquait davantage James Bond ou Jason Bourne qu'un homme s'apprêtant à surprendre sa fiancée. Quand il rejoignit Ruby, ce fut pire encore : le baiser qu'il lui octroya était figé et maladroit. Pauvre Ruby.

Gemma avait déjà travaillé avec Calvin à plusieurs reprises, et elle le connaissait suffisamment pour voir qu'il était de plus en plus tendu. Ce n'était sans doute pas le meilleur moment pour lui parler de la couronne cassée de Miranda. Mieux valait attendre encore un peu.

Sa caravane était située de l'autre côté de la berge, et elle y serait beaucoup plus rapidement si elle traversait le pont des Arts et s'y rendait à pied plutôt que de rejoindre le prochain pont, comme elle l'avait fait pour venir ici. Elle attendit donc la fin de la prise suivante et, lorsque Calvin se leva pour aller parler de nouveau à Jared, elle le suivit dans l'intention de s'échapper par le pont avant que le tournage reprenne.

Elle venait de dépasser les acteurs et le réalisateur quand elle entendit quelqu'un crier son nom. Elle se retourna, perplexe, sans parvenir à définir la provenance de l'appel. Zut. C'était sans doute Charlie, le premier assistant-réalisateur. Pourquoi ne se servait-il pas de son talkie-walkie, celui-là ? Elle se sentit tout à coup épuisée : elle allait devoir revenir sur ses pas et perdre une occasion de traverser le fleuve avant la reprise du tournage. Merci bien, Charlie.

Elle fit demi-tour en direction de l'assistant-réalisateur, et c'est alors qu'elle l'entendit de nouveau :

— Gemma !

Cette fois, elle en était sûre : la voix venait de derrière. Elle fit de nouveau volte-face en se demandant quelle nouvelle urgence elle allait devoir traiter.

A ce moment précis, l'un des figurants se détacha du groupe et se mit à courir. Bravo, pensa-t-elle, excellent moyen de se faire virer. Qu'est-ce qui le prenait, ce type ?

Sans compter qu'elle continuait d'entendre quelqu'un crier son nom.

Les choses prirent ensuite un tour franchement bizarre : elle s'aperçut que la bouche du figurant bougeait au moment précis où l'un des agents de sécurité le prenait en chasse. Puis elle remarqua que les cris qu'elle entendait et la bouche de l'homme étaient synchrones.

Soudain, ses jambes se mirent à flageoler. Elle venait de reconnaître l'homme qui courait en criant. Ce n'était pas un figurant anonyme qui se précipitait vers elle, mais Will.

Les curieux postés à l'extrémité du pont devaient avoir remarqué qu'il se passait quelque chose d'inhabituel, car elle entendit des acclamations. Elle aurait voulu se mettre à courir elle aussi, mais ses jambes la soutenaient à peine, et ses poumons semblaient également avoir cessé de fonctionner. Elle resta donc plantée là, impuissante, tandis que Will accourait vers elle.

Arrivé à quelques mètres, il ralentit et acheva de la rejoindre en marchant. Gemma porta une main à sa poitrine. Il fallait qu'elle s'assoie. Maintenant. Avant de tomber. Will affichait son sérieux habituel.

— D'abord, dit-il, je veux savoir une chose : as-tu été harcelée sur ce plateau ?

Elle secoua la tête.

— Bien, dit Will sans se départir de sa gravité, parce que, si quelqu'un doit te toucher pendant un film, je veux que ce soit moi. Et ça commence maintenant.

Il n'y eut plus ensuite que la sensation délicieuse de ses bras qui l'enveloppaient et de ses lèvres sur les siennes.

— Quoi ?… Comment ? parvint à murmurer Gemma entre deux baisers.

Will s'écarta doucement pour la regarder :

— Juliet est venue me voir hier. Elle m'a dit qu'elle commençait à comprendre qu'elle était davantage blessée dans son orgueil que dans son cœur.

Gemma sentit les battements du sien s'accélérer brusquement.

— Qu'est-ce que ça veut dire ? lui demanda-t-elle, inquiète, en s'accrochant à son manteau.

Will esquissa un doux sourire qui évoquait la percée d'un rayon de soleil entre les nuages.

— Ça veut dire qu'elle nous donne sa bénédiction.

Par plaisanterie, Gemma avait parfois affirmé que Juliet était une sainte, mais à présent elle pensait pouvoir se décerner à elle-même le titre de prophète.

Ne pouvant retenir de nouvelles larmes, elle fit courir ses doigts sur le visage de Will, caressant ses pommettes, osant à peine croire que c'était vraiment lui qu'elle touchait. Sa sœur était-elle consciente du cadeau qu'elle venait de lui faire ? Savait-elle seulement combien cet homme était merveilleux ? Certes, il ne gagnait pas des sommes folles et n'arpentait pas des plateaux de tournage toute la journée, mais elle se fichait pas mal de ça. Il était fort, digne de confiance et doté d'un sens de l'honneur inégalable. Ce qui, à ses yeux, en faisait un héros. Sans compter qu'il venait de lui prouver, en faisant irruption ici, qu'il était également capable de se montrer impulsif et passionné. C'était sûr, elle avait touché le jackpot.

— Mais… comment es-tu venu ici ?

— Par l'Eurostar, répondit-il avec une étincelle d'humour dans le regard.

Elle lui donna un petit coup sur le bras.

— Sur le plateau, je veux dire. Il y a des agents de sécurité partout.

Lui offrant son plus large sourire, il répondit :

— Je me suis juste débrouillé pour user de mon charme, faire preuve de créativité, et me trouver au bon endroit au bon moment. Je crois que tu déteins sur moi.

— Tu es fou !

Elle regarda autour d'elle et prit conscience qu'ils interrompaient le tournage et que chacun de leurs baisers avait probablement coûté des milliers de dollars à la production.

— Tu ne pouvais pas simplement téléphoner ?

Il secoua la tête.

— Non.

— Tu es venu quand même, alors que je t'avais fui ?

En prononçant ces mots, son assurance faiblit quelque peu. En effet, elle l'avait fui. Elle n'avait pas tenté de rester, elle n'avait pas essayé de se battre pour le garder.

— Tu ne t'es pas enfuie parce que tu avais peur, dit Will en la dévisageant avec chaleur. Tu t'es enfuie parce que tu pensais qu'il le fallait. Tu t'es comportée de façon altruiste et généreuse, et j'ai compris que tu étais encore plus merveilleuse que je ne le pensais.

Gemma essaya de répondre, mais sa gorge était nouée.

— Et il n'y a qu'une seule chose à faire quand une femme aussi merveilleuse vous fuit.

— Qu'est-ce que c'est ? articula-t-elle d'une voix rauque.

Will lui décocha le sourire le plus ravageur qu'il lui ait adressé jusqu'alors.

— Il faut lui courir après, dit-il en se penchant sur le visage de Gemma.

Le baiser qu'ils échangèrent fut si affolant que Gemma estima qu'il devait valoir au moins un million.

A une dizaine de mètres de là, le réalisateur et ses deux acteurs vedettes observaient la scène avec intérêt. Ruby souriait, mais Jared semblait un peu sidéré.

— Qui sont ces gens ? demanda-t-il, bien qu'il ait côtoyé Gemma depuis une semaine.

Calvin avança vers son premier rôle masculin et lui tapota le torse de l'index.

— Peu importe qui ils sont. Regarde et prends des notes, mon garçon, parce que la motivation, eux, ils l'ont…

# Epilogue

Il faisait froid en cette veille de Noël, et le toit de la maison de Juliet était couvert de givre scintillant. Elle avait dépouillé la moitié de la forêt avoisinante de ses branches de houx pour décorer l'intérieur de sa maison, et une guirlande lumineuse étincelait à l'entrée. Elle entendit une voiture approcher dans l'allée de gravier et alla ouvrir la porte, un grand sourire aux lèvres. Gemma émergea de sa voiture, chargée de sacs de courses, et lui lança un bonjour retentissant.

Puis elle s'empressa de venir déposer ses sacs dans la maison, et les deux sœurs s'embrassèrent.

— Comment était la Finlande ? demanda Juliet.

— Magnifique, mais très, très froide, répondit Gemma. Heureusement que j'arrête les plateaux pour aller bosser avec cette nouvelle société de production, parce que je commence à être trop vieille pour courir après les stars de cinéma. Avant, ça ne me dérangeait pas, mais ces temps-ci je me retiens de les gifler lorsque je leur demande d'arrêter leurs caprices.

Gemma accrocha son manteau à la patère sous l'escalier — apparemment, les enfants l'avaient bien dressée pendant son séjour ici l'année précédente.

— Tu sais à quelle date tu dois commencer, exactement ?

— Début février, répondit Gemma en suivant sa sœur

dans la cuisine. J'ai vraiment hâte. Ils ont loué des bureaux à Soho, et du coup ce n'est pas tellement loin d'ici.

— Ce sera pratique, dit Juliet d'une voix douce, quand tu emménageras à côté.

Gemma eut l'air tellement choquée que Juliet faillit éclater de rire.

— Il faut d'abord qu'on s'habitue à vivre dans le même pays ! Chaque chose en son temps, voyons ! Personne n'a envie de voir la prochaine guerre mondiale se déclencher à Tunbridge Wells.

Juliet lui sourit, puis regarda alternativement la bouilloire et le réfrigérateur.

— Thé ou vin ?

Gemma s'appuya contre le comptoir.

— Après ce commentaire… vin. Absolument.

Elles bavardèrent tandis que Juliet remplissait deux verres, puis elles se rendirent dans le salon où les enfants, vautrés sur les canapés, regardaient un film.

— Tatie Gemma ! s'exclamèrent à l'unisson Josh, Jake et Polly en se ruant sur elle. Juliet n'eut que le temps de lui prendre son verre des mains. Tous trois s'accrochèrent à leur tante et la renversèrent sur l'un des canapés.

— Les garçons ! s'écria Gemma. Je vous ai déjà dit de ne pas sauter !

Les jumeaux cessèrent leur manège — presque aussitôt. Quand Gemma les eut embrassés et leur eut promis qu'elle leur avait apporté des cadeaux, ils libérèrent suffisamment leur étreinte pour qu'elle puisse s'asseoir. Juliet lui redonna son verre, et Gemma jeta un coup d'œil circulaire à la pièce.

— Et alors, pas de jeux de société ce soir ? demanda-t-elle, étonnée.

— Violet est sortie avec ses amis et ne rentrera qu'à 20 h 30, et cette année nous avons prévu quelque chose de… moins stressant, avoua Juliet en lançant un regard penaud à sa sœur. Certaines traditions ne sont pas faites pour durer, tu sais, et les enfants avaient envie de faire quelque chose de nouveau.

— Comme quoi ?

— Films et pizzas.

Sourcils froncés, Juliet ramassa un prospectus de vente à emporter posé sur la table basse.

— Ils m'ont parlé de pizzas de Noël, mais je n'arrive pas à les trouver sur le menu.

— Ah, dit Gemma.

Le regard de Juliet se fit suspicieux. Elle connaissait cette expression.

— Vas-y, dis-moi tout, intima-t-elle à Gemma.

Sa sœur arbora sa mine la plus angélique.

— On les a inventées l'année dernière. Ce sont juste des pizzas normales avec quelques… euh… quelques ajouts.

— Quoi, par exemple ? demanda Juliet.

— Le nez de Rudolph le renne ? dit Gemma, légèrement sur la défensive.

— Je t'en prie, dis-moi que ce sont des tomates cerises ! s'exclama Juliet en redoutant le pire.

Gemma secoua la tête.

— On s'est aperçus que ça marchait beaucoup mieux avec des cerises confites ! vint lancer Polly d'une voix flûtée.

Gemma la prit par les épaules et lui chuchota bruyamment à l'oreille :

— Merci pour ton aide, Polly ! J'essayais d'annoncer la nouvelle à ta mère avec ménagement.

Polly éclata de rire et se libéra de l'étreinte de Gemma pour retourner à son film.

Juliet n'en revenait toujours pas. *Des cerises confites ?* Beurk. Rien que d'y penser, elle n'avait plus envie de pizza. Mais bon, c'était Noël…

— Vous devriez aller voir s'il y en a dans le garde-manger, dit-elle aux enfants, qui obtempérèrent avec des cris de joie.

Gemma avala une gorgée de vin et se tourna vers sa sœur.

— Bien, faisons le point… A quelle heure devons-nous nous lever demain matin pour commencer à cuisiner ?

Juliet s'installa confortablement sur son fauteuil.

— Pas trop tard, répondit-elle. Vers 3 h 30.

Gemma en aurait recraché son vin.

— 3 h 30 ! Cette fichue dinde doit faire la taille d'un grizzly !

Juliet secoua la tête d'un air grave.

— Oh ! ce n'est pas pour la dinde. C'est l'heure à laquelle il faudra commencer à farcir le paon.

Gemma la regarda sans comprendre.

Juliet n'y tenait plus et éclata de rire.

— Je t'ai bien eue, n'est-ce pas ?

Sa sœur secoua la tête.

— Je crois que je vais retirer mon offre de t'aider pour ce repas.

— Trop tard… Ce sera à toi de préparer la sauce au pain, et peut-être aussi la farce. Je pensais te confier l'épluchage des légumes, mais les enfants m'ont suppliée de les laisser faire…

Elle fut interrompue par la sonnette de l'entrée.

— Ce n'est pas le livreur de pizzas, dit-elle. Il a dit qu'il n'arriverait pas avant un bon quart d'heure, encore.

Gemma bondit du sofa et se rua sur la porte d'entrée. Juliet la regarda faire en souriant. Gemma était partie depuis un mois — c'était son dernier grand tournage — mais elle était venue ici en premier au lieu d'aller directement chez le voisin. Cela signifiait beaucoup pour Juliet.

Elle décida de ne pas aller saluer tout de suite le visiteur, sachant que Will et sa sœur avaient probablement besoin d'un peu d'intimité. Ils étaient toujours tellement adorables, ces deux-là, quand ils étaient ensemble ! Et ils étaient parfaitement assortis. Les sourires de Will n'étaient plus si rares, et il avait perdu cette allure un peu empruntée. Quant à Gemma, eh bien, c'était toujours Gemma, mais elle semblait plus heureuse, et elle avait davantage les pieds sur terre.

Quand ils entrèrent enfin dans le salon, Juliet se leva pour aller embrasser Will. Gemma avait les joues légèrement empourprées, et son regard pétillait. Will semblait lui aussi tellement heureux ; il ne cessait de regarder Gemma avec une adoration à peine contenue.

Juliet sirota son vin, souriant pour elle-même. Des deux sœurs, c'était elle qui avait reçu une bague lors du Noël précédent, mais elle avait le sentiment que, dans l'année qui allait suivre, ce serait sans doute le tour de Gemma.

D'ailleurs, tant qu'elle y pensait…

Elle se tourna vers sa sœur :

— Au fait, j'ai un service à te demander.

Gemma lui sourit.

— Tout ce que tu voudras.

Juliet baissa les yeux sur son verre de vin.

— Je voulais te demander si tu avais des plans pour le réveillon du nouvel an… parce que j'aurai peut-être besoin d'une baby-sitter.

Gemma se laissa tomber dans le fauteuil en face de sa sœur et se pencha vers elle.

— C'est ce type ? Le beau prof de gym ? Il a fini par t'inviter à sortir ?

Juliet se mordilla la lèvre.

— En fait, c'est moi qui l'ai invité.

Gemma ouvrit de grands yeux puis se mit à rire.

— Bravo, tu assures ! s'exclama-t-elle d'un ton admiratif.

Le sourire de Juliet était rayonnant.

Composé et édité par HARLEQUIN

Achevé d'imprimer en Allemagne
par GGP Media GmbH, Pößneck
en septembre 2015

Dépôt légal en octobre 2015

Pour l'éditeur, le principe est d'utiliser des papiers composés de fibres naturelles, renouvelables, recyclables, et fabriquées à partir de bois issus de forêts qui adoptent un système d'aménagement durable. En outre, l'éditeur attend de ses fournisseurs de papier qu'ils s'inscrivent dans une démarche de certification environnementale reconnue.